平江不肖生 撰

新版足本

江湖奇俠傳

肆

世界書局

目錄／肆

本冊主要人物系譜

本冊主要人物系譜

【長春】

銅鼎眞人——鏡清道人——李成化——趙五
（沈牛兒）

【邛來】

哭道人——賽半仙

【崑崙】

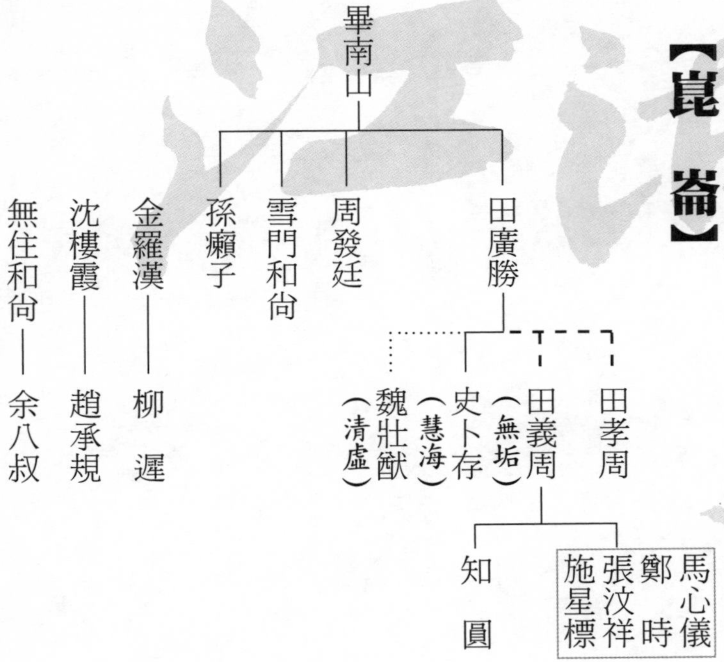

圖例

- 把兄弟
- 最先師承
- 師徒關係
- 血親關係
- 夫婦關係

第九二回　報私恩官衙來俠客　遭急變石穴遇奇人

話說：這人見張汶祥急得變了顏色，並忍不住流下淚來，即做出驚異的樣子問道：「難道殺死的是你朋友嗎？要你哭些甚麼？」

張汶祥明知這人是個有來歷的，其所以有這番搶包袱的舉動，是恐怕他回鴻興客棧去自投羅網，有意是這般將他引出城外來，就是在暗中救他性命的，便不再隱瞞了；隨即向這人跪下，說道：「我早知你老人家是個異人！這番救我的盛意，我也明白了！你老人家既能是這般救我，我和我鄭二哥在督撫衙門裏面的事，不待說是瞭如觀火的了！於今我鄭二哥既屈死在那人面獸心的淫賊手裏，我惟有求你老人家指引我一條報仇的路！我的性命可以不要，這仇卻不可不報！」

這人忙伸手將張汶祥扶起來，說道：「淚眼婆娑的跪在地下，若給到這廟裏來燒香的人看見了，像甚麼模樣！」

張汶祥立起身來，說道：「我一則感激你老人家救命之恩，二則因報仇心切，非求你老人家指引，恐難如願，所以不覺得跪下來了！喜得此地離城已遠，行人稀少，敢先請示尊姓大名？再述我和鄭二哥來山東的履歷給你老人家聽。」

這人冷冷的笑道：「你也毋須告訴履歷，我也毋須通報姓名。那鄭時枉擔了半世英雄之名，自謂經綸滿腹，原來也不過是一個好色之徒，將仇人的女兒騙做老婆！到今日才身首異處，我已嫌他死得太遲了，你還提甚麼報仇的話！」

張汶祥聽了，心中好生不快！若在平日見尋常人這般批評鄭時，他必已怒不可遏的和人反臉了！此時因知道這人本領比他自己高，又是曾救他性命的，不敢不耐住性子，說道：「話是不錯！我鄭二哥好色貪淫，確有應得之罪；但無論如何不能說，應該是這們不明不白的，死在忘恩負義的馬心儀手裏！如果是明正典刑，死於王章國法，我有甚麼話可說呢？我報仇之念已決，至死不悔！」

這人忽然現出欣笑的樣子來，說道：「名不虛傳，果是好一個義烈漢子！這裏爲來廟燒香的必經之地，不便談話。你將包袱拾掇好了，隨我到僻靜地方商量去。」旋說旋把披在身上的新衣脫下，交給張汶祥。

張汶祥心裏也就安慰了許多，說道：「這衣我原是買給我鄭二哥穿的，你老人家穿上既合身，何不就將他穿上？」這人笑著搖頭不作聲。張汶祥知道他是表示用不著的意思，遂不多說。細好了包袱，仍舊馱在背上，跟隨這人走出關帝廟。到附近一個樹林茂密的山裏，各自就石頭上坐下來。這人先開口說道：「你決心替你鄭二哥報仇，自是義烈漢子所應當有的舉動；不過你的力量有限，這仇衹怕你一時報不了！」

張汶祥道：「尋常的仇恨，便得估量自己的能力是否報得了；至於兄弟之仇，是顧不了許多的！那怕因報仇送了性命，我也甘心瞑目，毫無怨悔！並且我看馬心儀那淫賊，除了官高勢大之外，一點兒能為沒有！我的本領果是不濟，但自問對付那淫賊，還勉強能對付得下！我衹要報了仇，便已完了心願，也不想在人世苟且偷生了！」說時，氣忿填膺的樣子，兩眼火也似的發赤。

這人搖著手，從容說道：「這些話不待你說，我是早已知道的！你報了仇再死，我相信你是甘心瞑目，沒有怨悔！衹是若你的仇還不曾報得，反被仇人把你的性命害了，你甘心不甘心，瞑目不瞑目呢？」

張汶祥道：「我在淫賊衙門裏住的時候已不少了，淫賊果然是個手無縛雞之力的人；就是滿衙門的上下人等，也不見一個稍有能爲的人。衙門裏的路徑門窗，我都熟悉。我逆料取這淫賊的性命，如探囊取物！」

這人笑道：「談何容易！眞是一相情願的話！你知道此刻有在暗中保護那淫賊的人，本領比你高強十倍麼？」

張汶祥不由得露出驚疑的神氣，問道：「是甚麼人在暗中保護他？像這樣的衣冠禽獸，有大本領的人，爲甚麼不殺他，反在暗中保護他，也就太不分皀白了！」

這人道：「各自有各自的交情，不能一概而論！既如那個鄭時，據我們看來，不過是一個貪財好色之徒，這回被殺得一點兒不委屈！而你卻不顧性命的要替他報仇，若旁人也和你剛才這一般的議論，不也要罵你太不分皀白嗎？究竟在這裏暗中保護那淫賊的是誰呢？我不妨說給你聽。這其間有一段因緣，不僅你住在衙門裏的不知道，就是馬心儀本人也不知道，並且連在暗中身任保護馬心儀的人，都不知道。」

張汶祥道：「這就奇了！既是大家都不知道，到底是怎麼一回事呢？」

這人微微的點頭道：「自然有知道的人。我說出來，你就明白了！馬心儀的母親，從小就歡喜齋僧拜佛；而馬心儀的父親，卻是一個毀僧罵道的人。這日忽有一個年約二十零歲的尼姑來馬家化緣，馬心儀的父親不在家。他母親因這尼姑生得端莊齊整，說話很有道理，就留在家中攀談。

「不料一時天變，雷雨交作，尼姑不能作辭，他母親便留歇宿。想不到馬心儀的父親回來，見尼姑生得貌美，頓時起了邪念。半夜偷到尼姑睡的所在，想勒逼成奸。那尼姑正在危急的時候，虧得馬心儀的母親來了，夫妻大吵了一場；他母親將私蓄布施給那尼姑，親自陪尼姑坐到天明，因此保全了那尼姑的節操。那尼姑是誰呢？

「在當時沒有名頭，無人知道，就是於今人人欽仰的沈棲霞師父。沈棲霞因那回在馬家受了侮辱，險些兒失身匪人，遂自恨身體孱弱，沒力量抵禦侵凌；一轉念之間，便決心訪師學道。到現在修練了五六十年，已是神通廣大、法力無邊了！

「事情雖隔了五六十年，然沈棲霞總覺得，受了馬心儀母親解圍和布施的好處，應該報答，無奈沒有機緣！直到現在，他才推算得是報答的機會到了！特地打發他在襄陽柳仙村收的兩個男徒弟，到此地來暗中保護馬心儀。他這兩個徒弟的道法，雖不算高強，然不是修道有成的人，尋常人無論有多大的能耐，也休想敵得過他！」

張汶祥問道：「你老人家知道他徒弟有多大年紀了麼？其中是不是有一個二十多歲的少年？」

這人點頭道：「兩個的年紀差不多，都祇二十多歲。你怎麼知道的？」

張汶祥將日前遇著挑豆腐擔少年打狗的話說了。

這人笑道：「你自問是他的對手麼？你所見的這個，年紀比那個略小些，本領也還不及那個。兩人每夜輪流值守在馬心儀左右，豈容你去尋仇報復！」

張汶祥詫異道：「這就奇了！馬心儀今日才殺我鄭二哥，我因他殺了我鄭二哥才存心報仇，這是頃刻間的事，如何沈棲霞師父早已打發人前來保護呢？」

這人笑道：「這倒毋須驚訝！我既受人委託，前來略盡人事，祇得老實說給你聽。你於今雖不認識我，我在幾年前，卻久已認識你了！我這番是受了你師父無垢和尚的託付，特地前來救你的！就因知道你在激於義憤的時候，必不顧利害，去尋馬心儀報復！沈師父的兩個徒弟，祇知道保護馬心儀，他們並不明白你為的是甚麼一回事。你是這般把一條命送在他們手裏，豈不冤枉？」

張汶祥忽然立起身來，說道：「你老人家不是孫耀庭師叔嗎？」

這人點頭笑道：「你怎麼知道的？」

張汶祥連忙叩頭下去，說道：「我時常聽得我師父說，孫師叔的神通了得。祇恨我每次到紅蓮寺，總是來急去忙，並且多在夜間，因此無緣拜見。我師父在紅蓮寺不大與外人結交，祇和孫師叔有些往來；而聽你老人家說話，又是瀏陽口音，所以你老人家說出受了我師父託付的話，就知道必是孫耀庭師叔無疑！」著書的寫到這裏，又得趁這當兒，將這個孫耀庭的來歷敘述一番了。

說起這個孫耀庭，也可算得是一位奇俠。他是瀏陽縣人，因小時候生了一滿頭的癩瘡，瀏陽人都叫他孫癩子。他的歷史，若說給一般富於科學頭腦的人聽，不待說必叱爲完全荒謬！就是在下是個極端相信天下之大無奇不有的人，當日聽人傳說孫耀庭歷史的時候，心裏也覺得好像是無稽之談。直到後來閱歷漸多，才知道孫癩子的事，絕對不荒謬；而拿極幼稚的科學頭腦，去臆斷他心思耳目所不及的事爲荒謬的，那才是眞荒謬！

閒話少說。卻說：孫癩子生長在瀏陽一個極貧苦的人家。當他十歲的時分，瀏陽地方遭瘟疫，孫癩子的父母同時染疫死了；祇丟下一個伶仃孤苦的孫癩子，吃沒得吃，穿沒得穿。還虧了地方上人湊了些錢，將孫癩子父母的屍安葬了。孫癩子長著一頭的癩瘡，齷齪得臭不可近，也沒人理會他。他父母在日建築的兩間茅屋，不須多少時日不修補，便不能住人了；孫癩子也懶得在茅屋裏居住，白天到鄉村人家乞食，夜間或是靈官廟，或是土地堂，隨處找一個可以藏身的所在安歇。

是這般流落了兩年，他有十二歲了。一日乞食到一處大作田人家，那家主問了問孫癩子的

身世，便向孫癩子道：「你願意討飯嗎？」

孫癩子道：「誰願意討飯！沒有家沒有飯吃，不流落討飯，有甚麼法子養活這條性命呢？」

那家主道：「我留你在我家住著，給飯你吃，給衣你穿，祇要你替我家看牛，好麼？」

孫癩子喜道：「那還有甚麼不好！」

從此孫癩子就在這人家看牛。這人家養了七八頭耕牛，一個人照顧不了，往往跑到別人家田裏園裏，吃禾吃菜，所以加上孫癩子照顧。孫癩子每日，騎在水牛背上去山裏吃草，不愁穿，不愁吃，倒很逍遙自在！誰知這種安閒茶飯，還吃不到半年，這日忽然出了亂子了！

農家放牛，每日照例早起一次，黃昏時候一次。這日黃昏時分，孫癩子牽牛吃好了水草，照例騎在牛背上緩緩歸家。還有一個年老同看牛的人，也騎著牛跟在後面走。一行七八頭牛，不知怎的祇孫癩子騎的這頭，忽然和癲狂了的一般，兩耳朝天一豎，四腳騰空的跳了幾跳，跳得孫癩子幾乎滾下牛背！幸虧他一向騎牛騎慣了，兩腿能夾持得住，然也嚇得甚麼似的！連忙將身體伏在牛背上，兩手緊緊的抓住兩把牛毛，口裏連聲叫那同看牛的過來，將牛牽住。

那同看牛的也覺得這牛跳得奇怪，剛翻身下牛背，正待跑過去搶住牛鼻，不提防這牛猛然一轉身，放開四蹄便跑，把跟在後面走的幾條牛，都衝得翻的翻、跌的跌！同看牛的那裏肯捨，慌忙將這幾個牛的繩索，就路旁一棵樹上繫好了，盡力追趕上去。

這時天色還不曾昏黑，眼看著那牛馱了孫癩子，比加鞭的馬還快，頭也不回的直向前跑，並聽得孫癩子在牛背上驚慌亂叫。看牛的追了一會，那裏追得上！心裏又惦記這幾頭牛，恐怕被壞人趕現成的牽了去，祇得停步回頭；喜得沒人經過，繫在樹上的牛沒有走失，急急的牽回家報告家主。作田人家的牛，看得何等重大，豈肯聽其跑失！當即派了好幾個壯健漢子，照著去路追趕。

追了十來里，天色已經昏黑了，簡直沒追見那牛的蹤影；偶然遇著兩三個行人，向他們打聽，卻都說不曾看見有牛跑過。直追尋到半夜，才隱隱聽得前面有牛蹄踏在沙地上的響聲；趕上去看時，果是一個人牽了一條水牛在路上走。追的人一見那條牛，就認得出是自家的；但是牽牛的人，不是孫癩子，是一個地方上的無賴，平日偷扒搶竊，無所不來的！追的人既遇著了自家的牛，自然上前認贓。

無賴子爭執了一會，見這邊人多，料知鬥不過，衹得罷休。追的人還抓住他要孫癩子，他才急得嚷道：「你們不要太趕著人欺負了！我今夜在楓樹鋪的飯店裏賭錢，輸得精光；正自沒好氣的走出來，打算想法子弄幾個錢回頭去撈本。還沒走到半里路，就見這畜牲攔在路上睡著，倒把我嚇了一大跳，不知是甚麼野獸？仔細看出是一條牛，又沒人看管，以爲是天賜我的賭本，待牽回家去，明早好趕到縣城裏變賣。你們既是失了牛，我也知道本來大路上那有牛撿，還給你們便了！你們倒抓住我要甚麼孫癩子，我知道孫癩子是誰！不是趕人欺負嗎？」追的人衹要追著了牛，見不見孫癩子是沒人拿著當一回事的，當夜將牛牽了回家。

次早看這牛睡著不能起來，原來四隻牛蹄都磨見了肉，鮮血淋漓的不能走動了，將養了半個月才好，而這半個月並不見孫癩子回來。這家主也曾派人尋找了一會，沒有著落。大家都以爲當水牛發狂奔跑的時候，孫癩子在牛背上坐不牢穩，滾下深山巖谷中跌死了！

那知道事出人意料之外。孫癩子緊伏在牛背上，初時尙竭力叫喚，想同看牛的追來將牛制住。後來見牛越跑越快，衹覺兩旁山樹，如流水一般的後退，兩耳風聲大作。張眼望著地下，就覺頭目昏眩，衹好緊閉兩眼，聽憑牛跑。約莫跑了一個時辰，耳裏風聲才息，彷彿牛背也停了搖動，方敢張開眼看。牛果然停了步，正在低頭嚼草。看天色雖已迷茫，然尙能看出四圍山勢，原來已身在亂山叢中，乃是平生所未曾到過的所在！衹得從容爬下牛背來，指著牛頭罵道：「你這孽畜！無端發暴，把我馱到這地方來了！還不知道已離家有幾里路了，看今夜如何回去？依得我的性子，恨不得折下樹枝來痛打你一頓！」

孫癩子邊罵邊舉手在牛頭上敲了一下，祇敲得這牛又像發了狂的，兩耳又朝天豎起來，四腳又騰空，跳了幾跳，掉轉身往山下就跑。孫癩子心想：失了牛回家必受處分！一面跟著追，一面口作看牛人招牛的呼聲。平時牛聽了這種呼聲，縱不跑近前來，也得立著不動；此時的牛，簡直不作理會，轉眼就跑得不見了！孫癩子祇急得一路哭泣，一路到各處樹林中尋找。

趁著星月之光尋了半夜，肚中也飢餓了，身體也疲乏了；耳內聽得四山都是狼嗥虎嘯的聲音，祇不見那牛的影子。自料在這黑夜是尋不著的了，仰看天色像個快要下雨的樣子，心想：若在這時分下起雨來，我沒有地方避雨，怎生是好？回頭看身邊有一個石巖，巖下是空虛的，好像可以藏身。遂伏下身子爬進石巖，漆也似的黑暗，一些兒不看見，祇覺得身體伏的所在很光滑。頃刻之間，就聽得巖外的雨聲滴瀝，越下越大了；接著雷電交作，電光閃處，照得巖下通明，才知道這巖不僅能藏伏一個人的身體，裏面還有很多餘地。

不一會，覺得伏的所在有水透過來了，孫癩子要避開這水，惟有將身體漸向巖裏移動，越移到裏面越覺寬大。反手去摸上頭，沒有擋手的東西，就坐了起來；再伸手去摸，還是空的，竟能立起身行走。心想：這地方實在奇怪！怎麼石巖之下，會有這們寬大的空洞呢？是生成的嗎？還是人鑿成的咧？若是人鑿成的，裏面必有人居住；我何不再摸到裏面去，看究竟有多大？是不是有人住在裏面？心裏這們想著，就伸起兩手，再向裏面摸去。

彎彎曲曲、高高低低的約有一里遠近，陡見前面有白光射出來。孫癩子看了，喜道：「果然是人鑿成的，裏面有人住著。我可以去向他們討些飯充飢。」隨即朝著白光走去。沒幾步就見一處四方形的地方，彷彿是一間石室；正中安放一張石床，床上盤膝端坐一個寬袍大袖的老頭，垂眉合目的像是睡著了。再看室中的四圍上下，並沒有燈火，也沒有窗戶朝著外面，看不出白光從甚麼地方發出來的。細看近石床的所在，光比遠處大些，石床底下依然黑暗。

孫癩子暗忖道：「怎麼祇有這們一個老頭坐在這裏？我不管他，就是他一個人，他總得吃飯。我已有半年沒開口向人家討飯了，何不叫一聲試試看？」隨即使出他平日討飯的口腔來叫了一聲。這一聲叫出，祇見老頭慢慢的張開眼來，望著孫癩子微微的點了點頭，含笑伸手向孫癩子招了一招。孫癩子身不由己的如被人推著，腳不點地就到了石床跟前。

不知老頭是誰？如何對付孫癩子？且待第九三回再說。

第九三回　練工夫霧擁峨嵋山　起交涉鐘動伏虎寺

話說：孫耀庭腳不點地的到了石床跟前，祇見老頭從袖中摸出一個燒餅模樣的東西來，遞給他道：「我這裏沒有飯討。你肚子飢了，就吃了這個餅罷！」孫癩子雙手接著吃下肚去，登時不但不覺得肚中飢餓，並且分外精神了！

當即聽那老頭問道：「你這小叫化是從那裏來的？如何會跑到我這洞裏來討飯？」

孫癩子答道：「我是看牛的，不是討飯的。我騎在牛背上正待回家，走到半路上，牛忽然如發了狂一般的回頭飛跑，直跑到這山上才停住。天又下起雨來，我為避雨，就爬進這裏面來了！」

老頭問道：「你在誰家看牛？」孫癩子說了那家主的姓氏和小地名。老頭似乎不懂得的，又問道：「你那地方歸那縣那府管轄？」

孫癩子答道：「歸瀏陽縣管轄。」

老頭現出沉吟的神氣，說道：「瀏陽縣不是在湖南長沙府境內嗎？此去至少也有一千里路程，如何就跑到這裏來了？」

說時，伸手撫摸著孫癩子的頭頂，揣骨看相似的揣了一會，用中指按著腦後的一根骨，說道：「原來你頭上有這根仙骨，有求仙訪道的緣分！我這洞裏，便是有道之士也不容易進來，你此來自非偶然的事！你年紀小，大約也不知道這裏是甚麼所在。這山是天下有名的四川峨嵋山，凡是修道之士，每年必借著朝峨嵋來此聚會一次，非有大本領的不能進這洞府！你的緣分不淺，就在這裏住著罷，等到有機緣再送你回家鄉去！」

孫癩子平日腦筋是糊裏糊塗的，自吃下那個餅子，忽然明白了，自然知道跪下去，拜求老頭收他做徒弟，老頭也就欣然應允。

從此孫癩子便從這老頭學道，才知道滿室的白光，就是從老頭身上發出來的！老頭傳他修練的方法，他很容易領悟。洞裏四時皆是春和氣候，不冷不熱，老頭除了傳授孫癩子修練方術之外，終日祇靜坐在石床上，不言語，不飲食。每日從袖中取出兩個燒餅給孫癩子吃，也不知道餅從何來？口渴了就房中石壁上，有一個小窟窿，是用木頭塞住的；拔出木塞，即有一線極清冽的泉水流出來，可用手捧著止渴。

在這裏面，不但不知道冬夏，並不知道晝夜。老頭吩咐他每到房中漆黑、伸手不見五指的時候，不可胡亂走動，祇許閉目靜坐，依照傳授的方法修練。初時孫癩子並不知道何以房中會忽然漆黑？遵著老頭吩咐的，那裏敢亂動一下！好在老頭傳他修練的方法，正是要坐著不動的；房裏光明的時候，心思不容易寧靜，倒不如漆黑的好做工夫！是這般的在洞中修練，也不覺的經過了多少時日，祇記得有無數修道的人，曾來洞裏聚會過四次。聚會時所談論的言語，孫癩子聽了都摸不著頭腦。來時沒人從洞口走進，散時也沒人從洞口走出，一個個都是霎霎眼就不看見了！直到第四次聚會時，老頭才教孫癩子拜見那些修道的人，告知他某個某個的名姓。

孫癩子自會著許多同道的人，才知道這老頭叫作畢南山祖師，已曾經屍解過七次了，為當時劍仙中資格最老、本領最大的一個。童身修練，比破了身的容易。畢南山曾對孫癩子說過每年聚會一次的話，孫癩子經過四次聚會，是已修練過四年了；這時孫癩子的工夫，也就不甚淺薄了！漸漸知道房中忽然漆黑的緣故，是因畢祖師每夜在亥子相交的時候，必到山頂最高之處，修練到日出才回洞，不過不知道修練的是甚麼道法？

孫癩子靜極思動，要求每夜同到山頂上去。畢南山道：「你要同去不難！但是非傳給你幾種防身禦侮的法術，冒昧出洞，難保不受驚嚇！」當下就傳授了幾種法術給孫癩子。法術確是不可思議的東西，祇要得了眞傳，頃刻之間便能自由使用，與學會了多年的並無分別。

孫癩子既學會了法術，這夜便能跟著他師父到峨嵋山頂上。他存心要看師父在山頂如何修

練？這夜銀河高掛，月色空明。孫癩子已有四年未見天日了，此時見了這般清秋景物，心裏說不出的高興！正要借月色看看四山形勢，衹見師父右手仗劍，左手揑訣，劍尖向空一繞，口中念念有詞，登時劍尖上射出一線白煙來，越射越遠，在空中凝而不散；轉眼之間，白煙就變成了一天濃霧，整整的籠罩了這座峨嵋山頂，星月之光，都黯然無所見了！

孫癩子低頭看自身，與在洞中一樣，眞是伸手不見五指！忽覺眼前有光一閃，急朝光處看時，原來是從他師父的頭頂上射出光來。這一道光直沖霄漢，濃霧被沖開了一個圓洞，月光即從圓洞中照在他師父身上；彷彿是在房子裏開了個天窗，由天窗裏射進來的月色，從頭頂射上去的那道光，與月光融合，已分不出誰是月，誰是光了！他師父從容盤膝坐在一塊石上，也和坐在洞中石床上一般，閉目垂眉，不言不動！

孫癩子見山頂都爲濃霧所罩，不辨高低路徑，不敢走動；料知師父一時是不會回洞去的，遂也就他師父身旁坐下來，自做工夫。直到月影西斜，他師父才收了一天濃霧，帶他回洞。第二夜又帶他出來。是這般在山頂上又修練了幾個月，他師父漸漸的許他白日出洞外玩耍了。

這夜，他跟著他師父在山頂上起霧，剛將山頂照例的籠罩了，耳裏忽隱約聽得有一下鐘聲，那聲音悠揚清遠；孫癩子知道山下有寺，估量這鐘聲必是從寺裏發出來的，毫不在意。誰知那鐘聲過去，濃霧頓時沒有了！正自覺得奇怪，看師父也似乎現出很驚疑的神氣，才收劍盤膝坐好，又立起身來，重新作法。這回的霧，比平常來得更濃厚，一霎時就瀰漫了山頂，接著又聽得一下鐘響。說也奇怪！鐘聲過去，又是天清地白，濃霧全消了！

孫癩子看師父的神情，好像有些著慌的樣子，忍不住說道：「師父！我聽得出這鐘聲是伏虎寺裏發出來的；一定是伏虎寺的禿驢，知道師父在這裏起霧，有意和師父鬥法的！師父何不就到伏虎寺去尋那禿驢算帳？看他有多少的本領，敢來找師父鬥法？」

畢南山聽了，搖頭不作聲，將指頭捏算了一會，說道：「卦象和平，不是有人和我鬥法。」說話時，鐘聲又響了。畢南山點頭道：「這是伏虎寺裏撞幽冥鐘，祇好讓他撞過了再說。」

孫癩子心裏不明白，何以伏虎寺裏撞幽冥鐘，山頂上會作不起霧？見師父已閉目凝神坐著，不敢追問，仍疑惑是和尚有意爲難！直坐到子時過後，幽冥鐘停歇了，畢南山方起身作霧，照常修練。從這夜起，寺裏每夜撞幽冥鐘，畢南山就每夜須等到鐘聲過後，才能修練。孫癩子實在納悶不過！

這日，趁白天走出洞來，逕到伏虎寺找當家和尚說話。這時伏虎寺的當家和尚了空，雖是一個有道行的好和尚，祇是並沒有神通法術。孫癩子走進伏虎寺，見一個小沙彌正在殿上燒香，他也不知道甚麼禮節客氣，即哇了一聲，說道：「你們當家和尚是那個？快去叫他出來，我有話說！」

小沙彌倒吃了一驚，回頭看是一個癩頭叫化，便也沒好氣的答道：「你是那裏來的爛叫化、臭叫化，敢到這裏來吆喝、撒野？還不給我滾出去！」

孫癩子大怒道：「你這小禿驢罵我嗎？我且打死了你，再和你當家的禿驢算帳！」

孫癩子在洞裏雖是不曾練武，然由修道得來的武藝，比從一切拳教師所練的武藝都高強得多；外強中乾的小沙彌，那裏是他的對手！祇一隻手捏住小沙彌的胳膊輕輕一提，就提得雙腳離地；往地下一放，就倒在地下不能轉動，祇知道張開喉嚨，哎呀哎呀的叫痛！

這一叫，叫得裏面的了空和尚聽見了，連忙出來問甚麼事？孫癩子正指著小沙彌罵道：「你若再不去把你們的當家和尚叫出來，我祇三拳兩腳就取了你的狗命！」

了空和尚一路念著阿彌陀佛，走近孫癩子跟前，合掌當胸，說道：「小徒有甚麼事開罪了施主？求施主念在他年紀小，寬恕他這一遭！若是不能寬恕，就請將事由說給老僧聽，老僧自當懲辦他！」

孫癩子見了空這們溫和客氣，倒覺不好再惡狠狠的說話了，祇得按下一肚皮怒氣。掉轉臉將了空打量了幾眼，見是一個六七十歲的老和尚，慈眉善目，滿面春風，不由得也用很和緩的聲口，手指小沙彌，說道：「我到這寺裏來，並不是找他說話，祇因有事特來會會這裏的當家師。叵耐他不但不肯替我傳話，反開口就罵我爛叫化、臭叫化。我是個多年在山中修道的人，沒閒工夫在衣服上講究，他不應該見我身上衣服不好，便罵我叫我滾出去。」

此時小沙彌已爬起身來，辯道：「我為甚麼先開口罵你？你自己不講理，沒名沒姓的向我吆喝，開口就要我把當家和尚叫出來！誰是你家的當差，誰吃了你的飯，要聽你的叫喚？」這幾句話說得孫癩子惱羞成怒，又待發作了，了空卻即向小沙彌叱道：「不許多話。進去罷。」隨即又對孫癩子合掌道：「小徒不懂事，老僧自會責備他！請問施主要找老僧有何見教？請進裏面來坐著好說話。」了空當下將孫癩子引到一間客室裏坐下。

孫癩子說道：「我此來不為別事，就為每夜跟我師父在山頂上修道，親耳聽得你這寺裏打鐘，使我師父的霧作不起來；以致我師父每夜得遲一個時辰修練，這虧吃得不小！我實在忍無可忍了，不得不來問個明白：你這寺裏究竟是誰存心和我師父作對？你是當家師，必然知道；

請你交出這個人來，我自和他說話，不干你當家師的事！」

了空聽了，茫然摸不著頭腦似的說道：「施主這話從那裏說起？這寺裏的僧人，從來安分守法，一點兒不敢胡爲！令師是甚麼人？這峨嵋山頂上，並沒有寺院房屋，令師每夜在甚麼地方修道？何以知道是因這寺裏打鐘，才作不起霧來？」

孫癩子道：「你不要裝成這糊塗樣子！我師父是誰，你不知道，還可以說得過去；因爲僧道不同門，平日沒有來往。至於你自己寺裏每夜打鐘，難道你也可以說不知道嗎？」

了空笑道：「老僧爲甚麼裝糊塗？山寺裏打鐘打鼓，是極平常的事，早夜都是免不了的！施主於今說寺裏不應該打鐘，打鐘便使令師不能修道，是存心和令師作對，教老僧怎生能不糊塗呢？」

孫癩子想了一想，說道：「我看你的年紀已這們大了，確是一個好和尚的樣子；料想你是不至無端作惡，與我師父爲難的！祇是你這伏虎寺裏的和尚不少，你得仔細查一查，看半夜三更撞鐘的是誰？平常這寺裏打鐘打鼓，我也曾聽得過，並不妨事。祇近來每夜在亥子兩個時辰之內，一下一下很慢的撞著；你這裏鐘聲一響，我師父在山頂起的濃霧，就登時被鐘聲沖散了，害得我和師父都坐在山頂等候！到今日已將近一個月了。」

了空聽到這裏，不住的哦了幾聲道：「老僧明白了！這鐘是住在山下的一個紳士，爲要超度他去世的母親，託老僧替他撞的幽冥鐘。這鐘須撞四十九日；不錯，今日已撞過了二十九日，祇差二十日了，這鐘撞起來，在幽冥的力量是很大，但是何以撞得令師的霧作不起來，老僧卻不明白！」

孫癩子見了空說的果是幽冥鐘，和畢南山說的相對，便問道：「幽冥鐘是甚麼鐘？」

了空道：「就是和佛殿上所懸掛一般的鐘，並無分別，不過撞時所持的經咒不同罷了。」

孫癩子道：「每夜撞鐘的是誰？就是你嗎？」

了空道：「不是老僧。寺裏有一個聾了耳朵的老和尚，今年八十六歲了，歷來是他專管撞幽冥鐘。他因老態龍鍾，又聾了耳朵，已有二十多年不出寺門了；除替人家撞幽冥鐘以外，終日祇是持佛號不歇。老僧能擔保，他決不知道有令師在山頂上作霧，存心用鐘聲將霧沖破！」

孫癩子搖頭道：「這話祇怕難說！我不相信不存心與我師父爲難，一天濃霧，會無緣無故的被鐘聲沖破！從來霧不怕鐘，鐘也不能破霧，可見有人從中弄鬼！你且帶我去瞧瞧那鐘，並見見那撞鐘的和尚。」

了空點頭道：「可以，就請同去。」

說著，起身引孫癩子走到寺後一所孤零零的樓房跟前。看這所房子的形式奇特，從頂至底，足有五六丈高下，卻祇最下一間房屋可住人。這間房屋之上，高聳一座鐘亭；亭裏懸掛一口鐵鐘，一根長繩垂下，繫在撞鐘的木棒上。撞鐘的坐在房中，祇須將長繩牽動，那木棒自然向鐘上撞去。

孫癩子問道：「半夜撞的就是這口鐘嗎？」

了空道：「正是這口鐘。這鐘已用過七八十年了，原是專爲撞幽冥鐘而設的。撞鐘的老和尚正在房裏念佛，施主看他可像是一個存心和令師爲難作對的人？」

孫癩子跨進房間，祇見一張破爛的禪榻上，盤膝坐著一個傴腰駝背的老和尚；雙手捻著一串念珠，口裏咕嚕咕嚕的念著；那根撞鐘的長繩，就懸在右手旁邊。和尚的手臉，都汙垢不堪入目；頭頂上稀稀的留著幾根短髮，原是白的，大約因積久不洗，已被灰塵沾著得又粗糙又黃黑了，彷彿成了一堆秋後凋零的枯草。

孫癩子走近前，劈面問道：「這幾夜撞幽冥鐘的是你麼？」老和尚慢慢的抬起枯澀的眼睛，望了一望，搖頭不答，口裏仍繼續著咕嚕咕嚕。

孫癩子見他搖頭，祇道是不承認夜間撞鐘的是他，忿忿的回頭問了空道：「他說夜間撞幽冥鐘的不是他，你怎的對我說假話？」

了空笑道：「他何嘗是這們說了！無論甚麼人和他說話，他都是搖頭不說甚麼，因爲他的耳朵，異乎尋常之聾，簡直連響雷都不聽得；聽不懂人家說的是甚麼，所以不能回答。二三十年來多是如此。就是老僧教他替人家撞鐘超度亡魂，也得寫字給他看，口說是不中用的！老僧出家人，豈肯說假話？施主不要多心！請回去對令師說，夜間作不起霧，多半是另有緣故，不與幽冥鐘相干！」

孫癩子看兩個老和尚的情形，也覺得不像是存心和師父爲難的人，然心想：師父作法起霧，我親眼看見的已有半年了，沒一夜不是劍尖一繞，便是濃霧瀰漫；惟有幽冥鐘一響，就如風掃殘雲，消滅得乾乾淨淨！

這口鐘，據當家師說，已用過七八十年了。我小時曾聽得人說，一切物件，都是年久成精。莫不是這口鐘因懸在高處，年深月久，吸受得日精月華多了，已成了妖精，在暗中與我師父作對？兩個老和尚自然不知道。我既到這裏來了，不管他是也不是，且把他毀了，免得我師父每夜躭延修練的時刻！即算毀錯了，一口鐘也値不了甚麼！

想罷，覺得主意不差，遂對了空說道：「我也相信你和這個聾和尚，都不至與我師父爲難。但我師父每夜在山頂上修練，非有濃霧將山頂籠罩不可；近一個月以來，確是因爲這口鐘響，使我師父作不起霧來！我於今並不歸咎你們，祇毀了這口鐘就沒事；我毀了之後，你們要撞幽冥鐘，換過一口也使得！」

了空驚道：「這卻使不得！這鐘是伏虎寺的，不是施主家裏的，不能由施主毀壞！」

孫癩子道：「這鐘妨礙我師父修道，如何由不得我，難道倒要由你嗎？」

了空道：「你怎的這般不講理！若是伏虎寺的東西，可以這們聽憑外人前來毀壞，一點兒不講情理，那還了得嗎？我不做這寺裏的當家師，輪不到我過問；既是我當家，這鐘就不能由你隨便毀壞！」

孫癩子笑道：「你衹怕是老得糊塗了，我要毀壞你這口鐘，難道還要問過你肯不肯麼？我老實對你說，我此刻就要動手毀了，看你有甚麼法子阻攔？」

了空聽了，氣忿得沒有回答，以為這口鐘高高的懸掛著，要毀壞也不是一件容易的事；估料像孫癩子這般一個叫化，不多邀些幫手來，一個人是決不能行強將鐘毀壞的！心中暗自打算：這伏虎寺裏也有幾十個和尚，齊集在這裏保護這口鐘，倒看他如何動手毀壞？

了空正自這般計算，衹見孫癩子抬頭望著那口鐘，自言自語的說道：「究竟夜間撞得我師父作不起霧的，是不是這個東西，我何不試撞一下，看聲響對也不對？」一面是這般鬼念著，一面舉起右手，伸直一個食指，做出敲東西的手勢，向那鐘敲去。眞是奇怪！食指在地下一敲，鐘便應手噹的一聲響了，比用木棒撞的還響得清澈！衹響得坐在房裏念佛的聾和尚，都抬起頭來看這鐘何以不撞自響？

孫癩子接連又敲了幾下道：「一點兒不錯，正是這東西作祟！」

了空不禁驚懼起來，心想：看不出這樣一個後生，竟有如此法術，這就不能不懇求他了！連忙對孫癩子陪笑，說道：「你要毀壞這口鐘沒要緊，祇是得請原諒！這鐘亭的工程不小，非費極大的手腳，不容易將這們大的一口鐘懸掛上去！並且偌大一個峨嵋山，就祇伏虎寺有這座鐘亭，實在是因建造一座，非有絕大誓願，經十多年募化不能成功！今以虛無渺茫的事，將他毀壞，豈不太可惜了！」

孫癩子圓睜兩眼，喝道：「你剛才還那們硬，這時又軟起來了嗎？不行，不行！你祇知道你這鐘亭的工程不小，卻不知道我師父修練的工夫更大呢！」

說罷，口中念念有詞，跟著將左手握著拳頭，彷彿抓了甚麼東西對鐘放去的樣子。這一來不好了！孫癩子的左手五指剛放開，脫手就是一個大霹靂，連鐘帶亭子都劈落到山下去了！鐘破亭裂的響聲，震動數里，坐在鐘亭底下念佛的老和尚，聞聲倒打了一個哈哈，就這們赴極樂世界去了！滿寺的僧人，一齊驚得來寺後探看。

孫癩子也不作理會，劈了鐘亭，就大踏步往外走。衆僧人向當家師問了情由，大家不服，要追上去將孫癩子扣留，向他師父理論。

了空搖手止住道：「這也是一場魔劫，躲避不了的！由他去罷！他有邪術，我等不是他的敵手！」衆和尚聽了才不敢追趕。

不知這幽冥鐘被毀以後，畢南山是如何的說法？且待第九四回再說。

第九四回　射怪物孫癩子辭師　賣人頭鄧法官炫技

話說：孫癩子得意洋洋的出了伏虎寺，自以爲這事做得痛快，師父必然稱讚他！回到洞中，見師父照常在石床上打坐，不敢驚動。正要做自己的功課，畢南山忽張眼呼他到跟前，說道：「你下山去罷！我這裏容不了你這樣粗暴、這樣大膽的徒弟！幸虧你的野性顯露得早，若再過幾年，你自己的內丹有了火候，那還了得！」一說時，待伸手向孫癩子頂門拍去。

孫癩子不覺大驚失色，知道這一拍，是要將他自己所得的內功和法術，一股腦兒收回去，立時仍變了個尋常人！嚇得趁勢跪拜下去，閃開了這一拍，泥首哀求道：「弟子有過犯，求師父責罰！就是打死也情願，祇求師父不要驅逐下山！」

畢南山指著孫癩子，罵道：「你這東西，敢如此膽大妄爲，還了得！幽冥鐘妨礙我的修練，已有一個月了；若可以將鐘毀壞，還待你去動手麼？姑念你這番妄動，居心是在要不躭延我修練的時刻，尚可饒恕；祇是你粗暴大膽的處分，不能寬免！罰你吊餓三天，看你下次敢也不敢？」

隨用手向房角上一揮，孫癩子便身體不由自主的，彷彿腳跟上有繩索綑綁了，身體即刻在房角上倒懸起來。偷眼看師父，閉目打坐如故。鉤起腰去摸腳跟，卻又摸不著甚麼。初吊時還能支持，吊了一會，就漸覺難受了，衹得運用起工夫來。經過一晝夜，肚中又飢餓，身體又痛楚，甚麼工夫也運用不靈了，忍不住痛哭求饒。畢南山又責罵了一頓，才將他放下。從此沒有幽冥鐘響，畢南山每夜作法起霧，便用不著等候了。

又過了些時，這夜孫癩子正跟著畢南山在山頂上修練。此時孫癩子的法力，已比初出洞時高強幾倍了，無論如何濃厚的霧，能一眼看個透明。這夜的月色，也分外皎潔，孫癩子看見離畢南山約有百步之外，有一隻絕大的狐狸，朝著畢南山，和人一般的跪在地下，搗蒜也似的叩頭。口裏啣著一件白色的東西，初看分不出是甚麼；孫癩子揉了揉眼睛，仔細看去，原來是一個人的頭顱骨，大約是從墳堆裏掘出來的，祇不知他是這們啣在口裏叩頭，有甚麼用處？

再看自己師父，似乎還不曾覺著的樣子，衹是閉著眼不作理會。那狐狸叩了一陣頭，和人一般的用兩腳立起身來，向前走了幾步，重復跪下叩頭；又叩了幾十個頭，又立起身向前走幾步。如是者三四次後，跪下去就將頭顱骨放在地下；每叩一個頭，朝著畢南山吱吱的叫幾聲。

孫癩子見狐狸開口叫起來了，以為自己師父必然張眼看看。誰知畢南山竟像是睡著了的一樣，仍是不作理會。狐狸叫後又啣了頭顱骨向前走。孫癩子見狐狸已走近畢南山不過十來步遠近了，心想：時常聽人說，狐狸是會迷人的，莫不是這孽畜不懷好意，這們一步一步的逼過來，想將我師父迷惑？我師父若不是被他迷了，怎麼在跟前這般叫喚也不聽得呢？我不在旁邊看見便罷，既看見了，豈有袖手旁觀，不救師父之理？並且人人都一般的傳說：狐狸精是害人的東西，我殺死他也可算是除了一個害！

孫癩子主意已決，他此時已得畢南山傳授了不少的法術，當下就用左手結了一個雷訣，才舉起來，還不曾發放；那狐狸彷彿已經察覺有人暗算了，掣身就待逃走。孫癩子到這時那裏肯容他逃脫！一面將雷訣向狐狸發去，一面口裏喝道：「孽畜！待逃到那裏去！」就這一舉手之間，煙雷生於掌握，霹靂起於空中，眼見那狐狸被雷劈得就地一滾，山嶺都搖搖震動！

即見畢南山的袍袖一拂，張眼向孫癩子叱道：「胡鬧！他干犯了你甚麼，應當傷害他的性命！你既居心如此狠毒，我這裏容你不得，就此下山去罷！」

畢南山這一番發作，祇嚇得孫癩子魂都掉了，慌忙翻身跪下，說道：「我並不是居心狠毒，要將他處死；祇因見他一步一步的向師父跟前逼過來，師父閉目靜坐不曾覺著的樣子，恐怕他不懷好意，想乘師父不覺，暗加傷害，所以用雷火傷他！」

畢南山當下鼻孔裏哼了一聲道：「豈有此理！你的法術能制伏的東西，能傷害我麼？我當日初帶你出洞的時候，是如何吩咐你的！像你這般浮躁的人，豈是載道之器！」

孫癩子不敢多辯，惟有叩頭哀求饒恕。畢南山的氣忿雖已漸漸平了，然終不肯答應容留他的話。畢南山走近那狐狸，指給孫癩子看道：「你瞧見了他這般皮焦肉爛的樣子，心裏也得安然麼？你雖是爲要救我才殺他，但傷生爲修道人第一件宜守的戒律，我曾屢次叮嚀吩咐；你於今既犯了這條戒，沒奈何祇得教你下山去！你此後雖離開了我，然一般的可以修練，倘修到了須我指引的時候，我這裏自然知道，自然前來指引你；若不努力，就休想此生再見我了！你看，天色已經亮了，你就此下山去罷。這山下有我收藏的一錠銀子，你可拿去作回瀏陽的路費，到家還充足有餘。」

孫癩子本是個無家可歸的人，這回師徒相處又有幾年了，忽一旦教他分離，他那裏捨得！當下忍不住便哭起來。畢南山安慰他道：「人生遇合都是前緣，一點兒不能勉強！你祇牢牢的記著：此後多行功德之事，猛勇精進，與我會面之期，必不在遠。如果拿著這點法術，下山去胡作亂爲，你祇一轉念頭，我便完全知道；雖在萬里以外，也能在俄頃之間，取你性命！」孫癩子原想哀求再容留幾時，因看畢南山的神氣十分決絕，料知是有定數，無可挽回的了，祇得依依不捨的拜別師父，含淚下山。

才行了十來步，滿山雲霧都頓時開朗了，一輪紅日已冒上地面來，映射得滿山樹木戴露的枝葉上，一道一道的光芒閃灼，彷彿每株樹上，結了千萬顆明珠。孫癩子到峨嵋雖住了幾年，却不曾有一次在這時候出來，流連過這般美景。

少年人的心性容易轉變，無論甚麼憂愁的事，祇須換一個境界就忘懷了，師徒離別之感，也祇在一剎那。當時看了這種朝曦初上的麗景，便立住腳舉眼向四山望了一望，想道：「我記得初到這山裏的時候，已在黃昏過後了；暮色蒼茫，山中形勢全看不見，並且連來路的方向，此時都想不起來了。究竟瀏陽在那裏？我於今當向何方走去才不錯呢？」

隨即又轉念道：「好在我並沒有父母兄弟和田產在瀏陽，雖是瀏陽人，也不必就趕回瀏陽去；慢慢的訪問，便多走些時日也沒要緊，且下了山再打聽罷。」

想到這裏，剛待提步下山，猛然想起一件事來，連連的跺腳，說道：「糟了，糟了！師父說，他有一錠銀子，收藏在山下，教我取了作回瀏陽的盤纏。這樣大一座峨嵋山，我不問個明白，知道那一錠銀子藏在山下甚麼地方呢？若圍著這座山尋找，祇怕尋找三年五載，也是枉然！這山下不是沒有行人來往的，收藏了若干年，沒被人拾去，可知收藏得很深密！我不回去問明收藏的所在，是不能成行的！」

邊想邊回身走了幾步，看畢南山平日打坐的一塊大巖石，依然光滑滑的受著日光，祇巖石上已不見了師父的蹤影。再看那狐狸倒斃之處，也不見狐屍的所在了；但是細看地上還有一團燒焦了的狐毛，旁邊丈多遠一棵大松樹底下，有一個小小的新墳，泥土還鬆，一看就知道是新築的。

孫癩子暗想道：「我每夜跟隨師父在這裏修練，這裏周圍半里來遠近的一草一木，我都認看得仔細了，何嘗見過有這們一個墳堆呢？可見得這墳就是那狐狸藏骨之所。我拜別師父才走了十來步就回來，耳內不曾聽得一點兒聲響，這墳堆便已築成了！我若有了這種神通，就不在師父跟前，也不愁修不成道了！」

想罷，又向墳堆默祝道：「我因制不住一時火性，胡亂傷了你的性命，以致被師父驅逐，後悔也來不及了！你死在九泉之下，不用怨我！等我修道成功的時候，一定首先超度你！」

孫癩子此時還有些穉氣，以為是這般默祝一陣，可以表示悔意，算是向狐狸道歉。那知道默祝已畢，耳裏就聽得有很嬌嫩的女子聲音說道：「你孫癩子不要假慈悲！我母親無端屈死在你手裏，我祇恨自己力弱，不能即時將你碎屍萬段！誰希罕你將來超度！」

孫癩子吃了一驚，連忙回頭看左右前後都沒有甚麼形跡，心想：我不過心裏默祝一番，並不曾說出聲音來，這小狐狸精居然知道！怪道師父說祇須我念頭一轉，他老人家便完全知道。我此後存心，倒是疏忽不得！小狐狸精既明說了自恨力弱，奈何我不得，我也用不著理他，到洞裏見師父問那錠銀子去罷。遂掉臂不顧的向平日回洞的道路走去。

約莫走了二三里，不由得心中詫異道：「我記得洞口離山頂沒有多遠，平日來回都是一會兒就到了，怎麼此時走了這們遠，還不見那大石巖呢？並且這山的形勢，也不像平日常經過的；難道每日來回兩次的熟路，也會走錯嗎？必是不留神的走過了，不回頭必越走越遠。」遂又回頭走著，細細的向左右察看，越看越不像洞口的情景。這一來，可把個孫癩子弄糊塗了！找來找去，又找到了山頂葬狐狸的墳堆跟前。

孫癩子定了定心神，想道：「必是剛才在我耳根邊說話的那小狐狸精懷恨，有意是這般捉弄我，迷了洞口，使我見不著師父，問不到藏銀子的所在，沒有盤纏回瀏陽。也罷！沒有銀子，難道我就走不動嗎？莫說我還有這多法術，就是不會法術，也不見得不能回瀏陽！」想到這裏，便決心不再找尋洞口了，大踏步順路向山下走去。

已走到離山腳不遠了，忽聽得樹林中有嚶嚶的哭泣之聲，側耳聽去，覺得十分悲慘；忖度這哭聲是個女子，離身邊並不甚遠。孫癩子少年好事，思量：這一帶樹林裏並沒有人家，有甚麼女子一清早起來，就獨自跑到這樹林中哭泣呢？大凡放聲哭泣的人，爲是有不得了的事；師父吩咐我多行功德之事，我若能替這哭泣的女子出力，或救他的性命，或減他的痛楚，豈不就做了一件功德之事？

自覺這念頭有理，即時遵著發聲的方向，走進樹林；覺得哭聲更近了，耳裏並聽得出是如怨如訴的女兒哭母聲，彷彿就在離身數尺遠近。孫癩子一聽清楚是女兒哭母，登時就想起那說話的小狐狸精了；向左右望去，卻仍是看不見形跡。忍不住用腳在地下一頓，喝道：「哭的到底是狐是鬼？光天化日之下，竟敢這們橫行，還了得嗎？」

這幾句話一喝出口，即見一隻渾身黑毛的狐狸，連頭尾足有五尺來長，靠近一株樹根伏著；似乎知道自己露出了原形，很是著急，慌裏慌張要逃走的樣子。孫癩子不曾在白天看過這們大的狐狸，卒然發現了，自免不得也吃了一驚；正待看個仔細，那狐狸已拖著掃帚一般的尾巴，不顧命的逃跑。孫癩子雖不敢再存傷害他的心，然因想看他逃到那裏去，不知不覺的就跟著追趕。祗見那狐狸跑不上兩三箭遠近，就鑽進一個小小的石巖裏面去了。

孫癩子追到石巖跟前，低頭伏身看石巖裏面，也好像是一個石洞，漆黑得看不見裏面深淺大小的情形。祗是巖下的窟窿極小，便是三五歲的瘦弱小孩，光著身子也不容易鑽進去。窟窿周圍的石上，都磨擦得非常光滑，可知不斷的有狐狸進出。

孫癩子笑道：「原來這地方就是你這小狐狸精的巢穴。我雖用雷劈了你的母親，但我師父既將你母親的屍體埋葬了，並築了墳堆；我又在墳前默祝了後悔之心，並許了超度他，你不應該迷了我的方向，使我不能回洞，見不著師父，得不著盤纏！我原是不恨你的，至此也不能不恨你了！性命可以不傷害你的，但須擾得你暫時不能在洞裏存身，以洩我迷途之忿！」舉頭看巖邊有好幾株樹，孫癩子在看牛的時代，就慣會上樹，當即爬上樹去，折了一枝大樹椏下來。

兩腳剛著地，瞥眼就看見那隻黑狐狸從洞裏躥了出來，跑得眞快，霎霎眼便沒看見了！

孫癩子疑心是自己的眼花了，料想狐狸不能逃跑得這般快！隨把樹椏的小枝去了，僅留了尖上幾根小枝葉，從窟窿口塞將進去；以爲這樣狐狸的巢穴，縱深也不過數尺；有這們的樹枝，足夠戳到底了！誰知塞進窟窿去，毫無阻擋，直塞到樹椏都進了窟窿，孫癩子還不捨得放手，自己將身體伏在地下，伸直了右臂，也送到窟窿裏面去。

在裏面握緊樹椏，用力攪動了幾下，忽覺得窟窿旁邊，有一件尖銳的硬東西碰得手痛；順手放下樹椏一摸，摸著了似很沉重，取出來看時，原來竟是一個大元寶。朝窟窿口的一方面，也磨擦得非常光滑了。不由得喜出望外，連忙跪在地下，叩頭謝了師父的賞賜；起身待走，忽又轉念道：「照這情形看來，我是錯怪小狐狸精了！他原形都保不住不顯露，那裏能有神通迷我的路？我無端將樹椏塞進他窟窿裏，若不取出來，他果然早已逃出了窟窿，倒還罷了，不過從此回不得巢穴；倘若還在裏面躲著，不能出來覓食，不活活的將他餓死嗎？」遂揣好了銀子，仍伏身把樹椏拖了出來，才下山尋人打聽了回瀏陽的道路。

在路上也不知走了多少時日，向人打聽了多少次路程，一日畢竟被他走到了瀏陽縣。他既沒有家可以回去，又沒有親朋戚友之家可以投奔，初到瀏陽，祇得權且找了一家客棧住下。他雖是在瀏陽生長的人，然一則因生長在鄉下，不曾到過縣城；二則因那時年紀太輕，又出自窮家小戶，所以對於瀏陽的一切情形，皆不熟悉；不過一口瀏陽話還不曾忘記說就是了！一到瀏陽縣，心裏說不盡的高興；每日在客棧裏吃了早飯，就到街上去閒逛，打算在客棧略住些時，再到自己生長的鄉下去，謀安居生活之道。

這日，他正在街上緩緩的走著，忽見前面遠遠的一大群人，男女老少都有；一個個眉開眼笑的，不知圍擁著一件甚麼東西，邊看邊走。孫癩子是專在街上瞧熱鬧的，看了這情形，自然加緊了腳步，迎上前去看。他不看倒罷了，這一看幾乎惹出一場大禍來！原來：大家圍擁著看的，乃是一條三尺來長的木凳，凳上放著一顆人頭。木凳並沒人推挽，自然會一步一步的向前移動。那人頭雖是自頸以下截斷了，但是不見一點兒血跡；兩眼並和平常人一樣，能左顧右盼；頭髮朝天綰了一個道裝髻，還戴了一枝古玉簪。周圍看的人雖多，連小孩子都沒一個敢動手去探摸的！

孫癩子看了雖知道是有人賣弄法術，然不知道這人是誰？是何等樣的人物？正想找一個年老的人打聽打聽。湊巧有個人看了，向旁人稱歎道：「像鄧法官這們高強的法術，普天下祗怕也找不出第二個人來！」

這人聽了，點頭道：「法術確是高強得很，不過說普天下找不出第二個，就怕未必，祇我瀏陽自然沒人及得他！」

又有一個離木凳遠些兒的人聽了，答道：「我瀏陽若有人能及得他時，他也不敢這們橫行無忌了！」

這人說還未了，就有個年老些兒的，連忙搖手，止住道：「快不要隨口亂道！你以爲他祇有一顆頭在這裏走，便聽不出你說的話麼？此時這頭不能開口，等一會剃過了頭髮回去，一般的能將眼裏看的情形、耳裏聽的言語，一五一十說給鄧法官聽呢！」

那說話的人道：「隔了這們遠，我方才說的聲音又不大，料他也不聽得！並且看他的人這們多，他即算聽得了，也不見得便知道是我！」孫癩子這才知道是鄧法官的頭。因想看這頭究竟如何舉動，便不暇多聽這幾個人談話，即跟上人頭同走。

又走了十來家店面，到一家剃頭店門口停了。祇見一個年約四十多歲的人，裝束情形與普通剃頭的差不多，好像歡迎上賓的神氣，慌忙走出店門，恭恭敬敬的對這頭拱手，笑道：「鄧法官今日又來光顧小店了！請進，請進。」說著，將雙手先在自己衣上揩擦了幾下，覺得揩擦乾淨了，才誠惶誠恐的捧起那頭來，走進店就一張高凳子上安放了，和平常人剃頭一般的剃起頭來。剃乾淨了，仍捧出來安放在長凳上，那凳又自然能行走了！

孫癩子是個會法術的人，見了這種情形，如何肯捨了不看個究竟？遂又跟著長凳行走。不知跟得一個如何的結果？且待第九五回再說。

第九五回　鬥妖術黑狗搶人頭　訪高僧青蛇圍頸項

話說：孫癩子跟著鄧法官的頭，走進一條巷子，看這巷子又汙穢、又狹小，使人一望而知是窮家小戶聚居之所。孫癩子心裏想道：「難道這個鄧法官，就住在這們一個貧民窟窿裏嗎？他既學會了一肚皮法術，祇應該在瀏陽替人拿妖捉怪，保人平安。無端的取下頭來，是這般招搖過市，以致滿街的老少男女，都和看把戲一般的圍擁著走，像這樣的逞能，也就太無味了！我今日不遇著便罷，既遇著了，倒得和他開個玩笑！」

說起來眞怪！孫癩子不曾轉這念頭的時候，那鄧法官的頭被長凳馱著祇顧向前行走，兩眼雖是不住的開合，然並不注意看誰一眼。孫癩子才轉這念頭，那頭似乎已經知覺了，兩眼登時橫過來，圓溜溜的向孫癩子瞪著。孫癩子見了，隨即現出笑容，彷彿向熟人打招呼的神氣，接著舉右手迎頭一招，那頭便如被人推了一把，朝後滾了下來，長凳仍不停留的向前走了！

許多跟進巷口看熱鬧的人，見了這情形，也莫名其妙，祇一個個發出詫異的聲音，喊道：「哎呀！不得了！鄧法官跌了跟斗了！我們快些追上去，將長凳搶回來；若不然，這顆頭祇怕不能回去了！」

其中有一個年少的說道：「使不得，使不得！你們不曾聽得鄧法官說過嗎？凡是遇著他用法術驅使甚麼物件在街上行走時，萬不可動手和攔住去路；如不聽吩咐，必有大禍！於今鄧法官的頭已進了這巷子，離他家不遠了，我想這頭忽然滾下凳來，必是鄧法官有意要玩一個甚麼把戲給我們看；不然，決不至無故滾下地來。你們看，這頭已滾向前追趕那凳去了！」

祇見這頭在地下轉了幾轉，即一路翻滾直向長凳追去。孫癩子那裏肯放他走呢？口中默念了幾句，伸手一指那頭，那頭立時如有繩索牽扯，又是一路翻滾，退還原來落地之處了。看的人尚不知是孫癩子與鄧法官鬥法，但見人頭滾來滾去，眞以為少年說的話對了，果是鄧法官有意玩一個把戲給大家看。

祇見那頭接連來回滾了八次，看熱鬧的祇覺得好看，大家拍掌歡呼鄧法官好法力！誰知大衆歡呼的聲音還沒停歇，突然從人叢中鑽出一隻黑狗來，一口咬住那頭上的髮髻，依著長凳去的方向便跑。

孫癩子看了，大笑道：「人奈不何，狗奈得何嗎？回來，回來！」說著，對狗招了招手。那狗彷彿聽了主人的呼喚，登時搖頭擺尾的，啣著那顆人頭回到孫癩子跟前。

孫癩子彎腰從狗口中取下那頭來，托在手中撫摸。看熱鬧的這才吃了一驚，知道是孫癩子

與鄧法官鬥法！大家從孫癩子手中看那顆頭時，額上的汗珠兒，一顆顆掉下來比黃豆還大，兩隻眼睛也紅了！就有人向孫癩子請教了姓名，說道：「鄧法官今日遇著對手了，這回吃苦不小！衹看他這一顆頭的汗珠兒，就可知道他此時甚是著急！可以饒恕了他麼？」

孫癩子點頭道：「我孫耀庭出門多年，於今剛回瀏陽不久，不但不曾和鄧法官見面，並不曾聞他的名，與他毫無寃仇，誰願意無端與他做對頭？不過我們學法術的人，非到萬不得已的時候，不可輕易使用法術。剃頭是一件極平常的事，何必要是這們招搖過市，害得許多過路的人，都跟著瞧把戲似的，豈不是無聊之至？我因此要和他開個玩笑，使他知道學法術的人，是這般瞎鬧不得！他既急了成這個模樣，就放他回去也使得！」

話才說了，忽見一隻籃盤大的麻鷹，從天空如射箭一般的撲下來，一伸爪也是抓住那頭的髮髻，沖天飛去了。孫癩子不覺仰天笑道：「何苦要費這們大的事！我既存心放你回去，便用不著再鬧這玩意了！若安心給你下不去，鷹與狗又有甚麼分別？」

一人向孫癩子說道：「我們在這裏親眼看見的，雖知道是你存心放他回去，他這鷹方能啣著頭飛，但他或者還以爲是自己的法力搶回去的呢！他仗著法力高強，在我瀏陽橫行無忌，我瀏陽人被他害得上天無路，入地無門的，已不在少數了！難得你是瀏陽人，法力更比他好；他就住在這巷子裏，何不去會會他，也替我們瀏陽人出一口氣呢？」

孫癩子看這說話的人，年紀雖祇二十多歲，做手藝人的裝束；然言談舉動，看得出很是誠實，不像是一個輕浮多事的少年。並且說話時面上還帶著些兒忿怒的神氣，孫癩子料知這少年即是被鄧法官害了的一個，隨即點了點頭，問道：「你老哥貴姓？聽老哥的語氣，鄧法官必有對老哥不起的地方！」

少年答道：「我姓張。我父親就是在北城外燒磚瓦窯的張連陞，在瀏陽燒了四十多年的磚瓦窯，凡是久住在瀏陽的人，敢說不問大家小戶，沒有不知道我父親的。張連陞的磚瓦，有名的價錢公道，貨色認眞。並不曾有事得罪過鄧法官，不知他爲甚麼平白無故的找我父親爲難，竟將我父親的窯搗毀！我父親那時已有六十多歲了，受不下這般氣忿，沒幾日就咬牙切齒的死了！」

孫癩子一聽少年提起張連陞的名字，卻想到十一二歲的時候，曾聽人閒談過燒窯的張連陞，法術異常靈驗，時常替人畫符治鬼，不取分文。尋常不會法術的人燒窯，每每因誤犯了土煞和窯神，不是窯匠害病，便是窯裏的磚瓦破碎；惟有張連陞的窯，那怕架在太歲頭上，也平平安安的出貨！祇不知鄧法官是怎生與他爲難的？當下向少年問道：「你父親張連陞不是也會法術的嗎？如何被鄧法官搗毀了窯呢？」

少年歎道：「若不是我父親會法術，大約姓鄧的也不至找來爲難！不過我父親雖則會法術，然從來不曾見他在人跟前無端誇耀過；便是有人求他去治病，他能推諉的，還是推諉不去，必不得已也不問病家要錢！鄧法官素不與我父親相識，我父親也不知道他到瀏陽來了。他原是醴陵人，前年才到瀏陽來。究竟到瀏陽來幹甚麼？也無人知道。專喜在稠人廣衆之中，顯出他的法術來，好像惟恐旁人不知道他會法術似的。

「他第一次顯法，我也在場，記得在去年正月十五，有一個紳士雇了戲班在龍王廟演戲酬神。新年無事的人多，看戲的比平時多了幾倍。正月間天氣寒冷，人人頭上都戴了帽子，姓鄧的就拿著各人的帽子顯神通。祇見他忽伸手向自己頭上抓下帽子來，朝天舞了幾下，向空中一擲，那帽子脫手就變了一隻烏鴉，展翅在空中盤旋飛舞。

「立在他後面的人看得清切，都仰面觀望。不提防那烏鴉才飛繞了幾轉，各人頭上的帽子都跳起來，離開各人的頭顱，也變作烏鴉，跟著那隻烏鴉飛個不住。霎時間就有千數百隻烏鴉，在衆人頭頂上飛的飛，撲的撲，日色都被遮得沒有光了！

「看戲的遇了這種情形，不由得又驚訝、又歡喜，知道是他使的手段，就爭著問他的姓名，於是滿廟的人，都知道他鄧法官的神通廣大了！烏鴉飛舞了一陣，仍飛回各人的頭上，各顯原形，還是一頂帽子。是這們到處顯法術，我父親不僅不肯在場和他爲難，並存心躲避他，每見他來了，就悄悄的抽身走開。

「到底不知他爲甚麼放我父親不過，去年八月，我父親正在窯棚裏燒窯，祇差一兩日就要出貨了。好好的一窯火，突被一陣冷風吹來，登時完全熄滅了！這樣駭人的情形，我父親在窯棚裏四十年不曾見過，祇得點起香燭來請師。誰知燭剛點著，也被一口冷風吹熄了！我父親知道有人暗算，正捉住一隻雄雞，待一撕兩半，姓鄧的卻已先下毒手了，天崩地塌也似的一聲大響，窯已倒陷下來，我父親當時就氣得昏倒在地！

「直到我父親死後，我到窯棚附近打聽，才明白當時的情形。原來：那日姓鄧的到他朋友家中閒談，那朋友的家就在窯棚對面，那朋友忽問鄧法官道：『對過窯棚裏的張連陞，你認識麼？』

「鄧法官搖頭道：『祇聞名不曾見面。聽說他的法術不錯，不知究竟怎樣？』

「那朋友道：『張連陞的法術，是在我瀏陽有名的，收嚇、斷家、催生、接骨，沒一件不靈

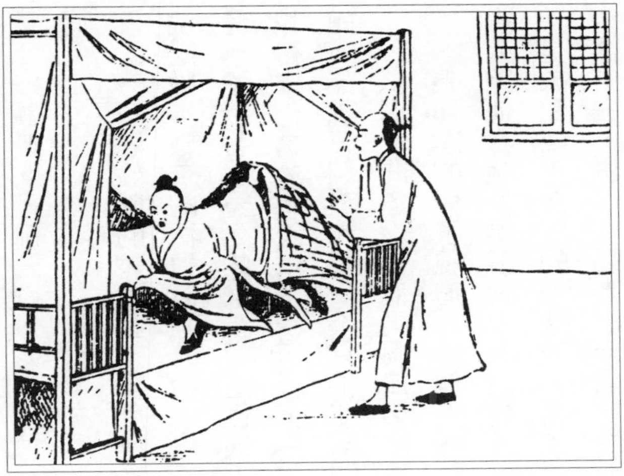

驗非常！你祇看他燒窯四十年，無一次不順利，就可以知道他的法術是瀏陽數一數二的了！』

「那知道這話就觸犯了姓鄧的，不服氣似的說道：『不見得他張連陞在瀏陽是數一數二的法術！我多久便想瞧瞧他的本領，你既這們佩服他，我且和他開個玩笑你看！我借你這床上睡一睡，你躲在大門裏面，偷看對過窯棚裏有甚麼舉動，隨時報我知道！』

「那朋友不知道厲害，見鄧法官仰面睡在床上，就躲在大門裏望著對過窯棚。忽見很濃厚的黑煙，突然中斷了，如熄了火的一般，便去到鄧法官床前，報道：『窯裏已不見冒煙了，進火的人現出慌張的樣子了！』

「鄧法官揮手道：『再去看，看了情形，再來報我！』」

「那朋友看了我父親點燭，又去報告，祇見鄧法官張嘴向空中一噓，又教朋友去看。那朋友報我父親捉了一隻雄雞在手，鄧法官順手拖了一張被單，一面蒙頭蒙腦的蓋在身上，一面說道：『先下手爲強，後下手遭

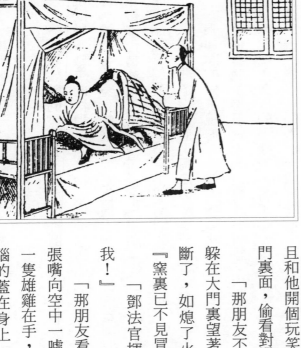

殃！』說時，兩腳一蹬，兩手一拉，被單早已撕成了幾塊！這邊把被單撕破，那邊的窯便應聲而倒！

「可惡姓鄧的聽說我父親急得昏倒在地，還跑出來遠遠的指著向那朋友揶揄道：『原來你瀏陽數一數二的法力高強人物，也不過如此！』說罷，得意洋洋的走了。我自恨一點兒法術不懂，不能替我冤死的父親報這仇恨！難得今日無意中遇見了你，湊巧你又是瀏陽人，無論如何也得求你替瀏陽人出了這口氣！姓鄧的還有兩個徒弟，比姓鄧的更加凶惡，終日在賭場、煙館，無風三個浪，無人不見了他兩個徒弟就頭痛！」

孫癩子問道：「他兩個徒弟姓甚麼？叫甚麼名字？是瀏陽人麼？」

張連陞的兒子說道：「他大徒弟姓王，多半也是醴陵人，前年與鄧法官同過瀏陽來的。瀏陽人因他身體生得很長大，相貌又很凶惡，都呼他作王大門神，外人知道他名字的倒少。二徒弟是來瀏陽不久收的，姓趙，名如海，瀏陽北鄉人。年紀雖祗二十四歲，卻生成一身好氣力，拳棒工夫，瀏陽一縣人沒一個敢惹他；自拜鄧法官爲師後，更是橫行無忌了！」

孫癩子道：「照你所說的，他師徒既在瀏陽如此橫行，應該有人出頭懲創他才是道理！我雖是瀏陽人，不過從小出門在外，現在剛回來沒有幾日；故鄉情形，因離開久了，一時不得明白。你且耐心多等些時，他姓鄧的上了今日這番當，若能從此改悔，強盜收心也可以做好人，偌大的瀏陽，何處不能容一個醴陵人居住？如果仍怙惡不悛，我自有對付他的法子！」許多看的人見孫癩子這們說，以爲是推諉，不肯認眞和鄧法官作對的話，料知沒有把戲看了，各自退出巷去。

孫癩子也待走出來，張連陞的兒子卻拉住不放道：「你不肯替我父親報仇，代瀏陽人出氣，都不要緊，祇是得收我做個徒弟！」

孫癩子笑道：「我自己求做別人的徒弟，別人還棄嫌我不要我，我倒能收你做徒弟嗎？並且你的年紀，祇怕比我還大一兩歲，我如何能做你的師父？快不要這般亂說！」

張連陞兒子道：「這卻不然！我拜師是學法術；但是有法術的便能做我的師父，年紀大小有甚相干！我父親的法術雖不甚高，然確是個很靈驗的；我若是有心要學法術，在幾年前就應求我父親傳授我，祇因我原來是不打算學法術的！自我父親被姓鄧的氣死後，我報仇的念頭，雖不曾一日停歇，然從來不敢在人前顯露；因姓鄧的在這裏也有些黨羽，我又是個沒有能耐的人，倘若向人露出報仇的話來，傳到姓鄧的耳裏去了，仇報不了，沒的反把一條性命送掉！

「剛才看了你和姓鄧的鬥法的情形，喜得我忘了形，竟當著許多人向你訴說緣由；以爲你已經與姓鄧的破過臉了，聽了我的話，立時就可以到姓鄧的家裏去，替瀏陽除了這個毒物，想不到你不肯即時下手！你的法術比姓鄧的高強，自然不愁姓鄧的尋仇報復，我此後若不拜你爲師，求你保護，卻如何敢在瀏陽居住呢？所以不能不求你慈悲，收我做個徒弟，我情願終生侍奉你！我父母都已去世了，因此刻尚在服中，還不曾娶妻；我家裏有幾畝祖遺的產業，節省些兒過活，也夠我一生的溫飽。衹求你答應我，我就誠心恪意的迎你到我家中供養一世！」

孫癩子心裏躊躇道：「我剛下山不久，正是自己要用力做工夫的時候，本不應該就收人做徒弟。不過我是個無家可歸的人，終年住在客棧裏也不成個局面；難得他能迎接我到他家裏去，就答應他也沒有妨礙！」

孫癩子是這們躊躇，張連陞兒子不待他開口答應，也不顧地下汙穢，撲翻身軀便叩了幾個頭道：「師父就不答應，我也在這裏拜師了！」

孫癩子慌忙拉了他起來，說道：「你既是拜我爲師，就得請我喝進師酒。不喝進師酒，便傳授你的法術，也是不靈驗的！」

張連陞兒子連聲應是道：「進師酒是應該請師父喝的！」當下就陪著孫癩子走到一家素來與張連陞做往來的酒館，要了幾樣下酒的菜，請孫癩子喝酒。

誰知孫癩子此時雖尚是一個少年，酒量卻好像一隻沒有底的酒桶，一杯一杯的喝下肚去，與澆在酒缸裏一般；一口氣喝了十多斤燒酒，才微微的顯出些醉意。迷縫著兩眼，向張連陞兒子道：「天色快要黃昏了，你自回家去罷。我趁著這時高興，要出城去瞧一個朋友，明天再到你家來。」

張連陞兒子道：「師父不是說出門多年，才回瀏陽不久嗎？有甚麼朋友住在城外呢？並且這時出城去，等到看了朋友回頭，城門必已關了，不能進城，我看不如就到我家去。師父喝了這們多酒，在這時分獨自跑出城去，很不相宜！到我家睡過了今夜，明天再出城看朋友也不遲！」

孫癩子搖頭，笑道：「好容易喝酒喝得這們高興，不趁此時去看朋友，豈不辜負了這一團興致？你不用管我的事，明天祇坐在家裏等我便了。」說完，偏偏倒倒的往外走。

張連陞兒子不敢多說，急忙算清了酒菜帳，追出酒館，打算跟在孫癩子背後，看他出城看甚麼朋友。若是因喝醉了酒倒在地下不能動時，便好馱著回家。幸喜追蹤出來，孫癩子跟跟蹌蹌的還走得不遠，遂不開口，祇悄悄的在後跟著。祇見孫癩子頭也不回的走出城來，翻過了幾重山嶺，走到一座廟宇門口，廟門已經關了。

孫癩子略不遲疑，伸手就推那廟門，竟是虛掩的，隨即塞身進去了。張連陞兒子惟恐自己師父順手將門關閉，自己便不能進去，忙緊走了幾步，跑到廟門跟前。喜得孫癩子並沒將門推關，大著膽子挨身進去，卻不敢跟著走上神殿。看大門兩旁有兩匹泥塑的馬，馬前都有一個與人一般高大的馬夫。心喜這馬夫背後，倒是好藏身之所，三步作二步搶到馬夫背後立著，定睛看自己師父正一步一偏的走上了神殿，故意咳了一聲嗽，大聲問道：「裏面沒有人嗎？」這話問出沒一會，就有一個小和尚走出來，問道：「你是甚麼人？來這裏找誰的？」祇聽得孫癩子答道：「我並不找甚麼人，是特來看和尚的。」

小和尚帶著不快意的聲口，問道：「你找那個和尚？我看你像是灌醉了酒的，無故跑到這裏來發酒瘋。出去罷！這裏是佛門清淨之地，不許俗人到這裏胡鬧！」

孫癩子怒氣沖沖的說道：「小禿驢好生無理！我來看你這廟裏的住持和尚，誰喝醉了酒？誰發了甚麼酒瘋？看住持和尚的客，能由你這小禿驢罵出去的嗎？」

小和尚聽了這些話，雖則一肚皮的不高興，然因究竟不知道來的是甚麼人，恐怕眞個得罪了住持和尚的朋友，不是當耍的！祇得勉強按納住火性，問道：「你既是來看我們師父的，見面為甚麼不明白說出來，祇說是特來看和尚的？廟裏的和尚多，知道你是看那個和尚！」

孫癩子笑道：「這廟裏有好多的和尚嗎？我看只有一個和尚：一個和尚之外，都是魔障！」說話時喉嚨裏咕嚕咕嚕響了幾聲，好像要嘔吐的神氣。

小和尚看了這情形，心裏已斷定不是來看自己師父的，不知那裏的醉漢，胡亂撞進廟門來了，不由得氣又冒上來，喝道：「灌醉了牛尿，這佛殿上嘔不得，快給我滾出去！眞不知是那裏來的晦氣！山門已經關了，你為甚麼敢推開進來？」

孫癩子也喝道：「你這小禿驢實在太可惡了！你眞個敢不去叫你的住持和尚出來麼？若再說我是喝醉了酒的，就休怪我動粗打了你！」說著，將衣袖捋了一捋，做出要打人的樣子。

小和尚見孫癩子捋起衣袖要打他了，倒高興起來，笑道：「你這醉鬼想到這廟裏來打人麼？那就不要怨我出家人不慈悲！」一面說，也一面捋著衣袖。孫癩子那裏把小和尚看在眼裏，一順手便抓了過來。

小和尚好像也會些拳腳似的，正待掙脫，裏面已走出一個老和尚來，問道：「甚麼人在這裏喧鬧？」

孫癩子見有老和尚出來，隨即將小和尚放了。小和尚受了一肚皮的委屈，正要向老和尚申訴。老和尚不待他開口，就叱道：「孽障！一點兒禮節不懂得，動輒和人相打，還不滾開些！」小和尚被罵得堵著嘴不敢說甚麼。

老和尚很和氣的問孫癩子道：「施主這時分到此地來，有何貴幹？」

孫癩子也陪笑答道：「並沒有甚麼事故。是特來貴廟借一個地方，暫宿一宵。求老和尚慈悲！」

老和尚道：「這卻對不起！敝廟地方狹小，不但沒有留客的床帳被褥，連容客的所在都沒有。請到別處去罷！」

孫癩子道：「若有別處可去，我也不到這裏來了！沒有床帳被褥，便坐著打一夜盹也使得。」

老和尚道：「實在對不起，不能遵命！因為敝廟的規則，是從來不許留俗人住夜的。這規則是要一千僧衆大家遵守的，不能由老僧破壞。」

孫癩子道：「此時天色已經昏黑了，廟外都是山林田野，與其出外死在虎豹口裏，寧肯在這廟裏吊一夜！雖不得安睡，然不至送了性命！我不佔貴廟的地方，難道懸空吊一夜也使不得嗎？」

老和尚道：「不要和老僧開玩笑！一個人怎麼能懸空吊一夜不佔地方呢？請到別處去罷，這裏委實不能相留！」

孫癩子道：「我確能懸空吊一夜。老和尚不相信，我就吊給老和尚看！」

話才說了，抬頭向屋梁上看了一看，祇一縱身，就向正梁躥上去，用三個指頭揑住屋梁，身體懸空吊下，問老和尚道：「是這般吊一夜也不行嗎？」

老和尚忽然哈哈笑道：「請下來罷！原來是好漢有意向老僧顯工夫的，確是了不得，老僧已領教了！」孫癩子聽了老和尚的話，三指一鬆，身體如秋葉一般的飄然而下。老和尚已合掌當胸請問姓名，孫癩子將姓名履歷略說了一番，老和尚讓進方丈就坐。

孫癩子笑道：「我也有一個一點兒禮節不懂的新徒弟，今日才拜師，卻不聽我的吩咐。我原是教他歸家去的，他公然悄悄的跟我上這裏來了。我本待不理他的，又恐怕被令徒拿住他當賊打！他今日剛拜師，一手工夫不曾學得，打起來不是令徒的對手。請教老法師怎麼辦？」老和尚道：「既是令徒來了，現在外面麼？請進來便了。」

張連陞兒子見孫癩子已知道他跟來了，不由得心裏一衝。待趕緊溜出廟門逃回去罷？又因天色已經晚了，城門久已關閉，不能回家。待仍躲在馬夫身後不動罷？一會兒被人搜出來了，更難爲情！

正在進退兩難的時候，祇聽得老和尚向著自己藏匿的所在，喊道：「張大哥！貴老師既知道你跟進來了，再躲著有甚麼用處呢？」張連陞兒子至此再也藏身不住了，祇好硬著頭皮走出來，直到佛殿上。

孫癩子指著老和尚給他看道：「他是雪山大師，在瀏陽是無人不知道的。你是生長瀏陽的人，也應該認識。」

張連陞兒子對雪山和尚行了個禮道：「雖不曾見過老和尚的面，但是聞名已久了！」

孫癩子笑道：「瀏陽人個個知道雪山大師，也可以說瀏陽人沒一個知道雪山大師！你所聞的名，不過是聞他品行超卓、戒律精嚴的名；有誰知道他是一個神通廣大、法力無邊的人啊？」

雪山和尚合掌念著阿彌陀佛道：「不敢當，不敢當！是這般替我吹噓，簡直是不容老僧在瀏陽住了！」旋說旋讓孫癩子師徒進了方丈，分賓主坐定。

孫癩子將本人的履歷，和學道的經過，向雪山和尚說了一個大概道：「我在峨嵋的時候，就時常聽得四方來聚會的道友談及老和尚，那時便已打算回瀏陽時必來拜訪，今日算是如了我的心願了！我有一事特來請教老法師：近兩年來住在瀏陽的鄧法官，老法師可曾認識他？」

雪山和尚笑道：「怎麼不認識！他雖來瀏陽祇有兩年，然不認識他的大約很少很少！」

孫癩子點頭，問道：「老法師本來認識他呢？還是從他到瀏陽以後才認識呢？」

雪山和尚道：「他到瀏陽不久就來看老僧，不是本來認識的。」

孫癩子道：「老法師覺得他爲人怎麼？」

雪山和尚道：「老僧出家人，終年不大出廟預聞外事；他爲人怎樣，倒不覺得！」

孫癩子道：「他自從見過老法師後，也時常來親近老法師麼？」

雪山和尚搖頭道：「僅來過那們一次，以後不曾來過。」

孫癩子道：「他來見了老法師，曾有些甚麼言語舉動，老法師可以使我知道麼？」

雪山和尚點頭道：「這有甚麼不可以！不過老僧不願傳揚到外面，使大家都知道。他來見老僧的情形，老僧不向人說，外人是永遠不會知道的，因為他自己斷不願意拿著去向人說！他當日會見老僧的時候，祇略略寒暄幾句，就和老僧談道。老僧素性愚戇，或者因談論旁門左道，有開罪他的所在，他心中似乎不快，即從左手食指放出一條青蛇來，圍繞在老僧脖子上。喜得老僧的皮膚粗老，不曾著傷，祇是不該將他練了多年的法寶，一拉兩斷的摜在地下，登時顯出一柄折成兩段的劍來！他看了不由得大哭，說是半生精力，付之流水了！老僧那時雖自悔魯莽，但也無法補綴他已斷之劍，祇好敷衍他出了門，自後便不曾見面了。」

孫癩子歎道：「老法師使他受了這們重大的懲創，

他在瀏陽居然還敢肆無忌憚，這東西膽大妄爲，可謂達於極點了！」遂將耳內聽得的鄧法官的行爲，和他兩個徒弟使著邪術橫行的事跡，一一述了一遍。

雪山和尚道：「我雖有耳目，卻和聾瞶了的差不多；他師徒在瀏陽的這些行爲，我簡直毫無聞見！不過他們左道的人，行徑是與尋常人有別。左道是注重屍解的，屍解有兵解、木解、水、火解等分別；在學道時候，就定了這人應該兵解或火解。若這人應該兵解的，不作奸犯科，便不至於明正典刑。兵解的境界，不容易達到，所以每有學左道的人，行爲比世間一切惡人還惡劣若干倍。這鄧法官將來應該如何屍解，外人雖不得而知，然他現在的行爲，必步步朝著將來屍解的路上走去！」

孫癩子道：「古人修道，志在度人。他爲修道而反害人，這道又如何得成就呢？」

雪山和尚道：「不如此，又安得謂之左道！」

孫癩子道：「我特來請教老法師，應如何對付他，使他以後不在瀏陽作惡？」

雪山和尚道：「管他做甚麼！據老僧看，他在人世橫行的日子也有限了，且耐心等些時再瞧罷！」

孫癩子在峨嵋山就聞雪山和尚的名，知道他的道術玄妙，並深自掩藏不露。他說看鄧法官在人世橫行的日子有限，必不會差錯，當下便不再說。這夜孫癩子師徒就在廟裏歇宿了。次日作別回到張連陞兒子家，便在張家過活，也傳授張連陞兒子一些小法術，不在話下。

孫癩子自見了雪山和尚出來，過不到半月，就聽得瀏陽一縣城的人都紛紛傳說：鄧法官被妖精所害，自知不久就要死了，此刻正忙著自己料理自己的後事。孫癩子聽了這種傳說，暗想：雪山和尚的神通眞不錯，在兩年前見了一面的人，竟能斷定他的生死！可知我們的道術，僅能知道一些皮毛，算不了一回事！不過鄧法官的邪術，也還有一點兒眞材實學，甚麼妖精能害他到這一步？倒得去詳細打聽一番。想罷，逕自打聽去了。

不知打聽得究竟是甚麼妖精？如何將害鄧法官的情形？且待第九六回再說。

第九六回　顯法術鐵釘釘巨樹　賣風情纖手送生梨

話說：孫癩子存心要打聽鄧法官如何被妖精害了的情形，喜得瀏陽人都很關心鄧法官的事，就是平常的一舉一動、一言一笑，祇要是鄧法官的，瀏陽人多歡喜傳說。無論老弱婦孺，隨便在甚麼地方遇見了鄧法官，多是笑嘻嘻的要鄧法官使點法術玩玩。鄧法官生性歡喜炫耀本領，有人要求他使法，他完全拒絕的時候極少。

常有少年婦女在路上行走，忽然褲帶作幾截斷了，褲子掉了下來，赤條條的沒一些兒遮掩，被路人看得羞的哭起來。及至拾起褲腰來找褲帶時，卻又是好好的並不曾斷！遇了這種時候，不用疑惑，不用打聽，人人都知道必是鄧法官在附近，有人要求他使法。

有時少年婦女在路上走著，忽然覺得要小解，急漲得片刻都不能忍耐；每每的來不及解褲子蹲下去，眞是若決江河，沛然莫之能禦，直弄得下半身透溼，寸步難移，不待說是窘狀畢露！在這時候，必有一大堆人在附近山頂上或高阜之處，拍手大笑。雖人人知道是鄧法官的無聊舉動，然被作弄的人，祇有哭泣，連罵也不敢罵一句，因爲罵了他更有的是苦吃！

鄧法官其所以專喜輕薄少年婦女，卻有個緣故。據傳說：他在醴陵曾收一個徒弟，將符本給徒弟帶回家中練習。那徒弟是有老婆的，學法術的人，有許多禁忌，而最要緊是不能與老婆同房。年少的老婆，不甘寂寞，勸說丈夫又不肯聽，氣忿不過，乘丈夫不在家中的時候，將鄧法官的符本，塞在馬桶裏面。丈夫回家不見了符本，詰問老婆，老婆也不隱瞞，把個丈夫氣得要死，夫妻打了一架。

丈夫跑到鄧法官家，將情形告知師父。鄧法官這一氣也非同小可，忿然說道：「這種不顧廉恥的賤婦，留在世上有何用處！不如殺死了的乾淨！」當即發出飛劍，去殺那老婆。想不到那老婆身上正在經期之中，飛劍到他身邊的時候，他湊巧坐在馬桶上，將月經帶握在手中；飛劍是通靈的東西，受不得汙穢，不敢近前去刺那老婆，祇在老婆左右前後飛繞。那老婆低頭坐在馬桶上，忽見眼前一亮，抬頭看時，祇見一條丈來長的青蛇，在空中圍著自己旋轉；心裏明白不是自己丈夫使的法術，便是鄧法官使的法術！也不害怕，順手提起月經帶，對準青蛇擲去，那青蛇即時落地，變成一柄三尺來長的劍！那老婆還恐怕他有變化，起身塗了些經血在上面。

後來鄧法官爲汙了這把劍，足費了二年多苦工夫，才將這劍修練還原，賭氣不在醴陵住了！那徒弟就是王大門神，也賭氣不要老婆了，情願跟著師父學法。鄧法官便因此不歡喜少年婦女。常說：少年婦女祇知道淫欲，爲要遂自己的淫欲，無論如何傷天害理的事都做得出，有時連性命都可以不顧，廉恥是不待說不放心上！這類少婦，儘可不必重視他，儘可任意輕薄他！

鄧法官的這般存心，所以在瀏陽專一歡喜尋少年婦女開心。有些生性淫蕩的少年婦女，不知鄧法官存心輕薄他們，見鄧法官和他們談風話，以爲他是一個喜嫖的人，倒找著鄧法官親近，要求鄧法官玩把戲給他們看。

鄧法官的把戲，本是隨時、隨地都喜玩給人看的。合抱不交的大樹，鄧法官祇須用一口寸來長的鐵釘，插進樹身裏面；次日看這樹，就枝枯葉落的死了。瀏陽四鄉的大樹，是這般被鄧法官釘死了的，已不計其數了！祇南鄉社壇旁邊有一棵古梨樹，老幹撐天，已多年不結梨子了。這樹的年代雖不可考，然至少非有數百年，不能長得這般高大、這般蒼古。鄧法官在夏天裏，每日坐在這樹下歇涼，不曾用鐵釘將這樹釘死。

這日，也是他的劫數到了！不知因甚麼事走社壇前經過，見梨樹下已有幾個鄉裏人，就地坐著閒談。細看那幾個人，都是素來會面認識的。

那幾個人見是鄧法官來了，齊立起身來，笑道：「好幾日不見鄧法官的把戲了，難得今日在這裏遇著！我們正在談論，沒有會尋開心的人在一塊兒玩耍，就是人多，也覺得寂寞！有你鄧法官來了，我們便不愁不開心了！請一同坐下來歇歇，玩幾套把戲給我們瞧瞧。」

鄧法官笑道：「我玩把戲給你們瞧，你們是開心。衹是這們熱的天氣，我不坐著乘涼，卻來玩把戲給你們看，不是自討苦吃嗎？」邊說，邊一同坐下來。

衆人問道：「我們聽說瀏陽又來了一個法術高強的人，叫甚麼孫癩子，有一天曾和你鬥法，將你的頭顱扣住不放，害得你出了滿頭的汗；還虧了看的人替你求情，孫癩子才放你走了。這話傳遍了滿城，是不是果有這們一回事？」

鄧法官搖頭道：「孫癩子和我開玩笑的事是有的，不過他的本領有限，我並不怕他！那日的事，滿城的人都知道是我差神鷹將頭顱奪回的，誰也沒替我求情！」

衆人道：「你既不怕他，他找你開玩笑，把你的頭顱扣住，你爲甚麼不去報復他，使他知道你的厲害呢？」

鄧法官道：「他與我無緣，我去找他幹甚麼？」衆人聽了，知道是掩飾的話，也就不再追問下去了。

其中有一個年老些兒的人，忽向鄧法官說道：「昨日我那鄰居張婆婆的兒子張一病了。原是要請我進城去接你來畫符的，那知道還來不及動身，張一便兩腿一伸死了！」

鄧法官問道：「是發了急痧症麼？死得這們快！」

這人道：「要說是急痧症，卻又和平常的急痧症不同；平常的急痧症，多是肚裏痛，或吐或瀉，或是一倒地就人事不知，遍身發黑。張一的病不是這樣。張婆婆說是被狐狸精纏死了。究竟不知是也不是？」

鄧法官笑道：「狐狸精纏人，那裏有一纏就死的道理！張婆婆何以見得是狐狸精呢？」

這人道：「近一個月以來，張一本來身體瘦弱得不像個人樣子！我雖是和他鄰居，因平日來往不密，也沒人留神他是病了。直到昨日，忽見張婆婆慌急得甚麼似的跑過我這邊來，說道：『不得了！我兒子病得要死了！要請許大叔替我去城裏將鄧法官接來。』

「我問：他兒子忽然得了甚麼病，這們厲害？他說：他昨日起床就如癡如獃的不說話，飯也沒吃多少，剛才陡然倒地，口吐白沫，也不知是甚麼症候？看神氣祇怕是……張婆婆說到這裏，即湊近我的耳朵說道：『祇怕是有妖精作祟！非請許大叔去城裏將鄧法官接來，旁人不容易治好！』

「我聽了覺得奇怪，當即跟張婆婆到他家看張一時，果然還倒在地下。要說不省人事，口裏又嘰哩咕嚕的說個不了，口旁流出許多白沫；兩腳直挺挺的不動，兩手忽伸忽縮，好像要推開甚麼東西的樣子。我看了，也疑心不是害病。

「因見張婆婆祇有這一個兒子了，若張一有個三長四短，眼見得張婆婆非出外討飯不能過活！天氣雖熱，也祇得幫他向城裏跑一趟，想把你請去瞧瞧。誰知等我回家穿好了草鞋要走，還沒走出大門，已聽得張婆婆一聲兒一聲肉的，號啕大哭起來了！

「我嚇了一跳，再跑去看時，張一竟自嚥了氣了！天氣又熱，張婆婆又沒有錢辦喪事，幸虧張婆婆有留著他自己用的一口棺材；地方人恐怕張一的屍臭了，害得地方鬧瘟疫，就拿張婆婆的棺材把張一睡了，馬馬虎虎的抬到山裏埋葬。

「張一死後，張婆婆才敢說出來，原來：張一在一個月以前，每夜睡了，就像有人和他在一床說話的樣子。張婆婆聽了，問過幾次，張一祇回說是說夢話，並沒有和他說話的人。張婆婆每夜聽得，越聽越清切。前幾日又問張一，並對張一說：『你近來的臉色很是難看，身上也瘦得不成樣子！你若再隱瞞不說出眞情來，豈不是害了自己？』

「張一知道瞞不過，才說：有個姓黎的姑娘，就住在這個社壇不遠，年紀十七八歲，生得美麗非常。在一月以前，因那日天氣熱得厲害，張一打從城裏回家，因喝多了幾杯酒，走到社壇，天色已黃昏時候了；酒湧上來，覺得身子疲乏，就坐在這一棵梨樹下歇息歇息。剛待闔上兩眼打一回盹，忽覺有人在肩上輕輕拍了一下。驚醒看時，乃是一個姑娘。這姑娘就是姓黎的。問張一：為甚麼坐在這裏打盹？

「張一見了女人，素來是歡喜偷偷摸摸的，大約當時見了這姓黎的姑娘，就幹了不顧廉恥的事，並且還約了每夜到張家相會。張婆婆心裏疑惑是狐狸精，口裏卻因張一吩咐了，說：黎

姑娘是不曾許配人家的姑娘，每夜來張家的事，不能使外人知道。遂不敢向人說。直到昨日張一快要死了，還不敢大聲說妖精作祟的話。那妖精說住在社壇旁邊，我想我們不是時常在這樹底下乘涼的嗎？有誰見過甚麼妖精呢？據你看，張一究竟是不是妖精害死的？」

鄧法官聽了，冷笑道：「黎姑娘竟敢是這般作祟害人，我眞不曾想到！可惜許大爺昨日不到城裏接我！」

這姓許的答道：「我還沒走出大門，張一便已嚥了氣，還接你來做甚麼呢？」

鄧法官道：「在斷氣一個時辰以內，我還有法可設！這雖是張一該死，但是那妖精也實在太可惡了！」

衆人聽了，都問道：「到底是一隻甚麼妖精？是狐狸精麼？」

鄧法官生氣的樣子答道：「那裏是甚麼狐狸精？老實說給你們聽罷。」說時，伸手向老梨樹一指道：「就是這棵梨樹，年久成了妖精！大約張一那次坐在這下面打盹的時候，因喝醉了酒，心裏有些胡思亂想，所以妖精能乘虛來吸取他的元陽！」衆人都吃了一驚，一個個抬頭望著梨樹出神。

姓許的哎呀了一聲，說道：「這卻怎麼了？這梨樹正在大路旁邊，來來往往的人，在這下面歇息的，每日不知有多少；誰知道坐在這裏，心裏便不能胡思亂想！將來不是還要害死好多人嗎？」

鄧法官道：「這事我不知道便罷，既知道了，豈能袖手旁觀！我到瀏陽，已不知道釘死了若干樹木，祇這梨樹我沒下手；就因為他生在大路旁邊，枝葉茂盛，可以留給過路的人乘涼避雨！於今他公然敢出來興妖作怪，我怎肯饒他？」旋說，旋從懷中探出一口寸多長的鐵釘來，口中念念有詞，彎腰拾了一個鵝卵石，將鐵釘釘入樹身。回頭向衆人說道：「你們瞧著罷！到明天這時分，便教他枝枯葉落，永遠不再生芽！」

姓許的向樹身端詳了一會道：「依我看，像這們大的梨樹，就用刀斧劈去半邊，祇要在土裏的根沒有傷損，也不至於枝枯葉落。這一點兒長的鐵釘，僅釘在他的粗皮上，不見得能教他死！」

鄧法官笑道：「你不信，明天來瞧著便了！」衆人接著又談論了一會，才各自散回家去。

次日，鄧法官也覺放心不下，知道這梨樹不比尋常，恐怕眞個一鐵釘釘不死，給地方人看了笑話，親自走到社壇來探看。衹見昨天在場的幾個人都已來了，齊起身迎著鄧法官道：「你看，這樹的枝葉，果已枯落得不少了；大概是因這樹的年數太深遠，生氣比尋常的樹足些，所以一日工夫，不能教他完全枯落！」

鄧法官抬頭細看那蔭庇數畝的枝葉，已有一大半枯黃了，心裏也認眾人所道的不錯，連忙點頭說：「是生氣太足，枝葉太多的緣故；任憑他的命根有多們長，也挨不到明天這時分，不愁他不死個乾淨！」於是大家又坐下來談話。

正談得高興，忽有一個年約三十來歲的婦人，肩挑一擔篾籮，緩緩的從城裏這條路上走來。那婦人身上衣服雖是破舊，倒洗濯得很清潔，一望就使人知道是個農家勤奮的婦人。肩上擔子，似乎有些分量，挑不起，走得很疲乏的神氣。走近社壇，便將擔子放下，離眾人遠遠的坐著休息。篾籮上面有蓋，看不出籮裏裝的是甚麼東西？眾人看這婦人的容貌，倒生得甚是齊整；眉梢眼角，更見風情。

不由得幾個人悄悄的議道：「這婦人沒有丈夫的嗎？怎麼一個婦女們，會挑著籮筐在外面走呢？」

鄧法官低聲問姓許的道：「你們也都不認識這婦人是那裏的麼？」

姓許的點頭道：「且待我去問問他，籮筐裏是甚麼東西？挑到甚麼地方去？」說著，從容起身走過去陪著笑臉，問道：「請問大娘子這籮裏挑的甚麼東西？從城裏挑出來的麼？」

婦人也不抬頭看姓許的，祇隨口應道：「半擔宜昌梨子。」

姓許的聽了是宜昌梨子，很高興的接著問道：「挑回家自己吃嗎？」

婦人微微的歎了一聲道：「我若有錢能吃半擔梨子，也不自己挑著在路上走了！」

姓許的道：「不是自己吃，是販來到鄉下發賣的麼？」婦人低頭應是，顯出很害羞的樣子。

衆人中有一個二十多歲的後生看了，心裏不免衝動起來，也走過一手將籮蓋揭開，說道：「好宜昌梨子！賣多少錢一斤？」

婦人躊躇道：「不好論斤的賣。大的賣三文錢一個，小的五文錢兩個。」

後生拈了兩個，在手中掂了掂輕重道：「大的兩文錢一個，肯賣麼？若是兩文錢一個能賣，我就做東。這裏共有八個人，十六文錢賣八個，大家解一解口渴。」

婦人搖頭道：「兩文錢一個買我的小的，我都得貼本！兩文錢一個，祇能由我揀選最小的。」

後生伸手在籮裏翻了幾翻道：「十分小的倒少。也罷，就由你親手揀選幾個看看。」後生一說做東的話，大家都歡喜得甚麼似的，登時圍住一擔籮筐，想吃不花錢的梨子。

鄧法官素來不能看見生得標緻的婦人。一見了標緻的人，渾身骨頭骨節，都和喝了酒的一樣，不得勁兒，定要逗著那婦人，說笑一陣風情話，才開心快意；不然，便得使用法術，害得那婦人當衆出醜，羞忿得無地自容！平時既習慣了這種行爲，此時自然也改變不了！見婦人從籮裏拈出一個最小的梨子，遞給那後生。

後生搖頭不接道：「這個太小了！你賣我兩文錢一個，像這們小的，也值得兩文錢嗎？」婦人還不曾回答，鄧法官已笑嘻嘻的說道：「由大娘子親手揀選的，你如何還說值不得？大娘子若肯親手送到我口邊，那怕就教我出十文錢一個，我也說值得！」

後生笑道：「你不出錢，專說便宜話，有甚麼不值得！」

鄧法官道：「你以爲我不捨得花錢麼？這樣小東道，算得甚麼！你們大家儘管吃罷。三文一個也好，五文兩個也好，你們盡量吃便了；看共吃了多少，由我還錢就是！」

姓許的笑道：「鄧法官說這話是要作數的，我們不講客氣！」

鄧法官也不回答，伸手揀大梨取出來，每人兩個分送了，後生接了梨子笑道：「我們不妨就是這樣吃，祇是鄧法官說過了，大娘子若肯親手拿梨子送到他口邊，他出十文錢一個。大娘子就拿一個送到他口邊罷，這有甚麼要緊！送到口邊，和送到手裏，有何分別？大娘子既辛辛苦苦的出門做這種小生意，祇要伸一伸手，就多賺幾倍的錢；出錢的說值得，賺錢的難道反不值得嗎？」

婦人含羞帶笑的望了鄧法官一眼道：「那有這們獃的人！我的手上又沒有蜜，送到口邊與送到手上，不是一樣嗎？爲甚麼肯多出幾倍的錢？」

鄧法官道：「我的話倒不是騙你的！我歡喜你親手送到口裏，覺得好吃多了；你眞肯拿著給我吃，不用我自己動手，就要我吃一個，算四個的價錢，我也情願！你不信，我先交錢，後吃梨子，還怕我說假話騙了你麼？」

姓許的指著鄧法官，向婦人說道：「我能擔保他決不騙你！他是城裏有名的鄧法官。你是在鄉下居住的人，不曾聞他的名；若是住在城裏的人，便是三歲小孩，提起鄧法官三個字也知道！」

婦人點了點頭，向鄧法官打量著，笑道：「你的手又沒害病，無端的教我拿著給你吃，這們多的人看了，不是難爲情嗎？」

鄧法官道：「有甚麼難爲情？快拿給我吃罷！你

看，他們每人吃一個，已將吃完了。」一面說，一面從腰裏掏出一把散錢來，約莫也有七八十文，安放在籮筐蓋上。

婦人笑道：「何必認眞先拿出這些錢來？你既定要吃我手上的，也好，我就拿給你吃罷！待我選一個頂好的出來。」在籮筐裏翻來覆去的挑選了一會，果選了一個茶杯大的梨子，用自己的衣袖揩抹一陣，眞個笑盈盈的送到鄧法官口邊。

不知鄧法官究竟吃了這梨子沒有？且待第九七回再說。

第九七回　鄧法官死後誅妖　孫癩子山居修道

話說：梨子一送到鄧法官的口邊，鄧法官張口便咬。這七人都睜開笑眼望著。不料鄧法官一口，連婦人的手都咬著了，嚇得婦人慌忙縮手，拖起兩籮梨子轉身就跑，兩腳比飛還快！七人不知是甚麼緣故，都驚得怔住了！鄧法官苦著臉，跺腳說道：「上了妖精的大當了！我活著不能報這仇恨，便是死了也不饒他！我有事去，不能在此奉陪諸位了！」姓許的連忙問道：「畢竟是怎麼一回事？我們是當面看見的，何妨說給我們知道呢！」鄧法官將走，忽停了腳，說道：「不是不能說給你們聽，不過我上了妖精的當，去死已不遠了，還有許多未了的事，須趁此時回去做了！剛才這個販梨子的婦人，就是害了張一的妖精，也就是這株古梨樹的木妖。

「我一時大意了，不曾識破他，及至那梨子一著口，覺得有針射進了我的舌尖，才悟出他的來歷。打算一口咬破他的指頭，誰知敵不過他通靈乖覺，不待見血，就縮回去跑了！若被我咬見了血，他也沒有活命！於今他有針射進了我的舌尖，早則三天，遲則一七，必然身死！衹是我雖身死，這道路旁邊的大害，我必替地方人除去。你們看著便了！」

姓許的道：「這樹經昨日釘了那口鐵釘，今日不是已有大半枯黃了，快要完全死去的嗎？」

鄧法官搖頭道：「這也是妖精的狡計！並非眞的枯黃，故意黃了些枝葉，使我不疑心的。我去了！」當即拔步急急的回家。

到家，便把王大門神、趙如海兩個徒弟叫到跟前，說道：「我當日在茅山學法的時候，祖師就判定了，我是應當木解的。於今我木解的時期已經到了！因我平日用鐵釘釘死的木妖很多，今日應得仍受木妖的報；刼數注定了是如此，任憑有多大的力量也無可挽回！

「我本人身後的事，倒很容易，用不著我此時吩咐準備！就祇有我的法術，你兩人所得的有限；我帶到土裏去也沒用處，須完全傳授給你們。不過法術不能同時盡數傳給兩個徒弟，祇能看誰與我有緣，便傳授給誰！未得眞傳的，可再從這個得了眞傳的學習。

「有緣無緣怎生看法呢？歷來都是一般的試法：我閉了雙眼，盤膝坐在床上，將帳門放下；不問有幾個徒弟，從大至小，一個個挨次拿槍在帳外對我刺殺。與我無緣的，無論如何槍法高妙，也刺我不著；有緣的，毫不費事就刺著了！這就名叫教了徒弟打師父。每人可以刺數十槍，直刺到自信刺不著才罷！」

王大門神問道：「隨便如何刺殺都行嗎？」

鄧法官點頭道：「這是自然！祇看你要如何刺才刺得著，便可以如何刺，就是悄悄的轉到我背後刺來也使得！照次序應該大徒弟先刺。你是我的大徒弟，由醴陵相從我到這裏，朝夕不曾離過左右，我很歡喜你，很想將法術完全傳給你，但不知你與我的緣法何如？不能不這們試試！」

王大門神心想：論槍法，我是遠不及趙如海。祇是師父既閉眼坐著不動，又可以從背後刺去，又可以刺到數十槍，豈有刺不著的道理？幸虧我是大徒弟，首先輪我動手；這是師父存心要將法術傳給我，所以用這種法子來試。若是趙如海是大徒弟，我做二徒弟的便無望了！心裏越想越高興，取了一桿長槍在手，看趙如海蹙著眉，苦著臉，甚是著急的樣子。王大門神料知他是因得不了眞傳著急，也不去理會他。

等鄧法官盤膝在床上坐好了，吩咐放下帳門來，遂掄槍在手，仔細覷定了方向，鄧法官已開口喊道：「儘管刺過來，刺中了是你的造化！」王大門神恐怕鄧法官躲閃，將槍尖靠近帳門，離鄧法官的身體不過尺來遠近；鄧法官話剛說了，就挺槍直刺進去，自以爲：這一槍是沒有刺不中的！誰知槍尖是著在柔軟的帳門上，不用力還好，一用力便登時滑到旁邊去了！身體向前一栽，倒險些兒把自己栽倒了！不由得怔了一怔，暗自想道：「原來是我自己沒

有當心！槍尖在帳門外面，隔了這們一層不能著力的東西，用力刺過去如何能不滑開呢？好了！師父沒限定我刺多少下，一下不中沒要緊！」

隨即抽回槍看了看槍尖，覺得很是鋒利；其所以刺不進帳，是因帳門垂下來，下面不似兩頭及後方有竹簟壓著，活活動動的，槍尖不容易透穿進去。若從兩頭刺進去，祇須刺破了帳子，師父明明坐在中間，那怕刺不著！遂挺槍跳過床頭，對準鄧法官坐的所在，又猛力刺將去。以爲床頭的帳子是一刺一個窟窿的，祇要槍尖刺進了帳子，就伸進槍去一陣亂攪，床上祇有這們大的地方，坐著不動的鄧法官，斷沒有不碰著槍尖的道理！

誰知王大門神是一個不會武藝的人，平日一次也不曾使用過長槍；初次將長槍握在手中，自覺用盡全身的氣力，槍尖上竟是一點力也沒有。

瀏陽人家懸掛的床帳，多是用極粗夏布做的；粗夏布比一切的布都牢實，那裏刺得穿呢？

祇刺得槍尖向上一滑，奈用力過猛，槍尖直刺在天花板上，震得許多灰塵掉下來。王大門神一抬頭，兩眼都被灰塵迷了，一時再也睜不開來！祇得騰出一雙手來揉眼，想不到那灰塵越揉越陷在眼裏不得出來，眼淚倒是如喪考妣的流個不住，並且痛得非常！

滿心想放下槍來，去外面用清水洗一洗眼睛，再來刺殺師父；又恐怕自己走開了，按次序須輪到趙如海來刺。趙如海的槍法高妙，一被趙如海刺著，自己便落了空，大徒弟倒弄得須向二徒弟學習法術，不但面子上難爲情，心裏也有些不甘願！

不過兩眼痛到這一步，不去用清水洗淨，若何能睜得開呢？祇得叫了一聲師父，說道：

「我還祇刺了兩下，就把兩眼弄得不看見了。想去拿冷水洗一洗再來刺，行麼？」

鄧法官在床上，仍閉著眼睛，問道：「好好的兩隻眼睛，怎麼無緣無故會不看見呢？歷來師父臨死傳徒弟的法術，刺師父是照例不能停留等待的。我若破了這個例，你們將來傳徒弟都麻煩！刺得著師父的便是有緣，自問不能再刺，就得讓給以下的人。若各人都刺個不歇手，眼痛了可以洗一回再來刺，那麼，疲乏了也可以休息一回再來刺；誰刺不著，便誰不肯放手，不是永無了期嗎？你能不停留的刺下去便罷；不然，就且讓給趙如海刺了再說。如果趙如海也刺不著，你兩人就可以平分了我的法術，誰也不能得完全的眞傳！」

王大門神聽了，一手仍握著槍不肯放，打算忍耐著兩眼的痛苦，非刺著師父不放手！無如兩眼經手一揉擦，竟腫起來比胡桃還大，用力也睜不開來：連鄧法官坐的地位，都認不準確了，情急得衹管跺腳！鄧法官催促道：「能刺就快刺過來！」

王大門神口裏答應，叵耐不湊巧的兩眼，正在這要緊的關頭，痛得比刀割更厲害；心裏也知道睜開眼尚且刺不著，閉了眼如何刺得著？被催促得衹好長歎了一聲道：「我沒有這緣法！趙如海你來罷！」說畢，將長槍向地下一摜，走過一邊，雙手捧著眼哭起來了。

趙如海也叫著師父，說道：「我自願不得師父的眞傳，請師父傳給大師兄罷！」

鄧法官道：「沒有這種辦法！要授眞傳，照例應是這們試試緣法！你是會使槍的，拿鎗刺過來罷！」

趙如海道：「我就有這緣法，也不願意是這們得眞傳！」

鄧法官詫異道：「這是甚麼道理？從來學法的人，都是如此，你何以不願意？」

趙如海道：「我相從師父學法，年數雖不及大師兄久，然也有兩三年了。平日蒙師父傳授我的法術，恩深義重，我絲毫不能報答師父，心裏已是不安！今日師父被妖精害了，我做徒弟的又不能替師父報仇雪恨，怎忍心再拿槍向師父刺殺？像大師兄這們刺不著倒還罷了，若萬一我一槍刺到了師父身上，我豈不成了一個萬世的罪人？」

鄧法官道：「你的話雖不錯，但是茅山教傳徒弟的規矩是這們的。你要知道，我既能做你的師父，決不至怕你刺殺，巴不得你能刺中才好！」

趙如海道：「我的槍法不比大師兄，大師兄是個不懂武藝的，他手上毫無力氣，所以槍尖刺不透帳子。我從小就練武藝，槍法更是靠得住，師父坐在床上不動，除了用法術使我刺不著便罷；若不用法術，有緣法的仍是刺得著，我寧死也不忍挺槍對準師父刺去！眞傳得不著有甚麼要緊！」

鄧法官聽了，猛然跳下床來，一面點頭，一面笑道：「這才是我的徒弟，夠得上得我眞傳的！」

說時，回頭望著王大門神道：「你祇管哭些甚麼，你自己不想得我的眞傳，怨不得趙如海，更怨不得我！你心裏也不思量思量，我坐在床上不動，你一槍若把我刺死了，試問你向誰去得眞傳的法術？快給我滾出去罷！我收你做了這們多年的徒弟，也傳了你不少的法術；我於今死在臨頭了，你還忍心挺槍刺我以求法術。你自己憑良心說，尙有半點師徒的情分麼？我的法術，如何肯傳給目無師長的徒弟！」

王大門神沒有言語爭辯，兩眼還是痛不可耐，祇得恨恨的捧著痛眼走了。

鄧法官將眞傳給了趙如海，便對他自己老婆說道：「我今夜必死，我的仇恨，雖身死還是不能不報！不過你得好好的幫助我，我的陰魂才能去報仇雪恨！我這裏有七隻鐵蒺藜，你預備一爐炭火在我床前，將七隻鐵蒺藜擱在炭火裏燒紅。祇等我嚥了氣，就拿燒紅了的鐵蒺藜，一隻一隻的塞進我的喉管。我有了這七隻鐵蒺藜，便好去報仇雪恨了！」

他老婆道：「燒紅了的鐵蒺藜塞進喉管，不是你自己受了痛苦嗎？你雖是嚥了氣不知道痛苦，然我如何忍心下這種毒手！你改用別的方法去報仇罷，是這樣仇還不曾報得，自身就得先受痛苦，我不願意！」

鄧法官著急道：「這是那裏來的話，連你都不知道我的本領嗎？那妖精已有五百多年的道行，這仇很不是容易報復的！除了用這厲害的法子，沒有第二個法子！我此時不曾嚥氣，這身體還是我的；祇一口氣不來，我就有法術能使我的屍體，立刻變成那妖精的替身。你塞鐵蒺藜，不是塞進我的喉管，是塞進那妖精的喉管！你若不遵我的吩咐行事，我死後不但不認你是我的老婆，並且要在你身上，洩我的怨氣！」

他老婆既明白了塞鐵蒺藜的作用，也就應允遵辦了。

鄧法官又叫趙如海過來，吩咐道：「我死後你須在社壇附近守候，看那梨樹的枝葉完全枯落了，方可回家來裝殮。我的屍體，含飯的時候，務必仔細看我的舌尖，有針露尾，便得拔出，免我來生受苦！」趙如海自然遵囑辦理。

這夜，鄧法官果然嚥氣了。他老婆早已燒紅了鐵蒺藜等候，剛嚥氣就用鐵筷夾了鐵蒺藜塞進喉管去。已塞過六隻了，第七隻才夾在手中，稍不留意，鐵筷子一滑，鐵蒺藜便掉在地下。不知道地下在何時滴了一滴水，鐵蒺藜的一角，正落在這點水上，已燒得內外通紅的鐵蒺藜，因著了一點兒水，那一角就登時黑了。他老婆以爲祗黑了半粒米大小的一角，是沒有妨礙的，重新夾起來塞進去，靜候趙如海從社壇回來裝殮。

誰知等一日不見趙如海回來，等兩日也不見趙如海回來。八月間天氣還熱，他老婆惟恐在床上停放的日子多了，屍體難免不臭。因鄧法官曾吩咐了，又不敢不待趙如海回來就裝殮。

直等到第七日夜間，他老婆睡著作夢，見鄧法官來了，滿面的怒容說道：「你這東西也太不小心了！鐵蒺藜掉在地下，被水浸黑了一角，你難道也不看見嗎？就因爲黑了那一角，害得我用口吹了七晝夜，方將黑角吹紅。於今我的仇已報了，我的徒弟立刻就回，你安排裝殮罷。」

老婆從夢中驚醒，即聽得外面有人敲門，起來開門看時，果是趙如海回來了。對鄧法官的老婆說：「在社壇守候那株梨樹，枝葉並不見枯黃，白天也沒有甚麼動靜，一到夜間，就聽得梨樹底下，彷彿有人吹火的聲音，此時那梨樹的枝葉，不但完全枯落了，連根幹都像被火燒焦了的一樣，數里以外，都嗅得著柴煙氣味。我見師父的仇已經報了才回來！」

隨即到鄧法官屍體跟前，撬開嘴唇看時，祗見上下牙齒將舌尖咬住，已露出兩分長的針尾；用兩指拈住針尾向外一拖，隨手拔出一口二寸多長的鋼針來。再看喉管裏的鐵蒺藜，已不見了。後來地方人見那梨樹已經枯死，鋸倒下來，發現樹心中有七隻鐵蒺藜，才知道鄧法官死後，屍體確是變了那梨樹的替身。瀏陽人因此都知道鄧法官被妖精害死，及死後報仇的故事。

孫癩子探詢了一個實在，益發佩服雪山和尚的道法高深，交往得十分密切。衹是過不了幾年，雪山和尚便死了。孫癩子因縣城裏囂雜，不便修行，獨自在瀏陽縣境內金雞嶺山上，蓋造了一所茅屋，終年住在屋內潛修苦練。輕易不下嶺來，也不和世俗的人來往。

在嶺上經過了若干年，這日他心中偶然一動，忽想起已有好多年不曾去瀏陽縣城裏玩耍了，即乘興下山，走到縣城裏來。剛走進城，就聽得街上的人紛紛傳說：趙如海今日遇著對頭了！看他還有甚麼能爲可以逃跑？

孫癩子不覺暗自詫異道：「趙如海這個名字，我耳裏聽得很熟，不就是鄧法官的徒弟嗎？我記得他是因不忍拿槍刺鄧法官，所以得了鄧法官的眞傳。這瀏陽縣裏，雪山和尚既死，我又隱居在金雞嶺修道，趙如海硬軟工夫都不在人下，有誰是他的對手呢？湊巧我今日下山去，何不順便打聽打聽，看是怎樣一回事？」

正待找人探問，忽見前面來了一個身材魁偉的和尚，身穿黃色僧袍；上面科著頭光滑滑的，下面赤腳套著草鞋；右手提起一枝黑色很粗壯的禪杖，卻不在地下支撐；杖頭懸掛一個本色的葫蘆，精神滿足的挺胸而走。街上及兩旁店家的人，都很注意似的望著這和尚。

孫癩子一看，也就覺得這和尚非等閒之輩，不因不由的定睛看著。思量：這和尚的年紀，就皮色鬚眉看去，至少也有五十多歲了，精神步履，便是少壯的漢子，也多趕他不上！怎的瀏陽縣有這們一個莽和尚，我是本地方人倒不曾見過？正如此思量著，和尚已昂然走過來了。

孫癩子就近看和尚的頭頂，並沒有受戒的艾火瘢，臉肉橫生，濃眉大眼，全不是出家人的慈悲模樣；神氣之間，似乎知道街上的人都注目望著他，他自覺要顯得分外精神的樣子。

孫癩子又暗自猜疑道：「我看他原不像個出家人模樣，果然是一個不曾受戒的野和尚！多半是個大強盜，因犯了大案，削髮出家希圖避罪的。我既是隱居修道的人，管他是強盜，是好人，橫豎不干我事。我還是去找人探問趙如海的消息罷。」

不過孫癩子心裏雖這們想不作理會，兩眼不知怎的不捨得撇了這和尚不看，跟著掉轉臉一看和尚的背影，登時禁不住吃了一驚！原來：孫癩子是個修道已有火候的人，一看這和尚的後腦，便看出是個劍仙，方才所猜疑的完全錯了！也不說甚麼，隨即轉身跟著這和尚行走。

和尚出城後，腳步益發快了。若在平常人，無論如何飛跑也追趕不上！幸虧孫癩子也是修道有神通的人，又是有心要窺探這和尚的行蹤，自然不肯落後！轉眼之間，便追了數十里。祇見這和尚直走進一座樹林深密的山中。孫癩子停步看那樹林中，隱約有一所很大的寺院，和尚頭也不回的走進那寺院中去了。

孫癩子不覺獨自歎息道：「何處沒有人物！我以爲雪山師死後，瀏陽便沒有可與談道的人了；誰知祇離城數十里，就有同道的人居住！目空一切的鄧法官，怪不得處處遇著對頭！我既追蹤到這裏來了，何妨進寺去拜訪這和尚一番。」主意已定，即上山走進寺院去。

不知要拜訪的這和尚是誰？趙如海的事，究是如何情形？且待第九八回再說。

第九八回　紅蓮寺和尚述情由　瀏陽縣妖人說實話

話說：孫癩子走到那寺院門口一看，寺門上嵌了一方石匾，匾上刻著「紅蓮寺」三個大字。心想：紅蓮寺不是才建造了沒有多少年的新寺院嗎？我回瀏陽就聽得有人說，紅蓮寺裏的和尚，戒律極嚴，不似尋常庵寺裏的和尚，一點兒清規沒有。原來有這種人物在裏面，怪不得比尋常庵寺裏的和尚好！可惜我剛才失了計較，不曾追上這和尚攀談，不知道他的法號，怎好進去拜訪他呢？

孫癩子正在山門外躊躇，忽見寺裏走出一個四十多歲的和尚，兩眼東張西望，好像尋找甚麼人的樣子。看見了孫癩子，便合掌招呼道：「你這位老闆貴姓？是從城裏跟隨我們師父到這裏來的麼？我師父打發我出來接老闆到寺裏去有話說。」

孫癩子聽了，暗自吃驚道：「我一路跟來，並不見他回頭，我也沒露出一點兒聲息使他聽得，他畢竟知道我是從城裏跟出來的，可見他的本領確是了得！我正著急不知道他的法號，不好進去拜訪，難得他先打發人出來迎接我！」

當即拱手向和尙答道：「我姓孫，名耀庭，因見令師的儀表非凡，料知不是尋常的和尙。請問令師的法諱，是如何稱呼？」

這和尙答道：「我師父法名無垢，現在佛殿上等候孫老闆進去。」孫癩子便跟著和尙走進紅蓮寺。

祇見無垢和尙巍然直立在佛殿上，雙手握住那枝又粗又壯的禪杖，抵在地下，遠望去儼然一尊護法的韋馱神像；杖頭的葫蘆，已不知在何時除去了。

孫癩子看了這種神威抖擻的樣子，覺得奇怪，不由得邊走邊心裏忖念道：「我雖是初次來拜訪他，不應在暗中跟隨他走這們遠，但是我祇爲欽仰他是同道，並無絲毫惡意。他旣能不停步，不回頭，知道有我跟隨他到了山門之外，便應該知道我絕沒有與他爲難的念頭，又何必使出這般神氣來見我呢？」

一路忖想著，已到了佛殿。因見無垢和尙還是那般神氣，心裏很不高興，深悔不該進來，自尋侮辱。

出外迎接的和尙，上前對無垢說道：「這人自稱姓孫，名叫耀庭。據說因見師父的儀表不凡，所以跟到這裏來了。」

無垢和尙鼻孔裏響雷也似的哼了一聲，即掉過臉來，換過了一副笑容，望著孫癩子，說道：「原來是孫大哥，大約已相隔差不多十年不見面了。不說出來，簡直見面不認識！對不起，對不起！」說著，倚了禪杖，重新合掌行禮。

孫癩子見無垢這們一來，更弄得莫名其妙了，祇得回禮，說道：「我因見了老法師的莊嚴儀表，有心結識，不知不覺的就從城裏追隨到了此地。是這般拜訪高賢，實是冒昧之至！但記不起與老法師十年前曾在何處相見過？」

無垢和尚笑道：「老僧因經營這所紅蓮寺，已八年不朝峨嵋了，不是已差不多有十年不與孫老哥見面了嗎？」

孫癩子聽了喜笑道：「我的眼力眞太不濟了！我追蹤老法師的時候，還祇以爲是同道，誰知竟是同門的道侶！祇因那時每次在峨嵋聚會的人太多，所以在異地相逢，稍不留意便錯過了！」

無垢和尚立時改變了一種親密的態度，殷勤招待孫癩子到方丈裏坐著，說道：「老哥不要見怪我剛才相見時那般傲慢的舉動！這其間有一個緣故，不能不向老哥說明白。老哥是自家人，不用相瞞。

「我住持這紅蓮寺已有七八年了，這七八年中，我的足跡不但去城市的時候稀少，並且不大跨出寺門。就是這寺裏的一千僧侶，因多半是在四川剃度的，爲要清修才到這寺裏來；於本地的人情習俗，都不大明白，平日也少有去外面走動的。不料前月忽然來了一個身材很壯健，年紀約有三十多歲的漢子，到寺裏聲稱要會當家和尚。

「知客僧問他：會當家師幹甚麼？他就圓睜著一雙怪眼，大聲喝罵道：『你管我會當家師幹甚麼？你當家師不做強盜，難道不敢見人嗎？』知客僧見他開口便罵人，好生無禮，本待和他計較一番；祇因礙著寺裏清規，是不許與人惡聲爭吵的，勉強按納住性子，來方丈如此這般的報給我聽。我想世間那有這們不講理的人，必是有意來尋事的！我祇好出去見他。

「以爲：他不過是一個無賴的痞棍，想來找我們出家人喝橫水的！及至走出來一看那人的神氣，卻不像個無賴，並很客氣的向我行禮，說道：『我是趙如海。聽說老和尚的法術高強，特地前來領教！』說罷，又拱了拱手。

「我初到瀏陽的時候，就聽得地方上一般老年人，時常閒談起鄧法官的法術怎生高妙，如何屢次用法術捉弄婦人，用鐵釘釘死古樹。我正待去會會他，看他究竟是怎樣一個三頭六臂的人物，敢如此肆行無忌？無奈那時初到瀏陽，鎮日爲建造這紅蓮寺的事，忙個不了，一時抽不出閒工夫去瞧他！而不久也就聽得人傳說：鄧法官已被樹妖害死了，生平所會的法術，一股腦兒傳給他第二個徒弟趙如海了。

「嗣後又聽得人說：趙如海在鄧法官手下做徒弟的時候，雖也是和他大師兄王大門神一般的喝酒賭錢，毫無忌憚；然吃他兩人的虧，被他兩人所害的，盡是平日在賭場裏面討生活，及時常和兩人在一塊鬼混的無賴。決不與他兄弟相干的人，並不侵犯！

「誰知鄧法官一死，趙如海的行徑，便簡直是十惡不赦了，弄得瀏陽人又恨他、又怕他！有幾個出頭露面的紳士，都爲自己的小姐、少奶奶，上了趙如海的當，不好明說出來，借故在瀏陽縣告他。縣太爺派差去拿他，那些差役自知不是趙如海的對手，不敢去拿，故意賣人情，使人送信給趙如海，教他避開一步，好用畏罪潛逃四個字，回去銷差。

「祇是趙如海那裏肯逃呢？口裏對送信的人說就走，等送信的人去後，仍是坐在家中不動。差役見了面沒法，祇得向他求情，請他到案。他說：『我不打算到案，也不坐在家中等候你們了！去罷，去罷！』於是跟隨差役同到縣衙裏。

「那幾個紳士告他是妖人，專會用邪法害人。縣太爺坐堂審訊他，他直言不諱是會法術，並且不待審問他用邪術害人的事跡，他自己一口氣供出來。說：某公館的某小姐，因愛他身體生得強壯，暗地打發老媽子到他家約他去通奸。某公館裏的少奶奶，因不生育，請他去治病；在治病的時候，歡喜他法術靈驗，自願和他做露水夫妻。都是出於兩相情願，沒有一個是用邪術強奸的。

「縣太爺想不到他會說出這些話來！一則各紳士的面子過不去，二則這樣案情重大，待認眞按法懲辦罷？又恐怕吃力不討好。待不認眞辦罷？於自己的官聲有礙，若遇著挑眼的上司，說不定就因此壞了前程！祇得故意將驚堂木一拍，喝聲：『混帳東西！在本縣面前，怎敢是這們胡說亂道！你分明是得了顚狂的病，所以滿口瘋話！再敢胡說，本縣就要賞你的板子了！』

「以爲有這樣的言語開導了趙如海，趙如海理會了這用意，索性裝出瘋顚的模樣，便可以含糊了案的！叵耐趙如海偏不自認瘋顚，倒洋洋得意的說道：『你不要打算加我一個瘋顚的聲名，替那幾家公館裏遮醜！他們不迎接我到他公館裏去，我不至無端跑去；他們的小姐、少奶奶不求我通奸，我不至跑到他閨閣裏面去行淫！』

「縣太爺見掩飾不了，祇得問：那些紳士爲甚麼要迎接他到公館裏去？他說：某紳士因聽說他會用黃銅煉成黃金，特地親自到他家迎接，爲怕外面露出風聲，不是當耍的，所以殷勤款待他，住在小姐的閨房隔壁；不許當差的見面，免得去外邊對人亂說。某紳士因想從他學道，教自己的姨太太、少奶奶都拜給他做女弟子。總之，家家都是想得他的好處，自討虧吃，與他無干。

「那縣太爺是個科甲出身的人，雖聽了這些供詞，卻不相信趙如海眞有甚麼法術。即問他果眞會些甚麼法術？趙如海說：會的法術太多，一時也說不盡。看要甚麼法術？便會甚麼法術！縣太爺也想看看到底有甚麼法術，便說：你且隨意顯一些兒，給本縣看看。趙如海說：這是很容易的事！你瞧著我，眼睛不要動，我的法術就來了！

「縣太爺眞個目不轉睛的瞧著他，忽覺兩眼一花，眼前的人物，都看不清楚了！連忙舉起衣袖，揩了揩眼睛再看時，已不見趙如海的影子了！兩邊站班的衙役，也都登時驚詫起來，各人都一般的祇覺得兩眼一花，不知道趙如海是怎生跑掉的？

「他自在縣衙大堂上鬧了這回玩意，做縣官的就想不認眞，敷衍過去也不行了！沒奈何，祇得又出票拿他。第二次又把他拿著了。縣太爺預備了許多烏雞、黑狗的血，趙如海一到，眞個弄得狗血淋頭，所有的法術，一時都被汙穢得不靈驗了！這種妖人，照例處死。行刑的這日，瀏陽滿城的男婦老幼，上萬的人擁到法場看熱鬧。劊子手推趙如海出來，一路談笑，神色自若，並對著許多看熱鬧的人問，劊子手的刀快也不快？

「大家眼睜睜的望著劊子手舉起雪亮的鋼刀，一刀斫去，但見金光一閃，鋼刀斫在空處，刀下的趙如海已不知去向了！僅剩下一條綑綁的繩索，委棄在地！

「監斬的官兒和劊子手正在驚駭之際，天色陡變，一霎時狂風怒吼，大雨傾盆而下。監斬官分明看見趙如海科頭赤腳的，在看熱鬧的人叢中跑來跑去，一般人好像多沒有看見的樣子。監斬官指揮左右去捕拿，左右的人都不曾看見，如何捕拿得著咧？

「拿了些科頭赤腳的人，一看都不是趙如海！監斬官因有職責在身，不能眼望著趙如海逃走，不上前擒捉，祇好親自動手。也顧不得風吹翎頂，雨溼衣冠，躥入人叢中，東抓一把，西拉一下。看熱鬧的人見了這情形，都以爲監斬官瘋了，嚇得四散奔逃。直等到看熱鬧的人散盡了，監斬官才沒看見趙如海了。渾身被雨淋得如落湯雞一般，加以累得一身大汗，那裏還是一個威風凜凜的監斬官呢！

「次日，趙如海又在街上行走，有人問他昨日在法場上的事。他說：我自己的死期未到，誰也殺不死我！我因那監斬官的情形可惡，我在路上和人說說話，他也裝腔作勢的向我高聲叱罵；他以爲我死在臨頭了，不妨欺負欺負，顯顯他自己的威風！我若不捉弄他，使他吃點兒小虧，他也不知道我的厲害！自是以後，趙如海的行爲，不但沒有變好，益發比從前來得惡毒了！

「我曾幾次動念，要替瀏陽人除了這妖物。無奈我是出家人，一則不願意輕犯殺戒，二則因趙如海是遠近知名的妖物；我出頭去除他，說不定也弄得大衆都知道了我的行徑。因此遲疑復遲疑，不敢冒昧從事，想不到他竟會自己找到我這裏來。

「我既是出家人，怎願意與他爭長較短？當下自然不認會法術的話，說他誤聽人言，找錯人了！他說：我姓趙的豈有找錯人的道理？我那時仔細打量他，覺得他的面貌並非十分凶惡之人，何以他的行爲，竟這般凶惡得不可思議？他不來找我，便可以不管；既是找到我這裏來了，我佛以度人爲本，不妨設法開導他。倘能使他歸向正路，豈不甚好？

「我既動了這個念頭，就對他說道：『我現在也用不著爭辯。即算我是個有道術的，我是出家人，住在這紅蓮寺裏，從來不與外人交接，也不礙你的事，你爲甚麼要特地跑來和我較量呢？不是我出家人說瞧不起你的話，你的行爲我早已知道；休說你祇有這一點兒茅山法，就是上界金仙，像你這般行爲，也快遭天譴了！你師父一生造孽的結果，你不是親眼看見的嗎？』

「我以爲這一番話，總可以說得趙如海悔悟，不料他聽了，反哈哈大笑道：『我見面說特來領教的話，不是要領教這些三歲小孩都說得出的言語！你要知道，各人的處境不同，見地也就跟著有區別。你以爲我師父的死，是一生造孽的結果；我卻說我師父一生修積，已得到彼岸了！』」

孫癩子聽到這裏，說道：「原來他師徒修的是魔道。大師卻怎生對付他呢？」

無垢點頭道：「倒來得湊巧，他找我比劍，算是他自討煩惱，累出一身大汗，連眉毛都削去了半邊！臨去的時候，見東邊廊下安放著一口銅鐘，他順手向鐘上一指，便聽得噹啷一聲，

銅鐘被他指破了一條裂縫，足有尺來長、三寸來闊！

「他說：留了這個紀念給後人看！我說：就這們給後人看了不希罕，請看老僧的罷！我當時走過去，揑了一把鼻涕，糊在裂縫上，將裂縫登時補了起來。他看了一言不發，就此拱了拱手走了。

「前日我偶然出外，聽得許多人傳說：那社壇附近十多里地方，發生了瘟疫，人畜被瘟死的已不少了！幸虧有趙如海在社壇裏敕符水救人，不論是人是畜，害了瘟症的，祇要一喝他的符水便立時好了！不過他這符水不肯輕易給人，至少要賣一串錢一杯。

「若是富有家產的人去求水，八百串、一千串不等，他說多少要多少，短少一文也沒水給人家。有錢的人爲要救性命，說不得價錢貴，就是變賣產業，也得如數給他錢，買他一杯符水！惟有沒錢的人，害了瘟症，非有他的水不能治，多有逼得鬻妻賣子的！

「有人問他：取了這們多的錢，有何用處？他說：他師父死後已經成神，至今尚沒有廟宇。賣符水得來的錢，就將社壇的地址，建造一所很大的廟宇。我一聽這類傳說的話，就覺得不對，那有瘟症百藥不能治，而他的符水卻獨能奏效的道理？借一杯符水是這般勒逼人家的錢，這番的瘟疫，不顯係是他造成的嗎？像這樣惡毒還了得！偌大一個瀏陽縣，既沒有人出頭制伏他，我的寺院也在瀏陽，不能再裝聾作啞不過問了！主意已定，即時走到社壇去。

「我在幾年前，曾到社壇遊覽過的。那株合抱不交的梨樹，那時雖已枯死，然祇沒了枝葉，樹身還是挺挺的豎著，撐天障日。前日去看時，連樹蔸都不知掘到那裏去了。就在梨樹的地址上，搭蓋了一所茅棚，求水的人來來去去，提壺捧碗的絡繹不絕。那些愚民，眞愚蠢得可憐！出了許多賣田產、鬻兒女的錢，換了一杯符水，悟不到中了趙如海的奸計，倒也罷了；瘟症用符水治好了的，還十二分的感激趙如海！

「趙如海對人說是他師父鄧法官顯靈，所以符水有這們神驗！於是治好了的人，有捧著三牲酒醴來祭奠鄧法官的；有做了匾額、雇了吹鼓手，大吹大擂，抬了匾額前來貢獻的；也還有來求治雜病的。一所小小的茅棚，簡直比一切的神廟都來得熱鬧！縣太爺也慮及怕因此鬧出甚麼亂子來，出示禁止，無如趙如海從來不知道畏懼國法；而一般衙役也都知道趙如海厲害，雖奉了縣太爺的命前去封禁，那裏敢在趙如海跟前露出半點封禁的意思來！

「我看了委實有些忍耐不住，走進茅棚，舉禪杖一陣亂掃。衆鄉民不認識我，大家嚷著：

那裏跑來的這個瘋和尚，好大的氣力！啊呀呀！神龕香案都掃得飛起來了！快躲閃，快躲閃，碰一下不是當耍的！大家嚷著都四散跑了。

「趙如海想不到我有這一著。沒看見我的時候，以爲果是偶然跑來的瘋和尚：他是會邪術的人，大約自謂不難對付！橫眉怒目的，從神龕後面躥出來，口中一路喝問：是那裏來的野雜種，敢鬧到這裏來？我也懶得回答，一禪杖就把那茅棚的頂揭穿了。

「趙如海一抬頭看見是我，連忙轉身往棚後便跑。我料想他不敢再來。因見一般敬神求水的人，並沒有散去，大家都遠遠的立著，伸長脖子向茅棚裏張望：我不願意使人知道我是這紅蓮寺的住持，所以不在那茅棚裏停留，也從棚後走了出來。

「一看不見趙如海的蹤影，心中忽然一動，暗想：這妖物逃得這們快，莫不是乘我出外，趁這當兒到我寺中騷擾去了？趕回這山下一看，果不出我所料，趙如海正待放火燒我的紅蓮寺。虧得寺內衆僧人中多有壯健的，儘燒著了寺後兩間寮房。好在是白天，一會兒工夫就撲滅了！趙如海知道奈何我不得，不待我趕回，衹放了一把火，咒動了一陣邪風，又逃回家去了。

「我回寺後，越想越覺這妖物可惡！我與他既結下這仇怨，若不趕緊將他除掉，誰有工夫終日去防閒他呢？他學的是這般妖法，平白無故的尚且要害人，今後豈有不常來害我的道理？倒不如索性一勞永逸，即刻追上去將他處置停當！哈哈！眞是天網恢恢，疏而不漏！他在社壇裏用妖法造作瘟疫，不知害死多少人畜？逼賣了人家多少兒女？

「誰知道他自己的一個年方五歲的兒子，就在我去搗毀他茅棚的時候，被人殺死了！我跟蹤追到他家，他正出外替兒子報仇去了！我向他左右鄰居一打聽，才知道殺死他兒子的，並不是別人，就是他師兄王大門神！

「王大門神自從鄧法官死後，兩眼痛了一年。心中並不懷恨師父不肯傳他法術，祇痛恨趙如海不應該假裝有天良，說出不忍爲要得眞傳，挺槍刺師父的話；相形之下，使他不成爲人！時時存著要報復趙如海的念頭。無奈自己的法術，固不是趙如海的對手；就是硬氣力，也趕不上趙如海，實在尋不出報復的機會來！隱忍了這們多年，面子上毫未露出想報復的意思，仍和鄧法官在日一樣，彼此常在一塊兒廝混。

「直到這日，王大門神知道趙如海在社壇裏一時不得回來，想乘機到趙家偷竊符本。也是趙如海的兒子合當命盡！王大門神偷進趙如海臥房的時候，趙如海老婆在廚房裏並不曾覺得；偏是他兒子睡在趙如海床上，被王大門神驚醒了。

「他兒子年齡雖僅五歲，卻是聰明絕頂。知道自己父親的符本是最要緊的，不能給旁人看見。平時常見自己父親正在翻看符本，一聽說王大伯來了，就慌忙將符本收起，小孩子心裏已明白這符本是斷不能許王大伯看的！這時驚醒轉來，張眼便見王大門神伸手到櫥中拿符本，不

由得就高聲喊道：『媽媽快來呀！王大伯在這裏拿爹爹的符本！』

「王大門神被這一聲喊得心慌手亂了，本待提腳往外逃跑，祗因符本還不曾拿到手，心裏有些不捨！接連又聽得趙如海老婆在廚房裏回聲問兒子：爲甚麼叫喚？一時觸動了惱恨之心！恐怕趙家兒子再嚷出甚麼話來，也來不及細想，回頭看見壁上懸掛的一把寶劍，慌忙搶在手中。趙家兒子已下床待往外跑，王大門神既提劍在手，怎容他跑去？一手就拉了過來。趙家兒子剛張開口要叫，劍尖已從口中刺入，直穿背上而出，祗一下就結果了！

「趙如海老婆作夢也想不到有這樣的禍事臨門！以爲兒子在夢中叫喚，從容不迫的走向房裏來探看。正瞧見王大門神拉住他的兒子便刺，登時驚得軟了！婦人的識見、膽量，那裏趕得上男子，禁不起這種意外的橫禍！當時除了搥胸、頓足的號哭而外，沒有一點兒主張！左右鄰居因趙如海平日爲人太壞，見他家出了這種事，大家心裏衹有痛快的！還算湊巧！有我去社壇搗毀他的茅棚，趙如海從紅蓮寺放了火回家，才知道愛兒慘死的事。聽說：他倒不哭泣，衹急急忙忙的尋王大門神報仇去了！

「論情理，趙如海既受了這般慘報，我本不妨暫緩處置他！誰知這東西生性太惡毒，當時追到王大門神家，因不見王大門神，就把王家大小一共十七口盡數殺死，並迎風縱火，將王家的房屋燒成一片瓦礫場。偏是他的邪法靈驗，很容易的就知道了王大門神藏匿的所在。他尋著了王大門神，也不打，也不罵，衹勒逼著一同回家來，打算就手將王大門神殺了，剖心祭他兒子的靈！你看，這東西惡毒不惡毒？」

孫癩子吐了吐舌頭，說道：「眞了不得！究竟王大門神殺了沒有呢？」

無垢搖頭道：「我既知道了這事，自然不容他在瀏陽城，明目張膽的殺人報仇！衹是趙如海這廝也奇怪！當他拿了王大門神回家的時候，我正在他門外等候。我衹道他見我的面，仍是要逃跑的，不逃跑就得與我動起手來！卻是不然！

「他一見我，便點頭說道：『我已知道有你在此等我，也是我的死期到了！不過我有一件事須求你原情答應：我要將這一顆黑良心取出來，祭一祭我兒子的魂靈；祭過之後，聽憑你如何辦都使得！』邊說邊指著王大門神的胸窩給我看。我說：我就爲這事做不得，才到這裏來等候著你。你的良心，比他更黑；你若定要取他，我就先取了你的再說！死在你手裏的冤魂，應該祭奠的，還不知有多少呢？

「趙如海聽我這們說，知道求情不中用，便將王大門神放了，說道：『既是如此，也罷！我是在縣裏有案的，不能由你處置，你將我送到縣裏去罷，我與縣太爺還有話說。』

「我說：『縣太爺若能處置你，也輪不到老僧今日在這裏等候了！看你有甚麼話應吩咐你家裏的，快進去說了出來，我並不逼迫你就走！』

「趙如海擺手道：『我沒有應吩咐的話！我要吩咐家事，生死沒有分別，死了還是一般的可以處理！你要知道，我修的這一種道，在屍解的時期不曾到的時候，誰也不能教我死；時期既到了，誰也不能留我活！我明白你的意思，不過想拿本領制伏我，使我不能出頭害人，這那裏及得明正典刑的好呢！你送到縣裏去，如果覺得我的話不對，你難道還怕我逃了嗎？』

「我想：這東西所說的倒也不錯！本來我一個出家人，擅自處置國家的要犯，也是不妥當；不如且聽他的，將他押送到縣裏去。

「他見了縣太爺，說道：『我趙如海是修道的人，上次因我屍解的時期沒有到，所以我借金遁走了，今日我願自行投到。但是我雖甘受國法，若照尋常斬決的法子，教劊子手向我頸項上一刀砍下，仍是殺不死我！殺我的法子有在這裏，祇是我不能就這們說了出來。大老爺須先答應我一件事，我方肯說！』縣太爺問：是一件甚麼事？可以答應的，自然答應。

「趙如海道：『這事是極容易的！就是我死之後，屍首須葬在社壇裏原來的梨樹蔸下；每年春秋兩季，無論誰來做瀏陽縣，都得親自到我墳上祭掃一次。』

「縣太爺聽了，沉吟一會道：『在本縣手裏是不難答應你的，下任的官如何？本縣卻不能代替答應。』

「趙如海道：『祇要大老爺答應了便罷！下任的官來，我自有法子使他也答應！大老爺肯答應麼？』

「縣太爺祇得點頭道：『本縣權且答應了！你說罷。』

「趙如海喜笑道：『堂堂邑宰，決不至騙我小民！我死後能享受這樣隆重的典禮，就死也瞑目了！要殺我也容易，祇須在好月色的夜間，將我跪在月下，用一桶冷水，從我頭頂潑下，再教劊子手一刀朝我地下的影子殺去，我的頭顱自然應刀而落！』

「縣太爺因他還有許多案子沒有錄供，不能就糊裏糊塗的殺卻了事，祇得細細的審問他的供詞。我逆料趙如海若是要逃命的，便不至要我送他到縣裏去，說出這類實話來。縣裏問供，用不著我監在那裏，我就此走出來了。出城的時候，覺得有人跟在我背後，我疑心是趙如海的同道中人，跟著我想替趙如海報復的。

「一路留神著回寺，覺得巳直跟隨我到了山下，益發使我疑惑起來，所以打發知客僧出來尋問。我若在半路上回頭問一聲，也不至使出那般神氣對孫大哥了！眞是對不起！」說著，又合掌道歉。

孫癩子祇得也拱手，笑道：「自家人何必如此客氣！我想此刻正是七月中旬，夜間月色正好，趙如海料必就在今夜處決。我兩人何不去城裏瞧瞧呢？」

不知無垢和尚如何回答？趙如海究竟處決了怎樣？且待第九九回再說。

第九九回　神僧有神行鐘名鼻涕　惡鬼做惡事槓折龍頭

話說：無垢和尚聽得了孫癩子說要去城裏瞧處決趙如海，即正色說道：「這殺人的勾當，不是我們出家修道的人所應看的！我原意並不打算傷他性命，他自己要借此屍解，我祇得由他。」

孫癩子道：「萬一趙如海是因恐怕你處置他，故意是這般做作，瀏陽縣又和前次一般的殺他不著，豈不上了他的當嗎？」

無垢和尚道：「決不至此！他若敢當著我說假話，便不至怕我了！所可慮的，祇怕縣太爺答應他葬社壇，及每年春秋二祭的話靠不住，以後就還有得麻煩！」

孫癩子道：「那種答應的話，自然是靠不住的！縣太爺為要他自己說出殺他的法子，說權且答應，可見將來決不答應！趙如海不是糊塗人，怎的這樣閃爍不實在的話，也居然相信了？」

無垢和尚笑道：「我為趙如海這個孽障，也受累好幾日了！於今祇要他不再出世害人了，

我的心願就算滿足，以外的事我們都可以不管！你我已十來年不見面了，難得今日於無意中遇著！我去城裏的時候，曾順便帶了一葫蘆好酒回來，我兩人分著喝了罷！」

孫癩子是生性最喜喝酒的，聽說有酒喝，連連點頭，笑道：「原來你那禪杖上掛的葫蘆裏面是酒啊！我在城裏初看見你的時候，心裏正猜度不知你那葫蘆裏，賣的是甚麼藥呢！你那酒葫蘆倒不小，不知一葫蘆能裝多少酒？」

無垢和尚一面起身從床頭取出那葫蘆來，一面笑說道：「我這葫蘆從外面看了很平常，喜酒的人得著了，卻是一件好東西；誇張點兒，可以說是喜酒人隨身的法寶！」

孫癩子即起身將葫蘆接過來，掂了一掂輕重，約莫有三四斤酒在裏面。仔細看了幾眼，笑道：「這葫蘆的年代，祇怕已很久了。究有些甚麼好處？就外面果是看不出是甚麼法寶來；不過像這般大的葫蘆，也不容易尋著便了！」

無垢和尚道：「你當心一點兒，不可掉在地下打破了！因裏面裝滿了一葫蘆的酒，太重了些，落地就難免不破，沒有酒時倒不要緊！這葫蘆大得不希奇，比這個再大三五倍的我都見過。這葫蘆的好處，就在年代久遠！實在已經過了多少年，雖不得而知，然祇就我師祖傳到我師父，由我師父傳到我，總算起來便已有一百二十多年了！」

孫癩子笑道：「這不是一件古玩家用的什物，年代越久遠，越朽敗不中用，有甚麼好處呢？」

無垢和尚笑道：「若是年代久遠了，便朽敗不中用，我還說他做甚麼呢！這葫蘆的好處，在我師祖手裏便已和此刻一樣，可見得以前已不知經過多少年了！這葫蘆裏面，不問你裝甚麼酒進去，祇將塞頭蓋好；無論你擱多少年不喝，不但不至變味，並且越久越香醇，分量也不短少毫釐。

「這一層好處，在尋常的酒葫蘆中，已是少有的了；然若僅有這一層好處，還夠不上說是喜酒人隨身的法寶！最大的好處，乃是喜酒的人出門走長路，走到了荒僻的所在，每苦沽不著好酒；有了這葫蘆，儘管沽來的酒味平常，祇須裝進這葫蘆裏面，停留一兩個時辰，喝時就和好酒一樣！若到了連壞酒都沽不著的時候，就用開水裝進葫蘆，蓋了塞頭，等到冷透了再喝，比荒僻所在沽來的壞酒還香醇得多！」

孫癩子聽了，戲得捧著葫蘆嘻嘻的笑道：「有這們大的好處嗎？這簡直是我們隨身的法寶！可惜是你師祖傳師父，師父傳你的，我不敢存非分之想；若是你得來的容易，我就不客氣，忍不住要向你討了！」

無垢取出酒杯來，將葫蘆接過去斟了兩杯酒道：「且請嘗嘗看這葫蘆裏酒的味道何如再說！」

孫癩子當無垢和尚揭開葫蘆塞頭的時候，即嗅得一陣撲鼻很濃厚的酒香，已禁不住口角流涎了。端杯一飲而盡，舐嘴咂舌的說道：「好酒，好酒！」

無垢和尚道：「我師祖、師父都是出家人不能戒酒，偏巧我又是一個好酒若命的人，這葫蘆可算是物得其主了！不過我近年來住持這紅蓮寺，將來就是這紅蓮寺開山祖師。我師祖、師父不能戒酒，受酒害的祇有他個人本身，與旁人無涉，更不至因酒壞多人的事！

「我於今則不能，一舉一動，在這紅蓮寺裏都是可以成爲定例的！我若再將這葫蘆傳給我的徒弟，則將來勢必成爲禪宗的衣缽，豈不是一樁大笑話？大凡一件好東西，若不遇著能愛惜、能使用的人，也和懷才不遇知己的人一般埋沒，一般可惜！我於今已決計從此戒酒了，難得有你這般的人物來承受這葫蘆，就此送給你去享用罷！」

孫癩子聽了，眞是喜出望外，祇是口裏卻不能不客氣道：「這樣希世之物，怎好如此輕易送給人！我有何德何能，更怎好領受你這般貴重的東西！你不要因我說了一句貪愛的話，便自己割愛讓我。」

無垢連忙擺手道：「你我何用客氣！若在幾年前，我不爲這紅蓮寺著想，你就向我討索，我也決不肯拱手讓給你！於今我的境遇既經改變，湊巧有你來承受這葫蘆，還算是這葫蘆走運；不然，我不久也要忍痛將這葫蘆毀壞了！與其毀壞，何如送給你呢？」

孫癩子這才起身對無垢作了個揖道：「那麼，我就此拜謝了！」

無垢笑嘻嘻的雙手將葫蘆捧給孫癩子。從此，這葫蘆可稱是遇著知己了，一時片刻也沒離過孫癩子的身邊。這夜，孫癩子就在紅蓮寺歇宿了。

次日早起，特地走到東邊廊廡下看那口銅鐘。果見向外邊的這一方，有一條尺來長，三寸來寬的地方。不過銅質好像磁器上面的釉采一般，透著淡綠色；用手摸去，其堅硬與銅無異，不由得不心裏歎服無垢和尚的法力高妙！正在撫摸賞玩的時候，無垢和尚反操著兩手，從容緩步的從佛殿上走了下來。

孫癩子迎著稱讚道：「果然好法力！有了這口鐘在瀏陽，不但無垢法師四個字可以永傳不朽，就是趙如海那廝聲名，也可以跟著這口鐘傳到後世若干年去了！我料這鐘必沒有名字，讓我替他取個名字，就叫作鼻涕鐘好麼？」

無垢和尚笑道：「有何不好？不過鼻涕這東西太髒了，此後不能懸掛在佛殿上使用。」

孫癩子道：「正要他不能懸在佛殿上使用，方可望他留傳久遠！若是朝夕撞打的鐘，至多不過百年，便成爲廢物了。」當時虧了孫癩子替這鐘取了這個名字，漸漸傳揚開了；至今這鐘還在瀏陽，不過土音叫變了，鼻涕鐘叫成了鼻搭鐘。這話後文自有交代，於今且不說他。

卻說：孫癩子這日辭別了無垢和尚，帶了酒葫蘆，欣然出了紅蓮寺。回到瀏陽縣城，就聽得街上的人說：趙如海果在昨夜月光之下，按照那斫頭的法子殺去。說也奇怪！劊子手等到冷水澆上趙如海頭頂的時候，一刀對準趙如海地上的影子斫下，趙如海的頭顱竟應手落地，略動了一動，就嗚呼死了！

趙如海老婆到殺場痛哭祭奠，預備了棺木收屍，要扛到社壇裏去埋葬。縣太爺忽然翻臉不答應了，說社壇是社神受祭祀的所在，豈可安葬這種惡人？勒令趙如海老婆扛回家，自去擇地掩埋。

趙如海老婆不敢違抗，衹好淚眼婆娑的教扛柩的夫役，暫且遵示扛回家去。這們一來，趙如海又作怪了，一口棺材連同一個死屍，重量至多也不過五六百斤。平常五六百斤的棺木，八個人扛起來，很輕快的走動；這次趙如海的棺木，八個人那裏能移動分毫呢！加成一十六個人，龍頭槓都扛得喳喇一聲斷了，棺木還是不曾移動半分！一般夫役和在旁看的人都說：這定是趙如海顯靈，非去社壇裏安葬，就不肯去！於是公推地方紳士去見縣太爺稟明情形，求縣太爺恩許。

縣太爺赫然大怒道：「這種妖人，生時有妖術可以作祟，本縣爲要保全地方，不得不處處從權優容！此刻既將他明正典刑了，幽明異路，還怕他做甚麼！你們身爲地方紳士，如何不明事理到這一步！光天化日之下，豈有鬼魅能壓著棺木，使夫役扛抬不動的道理嗎？這分明是趙如海的老婆，想遵從他丈夫的遺囑，故意買通夫役，教他們當衆是這般做作的！「這種情形，實是目無法紀！可惡，可惡！本縣且派衙役跟隨你們前去，傳本縣的諭，曉諭趙如海的老婆和衆夫役，趕快扛回家去擇地安葬。若是再敢如此刁頑，本縣不但要重辦他們，並且立時要把趙如海的棺木焚化揚灰，以爲後此的妖人鑒戒！」幾個紳士碰了這們大的一個釘子，誰還敢開口多說半句呢？

縣太爺登時傳了四個精幹的衙役上來，親口吩咐了一番話，一個個雄赳赳的跟隨衆紳士到殺場上來。趙如海的老婆正在棺木旁邊等候紳士的回信。

四個衙役也不等紳士開口，走上去舉手在棺蓋上拍了幾下，對趙如海老婆喝問道：「還不扛回去掩埋，祇管停在此地幹甚麼？哦！你因你丈夫的屍還沒有臭爛，還不曾生蛆麼？這們大

熱的天，不趕緊扛回去掩埋，你也難道要在這殺場裏賴死不成？」

趙如海的老婆哭道：「請諸位副爺問他們扛柩的人，這一點兒大的棺材，用一十六名夫役來扛，還扛不動半分，所以託各位街鄰去向太爺求情！」

衙役截住話頭，問道：「甚麼呢？一十六名夫役扛不動嗎？」說時，掉過頭望著那些扛夫，說道：「你們是扛不動嗎？」

扛夫齊聲說道：「實在是和生了根的一樣，休說扛不起肩，就想移動一分半寸也不行！」

衙役橫眉鼓眼的望著衆扛夫，死勁呸了口罵道：「放你媽的狗臭屁！你們這些東西，也敢在老子面前搗鬼嗎？你們老實說，每名受了趙家多少錢，敢是這般約齊了口腔搗鬼？」這一罵祇罵得那些扛夫低著頭說冤枉。

趙如海老婆也連忙分辯道：「副爺這話眞是冤枉！」

衙役那容他們分說，一疊連聲的喝問扛夫道：「你們扛走不扛走，快說？不扛，老子也不勉強你！」

扛夫苦著臉，答道：「我們都是執事行裏的扛夫，平日靠扛喪吃飯的，能扛走還要等待副爺們來催逼嗎？請副爺看，這裏不是連龍頭槓都扛斷了，還是不曾扛動的嗎？」

衙役瞅也不向龍頭槓瞅一眼，就揚起面孔，說道：「好！看你們搗鬼搗得過老子！」接著，又對趙如海老婆道：「我老實說句話給你聽罷，太爺吩咐了，限你在一個時辰以內，將棺木扛回去。若過了一個時辰，還沒有扛去，便不許人扛了；拚著幾擔柴、幾斤油，就在這裏將你丈夫化骨揚灰！你知道了麼？這一班扛夫太可惡了，太爺吩咐拿去重辦。你趕緊去另雇一班來扛罷。」

說罷，也不聽趙如海老婆回答，四人都從腰間掏出一把細麻繩來，不由分說的，每人一串牽四個，拖到縣衙裏去了。可憐十六個扛夫，不能分辯，不敢反抗，祇好哭的哭，抖的抖，聽憑衙役牽著走。趙如海老婆聽了衙役所說那番比虎還凶惡的話，又見扛夫被拿去了，祇急得撫棺痛哭。

此時天色雖在下午，然天氣晴明，日光如火。經趙如海老婆這一陣痛哭，陡然狂風大作，走石飛沙；曬人如炙的日光，為沙石遮蔽得如隔了一重厚幕。在殺場上看的人不少，看了這種天色陡變的情形，心裏都料知是趙如海的陰魂顯靈了！各自都有些害怕，恐怕撞著了鬼，回家生病，不約而同的各人向各人的家裏逃走。祇是還沒跑離殺場，就是一陣雨灑下，天色益發陰沉沉的，風刮在身上，使人禁不住毛骨悚然！

不過大衆仗著人多，且又不曾看見甚麼鬼物出現，那幾個曾去縣衙裏求情的紳士，覺得在這時候大家躲避，可以不必！冤有頭，債有主，我們是幫助趙如海求情的人，趙如海既有陰靈就不應該害我們回家生病！於今十六名扛夫冤枉被拿到縣衙裏去了，我們不能不去縣衙裏設法保釋出來！天色是這般陡然變了，料想這位縣太爺也不能說是無因。幾個紳士的心裏相同，遂不顧風雨，一同復向縣衙走去。

此時街上的景象，非常使人害怕，因爲還在白晝，天色便是這昏沉沉、陰慘慘的；加以雨苦風淒，彷彿有無數的鬼魂，在風雨中滾來滾去的一般！滿城的商家鋪戶，平時都知道趙如海生時的厲害，今日又都知道是爲縣太爺翻悔昨天答應他葬社壇春秋二祭的話，特地在白晝顯靈，嚇得家家當門陳設香案，叩頭祭奠，一個個默禱趙如海，不要和他們不相干的人爲難！霎時間，一城的人心都驚惶不定！

不知趙如海這一次的顯靈，究竟有沒有甚麼效驗？且待第一〇〇回再說。

第一○○回　誅妖人邑宰受奇辱　打衙役白晝顯陰魂

話說：這幾個紳士衹因平日經營街坊上公事，不得不硬著頭皮前進，走到離縣衙還有百十步遠近，便已看見那四個衙役，牽著十六名扛夫在前面走；街上閒人跟著看的，已有不能計數的人了。紳士想趕上去勸衙役講點兒人情，就此把十六名扛夫放了。

誰知才追上一個認識的衙役，將求情的話說了，這衙役忽然兩眼一瞪，喝道：「和這些狗雜種有甚麼話說？你們隨我來找瘟官說話去！」大家聽了，都駭然不知是怎麼一回事！看的人當中有與趙如海往來最多的，便說道：「啊呀！這說話的，不是趙法官的口腔嗎？」

這衙役聽了，即回頭望著這說話的，點了點頭道：「咦！秦老闆！你的耳朵還不錯，居然聽得出是我的口腔來！於今這個瘟官太可恨了，他要將我的屍化骨揚灰；我倒要看看他的本領，可能說得到，做得到？」

說畢，雙手一揚，大喊道：「眾位街鄰要瞧熱鬧的，都跟隨我來啊！」獨自向先衝進縣

衙。那三個衙役，也糊裏糊塗的牽了扛夫跟進去。

縣官聞報升堂，卻不知道趙如海附在衙役身上的事。這衙役一見縣官，就指手畫腳的罵道：「你這狗東西配做父母官麼？昨日在這大堂上，分明答應了我葬社壇和每年春秋二祭的話，爲甚麼我死了屍還沒冷就翻腔？」

縣官聽了，勃然大怒道：「這還了得！你朱得勝也受了趙家的賄賂，敢假裝受魂附體來欺侮本縣嗎？拉下去給我重打！」一面喝罵，一面提起簽筒摜下來。

兩旁皂隸齊喝一聲堂威，登時跳出兩個掌刑的人來，將這衙役朱得勝揪翻在地。他們都是同在一個衙門裏當差的人，本官喝打，雖不敢不動手，然打的時候，是免不了有些關顧的！這回揪翻之後，多以爲確有趙如海附體，是斷然打不著的！

卻是作怪！縣官的簽筒一摜下，朱得勝好像明白了的樣子，不住口的求饒。縣官越發怒不可遏，驚堂木都險些兒拍破了，祇管一疊連聲的催打。掌刑的見本官動了眞怒，便不敢容情了，祇打得皮開肉綻，昏死過去了才歇。

縣官喝教拖下去，剛待傳同去的衙役問話，已有一個跳了出來，圓睜著一雙怪眼，直走到公案前面，指著縣官的臉，罵道：「你說他是受了趙家的賄賂假裝的，難道我也是受了賄賂假裝的嗎？你再敢打我，我硬要你的命！」縣官祇氣得肚子都要破了！順手搶了公案上壓桌幃的木板，對準這衙役的頂門，沒頭沒腦的便砍。

這衙役硬挺挺的立著，毫不躲閃，祇當不曾打著的樣子，口裏仍不斷的說道：「正要你打！你不打，我胸中的怨氣也不得消！」

縣官舉木板砍了幾下，無奈這木板太薄，幾下就砍斷了！這衙役口裏還在嘰哩咕嚕的罵，祇得又喝拉下去重打。這個也是打得皮開肉綻，鮮血直流。這個才打了，第三個衙役已大搖大擺、笑嘻嘻的走出來，朝著縣官作了一個半揖道：「你差四個人去，回來已打過兩個了，這第三個也索性打了再說！」

這縣官是個性情暴躁的人，聽了這話，祇氣得亂叫反了，反了！拿下去，打，打，打！第三個又已打得血肉橫飛了。第四個接著跳出來，說道：「這個倒可以不打！他在殺場裏的時候還好，不像那三個狗雜種的凶橫強暴。我若不教你痛責那三個狗雜種，我趙如海一肚皮的怨氣，怎得消納？於今人已打過了，我且問你：我的葬事到底怎樣？我聽說你打算將我的屍搬出來，就殺場上化骨揚灰。你若眞有這種膽氣、這種本領，就請你去化，請你去揚罷！你這樣糊塗混帳，如何配做父母官？你祇當我死了好欺負，我如果死了便得受人欺負，你想想我肯說出法子來，使你好殺死我麼？」

縣官聽了，心裏雖仍是氣忿得難過，祇是已相信不是衙役受賄假裝的！不過這縣官生成倔強的性質，平日仗著自己是兩榜出身，對於上司都是不大肯低頭的，雖明知是趙如海的陰魂來擾亂，心中並不害怕。

定了一定神思，換了一副溫和的面目，對趙如海附體的衙役，說道：「你趙如海在生目無國法，仗著妖術任意害人，按律定罪，原是死有餘辜的！生時既受國法，死後就應該悔悟，安分做鬼；如何反比生時更無忌憚，公然敢在光天化日之下，興風作雨，驚駭世人，是甚麼道理？」

祇見這衙役從容答道：「生死祇是你們俗人的大關頭，在我修道的人看了，並算不了一回事，就和世人搬家的一樣。世人欠了朋友的帳，不能因朋友搬了家，便不償還。你昨日在這堂上親口答應我葬社壇，每年春秋二祭，我當時未嘗不知道你是暫時哄騙我的話！我其所以敢於相信，隨口便把如何才能殺死我的法子說給你聽，一則因你是朝廷的命官，逆料堂堂邑宰，怎肯失信於小民？二因有無垢和尚監臨在此，或者做出有礙我解脫的事來！誰知你竟不顧自己的身分，轉面失言，教我如何能忍耐得下？」

縣官說道：「你死了既有這樣的陰靈，就應當知道社壇是國家正神所居之地。正神是受了敕封的，所以能享受朝廷官吏的拜祭。你有何德何功，死後配葬社壇，每年坐受父母官長之祭？你要知道，本縣在瀏陽，年歲是有限的，一遇遷調，便得離開。社壇又不是本縣私家的土地，本縣祇須說一句話，有甚麼不可以答應！無如法不可弛，禮不可廢，若本縣但顧目前，隨口答應了你；則僭竊的罪，不在你而在本縣了！昨日的含糊答應，原是從權的舉動，你不能拿著做張本！」

這衙役鼻孔裏笑了一聲道：「昨日既可從權，今日又何以不可從權？社壇雖是國家正神所居之地，然社神在那裏，那裏便是社壇；既葬了我，那裏就不是社壇了！你也要知道，我趙如海此時來跟你講道理，已是十二成的拿你當一個人看待了，你休得再發糊塗，想與我爲難作對；若弄發了我的性子，那時後悔便已來不及了！你曾聽說我趙如海在生時，是肯和人講道理的麼？」

縣官見這衙役說話的神氣十足，簡直要翻臉的樣子，不由得心裏也有些害怕！暗想：知縣的印信，是朝廷頒發的重寶，有許多人說過，倚賴皇家的威福，印信每可以辟邪。這趙如海的陰魂如此放肆，我何不取出印信來鎮壓他一下，看是怎樣？或者就是一顆印信能將他壓退，也未可知！邊想邊自覺有理，遂親自起身從印架上取下印箱來。

這衙役望著笑嘻嘻的說道：「你打算拿這塊豆腐乾出來嚇我麼？哈哈！你眞不知自量！你以爲芝麻般大小的一個縣官印信也可以辟鬼麼？」這縣官聽了這幾句話，心裏又覺得有些慚愧似的，不因不由的雙手捧著印箱躊躇起來。

忽然一轉念道：「我不要上他的當！安知不是他怕我取出印來壓他，有意是這般說了阻擋我的呢？不管他到底怕也不怕，且試他一下再作計較！」一有這一轉念，也不回答，竟將那顆四方銅印取在手中，誠心默禱了一番，正待舉起來，對準衙役的腦門磕下去。想不到這衙役的手法眞快，衹一伸臂膊，印信就被他奪下去了！縣官雙手空空，倒弄得不知要如何才好！

衹見這衙役將印信撫弄著，笑道：「好法寶確是一件好法寶，不過你看錯了人，用錯時候了！不用說你這芝麻般大小的縣官，這塊豆腐乾嚇不倒我；就是你們皇帝的玉璽，我的眼裏看了，也和路旁的石頭一樣，拾起來打狗是用得著的。這東西待我說出一個用處給你聽罷，也可以增長你一些兒見識。最怕你這塊豆腐乾的，衹有道行不甚高超的狐狸精。你若以後遇了有人被狐狸精纏病了的時候，你就不妨依照剛才的樣子，取出這豆腐乾來，自告奮勇到病家去。衹須在病人腦門上，輕輕這們兩三下，狐狸精就自然嚇退了不敢再來！你治好人家的病，人家多少總得酬謝你一番！」縣官面色都氣得變青了，卻是想不出制伏他的方法。

大凡生性倔強的人，越是嘔氣得厲害，便越是認眞得厲害，有時連自己性命都置之度外了。這縣官心想：我身爲一縣之主，今日無端坐在大堂上，受鬼魅如此侮辱，我的尊嚴何在？朝廷的威信何在？與其是這般受鬼魅的侮辱，倒不如死了的乾淨！何況這鬼魅雖凶狠，並不見得能制我的死命呢？我何必怕他！

於是將心一横，提起驚堂木就公案上猛力一拍，喝道：「甚麼厲鬼，敢在公堂之上奪朝廷的印信！」一喝時，向左右的皀隸厲聲說道：「替我綑起來！」兩旁皀隸一聲嗥喝，七八個同時擁上來，想把這衙役綑起。

這衙役平時雖也是一個很壯健的漢子，但他並不會把勢，有時和同事的衙差相打得玩耍，他被人家打跌倒的時候居多。這回因有趙如海的陰魂附在他身上，便大不相同了。七八個皀隸同時圍擁上去，祇見他仰天打了一個哈哈，一個腳尖著地，兩手平張開來，就地幾個盤旋一轉，祇聽得七八個人接連不斷的口叫哎喲，一個個都來不及似的倒退，退了幾步，都站住望著這衙役發怔。這衙役還盤旋不止。

原來：一手縮住印綬，那顆四方銅印，就如流星一樣，跟著盤旋。擁上前的皀隸，不提防他有此一著，每人的額頭鬢角，都被印信磕起了幾個酒杯大小的血包，祇痛得頭眼昏花，那裏敢再上去挨打呢！怔怔的看著這衙役越轉越快，如風車一般的呼呼風響，越快便風聲越大，公

案上的桌幃以及地下的灰塵，都被風刮得飛舞不止。

縣官兩眼不轉睛的望著衙役，頃刻就覺得頭昏起來，並且心裏非常難過，彷彿天旋地轉，立腳不牢的樣子！公堂上立著的三班六房，沒一個不口叫頭昏！

大家也顧不得有縣官坐在上面，都口稱：「求趙法官停了罷！我們實在頭昏得受不住了！」

縣官到這時也覺得非教他停住，心裏太難過了，也就喊道：「本縣有話說，你停了罷！」這話一說出，這衙役登時往左旁一轉，截然停住不動了。

縣官還不曾開口，衙役已說道：「皇家打發你來這瀏陽做縣官，是要你愛民治民的，不是要你來使性子害人的。你如果硬不肯答應我那葬社壇和春秋二祭的話，我的本領能使你一家一族，在三日之內，都成為顛狂；在七日之內，能使瀏陽一縣的人，都害瘟疫！你若不相信，以為我是說空話嚇你的，不妨就試試看！到那時還是要你親口依從我才罷！」

縣官心想：這東西也可算得是一個千古未有的厲鬼了！我雖存著一團的正氣，無奈他全不知道畏懼，我又沒有方法能制伏他！若眞個弄得我一家一族的人，個個都得了瘋顚之症，卻如何是好呢？他生時尙有使人害瘟疫的手段，死後成了這般一個厲鬼，要使人害瘟疫，勢必比生時還容易！到那時一縣的人民，不大家怨恨我嗎？事情已弄到了這一步，我便答應了他，將來的人也得原諒我，不能罵我不識大體！

想罷，衹得忍氣說道：「罷了，罷了！本縣就依了你，許你葬社壇便了！」

衙役見縣官答應了，即時雙手將印信捧上公案，說道：「謝大老爺的恩典！趙如海在這裏叩頭了！」邊說邊跪下去叩頭。

縣官道：「本縣既許你葬社壇，你此後就得做一個好鬼。果能有功德於人，不但上天嘉許，使你成爲正神，就是本縣也可以代你轉求皇上的封典。」

衙役又叩了一個頭道：「謝大老爺的好意！皇上的封典、上天的嘉許，是永遠輪不到我們這一道來的，我們也不希罕！不過大老爺衹應允了我葬社壇一事，還有一事呢？也是不應允不行的！」縣官被逼得無可推諉，衹得也正式應允了。

這衙役還跪著不曾起身，就此往地下一撲，不省人事了！好一會才醒來，也衹覺得頭目昏花，一切的言語舉動，絲毫沒有感覺，彷彿酣睡了一次。最奇的，是跟隨到了縣衙的十六名扛夫，好像都看見趙如海和顏悅色的邀他們去殺場裏扛柩，十六個人便不由自主的到殺場裏去了。此時已風平雨息，天色反明亮了。經這一番擾亂之後，瀏陽人簡直個個懸心吊膽，恐怕撞著趙如海這個惡鬼。

那縣官雖則被逼得沒奈何，允許了趙如海的無禮要求，然心中總覺不甘！過不多時，就是應該秋祭的時期到了。那縣官如何願意去向惡鬼叩頭祭祀呢？因見趙如海葬進社壇也有一個多月了，這一個月當中，並不再見有趙如海陰魂出現的事。

有一般無知無識的愚民，以為趙如海是最有靈驗的鬼，每遇家中有人病了，或有甚麼疑難不決的事，多擎著三牲香燭，到社壇裏拜求趙如海。據求過藥、問過卦的人說，確是十二分的效驗！靠社壇一二十里路附近，地方也非常安靜，害邪祟病的完全沒有了！大家都說：趙如海從此眞做好鬼了！縣官因此也沒把秋祭的事放在心上。縣官這樣一失信，就壞了！

這日，瀏陽城裏，陡然間又是狂風大作，走石揚沙，祇刮得街上的行人，都立腳不住，許多屋瓦被揭得滿天飛舞！狂風是這般刮過一陣陣之後，接著就看見一個人，分明是趙如海，從城外走進城來，一路大搖大擺的走著。遇著生時認識的人，仍是點頭含笑，祇嚇得人人躲避，個個深藏！

不知趙如海這番怎生擾亂？且待第一〇一回再說。

第一〇一回　救徒弟無垢僧託友　遇強盜孫癩子搭船

話說：趙如海的陰魂，既儼然和生的一樣，走進瀏陽城來，一般的含笑點頭，向生時認識的人打招呼。普通人在白晝遇見了鬼，怎麼能不害怕呢？並且都明知趙如海這個鬼，比一切的鬼都來得凶惡，益發不敢親近。所以趙如海的鬼魂一走進城門，遇著的人，一傳十，十傳百，頃刻之間，這消息便傳遍瀏陽城了！

得了這消息的，無論大行、小店，同時都把鋪門關起來，街上行人也都紛紛逃進了房屋。秩序大亂了一陣之後，三街六巷多寂靜靜的沒有一點兒聲息了。似這般冷落淒涼的景象，自有瀏陽縣以來，不曾有過！

既是一縣城的人，都將大門緊閉，藏躲著不敢出頭，趙如海進城後的舉動情形，因此也無人知道。約莫如此寂靜了一個時辰之後，才有膽大的悄悄偷開大門探望，卻是街坊上一無所見。次日早起，就滿城傳說：縣太爺今日親自去社壇祭奠趙如海，都覺得這是一件千古未有的希奇之事；不可不去瞧瞧這盛典！

這日孫癩子也邀了無垢和尚到社壇看熱鬧。此時社壇的情形，已比往日熱鬧幾倍了。往日的社壇，雖是正神所居之地，然因未嘗有特殊的靈驗，既不能求福，又不能治病，人民沒有無端來拜祭的，終日冷淡非常。自從趙如海葬後，來墳前拜禱的絡繹不絕。趙如海老婆借著伴丈夫的墳，搭蓋了一所茅棚在墳旁；凡是來拜墳的，多少總得給他幾文香火燈油錢，每日計算起來，確是一項不小的進款。

縣官來看了這情形，若在平時，必赫然震怒，嚴禁招搖了。此來一句話也沒說！親自向墳前祭奠之後，吩咐左右磨墨，就香案上鋪開一張白紙，縣官提筆寫了「邑厲壇」三個斗大的字，並題了下款。指點給跟來伺候的地保看了，說道：「這地方歷來是做社壇的，於今既葬了趙如海，歷來的社壇自應遷往別處；社壇既經遷移了，此地就不能再稱社壇。本縣已給這地方取了個名字，便是這三個字。此後你們都得改稱這地方為邑厲壇。將這三個字拿去，叫石匠刻一塊大石碑，立在這地方，以傳久遠。」地保躬身應是，縣官才打道回衙去了。

過了若干日子，在縣衙裏當差的人傳出風聲來，瀏陽人才知道那日趙如海的陰魂大搖大擺走進城來，嚇得滿城人關門閉戶的時候，縣官正在上房裏，和太太閒談；少爺、小姐都在旁邊玩耍笑樂。太太口說著話，忽然兩眼向房門口一望，連忙立起身來，很嚴厲的聲音問道：「那裏的男子漢，如何逕跑到這上房裏來了？還不快滾出去！」

縣官聽了，以爲眞個有甚麼男子漢，不待通報逕跑到上房裏來了，心裏也不由得生氣！急掉轉臉朝房門口看時，那裏有甚麼男子漢呢？還祇道是已被太太詰問得退到房門外面去了。忙兩步跨到房門口，揭開門帘看門外，連人影屑子都沒有！正要回身問太太：看見怎樣的男子漢？太太已大聲直呼著縣官的姓名，說道：「你倒好安閒自在，妻子家人，坐在一塊兒談笑！你還認識我麼？」

縣官很詫異的回身，祇見太太臉如白紙，兩眼發直，說話已改變了男子的聲音，耳裏覺得這說話的聲音很熟！心中一思量，不好了！這說話的不又是趙如海的聲音嗎？

正躊躇應如何對付的法子，太太已指手畫腳的罵道：「你這瘟官眞是賤胚子！我不打你一頓，你也把我的厲害忘記了！」說時，伸手向房中玩耍的少爺、小姐招道：「來，來，來！你們替我結實打這東西！最好揪這東西的鬍子！」

被鬼迷了的人，實是莫名其妙！少爺、小姐也有十來歲了，生長官宦之家，不是不懂得尊卑之序、長幼之節的小孩，若在平時，無論甚麼人指使他們動手打自己的父親，是決不會聽從的！此時就像迷失了本性的一般，毫不遲疑的，揮拳踢腿，爭著向自己的父親打下；並且身法靈便，手腳沉重，挨著一下就痛徹心肝！

這縣官萬分想不到自己的兒女，會動手打起自己來！這一氣眞非同等閒！一面撐拒，一面向兒女喝罵道：「你們這些孽畜顛了嗎？怎麼打起老子來了？」

兒女被罵得同時怔了一怔，各人用衣袖揩了揩眼睛，望著自己的母親，好像聽候命令的神氣。

縣官看太太正張開口笑，似乎很得意！這縣官是曾在大堂上受趙如海陰魂侮辱過的，這番雖氣惱到了極點，也不敢再與趙如海的陰魂使性子了！好在這回在上房裏，旁邊沒有外人，不似坐堂的時候，有三班六房站立兩廂，面子上過不去，遂開口問道：「你不就是趙如海的陰魂嗎？你要葬社壇，本縣已經許你葬在社壇裏了。於今無端又跑到本縣這裏來作祟，是甚麼道理呢？」

趙如海附在縣太太身上，答道：「你這話問得太希奇了！你也配問我是甚麼道理嗎？你果眞懂得道理，我也不至到這裏來了！你知道秋祀的期已過了麼？你不去我墳上祭我，我祇有使你一家人，大大小小都發顛發狂！倒看你拗得過我拗不過我？」

縣官衹得故意做出吃驚的樣子，說道：「啊呀！這衹怪我自己太疏忽了，竟忘記了秋祀的那回事！明日一定補行！」

趙如海附在縣太太身上，冷笑了一聲道：「做縣官的人，居然會忘記了秋祀的那回事，不是該打麼？你今日說了明天一定補行的話，到明天不怕又忘記了嗎？也罷！要你明天忘記，才顯得我姓趙的厲害！」說畢，即寂然無聲了；太太一仰身便倒在床上，呼喚了一會才醒。問他剛才的情形，也是一點兒不覺著；僅記得眼見一個男子漢走進房來，向自己身上一撲，登時迷迷糊糊的如睡著了。縣官問自己兒女：何以敢動手打父親？兒女都說：當時因看見有一個不認識的男子，先立在母親背後，後來抓住父親要打；父親叫我們上前打他，所以我們拚命的幫著父親，向那男子打去。不知怎的反打在父親身上？直到父親喝罵起來，才明白是打錯了！上房裏又這們鬧了一次鬼，所以縣官亦不敢不於次日親去社壇祭奠。

經過這次祭奠之後，便成爲例祭了。每換一任知縣，到了祭祀的時期，老差役必對新知縣稟明例祭的原由。若這知縣不信，包管他的六親不寧，衹須一祭便好！這件習慣，直流傳到民國成立，新人物不信這些邪說，才把這祭祀的典禮廢了！卻也奇怪！民國以前的知縣官，不祭他就得見鬼；民國以後的知縣官，簡直不作理會，倒不曾聽說有知縣衙裏鬧鬼的事發生過。

趙如海的墳和邑厲壇的碑，至今尚依然在原處，沒有遷動。據一般瀏陽人推測：大約是因民國以來的名器太濫了，做督軍省長的，其人尚不足重，何況一個縣知事算得甚麼？因此鬼都瞧不起，不屑受他們的禮拜！這或者也是趙如海懶得出頭作祟的原因。不過這事不在本書應敘述的範圍以內，且擱起來。

於今再說，孫癩子這日與無垢和尚看過縣太爺手書邑厲壇三字後，獨自仍回金雞嶺修練。修道的人，日月是極容易過去的，不知不覺又閉門修練了好幾年。這日忽有一個十六七歲的小和尚走進來，問道：「請問這裏是孫師父的住宅麼？」

孫癩子打量這小和尚生得甚是漂亮，年紀雖輕，氣宇卻很軒昂；眉眼之間，現出非常精幹的神氣；頭頂上還沒有受戒的痕跡；身上僧衣也是新製的。心中猜不出是來幹甚麼的，祇得回問道：「你是那裏來的？找孫師父做甚麼？我也姓孫，但不知你要找的是不是我？」

這小和尚連忙上前行禮道：「這金雞嶺上，除了我要找的孫師父，想必沒有第二個。我是紅蓮寺的，我師父無垢老法師打發我來，因有要緊的事，請孫師父去紅蓮寺去一趟。他自己病了，已有好幾日沒下床，所以不能親自到這裏來。」

孫癩子道：「我已多時不到紅蓮寺了。你叫甚麼名字？我幾年前到紅蓮寺不曾見你。」

小和尚道：「我法名知圓，在紅蓮寺剃度，原不過三年。孫師父大約有四五年不去紅蓮寺了，怎得看見呢？」

孫癩子問道：「你老法師害了甚麼病？好幾日不能下床，莫不是快要往生西方去了麼？我就和你同去瞧他罷。」

說時，從壁上取了一根尺多長的旱煙管，一個酒葫蘆在手道：「最討人厭的，就是我一出了這房子，這山裏的野獸便跑進這房子裏來騷擾，屎和尿都撒在地下，害得我回來打掃，好一晌還是臭氣薰人！」

知圓和尚道：「何不把門關上，加一鎖鎖起來呢？」

孫癩子笑道：「那有閒工夫來麻煩這些！若真個關上門鎖起來，野獸仍是免不了要進來，反害得到這山裏來的人費事！」

知圓道：「這話怎麼講，我不明白？」

孫癩子笑道：「你不明白麼？我是曾上過當的！我這房裏，除了幾把稻草而外，甚麼東西也沒有，值得用大門用鎖嗎？我當初造起這房子住著的時候，因房裏有一塊破蘆席和燒飯用的瓦罐，恐怕被比我更窮的人拿去，出門就用你的見識，將大門關上，加上一把鐵鎖。誰知過了幾日回來，不但不見了鎖，連大門也不見了，倒是蘆席、瓦罐沒人光顧！我以後的見識就長進了，連大門也不用了；看到這山裏來的人，偷我甚麼東西去？」

知圓笑了一笑不作聲，暗想：這姓孫的也太窮得不像個樣子了！身上的衣服破舊骯髒倒也罷了，怎麼瘦得這般難看？連頂上的頭髮，都是這們散亂得和爛雞窠一般？難道他也有了不得的本領嗎？我師父找他去，好像有很要緊的事託付他的樣子；若在無意中遇著他，不但看不出他有甚麼本領，還得防備他，怕他的手腳不乾淨呢！

於今，不提知圓和尚心裏的胡思亂想。且說二人下山，一路沒有躭擱，不多時便到了紅蓮寺。孫癩子直走入方丈，衹見無垢和尚正盤膝閉目坐在蒲團上。孫癩子也是修道的人，知道在打坐的時候，不能擾亂，便不開口說話，就在旁邊坐下來。

約莫等了半個時辰，無垢才張眼注視了孫癩子兩眼，笑道：「孫大哥許久不見，進境實在了不得，於今眞是仙風道骨了！」

孫癩子搖頭笑道：「怎及得老法師？我祇是盲修瞎練，有甚麼進境？聽令徒知圓師父說：老法師近來病了，已有好幾日不曾下床。不知究竟是甚麼病症？」

無垢微微的歎息了一聲道：「我倒不是害了甚麼病症！祇因有一樁心事，一時擺佈不開，思來想去，好幾日放不下；除卻求孫大哥來助我一臂之力，再也想不出第二條安穩的道路！」

孫癩子見無垢和尚說得這般珍重，連忙答道：「祇要是我力量所能做到的事，老法師的使命，那怕赴湯蹈火，決不推辭！」

無垢和尚點頭，說道：「我也料知孫大哥有這種胸襟、這種力量，才求你幫助！孫大哥雖與我是同道的人，又同住在瀏陽縣境內，彼此都見面往來，然平日的談論，祇就道中切磋勉勵，從來沒談過道外之事，所以我的身世和這紅蓮寺的來歷，都不曾說給你聽。於今既得求你幫助，就不能不細細的說給你聽。」

隨即將在四川的時候，張汶祥拜師，及與鄭時等三兄弟當鹽梟，特建造紅蓮寺爲將來退休之地的話述了一遍道：「近來張汶祥手下的人，有幾個年老的，因四川已不能立腳了，投奔我這裏來，情願剃度出家，免遭官府捕捉。據他們說：他們鄭大哥定的謀略，帶了數千弟兄們，圍困一座府城，將知府馬心儀拿住，逼著馬心儀拜把。馬心儀無奈，祇得與鄭時、張汶祥、施星標三人結拜爲兄弟。於今馬心儀已陞山東撫台，張汶祥三兄弟都到山東投奔馬心儀去了。

「我聽了這消息，本來已覺得他們此去不甚妥當！

無奈張汶祥去山東之前，並沒上我這裏來；直到他們去後，我才得著消息，已無從阻擋了！我日前爲張汶祥占了一課，甚不吉利，因之益發放心不下！每日在入定的時候觀照他，更覺得他在山東凶多吉少！這張汶祥是我極得意的徒弟，於今我若不設法教他離開山東，倘有意外，我心裏如何能安呢？我待親自去山東走一遭罷？爭奈路途太遠，往返需時太多，而這寺裏又抽身不得；所以祇得請你來商量，看你肯破工夫替我去山東走一趟麼？」

孫癩子很訝異似的說道：「張汶祥是老法師的徒弟麼？他在四川好大的聲名！我幾年前就聽得從四川出來的談起他，說他雖是個鹽梟，很有些俠義的舉動，本領也在一般綠林人物之上。既是這種俠義漢子有爲難的事，便不是老法師的徒弟，我不知道就罷了，知道也得去幫助他，何況老法師請我出來幫忙呢？我一定去山東瞧瞧他！我去見機行事，用得著與他見面，我就見面與他說明來由，勸他同回紅蓮寺；如果他在山東眞應了老法師的課，遇了甚麼意外之事，我自能盡我的力量，在暗中幫助他！」

無垢和尚喜道：「有孫大哥去，是再好沒有的了！」

孫癩子笑道：「我南方人不曾到過北方，久有意要去北方玩玩；正難得這回得了老法師的差使，好就此去領教領教北方的人物！」

孫癩子出門，也不帶行李，也不要盤纏。就身上原來的裝束，左手握著旱煙管，右手提著酒葫蘆。天晴的時候，就這般在太陽裏面曬著走；天雨的時候，也就這般在雨中淋著走。遇了水路，必須附搭人家的船隻，人家看了他這種比乞丐還髒的情形，都估量他不是善良之輩，誰也不許他搭船。有幾條船不許他搭，他也不勉強，祇在河邊尋覓順路的船隻，卻被他尋著一條了！這船還祇載了一個客。這個客的年紀已有四十多歲了，身上穿得很樸素，像是一個做小本生意的人；滿面春風，使人一望就看得出是個很誠實的。孫癩子便向這船老闆要求搭船。

船老闆瞧也懶得拿正眼瞧一下，反向旁邊吐了一口唾沫道：「請你去照顧別人罷！我這船上已裝滿了客！」

孫癩子受了這般嘴臉，忍不住生氣道：「分明艙裏祇坐了一個客，怎麼說裝滿了客呢？你船上載客，不過要錢；我並不少你的船錢，你爲甚麼這們瞧不起人呢？」

船老闆聽了，將臉揚過一邊道：「我知道你有的是錢，有錢還愁坐不著船嗎？我這船早已有人定去了，沒有運氣承攬你這主顧的生意，祇好讓給別人去發財。」

孫癩子聽了這派又挖苦又刻薄的話，氣得正要開口罵這船老闆，忽見坐在艙裏的那客人走出來，問道：「你要搭船去那裏？是短少了船錢麼？」

孫癩子還沒回答，船老闆已大聲對那人說道：「客人不必多管閒事！各人打掃門前雪，休管他人瓦上霜！這是出門人的訣竅，都不懂得嗎？進艙裏去坐罷，我們就要開頭了。」那客人見船老闆如此一說，登時縮了頭退進艙裏去了。船老闆也走進後艙，隨即出來了四個駕船的水手，拔錨的拔錨，解纜的解纜，忙亂了一會，船就離開岸了。

孫癩子立在岸上呆呆的看了，忽然心中一動，暗想：不好了！這客人誤上了強盜船了！這一點兒大的船又沒有裝載貨物，怎麼用得著這們多的水手？怪道以前開的那些船，都裝了不少的客，祇這條船僅載了一個單身客人！大概老出門的客人，都看得出這種船不妥當；這客人不是老走江湖的，就自投羅網了！我既親眼看見，如何能不想法子救他呢？雙眉一皺，即連說：有了，有了！看那船才行不到半里水路，忙提步追趕上去，一霎眼就趕上了。

一面追趕，一面口中喊道：「你船上分明祇載了一個客，爲甚麼不許我搭船？快些靠過來讓我上船便罷；若不然，就休怪我攪爛了你們的生意！」儘管孫癩子的喉嚨喊破了，船上的人祇是不睬！

孫癩子見船上的人不答應，又追趕著喊道：「你們裝聾作啞不理會嗎？有生意不大家做，你們打算獨吞嗎？」船老闆和幾個水手聽得孫癩子是這般叫喚，恨不得要抓住孫癩子碎屍萬段！待始終不作理會罷？又恐怕孫癩子再叫喚出不中聽的話來，萬一把艙裏坐的這隻肥羊叫喚得覺悟了，豈不壞了大事？

幾個人計議，不如索性將船靠攏，讓這窮光蛋上來；料他這們一個癆病鬼似的人，不愁對付不了！計算已定，船老闆才緩緩的伸出頭來，向岸上望了一望，問道：「還是你要搭我的船麼？是這般亂叫亂喊幹甚麼呢？」一旋說旋將舵欛扳過來，船頭便朝著岸上靠攏來了。

孫癩子笑道：「你們也太欺負我們窮人了！如果江河裏的船隻，都和你們這條船一樣，我等單身客人還能在江河裏行走嗎？」

船老闆聽了氣得磨牙，但是不敢回答甚麼，怕艙裏的客人聽了懷疑，祇一疊連聲的催促孫癩子上船。孫癩子看著船頭，說道：「你不把上船的跳板搭起來，像這般三四尺高的船頭，教我如何跳得上呢？不是有意想害我掉下河裏去嗎？我又不會浮水，一掉下水就沒有命了！」

船老闆似乎很得意的神氣說道：「你也是一個男子漢，看你的年紀並不算老，像這一點兒高的船頭都爬不上，眞得活現世呢！」說時，順手提起一塊木板，向岸上一搭，孫癩子就從木板上走到船頭來。隨即彎腰去提那木板，故意做出用盡平生之力，提得兩臉通紅，氣喘氣促的才勉強提上船頭。噓了一口氣道：「這跳板時常在水裏面浸著，所以這們重得累人，差一點兒提不動呢！」

船老闆看了這情形，心想：這東西祇怕是合該要死了，他也敢存心來攬我們的生意！他若仗著熟悉江湖規矩，來找我說內行話，我們祇有還他一個不理會，看他這內行有甚麼用處？動手就先把他做了，量他也沒有招架的本領！

船老闆心裏正這們轉念頭，孫癩子已做出極親熱的樣子，向船老闆叫著夥計，說道：「我氣力雖沒有，但自己知道是個通竅的人，無論在甚麼地方，總是處處替自家人幫忙，從來不惹自家人討厭。我也不多佔夥計們的地方，每天衹要給我這們一葫蘆酒，連飯也不吃一粒；我一張嘴是再穩沒有的了，別人想套問我半句話，就一輩子也套問不出來！」

船老闆不耐煩的神氣說道：「誰管你這些！我又不認識你，那個是你甚麼夥計！你一身髒到這個樣子，也要來搭船！你要知道，坐在艙裏的這位客人，是規規矩矩做買賣的；他既坐我的船，我不能使他心裏不快活。你這般齷齪，不問甚麼人看了也噁心，不許你走進客人艙裏去！我行點兒方便，跟我到這裏來蹲著罷！」

孫癩子遂由船老闆引到船梢，揭開一塊船板，說道：「說不得委屈你一些兒，請你蹲在這裏面！」

孫癩子低頭看了看道：「不是一天兩天的路程，這一點兒大的地方，教我蹲在裏面，不比坐牢還難受嗎？我們都是自家人，我說過了不壞你的事，你不應如此款待我！那客人艙裏我可以不去，難道後艙都不給我住嗎？夥計，夥計！大家都是在江湖裏做生活的人，不應該這般不把我當人！」

船老闆心想：這東西開口自家人，閉口自家人，究竟他是那裏的？我在江湖上混了這們久，並沒有見過他這樣的人，也沒聽得同行中人說過老輩、平班裏頭，有一個這樣怪模怪樣的人物！我倒得盤盤他的底，看他畢竟是那裏來的？如果他眞有大來歷，做了生意分一成給他，也是應該的！船老闆定了主意，便仍將艙板蓋上，讓孫癩子坐下來，自己也陪坐一旁，慢慢的盤海底。誰知孫癩子一句也不回答，祇管笑著搖頭。

船老闆不由得哈哈大笑道：「原來是一隻紙糊的老虎，禁不起一戳就破了！」說時，接著又歎了一口氣道：「眞是那裏來的晦氣，無端害得我們白擔了一陣心事！」

孫癩子從容拔開葫蘆塞，喝了一口酒，說道：「誰教你們白擔心事呢？我一上船就對你表明了，我是不多事的，我是不惹人討厭的，誰教你擔甚麼心事呢？你祇每日給我這們一葫蘆酒，我就終日睡在後艙裏，連動也不動一動！」

船老闆心裏好笑，暗駡這種不知天高地厚的混蛋，自己也不思量思量，憑著甚麼本領在江湖上來吃横水？不過仍不免有些怕他攪壞已經到手的生意，面子上還是向孫癩子敷衍道：「也罷！我就讓後艙你住著！你自己知趣些兒，不許和前艙的客人說話！」孫癩子連忙應是，彎腰鑽進後艙裏坐著。從此不言不動，衹雙手捧著葫蘆，口對口的咕囉咕囉。

這夜，船泊在一個很繁盛的碼頭之下，孫癩子自己上岸沽了葫蘆酒上船。船老闆問他道：「你上岸去幹甚麼？」

孫癩子揚著酒葫蘆給他看道：「糧食完了，上岸去辦糧食。」

船老闆道：「你糧食完了，怎麼不向我要呢？我船上還有兩大罈陳酒，足夠你喝！」

孫癩子笑道：「遲早是要領你的情的！我衹因見你的生意還沒有做成，不應該就向你需索，所以自己上岸去沽了喝！」

船老闆放下臉，說道：「你這人眞說不上路，我有甚麼生意沒有做成？你以後喝了酒，不要說酒話吧！葫蘆裏若是乾了，儘管向我要！」

孫癩子笑嘻嘻的點頭，心想：這狗強盜不存好心了！他見我歡喜喝酒，就打算拿酒先把我做翻！他們江湖上用的，不過是蒙汗藥，倒要看他們如何下手？這夜安然無事。

次日天明開頭，順風走了一日。下午申牌時分，船正扯起順風帆，走得和跑馬一般的快。前面一個沙灘，船行到這裏要轉拐了，忽然船頭反向沙灘這方面一側，衹聽得船底板喳喳的響了幾下，船頭猛觸在沙灘上，全船都震動了！水手登時叫喚起來，齊聲說：「不好了，船身淺住不能動了！」

那客人也驚得跳起來，走到船頭上看了看，問船老闆道：「怎麼走得好好的，會走到這沙灘上來呢？」

船老闆道：「陡然從這方面吹來一口風，船輕了載，連轉舵也來不及，就走到這上面淺住了！且教水手們下河去推推看，能推動，今天還可以趕十來里路；若推不動，就衹得等明天再設法了！」

船老闆這們說著，眞個跳下去，幾個水手，一個個用背貼住船舷，用力推擠；那船就和有膠黏住了的一樣，那裏能推動分毫呢？

孫癩子在這時候也慢慢的走到船頭上來，抬頭向四面望了幾望，說道：「好一個荒僻的地方，前不靠村，後不靠市，眞是天生的好泊船所在！我們出門人，難得有這種好地方停泊，爲賞玩這種野景，應得痛飲一場才好！衹可惜我昨天上岸沽的一葫蘆好酒，今日已經喝得沒有了；此地沽不出酒來，卻如何是好呢？」

船老闆聽孫癩子說出來的話，沒一句中聽的，簡直心裏恨得發癢！衹因天色還早，恐怕後頭有船隻走過來，即時弄翻了臉不好下手，勉強陪著笑臉，說道：「我昨日不是就對你說過了嗎？我船上還有兩罎陳酒，儘你有多大的酒量，都有得給你喝。你把葫蘆給我，我就去裝一葫蘆來，包管比你在岸上沽的好多了！」

孫癩子喜道：「眞的麼？」

船老闆正色道：「誰騙你幹甚麼呢？」

孫癩子隨即將葫蘆遞過去道：「這就好極了！我衹要有酒喝，萬事都不管，那怕就死在臨頭，我也要喝了酒再說！」

船老闆接過酒葫蘆，笑道：「你這樣也差不多成了個酒仙了！」

孫癩子哈哈大笑道：「甚麼酒仙，做一個酒鬼也罷了！」

船老闆提了葫蘆進艙裏裝酒，暗地取出藥來，比尋常多了幾倍，納入葫蘆裏。耳內就彷彿聽得有人聲說道：「還得多放些，少了沒有力量！」船老闆吃了一驚，忙回頭看時，並不見有人影！急探頭從船窗裏看船頭，衹見孫癩子和那客人並肩立在原處，正指手畫腳的說話，幾個水手也都已跳上船頭了。心想：他們都知道我取了葫蘆進來裝酒，決不至放這東西進艙來。這是我自己疑心生暗鬼，所以彷彿像聽得有人說話！

船老闆如此一想，就放心大膽的提了葫蘆出來，送給孫癩子道：「你且嘗嘗這酒味何如？」

孫癩子接在手中，笑道：「藥酒那有不好的！不過合不合我的胃口，要喝下去才知道！」邊說邊舉起葫蘆，湊近鼻孔嗅了一嗅，不住的搖頭道：「這裏面是甚麼藥？怎的有些刺鼻孔？」

船老闆笑道：「就是白酒，那裏有甚麼藥呢！酒氣自然是有些刺鼻孔的！你不要衹管打開塞頭走了氣，這酒便不好喝了，快喝一口試試看！」

孫癩子舉起葫蘆要喝，忽又停住道：「我喝這酒，這位客人怎麼辦呢？」

船老闆又吃了一驚，極力鎮靜著道：「你是歡喜喝酒的就喝酒。他不歡喜喝酒的，有甚麼怎麼辦咧？」

孫癩子點頭道：「我也衹要有酒喝，以外的事都輪不到我管！」說著，咕囉咕囉幾口，就喝下了半葫蘆，咂了咂嘴，說道：「酒確是好的！不過不知是甚麼道理，一喝下肚就覺有些頭昏！哎呀！不好了！你們看，這沙灘轉動起來了！我的腳站不住了！哎呀！要倒了！」隨說隨倒在船頭上，口裏還祇管嚷著：「好酒！好大的力量！」酒葫蘆摜過一邊。

船老闆大笑道：「這們沒有酒量，也要喝酒！你們把他抬到後艙裏去睡罷。」即有四個水手過來，將孫癩子抬進後艙去了。

不知這些強盜如何擺佈？且待第一〇二回再說。

第一〇二回　施巧計詐醉愚船主　救客商裝夢捉強徒

話說：四個水手將孫癩子抬進後艙，往艙板上一摜，就如死了的一樣，一點兒知覺沒有！船老闆已提著酒葫蘆跟到後艙來，伸手在孫癩子胸前、額角撫摸了幾下，知道已昏迷過去了，才用很低微的聲音，對幾個水手說道：「這東西實在可惡，險些把我急死了！要說他是內行罷？盤問他的話，他一句也回答不來！要說他是假冒的罷？他又似乎門門懂得，件件在行！我裝酒給他的時候，他那神氣，不是好像已經識破了我的關子嗎？

「我正在急得不知要如何發付他才好，他卻舉起葫蘆，咕囉咕囉的把酒喝下去了！這也是合該這東西的死期到了，彷彿鬼使神差的，教他喝了這半葫蘆藥酒。這葫蘆裏我下了五倍的藥，他祇要喝了一口下肚，就包管他一個對時不得醒來；於今他喝下了這們半葫蘆，便是有藥去解救他，也不見得能醒轉來！若就這們不去理會他，至多兩三個時辰就得嚥氣！」

船老闆說到這裏，又聽耳根前有人說道：「你的藥下少了，祇怕沒有力量！」

船老闆心裏一驚，連忙回頭望了一望，向立在身邊的水手問道：「是你在我耳根前說話麼？」

這水手愕然問道：「我們正在聽你說話，有誰在你耳根前說話呢？」船老闆又看了看孫癩子，不由得獨自鬼念道：「這就奇了！在裝酒的時候，耳裏就分明聽得有人說話；那時艙裏除了我，並沒有第二個人，我還以爲是我自己疑心生暗鬼！於今又聽得這們說，並且聽那說話的，就是一個人的聲音。這不是青天白日活見鬼嗎？」

隨又問立在身邊的水手道：「你剛才沒說話，也沒聽得有人說話嗎？」

這水手道：「我們四個人都在聽你說話，怎麼沒聽人說話呢？」

船老闆氣得呸了這水手一口道：「你眞是糊塗蛋！我自己在這裏說話，難道我自己不知道，要來問你聽得了麼？」

三個水手都說道：「我們祇聽得你說話的聲音，不曾聽得再有人說話。這艙裏不是大家都看見的，並沒有人進來嗎？我們四個人跟你站在一塊兒，若有人在你身邊說話，如何能避得開我們的眼睛呢？」

船老闆也懶得回答這些無意味的話，祇低頭望著孫癩子的臉出神。一會兒，又伸手在孫癩子鼻孔上摸了幾摸，胸膛上按了幾按道：「天色還早，且讓他們多挨一時半刻！」

隨將酒葫蘆放在孫癩子的頭旁邊，笑道：「這裏面還有半葫蘆酒，你既這們喜酒，何不一陣喝下去呢？」說著，和四個水手同到船梢上去了。

前艙裏的那客人，雖親耳聽了孫癩子在船頭上說了那些話，親眼看見孫癩子祇喝下半葫蘆酒，就昏倒不省人事；然因他是一個很誠實的商人，不知道世道的艱險，並不覺得這船可疑，入夜仍照常酣睡。

約莫到了二更時分，船老闆提了一把小板斧，悄悄從船梢走到前艙來。在星月朦朧之中，眼見一個人在船邊上蹲著，好像伸著屁股向河裏大解的樣子。

船老闆心裏一驚，暗想：莫不是那客人起來大解嗎？怎麼我們在船梢裏沒聽得一些兒響動呢？我們自己人此刻都在梢裏等著，沒人出來，那個窮叫化早已醉得不省人事了，除卻前艙的客人，沒有第二個！他既在船邊上大解，我何妨乘他不防備，從容上去將他一斧劈翻呢？想罷，即將板斧藏在身後，行若無事的走到船頭，看那人還蹲著沒動。

船老闆心裏畢竟有些恐怕黑暗中錯劈了自家人，湊近前一看，不禁又嚇了一跳！船邊上那裏有甚麼人呢？連彷彿像人影的東西也沒有！祇得自認眼睛看錯了，回身去撥前艙的板門。自己的船，當然決不費事就撥開了。剛踏進腳去，便聽得艙裏的客人在夢中翻身的聲音，以為是客人醒了；恐怕被他聽出聲息，即停腳不敢動。不一會，又聽得打呼的聲音，便鑽身到了艙裏。

那客人睡的地方，船老闆是早已看在眼裏，記在心裏的；此時祇要舉起板斧，照著認定的所在劈下去就是了。祇是這個船老闆是個積盜，這種謀財害命的事，經驗極多，舉動很是謹慎；右手一面舉起板斧，一面伸左手去摸索那客的頭顱，恐怕一斧砍得不中要害，客人反抗起來，便大費手腳。誰知不摸倒也罷了，這一摸祇嚇得縮手不迭！

原來摸著的頭顱，一觸手就覺得不像是前艙客人的。前艙客人是和平常人一般的頭髮，結成了一條辮子，垂在腦後；此時所摸著的頭顱，是亂蓬蓬的一頭短髮，並且塵垢黏結！一觸手，就心下思量道：「這不是後艙裏那個窮叫化的腦袋嗎？怎麼到這裏來了呢？」

當下嚇得縮回左手，忽然轉念想道：「管他是前艙的客也好，是後艙的窮叫化也好，橫豎都是免不了要給他一板斧的！」念頭這們一轉，那斧就登時劈下了！

眞是作怪！船老闆在前艙一斧劈下，前艙被劈的人一點兒聲息也沒有，倒是後艙裏有人連聲哎呀哎呀的直叫；而聽那叫哎呀的聲音，一入耳便知道就是前艙的客人。這一來，簡直把一個經驗極多的積盜弄糊塗了！

不過他畢竟是一個積盜，又仗著地方僻靜，自己人多，並不害怕。伸手摸板斧，似乎沒有黏著血水；心裏一橫，也不顧後艙裏有人叫喚，又是一斧劈下去，想不到竟劈了一個空！剛待提起板斧，猛覺有人從背後一把攔腰抱住；來不及掙扎，已被那人很重的向艙板上一摜，祇摜得頭昏腦脹！心裏雖明白遇了辣手，不趕快圖逃沒有活命，祇是四肢百骸就如有千百條繩索綑綁了的一樣，一動也動不得！

艙裏又漆黑，看不見把自己摜倒的是誰，祇得放出極軟弱的聲音哀求道：「我這回瞎了眼睛不認識客人，求客人饒恕我一條性命，我下次再不敢在江湖上做這生意了！」船老闆儘管這們哀求，但是沒人答應，也不聽得艙裏有甚麼聲響，連後艙裏叫哎呀的聲音也沒有了。祇覺得船身微微的有些搖動，彷彿船已開行了的一樣。

船老闆昏昏沉沉的，似睡非睡，似醒非醒，直到天色已亮，船艙裏透進了天光，船老闆才明白清醒了。睜眼看艙裏，一個人也沒有，那客人已不知睡在那裏去了。自己的身體，塞在艙角落裏，兩手反操在背後，並沒有繩索束縛。然因身體是蜷曲著嵌在那角落裏的，兩手又在背後，渾身無處著力，所以動彈不得！那把素來用著劈人腦袋的小板斧，就在身邊橫著。想起昨夜的情形來，仍舊疑心是在作夢。

正打算要盡力掙扎起身，即聽得那客人的口音在後艙裏，發出很驚訝的語調，說道：「咦，咦，咦！昨夜是怎麼睡的？如何會睡到這後艙裏來了？怪道我昨夜作了一夜的惡夢！哇！你這個人的酒，也醉得太厲害了！怎麼睡了一整夜，到這時分還不醒來呢？」孫癩子這才打了個呵欠，伸了個懶腰，口裏含含糊糊的說道：「好酒，好酒！好大的力量！」這客人笑道：「還在這裏好酒好酒！你醉了一夜不省人事，此刻已經天明了，你知道麼？」孫癩子翻身坐了起來，揉了揉眼睛，望著這客人道：「我怎麼眞個睡到你艙裏來了呢？」這客人笑道：「你看清楚再說！看到底是我睡到你艙裏來了呢？還是你睡到我艙裏來了？」孫癩子抬眼看了看四周，說道：「這就奇了！你爲甚麼在我艙裏睡著呢？」

客人道：「我也不明白爲甚麼會睡到這裏來！」

孫癩子伸長脖子，向窗縫裏張了一張道：「船不是已開了頭嗎？我昨日自從喝了那半葫蘆酒，簡直醉得一夜不得安寧！在夢中，好像是睡在你的床上。睡到二更時分，忽然看見從船頭上來了一個強盜，右手提著一把小板斧，撬開艙門，跨進艙來，伸左手在我頭上摸了一摸，就是一斧頭劈下！喜得那一斧的來勢不重，我有頭髮擋住了，不曾受傷！

「祇見那強盜，舉起那斧頭又劈將下來！我雖是喝醉了酒作夢，然心裏明白，知道這一下是受不住的，連忙滾下床來。那強盜好像是瞎了眼睛的，我滾下了床，他也沒看見，一板斧朝空處劈了！我恨他不過，轉到他背後，攔腰抱住他往地下一摜；那強盜的身體，就和紙糊篾紮的一般，祇那們一摜，就摜得他不能動了！」

孫癩子說到這裏，這客人已跳起身，說道：「怪事，怪事！我昨夜作的夢，比你這夢還要嚇人些呢！我也是夢見一個強盜，手提板斧跑來殺我；還沒有跑進我的房，這邊房裏又跑出一個強盜來！並聽得這個強盜說：一斧劈死了，太便宜了他！讓給我去慢慢的將他處死罷！說著，便將我連人帶被褥一把擄起，跑到這邊房間裏來，一腳踏住我的胸膛，痛得我連聲喊哎呀！祇喊了幾聲哎呀，好像就嚥了氣，不知人事了。直到剛才醒了睜眼看時，誰知眞個睡到這艙裏來了！」

孫癩子道：「我兩個作一般的夢，實在太怪了！我倒要到你艙裏去看看。我記得在夢中將一個提板斧的強盜，抱住摜倒在你艙裏，看究竟有甚麼痕跡沒有？」

二人在後艙裏說的話，船老闆在艙角落裏聽得分明，心中也自詫異道：「原來他們都不過作了一場惡夢，我卻實實在在的被摜倒在這裏，受了一夜比上殺場還苦的罪！但是我不解那個窮叫化，喝下那們半葫蘆藥酒，何以這時候不解救就醒來了呢？我再不掙扎起來逃跑，他二人走來看見了我這情形，不是要弄假成眞嗎？祇可恨我船上這些幫手，眞是些死人！我獨自出來動手，一夜沒回到梢裏去，怎麼也不出來瞧瞧；難道在這時候，一個個都能安心躲在梢裏睡覺嗎？這也實在太奇怪了！」

船老闆心裏是這們忿恨，身體竭力向寬處掙扎，祇是好像特地造了這們一個陷籠，將他身體陷住似的，無論怎生掙扎，氣力都是白用了！耳內聽得後艙裏二人的腳步聲，看看從船邊繞到前艙來了。船老闆既掙扎不起，惟有緊閉兩眼，聽憑擺佈！

孫癩子在前，跨進艙，就指著角落裏的船老闆，大笑說道：「果然攢倒了一個瞎了眼的強盜！你看，不還在這裏嗎？」

這客人看了，吃驚問道：「咦！這究竟是怎麼一回事？哎呀！這裏還果然有一把板斧呢！」

孫癩子道：「我昨夜在夢中，因為艙裏漆黑，不曾看清楚強盜的面目。來，來，我們兩人看個仔細，好像面熟得很呢！」

這客人看了驚訝道：「這不是船老闆嗎？怎麼說他是強盜？」

孫癩子笑道：「是船老闆麼？那麼我這夢就更眞了！我記得夢中還到了船梢裏，看見船梢裏也有幾個強盜，各人手中都拿了一把短刀，正要鑽出來殺人；我也將他們一個一個攢倒在梢裏，也正是這般攢法！這強盜既是不曾逃跑，想必船梢裏的那幾個，也和他一樣！」

這客人道：「然則這條船不是強盜船嗎？我們且到船梢裏去瞧瞧。」

孫癩子道：「你去瞧瞧便了！我昨夜喝多了酒，今日還有些頭昏，懶得去看。」這客人就獨自去了。

孫癩子湊近船老闆的耳根，說道：「夥計，夥計！你爲甚麼還祇管躺在這角落裏不動呢？我上船的時候便對你說過了：有生意大家做，我們都是自己人。你偏要在我面前裝糊塗，不理會我，反而拿藥酒來把我醉倒。你將那靈丹子（江湖隱語，稱迷藥爲靈丹子）放進酒裏去的時候，我分明在你耳根前說，教你多放些，少了沒有力量。你聽了倒不理我！你自己想想：若不是你那酒將我喝得死不死，活不活，我如何會作出這們一回夢來？」

船老闆聽了這些話，才知道這窮叫化是個有大能耐的奇人，果是自己瞎了眼睛，當面不認識，祇得告哀求饒。孫癩子道：「我又不曾用繩索綑綁你，你要走儘管走，要逃儘管逃，求我幹甚麼？」

說到這裏，到船梢裏去看的客人已走回來，說道：「昨夜的事，眞教我莫名其妙！怎麼作夢都成了眞事呢？這船上的水手，六個人作一堆躺著；手中的短刀，都還緊緊的握著，不肯鬆開。一個個睜開兩眼望著我，也不說甚麼，也不動彈。我故意問他們：爲甚麼拿著刀睡覺？他們一個也不回答。這到底是甚麼道理？我生長了四十多歲，連聽也沒人說過這種奇事！」

孫癩子搖頭道：「我也不明白是怎麼一回事！你問這位船老闆，他是一定明白的！」

這客人雖是個老實的行商，然眼見這船老闆是個強盜，心裏也就異常忿恨！厲聲對船老闆喝道：「你半夜手持板斧，偷進我的艙來，想謀我的財，害我的命，喜得我命不該死，鬼使神差的將你是這般困住了，你還不照實供出來嗎？怪道你昨夜不趕到碼頭上停泊，原來你這狗強盜不存好心！你老實供出你昨夜的情形來便罷；若想支吾，我就要對不起你了！」旋說旋回頭在艙裏尋找了一根木棒，提在手中，做出要打下去的樣子。

船老闆苦著臉，說道：「不勞客人動手！我既到了這一步，難道還能隱瞞不說嗎？客人不要以爲我困在這裏是鬼使神差，莫名其妙的事；昨夜若沒有這位神仙，客人的性命早已沒有了！我自己知道是我的惡貫滿盈，才有今日，也用不著再含糊了！客人祇道昨夜眞是作夢麼？都是這位神仙的神通廣大。莫說救了你，你不知道；我被他老人家用法術軟困在這裏，也直到剛才方明白呢！我做了半生謀財害命的事，到今日能死在這們一位神仙手裏，也算値得了！

「我這條船在這河裏行過十多年了，每年至少也得做七八次謀財害命的案，祇因我的手腳做得乾淨，沒有破過案；不過老走江湖的人，久已疑心我這條船不大妥當就是了！然因為不曾破過案，儘管疑心也不能奈何我，不過坐我這船的很少很少。越是坐船的客少，我們便越好下手！「這回合該我們要破案！因看不起這位神仙爺的儀表，三回五次的點破我，我仍不見機；昨夜在黑暗中摸著了神仙爺的頭，還舉板斧劈下去，這不是我糊塗該死嗎？我如今說懊悔也來不及了，聽憑神仙爺和客人怎生懲辦便了，橫豎拚著一死，祇求神仙爺慈悲，不將我們送官！我死不算事，送到當官去受種種的凌辱苦楚再死，就死也死得不爽快！」

這客人見是孫癩子救了他的性命，即雙膝跪下，向孫癩子叩謝救命之恩。孫癩子拉了他起來，笑道：「這是你的命不該死！我因感念你在我要搭船的時候，存心想幫助我，到船頭上問我去那裏；我那時看你的氣色不佳，才留心看這船上。若不然，我也懶得多管閒事！此刻我已將他們這些沒天良的強盜軟困在這裏，這個為首的也已供認不諱了，祇看你打算怎生發落他們？」

這客人道：「我是一個無知無識做小本生意的人，這回承你老人家的恩典，救了我的性命，我身邊帶的三百多兩銀子，又沒有被他們劫去，我實是感激不盡！至於應該怎生發落他們，聽憑你老人家說了就是！」

孫癩子點頭道：「論他們的行爲，委實是死有餘辜！不過我們都不是做官的人，他們犯的國法，應該把他們送到官裏去，祇方才他求我們不要送官！我想將他們送官是容易的事，但是把他們送去了，我兩人不是都得另行搭船到山東去嗎？半路上搭船是很麻煩的，不如暫時依了他的不送官，我們仍舊坐他們的船。且看他們這一路伺候得我兩人怎樣？好便饒了他們！他們從前做了惡事，將來還是逃不了惡報，我們可以不管他！若在路上伺候我兩人不周到，我要使他們吃苦，倒不費事！你以爲我這話怎麼樣？」

不知這客人贊成不贊成這個辦法？且待第一〇三回再說。

第一〇三回　仗隱形密室聞祕語　來白光黑夜遇能人

話說：這客人雖覺得孫癩子這辦法，太便宜了這些強盜，然不能說不依！祇得連忙說：「你老人家要怎麼辦，就怎麼辦好了！」

孫癩子笑著向船老闆招手道：「你起來罷！這一夜的辛苦，也夠你受了！」

船老闆經孫癩子這一招手，渾身就和解去了千百條繩索一樣，並不待如何掙扎，一著力便站起來了！也不說話，跪下地就對孫癩子叩頭，連叩了好幾個頭，才說道：「我承你老人家不殺之恩，敢不盡心伺候！不過我那幾個被困在梢裏的夥計，大約也是你老人家的法術將他們制住了？」

孫癩子不待他說下去，即答道：「你去瞧他們，不是已經起來了嗎？」船老闆走到後梢，果然幾個水手都伸腰舒腿的起來了。這一船的強盜，自從經過了這夜的無形軟困，大家都心悅誠服的將孫癩子作神仙看待，那裏還敢輕慢半點！一路小心謹慎的伺候，一文船錢也不肯收受！孫癩子還恐怕這一船強盜，暗地跟蹤這客人圖劫，親自送這客人到了家，才到山東省城裏來，打聽張汶祥在巡撫部院裏的情形。

孫癩子到山東也不住客棧，夜間就在那破舊的小關帝廟裏歇宿。初到的這日，他心想：我這番受了無垢和尚的託付，來指點張汶祥。我若就是這般形象去巡撫部院會他，休說在巡撫部院裏當差的人，都是些勢利狗，看了我這情形，決不替我通報進去；就是通報進去了，張汶祥也不見得便看得起我！

我不遠千里的來指點他、幫助他，倒落得他一雙白眼相看，豈不是自尋沒趣？並且初次見面，他不知道我是何等人，我就一片好心指點他，他也未必肯聽！不如在暗中先查察他的行爲，若也不過一個利祿之徒，行爲荒謬；我就受了無垢和尚的託付，也祇是略盡人事罷了，犯不著竭力幫助他！

孫癩子打定了主意，這夜初更以後，便用隱身法進了巡撫部院。在裏面穿梭也似的來來去去，誰也看他不見。馬心儀與柳氏姊妹和春喜丫頭的舉動，他卻完全看到了眼裏！並聽得柳無非對馬心儀說自己姊妹，在船上與鄭時、張汶祥成親的事，不由得心裏恨道：「無垢和尚收的好徒弟，在四川弄得立腳不住了，到山東來投奔馬心儀這種人面獸心的東西，已屬無聊極了，偏偏在半路上還騙娶官家的小姐做老婆！像這種好色沒行止的東西，我不殺他，已是看無垢和尚的面子了，還幫助他甚麼？指點他甚麼？」

孫癩子已經氣忿得打算不管這事了，但是他出來一走到西花廳裏，祇見鄭時正在與張汶祥坐在一塊兒低聲說話。孫癩子心想：他兩人這般低聲小氣的說些甚麼？我何不湊近跟前去聽聽？隨即走近二人身旁。

祇聽得鄭時說道：「我知道三弟把工夫看得認眞，不肯在女色上糟蹋身體，不過少年夫妻，實在不宜過於疏淡！你要知道，你是練工夫的人，越是不近女色越好；三弟媳不是練工夫的，又在情欲正濃的時候，何能和你一樣呢？」

孫癩子聽了這些話，已不覺在暗中點頭道：「照這話聽來，難道張汶祥並不是一個好色沒行止的東西嗎？」

接著又聽下去，聽到張汶祥搖頭說：「這祇怪我生性不好，從來拿女子當一件可怕的東西，不僅覺得親近無味，並時刻存心提防著，不要把性命斷送在女子手裏！我未嘗不知道這種心思，祇可以對待娼妓，及勾引男子的卑賤婦人，不能用以對待自己的妻子；無奈生性如此，就要勉強敷衍，也敷衍不來！我這頭親事，原是由二哥二嫂盡力從中作成的，我自己實不曾有過成立家室的念頭！」這一段話，就在暗中連連點頭道：「這才是一個漢子！這才不愧爲無垢和尚的徒弟！原來是鄭時這個色鬼，因騙娶了柳無非，心中不免有些慚愧，所以要把柳無儀配給張汶祥，大家同下渾水，好遮掩他自己不敦品的行爲！

「常言：人命出於奸情。馬心儀既誘奸了柳氏姊妹，兩邊戀奸情熱，一定有謀殺親夫的事做出來！怪道無垢和尚說張汶祥在山東凶多吉少！鄭時這東西，才情學問，雖有可取之處；然是個熱中利祿的人，品行又如此不端，就被馬心儀謀死，也是自取的，不足顧惜！倒是張汶祥，我得設法使他認識了我，才好勸他離開這齷齪的地方！」當下孫癩子便退出了巡撫部院。

次日天色一黑，又隱形到馬心儀上房裏來。見這房裏祇有馬心儀的一個姨太太坐著，和一個小丫頭說話，柳氏姊妹與馬心儀都不見蹤影。孫癩子原是想探聽馬心儀對柳氏姊妹說些甚麼話，當即到各處房間裏尋找了一會，連鄭、張二人的睡房都找遍了沒有。仍回到上房，連剛才坐著和丫頭談話的那個姨太太也不見了。

正要走出來，祇見一個十四五歲的丫鬟，雙手托著一碗菜向上房走來。孫癩子看了，心想：這房裏並沒擺設席面，怎麼托著菜到這房裏來呢？忙讓過一邊，看這丫鬟托到那裏去，料定這菜必是送給馬心儀吃的。祇見這丫鬟直走到床帳背後去了。跟上去看時，原來床帳背後有一個小門，丫鬟臨時一手推開，挨身進去了。

孫癩子不等他回身關門，急跟著進去。裏面燈燭輝煌，彷彿白晝，眞是和天宮一般，說不盡的繁華富麗！房中擺了一桌酒菜，一男三女，各據一方坐著；正是馬心儀和柳氏姊妹，還有一個女子，就是剛才坐在前房和丫頭說話的那個姨太太。丫鬟送上托來的菜，即轉身出去，隨

手將門推關了。

孫癩子就聽得柳無非問馬心儀說：「他們是在四川做生意的人，你那時在四川做知府，充其量也不過降尊和他們來往來往，何至於與他們結拜爲兄弟呢？我這個二爺倒也罷了，可以說是個讀書有學問的人，將來的前程，不可限量，與他結拜還勉強說得過去！至於三爺、四爺，都是粗人，你那時怎麼看中了他兩個，會想到要與他拜起把來呢？你又不是結拜以後才發達的，這道理實在教我想不透！」

馬心儀笑道：「你祇管追問這事有甚麼用呢？我不是早已對你姊妹說過了嗎？二爺和他們兩個原是多年結拜過的，並且終年在一塊合夥做生意，沒有離開過。我是後來因和二爺結拜了，不能說他兩個是粗人，便瞧不起，所以四個人又重行結拜，並沒有別的想不透的道理。你這下明白了麼？我們談旁的快活話罷！這類不相干的事，祇管談論他做甚麼呢？」

柳無非搖頭道：「你說是不相干的事，我倒覺得是很要緊的事！我還要問你：你既不存瞧不起三爺、四爺的心，與他們結拜了，卻爲甚麼又怕外人知道，不許他們當著人稱你大哥呢？」

馬心儀道：「你這也不明白嗎？我的胸襟不同，自然可以不存瞧他們不起的念頭，祇是官場中的人，幾個和我同一般胸襟的！並且我要避嫌疑，也祇好教他們不當著人稱呼我大哥。你安著甚麼心眼，一次又一次的是這般根究？難道做官的人，朝廷訂了律不許與不做官的人拜把嗎？」

柳無非見馬心儀面上帶著不大高興的樣子，連忙笑著搖頭道：「不是這般說法，我並沒有安著別的心眼！不過我聽你說的話，與你二爺說的，有些牛頭不對馬嘴，使我不由得不細細的追問！」

馬心儀問道：「他說了些甚麼話，與我說的牛頭不對馬嘴？」

柳無非道：「他在船上初次見我的時候，他說他是做生意的人，平日於官場中不甚留意。又說從甲寅年出四川，在新疆、甘肅一帶盤桓，直到前年才回四川去。前年你不是已到了山東嗎？據我推想：你們結拜，必有緣故，決不是你因爲二爺的才學好，就降尊和他們結拜。

「我姊妹承你寵愛，這種恩情，我姊妹粉身碎骨也難報萬一，你非不知道我姊妹當日在船上與二爺、三爺成親，是出於不得已；你難道還疑心我姊妹尚未忘情於他兩人，將你說給我們聽的話，去對他們說嗎？何以不肯把實話告訴我呢？」

馬心儀道：「這倒不用你表白，我已知道你姊妹對我的心，不過我覺得毋須向你姊妹說這些不要緊的話！」

柳無非道：「不然！我姊妹既承你寵愛，就巴不得長久能在你左右。我看三爺是一勇之夫，心粗氣浮，容易對付；二爺便不然，爲人心思極細，主意又多。我們的事，日子長了，難保不有破綻給他看出！我逆料他這種人，看出了我們甚麼破綻，是決不動聲色的！倘若他借故向你告辭，要帶著我往別處去；祇一離開了山東，便將我姊妹置之死地，到那時我姊妹有甚麼方法自全性命呢？」

馬心儀沉吟了一會道：「你我在上房裏幹的事，內外都是我的心腹人，有誰敢去說給他們聽？沒人去向他們說，那怕老二的心思再細，試問他從那裏看出破綻來？並且這種曖昧的事，除了自己親眼看見，旁人說的，誰也不能當作實相！

「你想想：我們在上房裏，豈有他從外面進來，我們尚不知道的？丫頭、老媽子坐在院子裏是幹甚麼事的，大家都不攔阻他，也不跑上來通報，讓他撞到這裏來捉奸嗎？於今且退一步說，即算老二的心思靈巧，眼睛厲害，對你我起了疑心，想把你姊妹騙出去處死，我就肯放你姊妹就走嗎？你安心罷，不要自己疑心生暗鬼的，這也怕，那也怕！」

柳無非道：「你何不替他兩人弄點兒差事，打發他們離開這裏，免得終日在眼前討厭？我在你跟前很快活的，一出去見了他，心裏就不自在了！待不理他罷？又怕他疑心，每夜要勉強敷衍他一陣，實在沒趣極了！妹妹倒好，三爺對他從來不親熱，他對三爺也是冷冰冰的，時常一夜都不開口，所以我說他容易對付。祇苦了我一個人！」

馬心儀點了點頭道：「你的意思我明白了。不要性急！我不愛你姊妹便罷，旣愛你姊妹，老二、老三又本是來求我提拔的，我總盡力替他兩人謀外放便了！我明的提拔他兩人，暗中就是提拔你姊妹。你不知道我心裏躊躇的，自有躊躇的道理！」

柳無非道：「你明白了我甚麼意思？你以爲我是替丈夫求差事嗎？我那裏是這種心思！祇要使他不在跟前，我心裏就安然了。難怪你不肯把你們結拜的原因說給我聽，原來這時候還在疑心我是替他們求差事！我姊妹的一片心，眞是白用在你身上了！」說時，眼眶兒紅了。

柳無儀插嘴說道：「我留神看二爺、三爺說話，一說到在四川時候的事情，兩人言詞都一般的閃爍，連忙拿旁的話岔開，並且都似乎不願意提自己身家的事。我雖說生得醜陋，然也是千金之體，實在不承望嫁這們一個粗人。姊姊祇說我的容易對付，卻不知道我夜間和他在一床睡著，簡直比見閻王還難受！」

柳無非道：「我正爲他兩人都不願意提自己身家的話，才想追問拜把的原因。」

馬心儀道：「你們定要問我和他們拜把的原因，我就說給你們聽，也沒有甚麼妨礙！你姊妹拿著去對外人說的事，我是料定不會有的；不過恐怕你姊妹聽了之後，在他兄弟面前露出使他生疑的神色來。你知道二爺的心思是極細的，這不是當耍的事！」

柳無非道：「我姊妹又不是不知輕重的小孩，這是何等重大的事，豈敢隨便露出甚麼神色？」

馬心儀道：「衹要你姊妹知道輕重，我便說給你聽也使得！」接著就將在四川結拜的情形，大概說了一遍。

柳無非變了顏色，問道：「這姓張的，就是最兇悍有名的張汶祥麼？」

馬心儀道：「怎麼不是？聲名雖極兇悍，爲人卻並不甚兇悍。」馬心儀還在說話，柳氏姊妹都掩面痛哭起來了。

馬心儀看了柳氏姊妹發怔，半晌才道：「哦！我一時不曾想到，原來你姊妹和他們還有大仇呢！但是此刻也用不著如此痛哭！當你們初到山東來的時候，我聽了你們成親的事，便知道不妥。這也是老二的糊塗，雪裏面豈是埋屍的！」

柳無非一面揩著眼淚，說道：「可憐我父親當日在綿州死得好慘啊！我衹道我姊妹是永遠沒有報仇的時候了，誰知腆顏做仇人的老婆，做了這們久！這也是先父在天之靈，默佑我才有今日！」說著，彎腰向馬心儀下拜，柳無儀也跟著拜下去。

馬心儀一手攙起一個，說道：「我其所以屢次不肯對你姊妹說出他們的身世來，就是爲你姊妹和他們有這大仇恨，恐怕你們知道了忍耐不住。鄭時聰明，必能料到是我說給你們聽的，那時打草驚蛇，他們一走，就反而留下一條禍根！你姊妹向我叩頭的意思，我知道。不要著慮，讓我思量出一個妥當的法子，一則爲你姊妹報仇，二則爲我自己除去後患！你姊妹祇須依遵我的話，萬不可在他們面前，露出使他們可疑的神色！要緊，要緊！」

柳無非道：「倒是心裏明白了，情願故意做出和他親近的樣子來，好把他穩住！」這個姨太太在旁邊聽到這裏，才問：「是甚麼大仇恨？」柳無非祇得將他父親柳儒卿，在綿州被張汶祥那股梟匪殺死的事，簡單說了一番。

馬心儀笑道：「我若是命短的，不也是和你父親一樣的殉難了嗎？」說至此，那丫鬟又推門送菜進來了。

馬心儀笑道：「今夜爲說這些事，把好時光糟蹋了！不但沒有得著快活，反弄得一把眼淚，一把鼻涕，等歇回到西花廳，不使他們看了懷疑嗎？我與你姊妹定一個約，我從此心裏決不忘掉你姊妹報仇的事，不過從此不許你姊妹再向我提剛才說的這些事了！我們來飲酒作樂罷，不要辜負了好時光！」

孫癩子知道已沒有可聽的話了，不趁這時開了房門在丫鬟之前走出去，說不定以下有不堪入目的事做出來。

孫癩子出了密室，心想：鄭時原來是這般一個混蛋！馬心儀就不替柳氏姊妹報仇，將他處死，我也不能讓他活在世上！一面是這般思想，一面走出上房的院子，見院門已經關閉了，衹得打算從房頂上走出去。才縱身上了房簷，忽一眼看見那密室的房頂上，好像有一個人的黑影子伏著，不覺吃了一驚！暗想：這黑影不是張汶祥嗎？大約他已疑心柳氏姊妹與馬心儀有苟且了，所以到這房頂上來偷聽！衹是他們在密室裏細談，你在這房頂上如何能聽得著呢？我既在此地遇著他，何妨上去和他開個玩笑，看他的膽力武藝何如？想罷，即飛身到了那邊房頂。

孫癩子是由修道得來的神通，與尋常人由鍛鍊得來的武藝不同，飛身過去，不但沒有聲息，因使用了隱形法，並沒有人影；儘管有絕大本領的夜行人，也聽不出聲，看不出形。孫癩子知道張汶祥不過是武藝高強，並不曾修過道；以為自己飛過去，張汶祥是決不會知道的，大著膽量朝那黑影走去。誰知還沒有近身，那黑影已一閃沒看見了！

孫癩子暗自吃驚道：「倒看不出張汶祥的本領不小，竟能知道有我到了他背後！衹是他這

一閃又跑到那裏去了呢？」

正舉眼待向四面尋覓，陡見一道白光從左邊房頂上飛來。孫癩子看了，笑道：「原來不是張汶祥啊！想不到在這裏遇著同道的人了！我不能就這們出頭露面，且和他較量較量，再去與他會面。看他是誰？為甚麼也在這房頂上伏著？」隨即也放出劍光來。剛與那道白光一交接，那白光即時掣轉去了。

孫癩子笑道：「怎麼呢？難道不能見人嗎？既是同道，何妨玩玩！」

正想向左邊房上追過去，忽見那人已飛過來了，望著孫癩子拱手，說道：「請問老丈尊姓大名？到此有何貴幹？」孫癩子忙收了隱形術。

不知來的是誰？且待第一〇四回再說。

第一〇四回　報兄仇深宵驚鬼影　奉師命徹夜護淫魔

話說：孫癩子見那人拱手問話，忙收了隱形術。看那人的年齡很輕，雖在黑暗之中，因孫癩子修成了一雙神光滿足的眼睛，能於黑夜之中辨別五色，所以看得出那人年齡不過二十來歲。生得骨秀神清，唇紅齒白，眞算得是一個飄逸少年！心裏不覺非常欣羡的說道：「自家人不妨實說！我是瀏陽孫耀庭，此番因受了朋友的託付，來此救護一個人。請問你貴姓台甫？爲何在此時暗伏在這密室之上？」

少年聽了，也十分高興似的，說道：「學生姓趙，名承規，湖北襄陽人。此來也是奉了師父之命，在暗中保護一個人。請問老丈要救護的是那個？」

孫癩子心想：這後生難道是來保護鄭時的麼？遂答道：「此時更深人靜，我們在這屋頂上說話多有不便。我很想問你的話，不知你願不願意和我離開這裏再說？」

趙承規略不思索的，說道：「好極了！看老丈要去那裏，就去那裏便了！」孫癩子遂引趙承規離了巡撫部院。

到僻靜處，即停步問道：「尊師是那個？教你到這裏在暗中保護誰人？不妨說給我聽麼？」

趙承規道：「敝老師就是沈棲霞師父，大約也是老丈知道的。他老人家在靜坐的時候，知道有人將要謀害馬巡撫。馬巡撫的母親曾與他老人家有一段佈施的因緣，所以打發我來山東在暗中保護。老丈這番受朋友之託前來救護的，也就是馬巡撫麼？」

孫癩子搖頭笑道：「我要救護的雖不是馬巡撫，然有我在這裏，也能使馬巡撫不被人謀害。尊師曾對你說明將要謀害馬巡撫的是誰麼？」

趙承規道：「他老人家雖不曾明言，但我已來此五六日，每日在暗中細看馬巡撫的舉動，祗怕他將來難免不死於婦人之手！若是死於婦人之手，就有十個我在暗中保護，也是無用的！」

孫癩子道：「果是死於婦人之手，倒不與謀害相干！我料尊師打發你來在暗中保護馬巡撫，不過爲盡往日與馬巡撫母親一點私情；實在像馬巡撫這種人形獸行的東西，豈是尊師所願意保護的？你自到山東以後，每夜是這們伏在房頂上保護他嗎？」

趙承規道：「因爲不知道要害馬巡撫的是誰，又不能親見馬巡撫向他說明，在他跟前保護，祇好隨時在房上地下梭巡幾遍。若是有武藝的人夜間前來行刺，那是可以對付得了的；如果是同道中有人要刺馬巡撫，我想我師父也不至打發我來保護。」

孫癩子笑道：「你所想的不錯！將來要謀害馬巡撫的人，我倒知道。你也想見見那人麼？」

趙承規喜道：「怎麼不想見見呢？於今那人在甚麼地方，老丈能引我去見他麼？」

孫癩子道：「見是很容易的，但是你見面不能和他說話。」

趙承規道：「爲甚麼見了面不能說話呢？」

孫癩子笑道：「這其間的道理很難說。我們修道的人做事，也祇能盡人事以聽天命；若是凡事揭開來說，這種逆天之罪是很重的！即如尊師打發你來保護馬巡撫，何以不教你和馬巡撫見面，說明來意，使馬巡撫好自己加意防閑呢？其所以祇教你在暗中保護，就是所謂天機不可洩露！」

趙承規點頭，問道：「那人姓甚麼，叫甚麼名字，也不能給我知道麼？」

孫癩子道：「不是不能給你知道，也不是你知道了便有甚麼妨礙，因爲你此時不必知道。你後天在城外某處等候，我自設法引那人到城外來。你祇見見面認明白他的身材面貌，免得將來弄出亂子！」趙承規知道不肯說的話，就是追問也是不肯說的，便告別要走。

孫癩子道：「且慢！你此刻住在甚麼地方，告我知道。到要緊的時候，我好來找你！」趙承規道：「我有個親戚在城外開豆腐店，我就寄居在他店裏。」當下細說了那豆腐店的地址，即作別去了。

孫癩子也就回關帝廟歇宿，心中計算：要如何才能將張汶祥引出城與趙承規會面？想來想去，就想出第八八回書中所寫引誘的方法來。孫癩子的來歷，既經敘述明白，於今卻要接著第九一回書，繼續寫張汶祥刺馬的正文了。

且說：張汶祥在樹林中問明了孫癩子的來歷，忙起身向孫癩子一躬到地，說道：「難得你老人家不遠千里前來救我，這恩德祇好來生變犬馬以圖報答！因我與鄭時拜盟在十年前，誓共生死；今日他既死於馬心儀這淫賊之手，我是決不與馬心儀兩立的！我也知道馬賊身爲封疆大臣，要殺他不是容易的事，非拚著把自己的性命不要，是不能取他性命的！」

孫癩子道：「這事幹不得！你是一個豪傑之士，難道說鄭時是不該死的嗎？我受了你師父的託到這裏來，是爲要勸你趁這時候去紅蓮寺出家；以前的事，一切不放在心上。像馬心儀這種惡人，到時他自有惡報！你此刻要圖報復，休說做不到，便做得到也不值得！」

張汶祥正色說道：「你老人家和我師父的好意，我既是一個人，豈不知道感激！鄭時的行為，我也知道是有些不正當的；不過不應該死在馬心儀手裏，馬心儀更不應該是這們騙殺！我此心已決，非報了這仇恨，誓不為人！值得不值得我不管！」

孫癩子見張汶祥一腔義憤之氣，現於詞色，也不由得心中欽佩，連連點頭說道：「大丈夫交友處世，本應如此！但是我勸你趁此時回紅蓮寺去，一則是因受了你師父的託，不得不這們說；二則因知道馬心儀此時死期未到，有本領比你高強十倍的人，在暗中保護他。仇報不了，反把性命送掉的事，不是聰明人幹的！」

張汶祥聽了，似乎不耐煩的樣子，將那包袱提在手中，說道：「官做到督撫，暗中自有大本領人保護；要等到他沒有人保護，除非是他死了！我既肯拚著不要自己的性命，那怕馬心儀本人的本領比我高強十倍，我也不能因畏懼他，便不圖報復！於今鄭大哥慘死鴻興客棧，還沒人去收屍埋葬。我包袱裏尚有一百幾十兩銀子，且去打點他的後事再說！」

孫癩子忙搖手阻攔道：「去不得，去不得！去就白送一條性命！你知道此刻正關了城門捉拿你麼？你不相信，我不妨帶你去瞧瞧。」

張汶祥忍不住流淚，說道：「我不去裝殮鄭大哥的屍首，聽憑街坊的人，草草扛到義塚山去掩埋，我心裏怎麼過得去呢？」

孫癩子道：「這事你不用著急，我倒可以代勞，衹是你萬分不能在此地停留！就是要存心報復，也得從容等馬心儀的防範疏了，方能下手！」

張汶祥心想：孫癩子受了我師父之託，前來勸我回紅蓮寺，自是不主張我去行險的！大丈夫做事，既不求他幫助，何必和他多說，口裏答應他便了，免得嚕嚕咆咆的說得我心思紛亂！當下，即對孫癩子說道：「你老人家能代我去安葬鄭大哥，我非常感激，這裏有幾十兩銀子，你老人家拿去辦衣衾棺木。這裏還有幾件衣服，原是買來給鄭大哥穿的，誰知卻是買來給他裝死的！」

說時，將手中包袱打開，取出了幾件衣服和銀兩，交給孫癩子道：「此時城裏正在捉拿我，我決不前去送死！不過我自己還有一點兒私事不曾做了，不能即刻離開山東。你老人家安葬了我鄭大哥之後，請先回瀏陽去，我隨後就來。」

孫癩子明知張汶祥報仇之念已決，這是隨口敷衍的話，也不好再往下說，收了衣服、銀兩作一包繫在腰間。張汶祥對孫癩子行了個禮，一面揩著眼淚，一面提著包袱走了。孫癩子並不問他去那裏，也提了酒葫蘆、旱煙管，回身走進城來。

此時馬心儀眞個下令滿城搜索張汶祥，所有的城門都有人把守了。孫癩子先到棺木店裏買了一具棺木，叫人抬到鴻興客棧來，看鄭時的屍首，還躺在鮮血之中。街坊上人正在聚議：如何湊錢買棺安葬？見有人抬著棺木來了，大家都落得省錢省事。孫癩子剛教人將鄭時的屍首移進棺內，祇見前面又有人抬著一具棺木來了。棺後還跟著一個騎馬的大漢，原來是施星標顧念四川結拜之情，跪求馬心儀恩准收屍安葬，所以親自前來裝殮。

孫癩子見了，喜道：「既有他這個出頭露面的把兄弟來了，安葬的事，我可以不管了！」也不與施星標見面說話，一掣身就從人叢中走了。施星標查問是誰買來的棺木，無人知道；他倒疑心是柳氏姊妹於心不忍，暗中花錢買人出來的。

馬心儀既殺了鄭時，嚇走了張汶祥，很得意的將柳無非收做七姨太太，柳無儀做八姨太太。心裏雖也想到了怕張汶祥尋仇報復，但是覺得張汶祥不過匹夫之勇，自己有這們高的地位，輕易不出衙門；就是出外，也有無窮的人保護，決不是一人匹夫之勇所能報復的！祇親自挑選了幾十名親兵，夜間輪流在上房的前後院把守，便安然不放在心上了。

對施星標說：是因四川總督的公文來了，不能不將鄭時就地正法！殺了鄭時一人，才可以保得住施星標的性命；不然，是免不了受牽連的。施星標信以爲實，反感激馬心儀是存心開脫他的死罪，益發小心謹愼的在馬心儀跟前當差。

且說：張汶祥別了孫癩子之後，打聽得馬心儀捉拿他的風聲已經平息了，才敢偷進城裏住著。心裏想道：「我若要等到馬心儀出來的時候，才上前行刺，是很難得有機會的！我在他衙門裏住了這們久，一次也不曾見他出過衙門。他於今知道有我在外，自然更不敢出來！我要報仇，就祇有黑夜到他衙門裏去，連同柳氏兩個淫婦一併殺卻！我不信他衙門裏有能拿住我的人！」

主意已定，就在這夜二更過後，獨自結束停當，帶了利刃，從屋瓦上翻越到巡撫部院來。張汶祥雖是武藝不錯，平日穿房越脊，確能如履平地。無奈巡撫部院，究是武衛森嚴之地，不比尋常房屋。伏在房簷邊偷看上房的前後院子裏，都有親兵擎刀立著，上房門窗緊閉。暗想：淫賊有六個小老婆，夜間不知道他睡在那個小老婆房裏，我如何好下手去殺他呢？眉頭一皺，忽轉念頭道：「有了！我身邊帶了火種，何不去大堂上放起火來？那淫賊聽得大堂失火，料他不能躲著不出來！大家忙著救火之際，我還怕不好下手嗎？」想到這裏，即起身提腳，打算翻到大堂上去，可是心裏總不免有些怕院子裏的親兵看見！

心裏一有顧慮，腳下就不似平時的自如了；一腳踏在瓦上嘩喳一聲響，嚇得連忙蹲下身軀不敢動，側耳聽院子裏的兵有沒有動靜？還好！大家都好像不曾注意。

剛待重新立起來，彷彿覺得眼前有一條黑影閃過去，比旋風還快，心裏大吃一驚！趕緊抬頭張望，這時雖無月色，然星光很亮，數十步以內的人影，在夜行慣家的眼中，是能看得清晰的。祇是舉眼四望，並不見有人影，暗自詫異道：「甚麼人有這們快的身法？就是飛鳥和閃電，也快不過我兩隻眼睛，怎麼一閃便不看見了呢？咦！難道是大哥的陰靈，知道我此刻來這裏報仇，特地前來幫助我麼？」

張汶祥正在如此猜想，猛覺身後有甚麼東西擦得瓦響。急回頭看時，祇見一個人立在簷邊，雙手舉起一件黑東西，向院子裏打去。接著便聽得嘩喳喳的瓦響，原來打下去的是一大疊屋瓦。那瓦一打到院子裏，底下親兵登時驚吼起來。

張汶祥還沒看明白簷邊的人是何形象，一霎眼便沒看見了！逆料既是這們驚動了防守的人，今夜是行刺不成了，那裏再敢停留！也顧不得腳下瓦響，一口氣逃出了巡撫部院。躲在一處民家的樓房上，偷看巡撫部院，一時燈籠、火把，照耀得滿衙門都紅了，但是不見有一個能上高的人！在底下驚擾了好一會，才有人用梯子緣上房簷，舉火把四處尋覓。

張汶祥暗罵：這班不中用的東西，眞活見鬼！等你們此時緣上梯子來還尋覓得著的，也到你巡撫部院來行刺嗎？偷看到四處以後，燈籠、火把還沒有完全熄滅，衹得垂頭喪氣的回到住處歇息。

次日，就聽得有人傳說：昨夜撫台衙門裏鬧了一夜，瓦在屋上好好的，會一大疊的打到上房院子裏來，把一個親兵的頭都打破了。馬撫台發了怒，每一個親兵打了幾十軍棍，因那些親兵說瓦是鬼打下來的。這馬撫台大約是一個不信鬼的人，怪那些親兵不該造謠言，並吩咐：以後如果有人敢再說有鬼的話，定要重辦！

張汶祥聽了這些話，心裏也疑惑那打瓦的，不知究竟是人是鬼？待說是人罷？影子不能是那們一閃就不看見了；即算孫癩子有那們快的身法，而看那影子的大小神情，決不與孫癩子相似。若說是另有大本領的人幫助我吧？便不應該嚇我，並打草驚蛇使他們有了防備！幫助馬心儀的吧？就應該將我拿住，不至倒用瓦打傷馬心儀的親兵！待說是大哥的陰靈罷？姑無論那影子不像大哥，並且世間那有這們活現的鬼呢！

張汶祥心裏這般疑惑，卻不因此減退報仇之念。第二夜又從房上到了衙門裏，一看院子裏把守的親兵更多了，就拚著不要性命，也沒有法子能報這仇！一連幾夜，簡直不能下手。

忽然想起魯平家裏的老頭慧海來。記得：那日慧海曾說過，如果有為難的時候，前去找他。我於今仇不能報，白天又不敢多出外行走，恐怕被人認識，何不去找他談談？他是有能耐的，年紀老，見識也多些，或者他能幫助我也難說！便是他不肯出力幫助，我看他是一個很正氣的老頭，量不至反幫著淫賊與我為難！

這日一早，張汶祥就出城到魯平家來。門外草場上，正有幾個很壯健的漢子，練拳的練拳，練棒的練棒！一個個面上都現出十分暢快的樣子。

張汶祥看了，不覺心頭羨慕道：「還是安分的良民得真安樂！他們心中無所畏懼，無所憂慮，每日不練把勢，就下田做工；不下田做工，就練把勢，吃得飽，睡得足，何等逍遙自在！我當日在四川，何嘗不可以學他們這樣快樂一生？偏要自恃武勇，不肯安分做農夫，情願傾家蕩產，結交一般鹽梟，受他們的推戴做頭目；自做了鹽梟頭目以後，便不曾有一時半刻像這樣的安閒！

「弄到而今，一身沒有著落還在其次，就是這顆心一想到大哥慘死，登時比油煎、刀扎更難受！細想起來，乃是自尋苦惱，枉自練好了一身武藝，那裏及得他們這般享受？」張汶祥如此思量著，不由得停步望著練拳棒的出神。

練拳棒的見有人目不轉睛的看他們，也都停了拳棒不練，拿眼睛來打量張汶祥。張汶祥知道初練棒的人，最是技癢；如果看的人不留神，露出了輕視的神色和言語，是一定要被責問

的，甚至還要較量較量。當時見這幾個漢子停了拳棒不練，就提防他們是技癢，要興問罪之師了！不待他們開口，急忙拱手，陪笑道：「我是特從省裏來拜訪慧海老師父的，隨便請那位老大哥進去通報一聲。」

還好，那幾個漢子聽說是拜訪慧海老師父的，立時都把尋是非、逞身手的念頭打斷了。其中有一個練拳的走過來，打量了張汶祥兩眼，問道：「你前次不是曾到我家來過的嗎？」張汶祥連連點頭應是。

這人向前走著道：「請隨我來。」張汶祥跟著走進前次坐的那間客房裏，這人自到裏面通報去了。

不一會，祇見慧海笑容滿面的支著拐杖出來，很親熱的說道：「張大哥辛苦了！怎的這們早？」張汶祥一面迎上去行禮，一面暗地詫異：記得前次在這裏隨口答應姓王，並沒有說出眞姓，何以他會知道我姓張，稱呼我張大哥呢？

慧海答禮，讓坐說道：「我一向很擔心張大哥在省裏不大方便，幾次打算到省裏去接張大哥到這裏來住些時。一來因多了幾歲年紀，眞是老朽了不堪勞動；二來也恐怕張大哥多心，弄巧反拙。張大哥不知道我是誰，我卻是知道張大哥的；不但知道，說起來還很有些瓜葛呢！」

張汶祥很不安似的望著慧海，不知道究有甚麼瓜葛？慧海繼續說道：「尊師不是無垢和尚嗎？」張汶祥連忙應是。

慧海道：「你知道無垢和尚的俗家姓甚麼？原來叫甚麼名字麼？」

張汶祥面上好像透著些慚愧的神氣，說道：「不知道。我當日也曾問過他老人家，無奈他老人家硬不肯說。我因出家人多有不肯拿在俗時的姓名告人的，大半由於出家是不得已的事，一提起俗家姓名，就不免觸動多少感慨，也有說出眞姓名有妨礙的，所以我不敢根究我師父的姓名。」

慧海點頭道：「你師父若拿眞姓名告人，並沒有甚麼妨礙，也沒有甚麼感慨可觸動。不過你師父生成要強不肯示弱的性格，與別人不同，說起來衹是一樁笑話。你既不知道你師父的姓名，他的身家、履歷，不待說是更不得而知了。」

接著，將田廣勝、周發廷、雪門和尚三人同學劍術，及田義周在仙人溪與朱鎮岳交手受傷，朱鎮岳入贅田家，田義周忿而出走的話，說了一遍道：「你師父就是這個賭氣跑出來的田義周。從那次跑出來，至今不但不曾回過家，並一字的音信也沒有通過。朱、田兩家的人，到處都尋訪了一陣，訪不出下落，衹得罷了！幾十年來，大家心裏都以爲他已不在人世了。直到近來孫耀庭到了山東，因他是在峨嵋山學道的人，曾在畢祖師處見過你師父，向我說起來我才知道。」

張汶祥問道：「孫耀庭老丈，你老人家認識嗎？」

慧海道：「都是說起來才認識的。我的話還沒有說了，我不是剛才對你說，與你還很有些瓜葛的嗎？有些甚麼瓜葛呢？我與你師父是同門的弟兄。你還有一個師伯名孝周，因帶兵與髮逆交戰，在廣西陣亡了，衹是屍首不知下落；你師祖田廣勝派我們幾個徒弟去尋屍，並吩咐我們道：『誰尋著了孝周的屍首回來，便招誰做女壻！』偏偏被魏壯猷那小子尋著了！他就做了田家的女壻，和你師祖是一家人了。

「你師祖原有兩個女兒，魏壯猷配了個小的；我那時少年意氣，想做你師祖的大女壻，你師祖不肯，我也就賭氣離開田家了！這都是少年時候的荒謬舉動，過了些時回想起來，委實有些覺得對不起人！二十年前遇著雪門師伯，他勸我出家；我因此皈依了佛法，賜名慧海。雪門師伯原是要我披剃的，我一想我本是個無家的人，若一披剃認眞做了和尚，在某寺、某院當起住持來，無家反變成有家了！

「我一生是東飄西蕩，隨遇而安，沒有一定住處的；旣當了某寺、某院的住持，就不能再和從前一樣東飄西蕩，隨遇而安。那們一來，是出家反變成在家了！本來修行重在守戒，落髮不落髮，完全不與修行相干！我不落髮，沒有拘束；一落髮就拘束得寸步難移了，所以我就做了現在這個不落髮的和尚！」

張汶祥聽到這裏，從容立起身，恭恭敬敬的對慧海叩頭道：「原來是師伯。不是你老人家說出來，小姪怎得知道？」

慧海伸手攙起張汶祥道：「你前次到這裏來的時候，我眼裏雖已看出你是一個會武藝、有俠氣的人，然尚不知道你就是田義周的徒弟；你走後，孫耀庭就到這裏來了。我才知道趙承規也是孫耀庭約了到這裏來的，你那日不是曾在這裏與趙承規會過面的嗎？」

張汶祥應是問道：「師伯的眞姓名，不能說給小姪聽麼？」

慧海笑道：「有何不可！祇是我已二十年不用這眞姓名了，說出來除了幾個少年時在一塊兒的朋友，誰也不知道這姓名是何等人！我俗姓史，名卜存，原籍直隸廣平人。你這回受的委屈，我完全知道。孫耀庭因爲你不聽他勸的話，賭氣回瀏陽去了，打算教你師父親自來山東勸你。「趙承規也因爲你不聽孫耀庭的勸，執意要在這時候報仇，他是奉了他師父沈棲霞的命，特來保護馬撫台的人；假使你的仇報成了，他便不能回襄陽見他師父，因此衹得每夜時刻不離的在巡撫部院保護！」張汶祥聽了，心裏才明白那夜打瓦的是趙承規。

慧海又道：「孫耀庭爲恐怕趙承規將你作尋常刺客看待，在黑暗中遇著，使出他的飛劍來；你雖是武藝不錯，然完全是血肉之軀，怎能抵敵道家的寶物？費了多少心思，方將你引到這裏與趙承規會面，衹是那時的殺機還未動。日後的事，孫耀庭雖有預知的道行，但不敢先事揭穿，恐遭天譴！這番的事，孫耀庭實在是煞費苦心！若沒有他，你的性命就不送在鴻興客棧，也早已送在巡撫部院的房簷上了！難得你今日忽然想到我身上，巴巴的跑到這裏來，我就看在無垢和尚的分上，也得勸勸你！

「孫耀庭說：鄭時這種又熱中、又好色、無品行的人，本是應該殺的；馬心儀便不殺，他也要殺死他！這算不了甚麼仇恨，你犯不著拚性命去圖報復！他這話雖也是正理，但我卻不以爲然！我輩爲人，講的是義氣，重的是情義。這人的行爲不正，我看出來了，早就不應與他結交。結交之後才看出來，就應該苦口勸戒；勸戒不聽，衹好說明絕交。

「既絕交以後，他的存亡榮辱，我便可以不過問了！至於你和鄭時，我聽說十多年來比親兄弟還要親熱；同榮辱，共生死，不是一兩次，那就不是尋常結交朋友的可比！朋友尚且須到明示絕交之後，方可視同路人；你和鄭時還正在共患難的時候，他忽被人慘殺了，而殺他的，又是與你也有仇恨的馬心儀。我知道你不報這仇，是決不肯善罷甘休的！」

張汶祥聽到這裏，已止不住淚如雨落，立起身看了看門外。慧海道：「這地方若是不能說話的，我如何敢對你說這許多話呢？」

張汶祥見門外果然寂靜無人，便說道：「我情願與鄭大哥一同死在那淫賊手裏。淫賊能殺死我便罷了，沒有人再出頭替我和鄭大哥報仇；若他不能把我殺死，我留著性命在世一日，是要努力報一日仇的！那怕那淫賊福分大，不等到我的刀刺進他胸膛，他先自病死了；我也得翻出他屍骨來，戳他幾個透明窟窿，以洩我胸頭之恨！

「你老人家剛才說那淫賊與我也有仇恨，這話我卻不能不說明；我對那淫賊，除了為他慘殺我鄭大哥而外，絲毫仇恨也沒有！你老人家以為他奸佔了我的老婆，我是應該恨他的；這事不僅你老人家是這般想，大概除了我已死的鄭大哥，沒有第二個人知道我的心事！

「那淫賊若不是這般騙殺我鄭大哥，僅奸佔了柳氏姊妹做小老婆，鄭大哥心裏或者不免有些難過，然也不過一時；至於我心裏，倒覺得非常慶幸，非常安慰。並不是我事後故意在師伯面前，說這種矯情的話；實在當日鄭大哥教我與柳氏成親，就是迫不得已，奉行故事一般的舉動。「自從搬進巡撫部院裏住著，我心中覺得對柳氏時刻不安，親近不得，疏遠不得，正拿著不好怎生擺佈！難得他肯與那淫賊苟且，就好像讀書人遇著一個難題目，作不出文章，忽然有人替他代作了，他豈有不欣喜的道理？」

慧海笑道：「我知道你這話並非矯情！孫耀庭說他曾親耳聽得鄭時在巡撫部院西花廳裏，勸你親近柳無儀；孫耀庭就因聽了你那番回答鄭時的言語，才知道你是一個好漢。若不聽了你那番言語，他雖是受了你師父之託，然到山東後，因知道你和鄭時娶柳氏姊妹的事，就很驚訝無垢和尚何以收了你這們一個徒弟？以爲似這般好色的人，受凶險是應該的，那值得數千里託人前來救護！及知道你果是一個好漢了，就祇可惜你結交錯了人！「不過，於今這些話也都不必說了。我要勸你的話，不是勸你不報仇，是勸你不要性急！你應該知道『君子報仇在三年』的那句老話，孫耀庭也曾對你說過的，馬心儀此時死期還沒有到，所以偏巧有沈棲霞師父那般人物，在暗中幫助他、保護他。但是沈師父也祇不過略盡人事，難道能在暗中保護馬心儀一生一世嗎？我勸你暫時還是回紅蓮寺去最好！等到有機可乘的時候，再出來報仇，是易如反掌的事。」

不知張汶祥聽了依遵與否？且待第一〇五回再說。

第一〇五回　聞警告暫回紅蓮寺　報深仇巧刺馬心儀

話說：慧海勸張汶祥暫時回紅蓮寺去，且待有機可乘的時候，再出來報仇。張汶祥道：「沈師父是個修道的前輩，他老人家何苦庇護一個人面獸心的馬心儀，使我鄭大哥冤死九泉，仇恨不能伸雪呢？」

慧海道：「你這話也就和孫耀庭說你一樣了。各人有各人的私情交誼，不可一概而論！總之，你志在報仇，非做到決不放手；而沈師父志在報德，非盡力保護馬心儀，於心不安！但是他保護的，祇能保護一時，不能保護終生！你何必定行在這時候自找麻煩呢？我因與兩方都有交情，不願意眼看著自己人動手相殘殺，所以勸你回紅蓮寺去，暫且忍耐些時，自有你報復的機會在後。」

張汶祥聽了，低頭不語。慧海接著說道：「我在四十年前，無意中得了一把好刀，眞是削鐵如泥，殺人不沾血。不過於今在我手裏，已沒有用處了！你將來報仇時是用得著的，我就送給你罷！」

旋說，旋起身擄起長袍，從腰間解下一把刀來。張汶祥看那刀覺得很怪，刀葉連柄雖有二尺四五寸長短，三寸來寬，但是刀背還不到一分厚薄，彎成個半月的鉤兒。衹見慧海右手握著刀柄，左手揑著刀尖，衹一拉扯，刀葉登時拉直了；不過左手放開，刀葉仍舊轉了過來。慧海舉起來，向桌面上衹一拍，那刀葉即直挺挺的，和尋常單刀一般模樣。

慧海指點著這刀，笑向張汶祥道：「這刀在我腰裏四十年，也不知誅了多少貪官汙吏、淫婦奸夫！因你也是一個俠義的漢子，才願意送給你，可算得是你的一個好幫手！」說著，遞給張汶祥。

張汶祥連忙起身雙手捧接，覺得輕如箬葉，口裏自是極力稱謝，心裏卻不免有些懷疑。暗想：這們輕薄、這們柔軟的刀，使用起來，不但不能擋格人家的兵器，就是殺在人身上，又如何能著力呢？心裏如此一懷疑，兩眼便不由得怔怔的望著刀葉出神。

慧海似乎看出了他懷疑的意思，即說道：「這種刀出在緬甸，每一把刀，須費一二十年的工夫，方能鍛鍊成功。那鍛鍊的方法，衹有緬甸人知道。用的時候，照我剛才的樣，向桌面上一拍，就是這般直挺挺的了。不用的時候，不僅可以纏在腰間，並能盤成一個圓餅兒，繫在腰裏。不過沒練過武藝的人，不能使用罷了！就是會武藝的，初次使用，也難免覺得有些不稱手；漸漸懂得了這東西的性格，便知道比一切的刀都好使了！」

張汶祥聽了，才明白這刀的來歷。當下又稱謝了一番，也向腰間纏了，遂作辭出來。臨行時，慧海還叮囑：萬不可在這時候去冒險報仇，白送了性命！

祇是張汶祥是個熱烈的漢子，一時怎能將報仇的念頭完全放下？夜深還是偷進巡撫部院。無奈有趙承規時刻不離的保護著，張汶祥一到馬心儀睡覺的房屋上，趙承規就在暗中拋磚擲瓦的警告下面巡守的兵士，總弄得張汶祥沒有下手的機會！張汶祥雖是忿恨趙承規比恨馬心儀還厲害，但自己的本領不是趙承規的對手，簡直沒有洩忿的方法！

一連幾夜都是空勞往返。這夜，在黑暗中忽聽得趙承規的聲音說道：「張汶祥！你也太不識好歹了！我若不看在你師父無垢和尚與你師叔慧海的情面上，誰耐煩三番五次的和你糾纏？你如敢明日再不離開山東，就休怪我姓趙的不講人情！」

張汶祥耳裏聽得分明，眼前卻不見有人影。仔細思量：慧海叮囑的話，不能不聽；祇好暫讓這淫賊多活幾時，等他惡貫滿盈了，再來取他性命！遂忍氣吞聲的離了山東，悄悄的回紅蓮寺來。

他到紅蓮寺不多時，無垢和尚就死了。此時的知圓和尚雖則還年輕，然一則因他是無垢最得意的徒弟；二則因滿寺的和尚當中，祇有他是文武兼全的，衆僧人都願意推戴他做當家。張汶祥回到紅蓮寺的時候，無垢曾幾番勸他從此削髮，他執意不從道：「我既削了髮，披上了僧衣，便應該遵守戒律，不能再幹殺人報仇的事！我祇要大仇報了，立刻出家不問世事！」

無垢見他這們說，祇得搖頭歎道：「孽障，孽障！要等到報了仇再出家，祇怕已是來不及了啊！」

張汶祥也不理會，悶悶的在紅蓮寺住了兩年。打聽得馬心儀已由山東巡撫陞兩江總督了，心想：這是我報仇的時候到了！不相信趙承規直到今日，還在那淫賊跟前保護！遂即決定前去南京報仇。

動身的時分，才對知圓和尚說道：「我此去南京，若不能將仇報了，誓不回來！前年在山東的時候，承慧海師叔送給我一把緬甸刀，他老人家原是送給我報仇時用的。但是這刀有好處，也有壞處，好處在刀鋒犀利無比，無論接連殺多少人，不至有捲口斫不斷的毛病；壞處卻在祇能揮斫，不能戳刺。並且我習練了若干時候，還覺得用不慣！萬一因這東西靠不住，誤了我的大事，後悔不及了！

「我原有一把尺八寸長的匕首，已隨身用過多年了，能刺透十層厚牛皮，不聞得響聲。我還是帶他去的妥當！這緬甸刀也非易得之物，就轉送給老弟做個紀念罷。出家人雖說沒事用得著這種凶器，然留在身邊不用，是沒有妨礙的。」邊說邊從腰間解下那緬甸刀來，交給知圓和尚。知圓料知是不能勸他不去報仇的，祇得叮嚀他小心謹慎。那把緬甸刀，從此就留在紅蓮寺了，後來陸小青遇著的，便是這把緬刀。

且說：張汶祥身邊藏了匕首，從紅蓮寺動身獨自到南京來。此時趙承規雖早已不在馬心儀跟前保護了，然馬心儀自從在山東鬧過那幾夜刺客之後，知道張汶祥不死，必存心替鄭時報仇，因此防範得極嚴！尤其是夜間，每夜必更換幾次睡處；不到天明，連上房裏的丫頭、老媽子，都不知道馬心儀的睡處。

張汶祥夜深偷進總督衙門探了好幾次，簡直探不出馬心儀睡在那裏，不由得非常納悶！馬心儀在白天又不出來。張汶祥從二月間就到了南京，直等到八月裏，竟不曾一次見著馬心儀的面！好容易等到中秋這日，才得著了八月二十日馬心儀親到校場坪看操的消息。

張汶祥這一喜就非同小可了！心想：這淫賊既親自出來看操，便不愁刺他不著了！不過他是一個貴極人臣的大官，一般人都說，大富大貴的人，身邊常有百神呵護。這話雖荒唐不足信，然我既要報仇，何妨且去城隍廟，拜求城隍菩薩，憐我一片苦心，在暗中保佑我成功！

張汶祥平時原不信神鬼的，這時卻買了香燭，走進城隍廟，痛哭流涕的跪在神前默禱了一番；捧卦在手，祝道：「弟子這仇恨若這回能報得了，求連賜三回勝卦；這回報不了，就求連賜三回陰卦。」祝畢，將卦擲下，得了一回勝卦，心中欣喜。又擲又是勝卦，第三回還是勝卦。於是又祝道：「若就在八月二十日能報這仇，仍求菩薩連賜三回勝卦，不能就是陰卦。」

想不到擲下卦去，乃是陰卦，再擲再是陰卦，擲三回還是陰卦。

張汶祥不由得著急道：「菩薩既許弟子的仇能報，八月二十日是那淫賊看操之期，這日不能報，過後又如何有機會給我去報呢？說不得麻煩了菩薩，弟子祇得細細的叩求明白。既是八月二十日不能報，若二十一日能報，仍求賜三回勝卦。」擲下去還是三個陰卦。又問二十二，也是三個陰卦。又問二十三，倒連擲了三個勝卦。

張汶祥心中疑惑道：「這就奇了！二十日淫賊出衙門看操，我倒不能報仇，錯過了這個機會，那裏再有給我下手的時候呢？城隍是陰間的官，總督是陽間的官，常言：官官相衛，祇怕是城隍爺有意庇護這淫賊，存心是這般作弄我！我忍氣吞聲的等到了今日，也祇好聽天由命了，顧不得城隍爺賜的卦象！二十日便是報不了，也得下手！」出了城隍廟，就思量要如何才能近馬心儀的身？忽然暗喜道：「有了！從總督衙門到校場，沒有多遠的道路；總督出來，照例文武僚屬，均得站班伺候。我何不辦一副紗帽袍套，假裝一個候補小老爺，混站在佐雜班子裏面？南京幾百名候補的小老爺，有誰能個個認識呢？等到淫賊在我身邊經過的時候，我才動手，還怕他逃得了麼？」主意已定，即買辦紗帽袍套。祇等到了二十日，就穿戴起來去站班。

誰知度日如年的等到八月十九夜，不作美的天，忽下起雨來。平常七八月的雨，多是下一陣便停止不下了；偏是這回的雨，下了一整夜，二十日天明還不止。祇下得校場裏水深數寸，早飯後還瀝瀝淅淅的下著。馬心儀祇得臨時懸出牌來，改期遲三天再操。張汶祥到這時才信服城隍爺眞靈驗！

到了二十三這日，張汶祥起來穿戴整齊之後，當天擺了香案，跪地默祝他鄭大哥在天之靈，暗中幫助他報仇成功。但是他畢竟不是做官的人，不知道官場的習慣；又是獨自一個人，沒有當差的去打聽消息。想不到馬心儀下校場的時候極早，等張汶祥趕去時，馬心儀已到校場好一會了。校場上擁護馬心儀的人太多，候補小老爺沒有近前的資格，恐怕被馬心儀看出破綻，反爲僨事；逆料看完了操回衙的時候，文武僚屬還是免不了要站班伺候的，祇得混在校場中等候。

好在南京沒有認識張汶祥的人，而頭上戴了紗帽，遮去了半截面孔，就是熟人，不注意也認不出來！任憑馬心儀如何機警，如何防範，無如在山東時結下的仇怨，事已相隔三數年了，路也相隔數千里了，又正在官運亨通、志得意滿的時候，有誰平白無故的想起幾年前的仇人來呢？

說到這裏，又似乎是馬心儀的惡貫已盈，合該死在張汶祥手裏！這日他下校場看操的時候，原是乘坐大轎，兩旁有八個壯健戈什圍護著去的。若下午回衙的時候，還是這般圍護著，張汶祥的本領雖高，匕首雖利，也不見得便能將馬心儀刺死。

偏巧馬心儀看操看得得意，因回衙門沒有幾步路，一時高興起來，要步行回衙。他是做制台的人，他既要步行不肯坐轎，誰敢勉強要他坐轎？在他以下的大官，當然都逢迎他的意思，陪著他一同行走。一般小官，都齊齊整整的分立兩旁，排成一條甬道，從校場直排到總督衙門的大門口。馬心儀在四川做知府的時候，身體本來肥大；此時居移氣，養移體，益發肥胖得挺著肚子如五石之瓢了。

那時做官的人，最講究穿著袍褂踱方步，以為威嚴。平日閒行幾步，尚且要擺出一個樣範來；此時滿城的僚屬，都排班在兩旁伺候，自然更用得著起雙擺了。一面挺起肚皮大搖大擺的走著，一面微微的向兩旁的官員點頭。

那知道已走近自己衙門了，猛然從身旁跳出一個袍褂整齊的官兒來，迎面打了一個跧，口稱給大人請安。安字還不曾說出口，一把雪亮的匕首，已刺進馬心儀的大肚皮裏面去了！馬心儀當下驚得哎呀一聲，來不及倒地，張汶祥已把匕首在肚皮裏面祇一絞，將肚皮絞成一個大窟窿，腸子登時從窟窿裏迸了出來！馬心儀認明了是張汶祥，還喊了一聲：「拿刺客！」才往後倒。

可憐那些陪馬心儀同走，和站班的官兒，突然遇了這種大變故，沒一個不嚇得屁滾尿流，有誰眞個敢上前拿刺客！祇幾個武弁的膽量略大，然也慌了手腳，祇知道大家口裏一片聲跟著大喊：「拿刺客！」究竟也沒人敢冒死上前！

張汶祥從容拔出匕首來，揚著臂膊，在人叢中喊道：「刺客在這裏，決不逃跑，用不著你們動手捉拿！」衆人見張汶祥沒有反抗拒捕之意，方敢圍過來動手，將張汶祥捉住。馬心儀左右的人，已將馬心儀抬進了衙門。

馬心儀雙手抓住自己肚皮上的窟窿，向左右心腹人道：「趕快進上房去，將七姨太、八姨太用繩索勒死，裝在兩口空箱裏，趁今夜沉到江心裏去。施星標夫婦，也得即時處死。不可給外人知道！」吩咐了這番話才嚥氣。他左右的人，自然遵照他的遺囑行事，柳無非姊妹和施星標夫婦，眞是作夢也想不到是這般結局！

馬心儀其所以遺囑將四人處死，因他在四川與鄭時等拜把，及誘奸柳氏姊妹的事，若揭穿出來，自己的罪惡也很重，清廷必議他死有餘辜，倒被張汶祥得了一個義士的好名聲！以爲：自己的罪惡，當時除卻張汶祥，衹有這四人知道；留著活口作證，總不穩便，不如趕緊一股腦兒殺卻！事後由張汶祥一個人供出來的，事無佐證，同僚的官員，便好上下其手了！

眞虧他的心思有這般靈敏，身受重傷，命在呼吸的時候，尚有這種怕人的手段使出來！這樁驚天動地的大案，畢竟就因他使了這種手段，曾國藩才敢抹煞一切事實，憑空揑造出一段尋常匹夫報仇的情由，奏報清廷，險些兒把這個頂天立地的張汶祥埋沒了！

當時張汶祥束手就擒之後，有職責的官員，便提出他來審訊。他爽爽直直的說道：「你們毋須審問我爲甚麼事殺馬心儀！殺人抵命，馬心儀是我殺的，快將我殺了抵命便了！」這些問官，遇了這樣重大的案件，豈敢就這們糊裏糊塗的定案，不問出一個所以然來？衹是無論如何詰問，張汶祥祇咬定牙根，一字也不肯吐出報仇的原由！當時南京的官府和人民，雖都能猜度這案子裏面，必含有奸情；然因無從知道張汶祥的來歷，猜不透這奸情從何而起？

馬心儀是曾國藩提拔的人，一旦出了這樣變故，他恐怕辦理不得法，連累自己，就奏請派他審理。這種駭人聽聞的事，那時清廷也要辦個水落石出，便准奏欽命曾國藩專辦這案。

旁的官員審問張汶祥的時候，張汶祥不過不肯供出報仇的事由來；曾國藩來審問他，倒惹發了他的性子，橫眉怒目的指著曾國藩，大罵道：「你配來審問我麼？像馬心儀這般人面獸心的東西，你瞎了眼，一力將他提拔，到今日你還有臉來問我麼？我沒有話對你說。我殺了人自願償命，還有甚麼話說？」

曾國藩究竟是一個學養兼到的大人物，被張汶祥這們指手畫腳的大罵，並不生氣，反像很愛惜張汶祥的，含笑點頭說道：「看你這般氣概，倒是一個好漢！你做的事，既是光明磊落，何不照實說出來，使大家知道？何苦擔著一個凶手的聲名，死得不明不白呢？」

張汶祥聽了，冷笑一聲，說道：「你休想用這些甜言蜜語來騙我的供！我祇知道你不配問我的話，我就有千言萬語，寧死也決不對你說一個字！」

曾國藩見他這們說，祇得問道：「我不配問你的話，誰配問你的話呢？你的千言萬語，必對誰才說呢？」

張汶祥道：「要問我的供，除了當今天子，就祇有刑部尚書鄭青天才配！此外隨便甚麼人來，我祇拚著一死，沒有第二句話說！」

曾國藩心想：刑部尚書鄭青天，就是長沙的鄭敦謹，果然是一個清廉正直的人。這廝既說非鄭敦謹來不肯吐實，祇好奏明聖上，求派鄭敦謹來幫審。

不知清廷准奏與否？張汶祥又如何的吐供？且待第一〇六回再說。

第一〇六回　鄭青天借宿拒奔女　甘瘤子挾怨煽淫僧

話說：那時曾國藩奏事，清廷無不照准。沒幾日，就欽命鄭敦謹到南京幫審。聖旨下來，倒把個鄭敦謹嚇了一跳！因他並不知道張汶祥是何如人，更猜不出何以滿朝大小官員，何止千數，獨獨的看中了他，指名要他來審問，方肯吐實？行刺總督的凶犯，非比尋常；萬一弄出些嫌疑到身上來，豈不糟了？饒他鄭敦謹平日爲人極清廉正直，遇到這般意外的事，心裏也就不免有些著慮！

誠惶誠恐的奉了聖旨，祇帶了一個女壻到南京來。他與曾國藩原是同鄉有交情的，以爲幫同曾國藩審理這案，自己處心無愧，是不愁有嫌疑弄到身上來的！到南京的這日，就與曾國藩同坐大堂，提出張汶祥來審問。

曾國藩道：「你要刑部尚書鄭青天來方肯說實話，於今鄭青天已奉了聖旨來幫審，你這下子還不實說麼？」

張汶祥聽了，即抬頭看了鄭敦謹一眼，點了點頭，說道：「有鄭青天來了，我的話是可以說得，不過你不配審問！我有你在跟前，就是有鄭青天，我也不說！祇能由鄭青天一個人問我，並且用不著坐堂，不將我兇犯跪著，我才肯說。」

曾國藩爲要問出張汶祥實在的口供，祇得一一依允。當即退了堂，請鄭敦謹單獨坐花廳審問。鄭敦謹在大堂上見了張汶祥的面，心裏方明白指名要他來審問的理由。

原來在十年前，鄭敦謹曾有一次步行到瀏陽去掃墓，不料，在半路上遇了大雨。隨身不曾帶得雨具，附近又沒有飯店，祇得到一個紳士人家裏去暫避。誰知那雨卻落個不休，看看天色已晚，不能不在這人家借宿。祇是這家的男主人，因到長沙省城裏去了，不曾回來。女主人是一個二十來歲的少婦，眞是生得芙蓉如面柳如眉，秋水爲神玉爲骨。

鄭敦謹這時的年齡，也還祇有三十多歲，儀表也生得俊偉異常。這紳士人家的下人，見了鄭敦謹的容儀舉動，知道不是平常過路的人，當即報告了女主人。

誰知這女主人一見鄭敦謹，就動了愛慕的心思，祇因有當差的和老媽子在旁邊，不能對鄭敦謹有所表示。鄭敦謹是個誠篤君子，那裏看得出這女主人動了愛慕他的念頭呢？湊巧大雨下個不止，這女主人正合了他的心願，殷勤留鄭敦謹歇宿。鄭敦謹受了這女主人的優遇，心裏還說不盡的感激！女主人因存了挑逗鄭敦謹的心思，一一盤問鄭敦謹的身世；而鄭敦謹因爲感激女主人賢德，存心將來要幫助他的丈夫，以報這番優待的好意，也一一盤問他丈夫的爲人行事。

這女主人卻誤會了鄭敦謹的用意，以爲和他自己是一般心理！他家的客房，原與上房相隔很遠的；女主人既對鄭敦謹起了邪念，這夜留鄭敦謹歇宿，便特地打掃了一間與上房鄰接的房屋，親送鄭敦謹就寢。鄭敦謹毫不注意的睡了。

正睡得酣甜的時候，忽覺有人在胳膊輕推了幾下；忙睜眼看時，房裏的燈光，照徹得滿房透亮，祇見女主人濃妝豔抹的立在床前。兩隻俊俏眼睛，如喝醉了酒的人一樣，水汪汪的向他臉上望著；一手支著床柱，一手搭在他胳膊上，繼續著輕推了一下；發出又嬌又脆的聲音，說道：「怎麼這般難醒？獨自一個冷清清的，也睡得著嗎？」

鄭敦謹一見這情形，登時嚇得翻身坐了起來，避開女主人的手，說道：「這時候來推醒我做甚麼？無禮的事做不得！請快出去罷！」

女主人想不到鄭敦謹會這們拒絕，已到了這一步，那裏還顧得到廉恥上去！一點兒不躊躇，就伸手趕過去拉了鄭敦謹的手，說道：「你是個男子漢，怎的這們拘板？這時候外面的人都睡盡了，這裏面除了你我，一個人也沒有，你還怕甚麼？」

鄭敦謹連忙摔開手，從床頭跳下地來，說道：「我鄭敦謹豈肯幹這種無禮的事！我看你這家裏的氣派情形，可知你丈夫也是一個有體面的人，他於今有事到長沙去了，將家事託付給你，你就忍心背著他，和我這個過路不相識的人，幹無恥的勾當嗎？快回房去，不要惹得我大聲叫喚起來，丟了你丈夫的顏面！」

凡人的獸欲衝動，祇在一時；欲火一退，廉恥的念頭就跟著發生了！女主人一腔欲火，被鄭敦謹這幾句話說得如湯潑雪，立時羞得低下頭去，悔恨交集；原是伶牙俐齒會說話的，這下子一句話也說不出了，連腳都像釘住了的，也不知道走了。

鄭敦謹看了他這難為情的樣子，便又說道：「請回房去。」

女主人才似乎被這句話提醒了，提腳往外就走；走到房門口，又停步回身向鄭敦謹道：「我一時該死，做出這種下賤事來，幸遇先生是至誠君子！我於今有一句話，要求先生可憐我，我今夜這番下賤的行為，要求先生不對人說！」

鄭敦謹正色說道：「請放心！你就不求我，我也決不至對人說！你不相信，我可以當天發個誓你聽！」女主人不待鄭敦謹說下去，即雙膝跪地，對鄭敦謹叩了一個頭；立起身，一言不

發的回房去了。鄭敦謹看女主人面上，已流了許多眼淚，不由得獨自就床沿坐下，歎息人欲之險。

剛待起身仍將房門關好，再上床睡覺，猛不防劈面走進一個壯士來，嚇得鄭敦謹倒退了兩步！看這壯士包巾草履，身穿仄袖紮褲腳的青布短衣靠，雙手空空的，並未攜帶兵器，祇腰間斜插了一把尺多長的短刀。那種英武的氣概，眞是逼人！但臉色很和悅的跨進門來，向鄭敦謹望著。

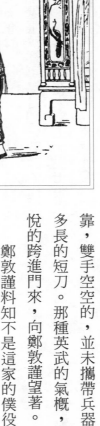

鄭敦謹料知不是這家的僕役，正要開口問他是那裏來的，到此何幹的話，那壯士已雙手抱拳，說道：「難得，難得！眞是至誠君子，小子欽佩得了不得！顧不得冒昧，要來請教姓名？」

鄭敦謹聽那壯士說話，帶著些四川口音，便隨口答道：「我是長沙鄭敦謹。請問你是那裏來的？半夜到這裏來幹甚麼？」

那壯士笑道：「我是過路的人，到此因短少了盤纏，特地到這富豪家裏來借盤纏的。合該他家不退財，有先生這樣至誠君子在此借宿，我又怎敢在至誠君子面前無禮呢？沒奈何祇得換一家去借了！」說畢，又抱拳向鄭敦謹拱了一拱，轉身就往外走。鄭敦謹還待問他的姓名，無奈他身法矯捷非常，一霎眼就出房去了。

鄭敦謹趕到房門口看時，此時雖已雨過天晴，院中有很明亮的星月之光，但是並看不出那壯士走那方去的？看官們看到這裏，大概不待在下說明，已都知道那壯士便是頂天立地的張汶祥了。張汶祥自這次見過鄭敦謹之後，心裏十二分的欽佩！到長沙一打聽，方知道鄭敦謹是個刑部尚書；十多年前曾做過好幾任府縣官，到處清廉正直，勤政愛民，各府各縣的百姓，都呼他爲鄭青天。就是長沙一府的人，說鄭敦謹三字，或者還有不知道的人；一提起鄭青天，確是婦孺皆知的！

不過張汶祥可以打聽鄭敦謹的履歷，而鄭敦謹卻無從知道這夜所遇的是張汶祥。所以直到這番和曾國藩同坐在大堂上，提出張汶祥來，才看出就是那夜所見借盤纏的人；祇是不知道張汶祥何以指名要他來審問才肯吐實的理由？心中總有些著慮，恐怕張汶祥說出在瀏陽會過他的話來。

退堂之後，祇帶了兩個隨身僕役，很不安的坐在花廳上，吩咐：提張汶祥上來。張汶祥雖是個重要的凶犯，然因是他自己束手待擒的，衙門中人都稱讚他是個好漢，一點兒沒有難爲他的舉動。他身上的衣服，祇脫去了一件紗套，還穿著團花紗袍；也沒上腳鐐手銬，祇用一條尋常的鐵鍊，鎖住手腕，祇不過是形式上表示他是一個犯人而已。

由一個差頭將他牽到花廳裏來。鄭敦謹指著下邊的椅子，叫他就坐。他也不客氣坐了下來，說道：「大人要犯民照實吐供，請先把左右的人遣退。犯民若存心逃走，隨時都可逃走，不待今日，並且也不是幾個尋常當差的人，所能阻擋得住的！這位大哥，也請去外邊等著。」說時，回頭望著牽他進來的差頭。差頭自不敢作主退出去。鄭敦謹知道張汶祥是個義士，決不至在這時候乘機逃走，便向隨身僕役和差頭揮手道：「你們暫去外邊伺候。」三人即應是，退出去了。

張汶祥見三人已離開了花廳，才對鄭敦謹說道：「犯民在未招供以前，得先要求大人答應一句話。大人答應了，犯民方敢實說；不然，還是寧死不能說出來！」

鄭敦謹道：「你且說出來，可以應允你的自然應允。」

張汶祥道：「犯民在這裏對大人所招的供，大人能一字不遺的奏明皇上，犯民自是感激高厚之恩！若因有妨礙不能據實奏明，就得求大人將犯人所供的完全隱匿，一字不給外人知道！聽憑大人如何覆旨，犯民橫豎早已準備一死了！」

鄭敦謹見張汶祥說得這般慎重，料知必有許多隱痛的事，全不遲疑的答道：「你盡情實說便了！無論如何，決不給外人知道！」

張汶祥道：「大人雖親口應允了，祇是犯民斗膽求大人當天發一個誓，才敢盡情實說！」鄭敦謹待說用不著發誓的話，忽然想起那夜女主人要求不對外人說時的情景來，不由得暗自思量道：「我為求一個淫奔之女見信，尚可以當天發誓；於今對這們一個勇烈的漢子，有何不可發誓呢？並且他既求我發誓，可知他的事，確是不好隨便告人知道的。我非對著他當天發一個誓，也無以使他相信我不至告人！」當下遂發了一個嚴守祕密的誓。

張汶祥聽了，立起身來，恭恭敬敬的向空叩了個頭，說道：「大哥在天之靈聽著：我於今已替你把仇報過了！你我的事情，到今日實不能不說了，你休怪我不替你隱瞞啊！」說罷起身，重行就坐了，才一五一十的從在四川當鹽梟時起，直到刺倒馬心儀止，實實在在供了一遍，祇沒提紅蓮寺的話。

供完了，並說道：「馬心儀若不是臨死遺囑，將柳氏姊妹及施星標夫婦處死滅口，有四個活口作證，犯民早已照實供出來了！今馬心儀既做得這般乾淨，犯民就照實供出來，常言官官相衛，誰肯將實情直奏朝廷呢？既不能直奏朝廷，與其將眞情傳播出去，徒然使我鄭大哥蒙不美之名，毋寧不說的為是！所以犯民得先事求大人除直奏而外，永不告人！」

鄭敦謹因地位的關係，不便如何說話，祇得叫差頭仍將張汶祥帶下去，自己和曾國藩商量。他竭力主張照實奏明，曾國藩那裏肯依呢？一手把持了不肯實奏。鄭敦謹也因這案子若據實奏上去，連曾國藩都得受重大的處分；自顧權勢，遠在曾國藩之下，料知就竭力主張，也是無效的！然不據實出奏，就得揑造出一種事由覆旨，又覺於心不安！思量了許久，除卻就此稱病掛冠歸里，沒有兩全之道；主意已定，便從南京回到長沙鄉下隱居不問世事了。

終鄭敦謹之世，不曾拿這案子向人提過半個字！幸虧當日奉旨出京的時候，帶了一個女壻同行。這位女壻乘張汶祥招供的時分，悄悄的躲在那花廳的屛風背後，聽了一個仔細。鄭敦謹去世之後，他才拿出來對人說說。在下就是間接從他口裏聽得來的。這件案子敘述到這裏，卻要撇開他，再接敘那紅蓮寺的知圓和尙了。

爲寫那知圓和尙一個人的來歷，連帶寫了這十多回書，雖則是小說的章法稍嫌散漫，並累得看官們看得心焦，然在下寫這部義俠傳，委實和施耐庵寫水滸傳，曹雪芹寫石頭記的情形不同。石頭記的範圍祇在榮、寧二府，水滸傳的範圍祇在梁山泊，都是從一條總幹線寫下來，所以不至有拋荒正傳，久寫旁文的弊病。

這部義俠傳卻是以義俠爲範圍，凡是在下認爲義俠的，都得爲他寫傳；從頭至尾，表面上雖也似乎是連貫一氣的，但是那連貫的情節，祇不過和一條穿多寶串的絲繩一樣罷了！這十幾回書中所寫的人物，雖間有不俠的，卻沒有不奇的，因此不能嫌累贅不寫出來。

於今再說：知圓和尚自無垢圓寂之後，他一手掌管紅蓮寺的全權。無垢在日原傳給了他不少的法術，後來他又跟孫癩子學習些兒。孫癩子在瀏陽住不到二十年，就仍舊回峨嵋山侍奉畢祖師去了。孫癩子既去，知圓和尚便漸漸的不安本分了，不過他爲人聰明機警，骨子裏越是不安本分，表面上越顯得一塵不染，衆善奉行！

他那種行事機密的本領，實在了不得，不僅做得使一般尋常人識不破，受了你些微好處的人還歌功頌德；就是孫癩子因與他也有師徒的關係，時常到紅蓮寺來看他，尚且不知道他久已在地窟裏幹了許多無法無天的事，聽得鄰近的人稱讚他的功德，反欣然獎飾他！若不是他惡貫滿盈，鬼使神差的把卜巡撫弄到寺裏來，或者再過若干年還不至於破案！

前書第八一回中，寫他勸卜巡撫削髮不從，就叫兩個小和尚去提石灰布袋來，打算將卜巡撫悶斃。想不到小和尚會無端突然死了一個，祇得親自去取。卻又忽然起了一陣旋風，將幾盞燈完全刮倒在地。他驚得祇好念動眞言，以爲是鬼魅便沒有收伏不下的；念過眞言之後，一伸手去提那布袋，就和生了根的一樣，用盡氣力也提不起來！連忙放手揑指一算，不覺吃驚，說道：「不好了！有陰人在暗中和我作對！」一面說，一面兩腳在地下東踏一步，西點一腳；兩手也挽著印結，圓睜兩隻暴眼，口中不知念誦些甚麼。

甘聯珠一見這情形，知道他要用雷火來燒了，自料抵敵不住，忙一手拉了陳繼志，匆匆逃出了地窟。知圓和尚白使了一陣雷火，見也不曾燒著甚麼東西，他此時也沒想到有甘聯珠用隱身法在暗中保護卜巡撫，心裏祇疑惑是卜巡撫命不該絕，祇好不取那石灰布袋了。仍回到那間大地室裏，對那些青年和尚，說道：「這狗官既不肯聽我的話，立時剃度出家，留著他在這裏，使我心裏不快活！你們將他拖出去，用那口鼻涕鐘把他罩起來，也不要去理他，祇活活的將他餓死悶死！看他有甚麼神通能逃出鐘外去？」

卜巡撫到了這一步，見軟求、硬抗都不中用，惟有咬緊牙關，一言不發，聽憑一般惡僧擺佈。那些青年和尚的年齡雖小，氣力卻都不小，那們高大的一口鐘，祇四個人用手一扛，就扛起離地好幾尺了；勒令卜巡撫蹲下，掩蓋得一絲不漏。卜巡撫初時還在鐘裏面大聲叫喚，外邊的和尚聽了，用鐵棒在鐘上敲了一下，罵道：「再敢叫喚，我們就拿柴來圍住燒死你！你想想，有誰到這地方來救你？叫喚給誰聽？」

卜巡撫悶在鐘裏，聽那鐵棒敲在鐘上的聲音，竟比在耳根前響了一個巨雷，還來得厲害，兩耳祇震得汪汪的叫個不止！外邊的一切聲息，從此全不聽得了。知圓和尚以為：一個文弱書生，蓋在一口四邊不透風的鐘裏面，決不能經過多少時日不死！紅蓮寺從來沒有作惡的聲名在外，平日在寺中害死的人也不少了，一點風聲都不曾露出去，這回也必不至敗露！因此毫不放在心上。表面上每日仍督率著滿寺的僧人做佛事，以掩飾外人的耳目。

中秋這日，陸小青因錯過了宿處，到紅蓮寺借宿。知圓和尚雖提防著長沙有探訪卜巡撫下落的人來，然看陸小青不像是衙門中做公的人，並且年紀很輕。紅蓮寺原來不與尋常寺廟相同，在無垢當住持的時候，就允許從遠處來拜佛的人，及過路的人借宿，特地造了幾間客室。無垢的意思，以爲：寺裏越是有不能告人的隱事，越不能拒絕外邊的人來寺裏歇宿。從來不拒絕人，就成了習慣。加以知圓作惡既久，膽量越弄越大了；又仗著自己的本領不怕人，更欺陸小青年輕，所以決不注意的就留陸小青歇宿。

那知客僧本是一個大盜，知圓和尚因賞識他的武藝，就勸他出家，是知圓和尚最得力的一個幫手。這夜他因看見陸小青在鼻涕鐘旁邊徘徊，就疑心陸小青已發現鐘裏有人了；陸小青看見鬼魂的事，知客僧並不知道。當時知客僧既看見陸小青在那鐘旁邊站著，立時就到地窟裏報告知圓。知圓尚不在意的，說道：「你衹去宰了他便完事！估量那小子有甚麼能爲？」

那曉得此時甘聯珠和陳繼志又已到紅蓮寺來了，在客室窗外看見知客僧舉緬刀要劈陸小青，連忙對準那舉刀的手腕，射去一口梅花針。知客僧是個莽人，衹知道中了人家的暗器，抬不起肩窩了。也無心細察這暗器是甚麼？是從那裏發來的？及至率領幾十個同黨，翻身殺到客室來，見陸小青已沒有了；地下散了許多碎瓦，屋上鐵懸皮都被衝成一個大窟窿，才疑惑來的不僅陸小青一人，急急將情形報明知圓和尚。知圓也就不免有些驚慌起來，即時打發一般沒有能耐的黨羽，趁夜深逃往別處去，自己帶了幾個有本領的，仍在寺裏守著，非到禍事臨頭不走！

半夜容易過去。次日，知圓正和手下幾個和尚商議，要把那鐘揭開來，將卜巡撫的屍掩埋了滅跡。忽見常德慶支著拐杖，一顛一跛的走進寺來，埋怨知圓道：「你這禿驢的膽量也忒大了些，怎的敢惹出這們大的是非來？你知道於今就是你自己崑崙派的人，到這裏來和你作對麼？你還不趕緊逃命，定要坐在這裏等死嗎？」

知圓平日雖是認識甘瘤、子常德慶等崆峒派的人，然祇因派別不同的關係，彼此都不大來往，就是常德慶亦不知道知圓在紅蓮寺如此作惡。這回是甘瘤子有意要趁這機會，將崑崙派的人拉到崆峒派來，以報呂宣良拉桂武到崑崙派去的夙怨，所以特地打發常德慶到紅蓮寺來勸知圓，暫時離開紅蓮寺。

甘瘤子明知卜巡撫遇救，定要把紅蓮寺付之一炬的，他便好從中挑撥知圓，說是：呂宣良、紅姑一班崑崙派的人，存心與知圓爲難，好使崑崙派的人自相仇殺！

果然柳遲、陸小青等一干人救醒卜巡撫之後，搜查寺中，除在地室裏搜出二十多個青年男女，和蓮座底下埋藏了幾十具男女屍體外，一個和尚也沒有拿著。卜巡撫也是恨極了！當下就發令舉火焚燒紅蓮寺。

燒罷，帶了陸小青、柳遲回衙，細問二人的來歷，打算盡力提拔二人。柳遲再四推辭，說：父母在堂，本身沒有兄弟，不能不朝夕在家侍奉！卜巡撫十分嘉獎他能孝，衹得由他回去。陸小青原是沒有職務的人，就此跟著卜巡撫，後來官也做到了參將。柳遲雖家居侍奉他父母，然就因呂宣良差他救卜巡撫的事，和知圓一班惡僧結下了仇怨。加以甘瘤子、常德慶等與崑崙派有夙嫌的人從中搆扇，也不知鬧過了多少次風波，費了多少力，才將鐵頭和尚知圓拿住正法！至於兩派的仇怨，直到現在還沒有完全消釋！

不過在下寫到這裏，已不高興再延長寫下去了，暫且與看官們告別了。以中國之大，寫不盡的奇人奇事，正不知有多少？等到一時興起，或者再寫幾部出來給看官們消遣。

第一〇七回　獻絕技威震湘陰縣　舞龍燈氣死長沙人

義俠傳作到一〇六回，本打算就此完結，非得有相當機會，決不再繼續下去的。書中應交代不曾交代，應照應不曾照應的所在，原來還很多；何以不待一一交代清楚，照應妥貼，就此馬馬虎虎的完結呢？

這其中的原因，非在下親口招供，無論看官們如何會猜情度理，必也猜度不出，究竟是甚麼原因？說起來好笑！在下近年來，拿著所作的小說，按字計數，賣了錢充生活費用，因此所作的東西，不但不能和施耐庵、曹雪芹那些小說家一樣，破費若干年的光陰，刪改若干次的草稿，方成一部完善的小說。以帶著營業性質的關係，祇圖急於出貨，連看第二遍的工夫也沒有；一面寫，一面斷句，寫完了一回或數頁稿紙，即匆匆忙忙的拿去換錢。

更不幸在於今的小說界，薄有虛聲，承各主顧特約撰述之長篇小說，同時竟有五六種之多；這一種作一回、兩回交去應用，又擱下來作那一種，也不過一兩回，甚至三數千字就得送去。既經送去，非待印行之後，不能見面，家中又無底稿；每一部長篇小說中的人名、地名，多至數百，少也數十，全憑記憶，數千萬字之後，每苦容易含糊！所以一心打算馬虎結束一兩部，使腦筋得輕鬆一點兒擔負！不料一〇六回刊出後，看官們責難的信，紛至沓來；彷彿是勒逼在下，非好好的再作下去不可！以在下這種營業性質的小說，居然能得看官們的青眼，在下雖被逼勒得有些著急，然同時也覺得很榮幸！因此重整精神，拿一〇七回以下的奇俠傳與諸位看官們相見。

於今，且說柳遲自火燒紅蓮寺之後，雖以救卜巡撫有功，不難謀得一官半職。祇因生性恬淡，從小就悟到人生數十年，無論甚麼功名富貴，都是霎霎眼就過去了；惟有得道的人，可以與天無極。加之得了呂宣良這種師父，更不把功名富貴放在心目中；祇一意在家侍奉父母，並努力呂宣良所傳授他的道法。

柳家所住的地方，在第一集書中已經表明過的，在長沙東鄉隱居山底下。這隱居山本是長沙、湘陰交界之處的一座大山。斯時正是太平之世，人民都得安居樂業。每到新年，士農工商各種職業的人，都及時行樂，不過行樂的方法極簡單，除了各種賭博之外，就是元宵節的龍燈。

龍燈用黃色的布製成，布上畫成鱗甲；龍頭、龍尾用篾紮絹糊，形式與畫的龍頭、龍尾無異。連頭尾共分九節，每節內都可點燈。由鄉人中擇選九個會舞龍燈，並身強力壯的人，分擎九節。再用一個身手矯捷的人，手舞一個斗大的紅球，在龍頭前面盤旋跳舞，謂之龍戲珠。會舞的能舞出種種的花樣來，配以鑼鼓燈綵，到鄉鎮各人家玩耍。所到之家，必燃放鞭炮迎接。殷實些兒的人家，便安排酒菜款待，也有送錢以代酒菜的。長、湘兩縣的風俗都是如此。每年在這種娛樂中，所耗費的鞭炮、酒菜的錢，爲數也不在少。

這種龍燈並非私家製造的，乃由地方農人按地段所組成的鄉社中，提公款製成。每縱橫數里之地，必有一鄉社，每鄉社中必有一條龍燈。因爲龍燈太多，競爭的事就跟著起來了。甲社的龍燈，舞到了乙社，與乙社的龍燈相遇，彼此便兩不相讓，擇地競舞起來。甲舞一個花樣，乙也得照樣舞一個，以越快越好；不能照樣舞的，或舞而不能靈捷好看的，就算是輸了！舞這條龍的人，安分忠厚的居多，輸了就走，沒有旁的舉動！若是輕躁凶悍的人居多，輸了便不免惱羞成怒，動手相打起來！每年因舞龍而械鬥而受傷的，兩縣之中，總有數人。舞龍的還容易練習成爲好手，惟有舞球的，非平日練有一身武藝，會縱跳工夫的，不能討好！

柳遲所住的地方，與湘陰交界；因縣界的關係，舞龍爭勝的舉動，比甲社與乙社相爭的更激烈！長沙這邊因會武藝的多些，每次競舞起來，湘陰方面舞紅球的人，多是被比輸了的！湘陰人懷恨於心，也非一日了，大家存心要物色一個有驚人本領的好漢，來舞紅球；務必勝過長沙人，方肯罷休。

這年十月間，湘陰縣城裏忽來了一個賣武的山東人，自稱爲雙流星趙五。這趙五所使的一對流星，與尋常人所使的完全不同。尋常流星最大的，也不過茶杯粗細；圓的居多，八角的極少。趙五使的竟比菜碗還大，並且是八角的。同時雙手能使兩個，鐵鍊有一丈多長，比大指頭還粗。趙五初到湘陰縣城裏來，一手托著這們一個流星，走向各店家討錢；口稱：路過此地，短少了盤纏，望大家幫助幾文，好回山東去。說畢，就舞動兩個流星。

看的人祇聽得呼呼風響，無不害怕碰在流星上，送了性命，情願送錢給趙五，求趙五到別家去。若遇了鄙吝之家，不肯送錢的，趙五便舞動雙流星，向街邊石上打去，祇打得火星四迸，石塊粉碎；再不送錢給他，就舉流星向櫃房裏亂打，故意做出種種驚人的舉動。

有一個店家正在吃午飯的時候，趙五到了店門外討錢。這店裏的人，也不知道趙五的厲害，以爲是平常走江湖賣藝的人，懶得理會。各人都端著飯碗吃飯，連正眼也不瞧趙五一下。趙五說了求幫助路費回山東的話，又舞了幾下流星，見吃飯的各自低頭吃飯，毫不理會，趙五不由得氣急起來！雙手舉起兩個大流星，向上座兩人手中的飯碗打去。眞打得巧妙極了！剛剛將兩隻飯碗打翻，覆在桌上；並不曾打破半點，連碗中的飯都不曾散落地下。祇嚇得同桌的人都立起來，望著趙五發怔！

趙五早已收回了流星，又待向座上的人打去，店裏的人方注意這一對斗大的流星，驚得連忙搖手，喊道：「打不得，打不得！你不過是要討錢，我們拿錢給你便了！」趙五聽了這話，

雖不再用流星對人打去，但仍不住的舞出許多花樣。祇見那個流星忽上忽下，忽前忽後，忽遠忽近，舞得十分好看，街上過路的人，無不停步觀看。

湊巧這店裏的老闆，就是靠近長沙鄉下的一個紳士。平常因舞龍賽不過長沙人，心中早已惱恨多時；蓄意要覓一個有驚人武藝的好漢，來舞龍前的紅球。無奈到處留心物色，總是遇不著當意的人！這回看見趙五舞雙流星，不覺觸動了新正舞龍的事，暗想：有這種舞流星的本領，若到鄉下去舞龍珠，料長沙人決沒有趕得上的！好在於今已是十月底了，不過一個月後就是新年。我何不與這人商量，留他在此過年？明年正月初間我帶他下鄉去，教他當舞龍珠的人，豈不可以報復歷年的仇恨？想罷，即放下飯不吃了。迎上前，對趙五拱手，請問姓名。

趙五見這老闆溫和有禮，忙收了流星，也拱手將姓氏說了。偏巧這老闆也姓趙，聽了，喜笑道：「你我竟是本家！兄弟在這裏開店多年，江湖上賣藝餬口的人，從此地來來往往的，兄弟眼中所見的，也不少了。從來不曾見過有像老兄這般本領的，實在難得，實在令人欽佩！兄弟想委屈老兄到裏面坐談一會，不知老兄可肯賞光？」

趙五想不到有人這般優待他，豈有拒絕之理？當即被趙老闆邀進了裏面客室，分賓主坐定。趙老闆開口問道：「老兄因何貴幹到敝處來的？」

趙五道：「兄弟出門訪友，到處為家已有數年了，並沒有甚麼謀幹的事。」

趙老闆又問道：「老兄打算回山東原籍過年嗎？」

趙五帶笑說道：「說一句老實不欺瞞本家的話，我們在外求人幫助盤纏回家，是照例的說法，並非真個要歸家短少了路費。兄弟特地來貴處訪友，尚不曾訪著一個好漢，暫時並不打算就回山東。」

趙老闆問道：「不打算回山東，卻打算到那裏去呢？」

趙五道：「這倒沒有一定。因為昨日方到湘陰縣來，若是在此地相安，等到過了年再往別處去也說不定。」

趙老闆喜得脫口而出的說道：「能在此地過了年再去，是再好沒有的了！」隨即將鄉間新年舞龍燈，與長沙人爭勝的話，及想請趙五舞龍珠的意思說了一遍。

趙五聽了，躊躇不肯答應。趙老闆猜他不肯答應的原因，必是覺得於他自己沒有利益，遂接著說道：「我們鄉下舞龍燈，所到的人家照例得送酒菜油燭錢。這筆款子總計起來，也有二

三百串。平日得了這筆款子，除卻一切開銷外，餘錢就存作公款。老兄若肯答應幫忙，餘錢便送給老兄作酬勞之費。不知老兄的意下何如？」

趙五這才開了笑顏，連說：「銀錢是小事，倒不在乎！祇是從現在到明年正月，還有一個多月；這一個多月的居處飲食，須煩本家照料！」

趙老闆忙說：「這自然是我的事。」

趙老闆既和趙五說妥了，便特地邀集鄉間經理每年舞龍燈的人，聚會討論請趙五的事。一般人都因平日受了長沙人的氣，沒一個不贊成趙老闆的辦法；並情願在地方公款內提出些錢來，供養趙五。趙五的酒量最大，湘陰人想他替一般人出氣，不惜卑詞厚幣，以求得趙五的歡心。趙五每飲輒醉，醉後就舞流星。趙五的年紀不

過三十歲，酒之外並喜嫖窰子，湘陰人也衹得拿出錢來，給趙五充夜度資。

喜得爲時不久，轉眼就到了新年。趙老闆帶著趙五下鄉，拿出平日舞的紅球給趙五看。趙五看了，搖頭道：「這東西舞起來有甚麼好看？不如索性用我的兩個流星，用紅綢包裹起來，舞時倒還好看！」一般人聽了，更加歡喜，召集舞龍的人，練習了幾日。有了這們一對特別的龍珠舞起來，果然分外精采！從十二日起，趙五便手舞雙流星，率著這條經過特別訓練的龍燈出發，向長沙地界舞去。

長沙地方舞龍的人，看了這種特別的龍珠，知道是有意請來圖報復的；就是平日以善舞龍珠自豪的人，也自料不是趙五的對手！既是明知賽不過，遂大家議定：這年不舞龍燈，免得受湘陰人的羞辱！以爲：沒人與他們比賽，一方面鼓不起興來，自非罷休不可！不料湘陰人見佔了上風，那裏肯就此罷手呢？

舊例各人家對待龍燈，本境的無不迎接；舞龍燈的也無須通知，挨家舞去就是了。外境的謂之客燈，便有接有不接，聽各人家自便。客燈得先事派人通知，這家答應接燈，舞龍燈的方可進去。辦酒菜接待客燈的極少，因爲客燈多是不認識的人，平日沒有感情，用不著費酒菜接待。

這年長沙境內既因有趙五停止舞龍燈，地方各人家自然都商妥了不接待客燈。那知湘陰人不問各人家答應與否，竟照本境龍燈的樣，也挨家舞去。趙五舞著一對流星，到人家東打西敲，祇嚇得各家的婦人、小孩躲避不迭！有時不留神擋了趙五的去路，趙五老實不客氣的，就舉流星打去。但是他的流星很有分寸，剛剛將擋路的人打倒，並不受傷，然被打的無不嚇得魂飛天外！長沙人如何能受得了這種羞辱呢？於是集合了許多紳士，商議對付的方法。

柳遲的父親柳大成，也是地方紳士之一。有一個紳士對柳大成說道：「湘陰人這回全仗趙五一個人，在我們長沙耀武揚威。看趙五這廝的本領，委實不錯，非有絕大本領的人，對付這廝不了！聽說你家遲少爺，多與奇人往來，想必他的本領已不小了！這是地方公事，有關我們長沙人的顏面，想請他出來，替我們大家爭回這一口惡氣。」

柳大成還不曾回答，許多紳士已齊聲說道：「不差，不差！我們這地方，周圍數十里內，誰不知道柳遲得了異人的傳授，有非常的本領！這事非找他出頭，我們是無法出氣的！去，去，我們一同到柳家去，當面請他出來，料他也卻不過我們的情面！」柳大成見眾人都這們說，自己也不知道柳遲究竟有沒有這種本領？不好怎樣說法，祇得答應帶眾紳士來家。

柳遲正在自己書房中做日常的功課，忽從窗眼裏看見來了這們多紳士，以為是尋常會議地方事務，不與自己相干的，便懶得出來周旋。祇見自己父親竟引著一大群紳士，直走到自己書房門口來了，祇得起身迎接。

一個年老的紳士在前，向柳遲握手說道：「我們長沙人於今被湘陰人欺負到這一步了，你遲少爺學了一身本領，也忍心不出來替我們大家出出氣嗎？」

柳遲突然聽了這番話，那裏摸得著頭腦呢？望了那老紳士怔了一怔，說道：「湘陰人如何欺負我們長沙人，我因不大出門，不得知道！」

柳大成讓衆紳士坐了，即將湘陰人越境舞龍燈的情形說了一遍道：「諸位紳士說你多與奇人往來，必有本領可以對付這趙五，好替長沙人爭回這口惡氣。你究竟有沒有這種能耐，你自己知道。若自信有力量能對付趙五，就不妨遵諸位紳士的命，出來想想對付的方法！如果自問沒有這般能耐，這也不是一件當耍的事，須得謹愼！」

柳遲笑對衆紳士說道：「柳遲還是一個小孩子，那裏有這種大本領？實在辜負了諸位老先生一番獎借的盛意！不過湘陰人這種舉動，也未免太使人難堪了！長沙人每到新年，照例是要舞龍燈的；今年因見湘陰人請了個趙五，情願停止龍燈不舞，就算是認輸退讓了！得了這樣的上風，尙不知足，還祇管在長沙境內橫衝直撞，情形也實在可惡！

「不過依柳遲的愚見，讓人不爲怕人。我們已因讓他不舞龍燈，好在明日就是元宵了，不如索性再讓他一日。照例龍燈舞到元宵日爲止，忍過明日便沒事了。趙五既是山東人，不能每年來湘陰幫助他們舞龍燈，到明年看他們湘陰人又仗誰的勢？我們長沙人是與湘陰人爭勝，不是與山東人爭勝，他們借山東的人才來比賽，究竟不但不能算湘陰人勝了，反爲丟盡了湘陰人的臉，不理會他最好！」衆紳士聽了柳遲這話，也覺有理，便各自散歸家去了。

元宵日，趙五帶著龍燈，到長沙境內舞得更起勁。無如長沙人都存心不與他們計較，元宵已過，以爲此後可以不再受湘陰人的羞辱了；想不到十六日早起，舞龍燈的鑼鼓又響進長沙界來了！地方紳士見湘陰人這們得寸進尺的趕人欺負，不由得都怒不可遏！大家商議，仍主張找柳遲出頭設法，於是又同到柳遲家來。

仍由前日那老紳士開口對柳遲說道：「我們前日因遲少爺讓人不是怕人，教我們索性再忍耐一日，我們也知道遲少爺少年老成，不願多事，就依遵了，忍辱讓他們湘陰人在長沙鬧元宵，毫不與他們計較！那知道他們湘陰人竟得寸進尺，今日是正月十六，元宵已經過去了，他們鬧元宵的龍燈，今日又大鑼大鼓的舞進境內來了！似這般受人欺辱，我等斷乎不能再忍了，衹得再來求遲少爺出頭！如果遲少爺定不肯出頭，我們也衹好鳴鑼聚衆，務必把湘陰人打出境去，就打死幾個人也說不得了！」

柳遲聽了，也吃驚似的問道：「過了元宵還來舞龍燈嗎？是不是仍由趙五舞著雙流星在前頭開路呢？」

老紳士點頭道：「若沒有趙五那廝，湘陰人就有天大的膽量，也不敢是這般來耀武揚威，我們也不至來求遲少爺出頭了！」

柳遲沉吟了一會，說道：「我料湘陰人雖因往年舞龍燈賽不過我們，心中有些懷恨，今年我長沙人既爲不能與他們比賽，停止舞龍燈，他們的上風也佔盡了，何苦今日還來舞呢？這不是畫蛇添足的舉動嗎？湘陰紳士中也不少明理的人，何以幹出這種無味的事來呢？這其中恐怕尙有旁的緣故，倒不可不派人去湘陰打聽打聽。」

那老紳士道：「無論他們有甚麼緣故，其存心來侮辱我們長沙人，是毋庸疑議的了！於今請遲少爺爽利些說一句，到底肯不肯爲地方出頭，對付趙五？」

柳遲道：「我沒有不肯出頭之理！不過我出頭也未必能對付趙五！現放著一個武藝極高強的好漢在這裏，諸位老先生何以不去請他出來呢？」

不知柳遲口中所說的這個武藝極高強的好漢，究竟是甚麼人？且待第一〇八回再說。

第一〇八回　柳家郎推薦真好漢　余八叔討取舊家財

話說：那老紳士聽了柳遲這句話後，愕然的問道：「這地方祇有你遲少爺常有奇人來往，我們料想必有大本領。除了你之外，還有誰的武藝極高呢？」

柳遲笑道：「余家大屋的余八叔，不是有極高強的武藝嗎？」

那老紳士說道：「余八叔才從外省回家的時候，我們確曾聽說他練了一身好武藝。祇是近年來他專心在家種田，不但沒人見他顯過武藝，並沒人聽他談過武藝。就是從前武藝高強，隔了這們多年不練，祇怕也生疏了！」

柳遲搖頭道：「旁人沒見他顯過，我曾見他顯過；旁人沒聽他談過，我曾聽他談過。不但沒有生疏，並且無日不有進境！去求他出頭，必能替地方人爭一口氣！」

衆紳士道：「既是如此，就請遲少爺同去請他。」

柳遲連連搖手道：「使不得，使不得！有我去了，他必不肯出頭！不僅我不可去，且不可對他說是我推舉他的！余八叔的性情脾氣，我深知道，最是面軟，卻不過人的情面，他待人更是謙虛有禮。旁人去請他，除卻是不知道他的，他或者不認會武藝的話；像諸位老先生，都是本地方紳耆，爲的又是地方公事，我料他斷無推諉之理！

「柳遲決非偷懶不陪諸位老先生同去，實在是恐怕他向柳遲身上推卸；柳遲也非偷懶不出頭對付趙五，祇因敝老師曾吩咐在家安分事父母，不許干預外事。加以聽說趙五的武藝，也非同小可，估量也是名人的徒弟。柳遲能不能對付他，既沒有把握，又違了敝老師的訓示，所以不敢冒昧！敬求諸位老先生原諒！」一衆紳士至此都沒有話可說，祇好仍邀柳大成到余家大屋去請余八叔。

這余八叔究竟是怎樣一個人？柳遲何以敢推舉他出頭對付趙五？這其間的歷史，不能不趁這當兒交代一番。以下關於余八叔的軼事，還甚多甚多，更得在這當兒將他的來歷，略爲介紹，此後的正文方有根據。

於今且說：余家大屋也是隱居山下的大族人家，聚族而居於隱居山下，已有一百多年了。當初也不過幾口人，住在靠山一所小房屋裏，全賴種田生活。後來人口日漸加多，房屋也日漸加大，經過一百多年，地方人就叫這屋爲余家大屋。傳到余八叔的父親這代，有兄弟四人。余八叔的父親最小，且最老實。大、二、三房都已抱孫了，余八叔才出世。因兄弟排行第八，大、二、三房的孫子都稱他八叔。

余八叔生成體弱，五歲方勉強能行走。剛能行走，便把父親死了。母親雖尙年輕，但立志守節。無奈大、二、三房的人又多又厲害，不許余八叔的母親守節；爲貪圖數十兩身價銀子，勒逼他母親出嫁。他母親因余八叔年紀太小，身體又太弱，明知自己嫁了別人，余八叔沒人照顧，不忍拋棄不顧！要求帶到嫁的人家去，等到余八叔長大成人，再送回余家來，大、二、三房也不許可！

可憐這個年才五歲，身體極瘦弱的余八叔，已成爲一個無依無靠的孤兒了！余家所種的田，是自家的產業，四房並不曾分析。第四房就祇余八叔一人，所應承受的產業，山場田畝，也可供一家數口生活之資。大、二、三房因覬覦這一份產業，所以將寡弟媳逼嫁。

余八叔那時僅五六歲的小孩，甚麼事也不知道，聽憑大、二、三房的人欺負凌虐。感覺痛苦的時候，除卻哭泣之外，別無方法對付。而大、二、三房的人，旣是存心欺負他，又如何能容他哭泣呢？挨打的時分，不哭倒也罷了；一開口哭痛，打得更厲害！他眞是天生的命苦！

余家共有二三十個年相上下的小孩，獨有余八叔不但身軀孱弱，頭頂上並害滿了癩痢；加以眼淚鼻涕，終日不乾，望去簡直是一個極不堪的乞兒！是這般受了三年折磨，地方上人知道余家情形的，無不代爲不平！不過鄉下人大半膽小怕事，余家又人多勢大，旁人儘管心裏不平，卻不能有甚麼舉動。至多談到余家的事，大家歎息歎息罷了！

這年，忽來了一個遊方的和尚。夜間睡在隱居山上的獅子巖裏，白天下山化緣，一不要錢，二不要米，每家衹化一杯飯。隱居山上雖有叢林廟宇，這和尚並不進去掛單。有好事的人問他：何以不到叢林廟宇去？

和尚搖頭道：「他們也可憐，他們的衣食，也都是由十方募化得來的，貧僧怎好再去叨擾？」

又問他：何以不要錢、不要米？和尚說：「得了錢，沒處使用，也沒處安放；得了米，沒有閒工夫，不能煮成熟飯。」

問：他有甚麼事這們忙？他說：「生死大事，安得不忙！」他上山下山，必走余家大屋門前經過。

余家的小孩多，見這和尚在六月炎天，還穿著一件破爛骯髒的棉僧袍，科頭赤足的，在如火一般的紅日之下行走，頭上不見一點汗珠，都覺得這和尚古怪！一見和尚走過，就大家跑出來，跟在和尚後面，指指點點的說道。和尚也好像是極歡喜小孩子，每見這一大群小孩追出來，必回頭逗著在前頭的幾個小孩玩耍。

有一次余八叔也跟著跑出來，搶在衆小孩的前頭。這和尚回頭看見余八叔，便很注意似的打量了幾眼。剛待開口問話，後面即有兩個小孩跑上前來，年紀都比余八叔大兩三歲，一個舉

手向癩痢頭上就打，一個揪住胳膀，往後就拖。余八叔祇向兩小孩望了一望，即低頭不作聲。

這和尚看了，彷彿有點兒不平的神氣，隨指著余八叔，問兩小孩道：「他不是你們一家的人嗎？你們無緣無故打他、揪他做甚麼？」

兩小孩之中的一個大些兒的，說道：「他不是個好東西，隨便甚麼人都可以打他，就打死他也不敢哭！」說時，湊近身去，又舉腳向余八叔踢了兩下。跟在後邊的許多小孩，也都握著小拳頭，彷彿都要上前打兩下，以表示不算一回事的神氣！余八叔祇嚇得渾身發抖，顯出欲逃不敢、不逃不能的樣子！

這和尚忙上前拉了余八叔的手，用身軀遮擋著衆小孩，很溫和的說道：「你不要害怕！有我在這裏，他們斷不能打你！你說，你姓甚麼？家住在那裏？他們是你的甚麼人？」

余八叔道：「我也姓余，也是這屋裏的。方才打我的是我的姪孫，揪我的是我的姪兒。」

這和尚十分詫異的樣子說道：「是你的姪孫、姪兒嗎？還有這許多呢？都是你甚麼人？」

余八叔一一指點著道：「這也是我姪孫，這也是我姪兒。」

和尚回頭問那些小孩道：「你們叫他甚麼？」

幾個口快的答道：「叫他八叔。」

和尚問道：「你們的班輩比他小，怎麼倒可以隨意打他呢？」

有一個小孩答道：「他又沒有娘，又沒有爺，打他怕甚麼！我爺爺還把他綑起來打呢！你不信看他背上，不是還有一條一條的紅印嗎？就是用篾片打成這樣子的！」

和尚看余八叔的背上，果然不見有半寸沒有受傷的好皮肉，一面撫摸著傷處，一面問道：「你夜間睡覺是一個人睡的嗎？」余八叔點頭道是。

和尚道：「睡在那一間房裏呢？」

余八叔道：「睡在廚房裏。」

和尚笑問道：「廚房裏有床鋪嗎？」

余八叔搖頭說：「沒有床鋪。熱天睡在地下，冷天睡在草裏。」

和尚道：「廚房在甚麼地方？你這家裏共有幾間廚房？」

余八叔道：「衹有一間廚房。你看，那邊屋上有煙囪的，底下就是廚房。」

和尚回頭對這些小孩說道：「他的班輩比你們大，你們不應打他。下次我若再遇見你們打他時，我就要幫著他打你們了！」衆小孩也沒有話回答，和尚自掉頭不顧的去了。

次日早起，余家大屋忽不見了余八叔。家裏人分明看見余八叔昨夜睡在廚房裏，半夜還聽了他咳嗽的聲音；前後門都鎖好了不曾開，以爲決沒有出外的道理。疑心是不堪淩虐，自行投井死了。長沙鄉下的人家，廚房裏多有吊井。余家的人用竹竿接長向井內探撈，那裏有呢？好在余家素來不把余八叔當人，巴不得他不在家中刺眼，因此並不派人尋找。

光陰容易，轉眼不覺過了二十年，其間毫無音信。不但地方上人心目中，沒有余八叔這個人，就是余家大屋的人，也早就認定余八叔死了。整整二十年過去，這年也是在夏天裏，隱居山下忽然來了一個身材瘦弱，年約三十歲的人。身上行裝打扮，背馱一個很大的包袱，到山下一家火鋪裏住著。次日，即到本地一個大紳士黃孝廉家，拜訪黃孝廉。這黃孝廉年已七十多歲，是這方面鄉下的一個極正大的紳士。

這日黃孝廉在家，見門房拿了一張名片進來，說有個異鄉口音的人，前來拜訪。黃孝廉看名片上是「余同德」三個字。心想：不認識這人。然既登門拜訪，不能不見，祇得說請。門房引了那人進來。那人見面，即恭恭敬敬的行了一禮，說道：「你老人家必不認識晚生了！晚生就是余家大屋的余八叔，出門整整的二十年，今日才得轉回故鄉。聽說你老人家還照常康健，所以特來請安。」

黃孝廉想了一想，又連連打量了幾眼，不住的點頭道：「哦！是了！我記得那年地方上人多說：余家大屋不知如何把余八叔弄死了，連屍身都沒有看見！當時我就說決沒有這種事，必是你受不了他們的打罵，趁黑夜偷偷的逃跑到那裏去了！一個小孩跑不上多遠，或者又會跑回來！

「不料過了數年，還不見你跑回來，也沒人曾見過你的蹤影，便是我也有些疑心你眞個是被大、二、三房的人，下毒手害死了！祇是沒有見證，不能幫你打這個抱不平。於今你又安然回來，喜得當日不曾冤誣大、二、三房的人！此刻你的三個伯父，都在幾年前死了；你的七個哥哥，也死得祇剩三個了；姪兒、姪孫倒還好，都已娶妻生兒子了。你於今回來打算怎麼辦呢？」

余八叔道：「晚輩其所以不回家，而先到你老人家這裏來，就爲有一句話得向你老人家稟

明。晚生出門的時候，年齡雖僅八九歲，然八九歲以前的種種情形，晚生銘心刻骨的不能忘記！晚輩四房所應承受的山場田畝，久已被大、二、三房侵佔了，不曾管過一天業。若照利息算起來，他們大、二、三房現在所有的產業，都應歸還給我，尚恐不夠；不過利息的話，晚生也不提了。祇是應歸我四房承管的山場田畝，從此得如數歸還給我，不能再由他們侵佔。

「本來至親骨肉，爲一點兒產業，傷和氣相爭鬧，是不應該的事；但是你老人家年高德劭，他們大、二、三房在二十年前對待我四房的情形，你老人家是曾親眼看見，親耳聽見的，確不是晚輩不顧體面，重資財，輕骨肉！晚生稟明了你老人家之後，即刻回余家大屋去，與他們論理。他們肯歸還我的產業便罷，若仍仗著人多勢大，和二十年前一樣欺負我，我到了不得已的時候，須求你老人家出來說一句公道話，望你老人家不可推辭！」

黃孝廉點頭道：「這種公道話，你就不來求我，我也不至袒護他們那些無義之人！祇是我得問你，二十年前你才八九歲，夜間前後門都鎖了，你如何能不露形跡的跑出去？一個小孩子素未出過門，身邊又無銀錢，當時你曾跑到甚麼地方去？這二十年來，在甚麼地方停留？幹了些甚麼事？」

余八叔向四周望了一望，說道：「若是旁人問這些話，晚生決不肯實說；因爲說出來不但驚世駭俗，甚至鬧出多少口舌、多少麻煩來！你老人家是個有道德、有學問的高年人，不至將晚生說的話，隨意對不相干的人說，所以不妨實說！晚生在八九歲的時候，身軀孱弱得連跑也跑不動；休說沒有地方可逃，就是有地方也逃不去！虧得我師父大發慈悲之心，半夜到我睡的廚房裏來，將我馱在肩上，從房上跑出來。一夜走了八百多里，次日才落店歇息。「從此曉行夜宿，走了差不多半個月，到了一座大山之中。那山的上下四圍，盡是南竹，大的有水桶粗細，長有十丈，遠望青翠欲滴，甚是好看！在山腰竹林之中，有三間房屋，以竹管編牆，竹枝竹葉蓋屋；就是裏面的床榻桌椅，也都是用竹製成的。這屋便是我師父修眞之所。」

黃孝廉至此，問道：「你師父究竟是誰呢？怎麼會無端到余家大屋廚屋裏來救你呢？」

余八叔道：「你老人家還記得那年來了一個遊方和尚，夜間住在隱居山上的獅子巖裏，白天到山下各人家來化緣，不要錢，不要米，祇要飯的事麼？」

黃孝廉偏著頭想了一想，說道：「不錯，不錯！我記得那和尚在三伏炎天裏，身上還穿著棉袍。那和尚就是你的師父嗎？他叫甚麼名字？如何認你做徒弟的？」

余八叔道：「那就是我的師父。他老人家法諱無住。因那年於無意中遇見晚生被姪兒、姪孫欺負，當時問了問情形，又向左右鄰居探聽，知道晚生零丁孤苦，處境極爲可憐，所以夜間前來相救。他老人家完全出於慈悲之一念，並不是因晚生的資質好，可以做他老人家的徒弟。

「那山在雲南省境，山名就叫作大竹子山。晚生到大竹子山以後，便要拜他老人家爲師，求剃度出家。他老人家連連擺手說：你宿業太重，此時不是出家之時！老僧不過因你可憐，帶你到這山裏來住幾年；等到你年紀大了些兒，可以自立了，仍得回家鄉去，度農家作苦的日月。晚生在大竹子山住了五年，師父終年在外雲遊，有時偶爾回山，住不了幾日又去了。五年後才帶晚生同行，敢說是足跡遍全國。直到近來，師父方教晚生回家，討回原有的產業，安分耕種度日。」

黃孝廉道：「像你這師父，眞是聖賢舉動，菩薩心腸，使我欽佩之至！你儘管回余家大屋去，向你三個哥子討回山場田畝。如果你哥子恃強不理，我定出頭幫你向他們說話！」余八叔這才作辭出來。

走到余家大屋，見了三個哥子，尙能認識，忙行禮稱哥哥。他三個哥哥都想不到世間還有余八叔存在！年輕人的身體相貌都有變化，余八叔能認識三個哥哥，三個哥哥卻不能認識余八叔了！

余八叔祇得自行表明道：「我是四房的行八。別來二十年不見哥哥，三位哥哥都老了！大伯、二伯、三伯棄世，我因遠在雲南，不能奔喪回來，實在該死！……」

他剛說到這裏，他三個哥哥已放下臉，說道：「我們四房的人，早已死絕了，那裏又鑽出你這樣一個兄弟來？還不給我滾出去！」

不知余八叔怎生對付？且待第一〇九回再說。

第一〇九回　講條件忍痛還產業　論交情靦顏請救兵

話說：余八叔見三位哥子忽然翻臉不認他做兄弟，仍從容不迫的，笑道：「三位哥哥不可這們說，這不是可以假冒的事。我在距今二十年的六月二十四日離家，其所以不告而去，就因爲那時的大伯、二伯、三伯，旣逼嫁了我母親，更不容我在家；用種種方法凌虐我，使我在家不能安生！我那時年紀僅八九歲，除了忍受之外，別無他法。我是四房一個承續香火的人，那時在余家大屋，連一間睡覺的房屋也沒有，一年四季睡在廚房裏；冬無被褥，夏無簟帳，那種情形，料想三位哥哥不見得就忘了。

「幸得我師父慈悲，將我救出苦海，並豢養我到於今。以我現在的處境而論，本來不必回家與三位哥哥鬧兄弟爭產的笑話；無如先父棄養之後，除卻我，四房沒有第二個承續香火之人。古人說的：不孝有三，無後爲大。所以師父命我回來，成立四房的這戶人家，好朝夕侍奉香火。應該歸我四房承受的山場田地，祇得請三位哥哥照數給還我，我力耕自食。等到可以告退的時候，我還得去侍奉我師父！」

余八叔說這話的時候，他三個哥哥交頭接耳的議論。至此，乃由一個年紀最大的余三，先冷笑了一笑，才回答道：「你說的都是廢話！當我四叔棄世的時候，果曾留下一個小兒弟，但因身體太弱，不到九歲就死了！於今四房雖已絕嗣，祇是早已由大房承繼。誰認識你是我余家甚麼人？就憑你這們胡說一陣，便認你爲四房的子孫，將山場田地給你，世間有這般便宜的事嗎？勸你打斷這番妄想，滾出去罷！我們不認識你是誰！」說時，向桌上拍了一巴掌。這兩個也伸拳捋袖，準備動手厮打的樣子。

余八叔任憑他們使出凶狠的神氣，還是很從容的，說道：「請三位哥哥不要這們做作！憑我一陣胡說，就給還我山場田地，果然沒有這般便宜的事。但是我自知確是四房的人，並非假冒來訛詐產業；既經回家來了，又豈是你們空口說不認識便可了事的？大、二、三房的人，原爲要侵佔我四房的產業，才逼嫁我母親，凌虐得我不能在家安生；

「於今事隔二十年了，你們自然不肯認我是四房的人！不過爲人總得存一點兒天良，你們大、二、三房不能絕後，難道我四房就應該絕後嗎？我四房所應承受的產業，由大、二、三房均分，每房所得無幾。爲這一點兒田產，不顧兄弟手足之情，眼看著我四房絕後，你們也忍心嗎？「我老實說給你們聽，我不是無力謀衣食的人，因窮極無聊，妄想奪人產業。實在是因爲四房不可不成立一戶人家，並因你們大、二、三房的人，對待我四房的心思、手段，過於毒辣。休說我余老八曾親身經歷，不能忘情報復；就是看見你們是那般對待別人，我也得出頭打一打抱不平！於今我看在祖宗相傳一脈的分上，忍耐著火性和你們說話。你們是識趣的，趕緊將我四房應得的田產，交還給我；若再使出那痞徒賴帳的神氣來，就休怪我余老八反面無情！你們說不認識我，我還不高興認識你們呢！老三拍巴掌，對付那個？我也拍一個榜樣給你們看看！」

旋說旋舉巴掌，也向桌上一拍，衹拍得這方桌四分五裂，倒在地下；著巴掌之處，如中利斧，散碎木屑紛飛！隨即指著破碎的桌子，說道：「看你們伸拳捋袖的神氣，好像要把我打出去。要打就來罷，我小時怕打，此刻已不怕打了！」他三個哥哥見這們結實的方桌，一拍就破碎分裂，不知不覺的已驚得呆了！

余三最狡猾，當即說道：「這是嚇人的重拳法，我們不用怕他！他如果眞是四叔的兒子，量他也不敢回手打老兄！我們就動手打他出去，看他怎樣？」說著，舉拳當先向余八叔打來，這兩個也同時上前動手。余八叔自將兩手反操著，不但不還手，並不躲閃。三人的拳頭打在余八叔身上，就和打在棉花包上的一樣；每人打過幾拳之後，都自覺拳頭、手膀痠脹，忽然抬不起胳膊了，衹得望著余八叔發怔！

余八叔仍帶笑問道：「你們不打了麼？我因爲此刻還認你們是我的哥哥，所以讓你們打不回手！你們且說，我四房應承受的山場田地，交還給我不交還給我？」余三等三兄弟的拳頭、手膀，初時衹覺痠脹，一會兒工夫就腫痛起來了。三條胳膊，立時腫得比大腿還粗大，痛徹心肝，口裏來不及的叫痛，如何有話回答呢？

余八叔望著三人的胳膊，笑道：「你們絲毫不念手足之情，應該受些痛楚。你們的胳膊腫了，知道呼痛；你們的兄弟沒有飯吃，沒有衣穿，就毫不關心嗎？你們不交還我的田產，尚有更厲害的痛楚在後呢！」

余三到這時候，知道余八叔既有這種本領，再不交還田產是不行的，衹得說道：「你且把我的胳膊醫好，田產可以交還給你。」

余八叔搖頭道：「你不是一個有信義的人，就這們空口說白話不行！須將族長並地方大紳士請來，當著族長和大紳士點明某處的山場、某處的田地歸我管業，訂立分家字據，到那時我自然能醫好你們的胳膊！若不然，我的田產可以不要，你們的胳膊決不能好！」余三等三人因手痛難忍，不得不依遵余八叔的話，打發人去請族長和地方大紳士，辦妥了一切的手續。余八叔才當著衆人，將余三等三人的胳膊撫摸了一陣，比仙丹妙藥還快，一面撫摸，一面就消腫了。

余八叔自從得了他應得的田產，就在家中種田度日，一切地方事都不預聞。地方上人多有知道他武藝好的，要從他學練。他也不推說不會武藝的話，衹是對人說道：「武藝不是好學的東西，學不精時用不著，學得精時招禍殃。祇看會武藝的多被人打死，就可知道不會武藝的安然多了！練武藝的沒練出大聲名來還好，若得了大聲名，無時無地，不是提心吊膽的防備受人的暗算。好好的一個人，爲甚麼無端要尋這種罪受呢？並且我整天的在田裏做工，到夜間得好好的安歇，那裏還有閒精神教你們練武藝呢？」

這些人見余八叔不肯教，祇得罷了。余八叔到家不久，即到柳遲家來拜訪。彼此談論起來，才知道無住和尙與呂宣良也是至好的朋友：不過呂宣良傳給柳遲的是道，無住和尙傳給余八叔的是藝。兩人的根基不同，因之所學的各異，然兩人的交情極好。

這日，余八叔正因新年無事，獨自坐在家裏打草鞋，忽見許多地方紳士走來。余八叔心想：賀年的時期已過，他們這樣成群結伴的同來，必有緊要的事，但不知來我家找誰？一面思度，一面放下手中草鞋，迎接出來。認得走在前頭的是本地的周團總。周團總一見面，便作揖笑道：「余八叔好安閒自在！此刻我們長沙人被湘陰人欺壓得連氣也不敢出了，你余八叔簡直沒聽得說嗎？」

余八叔一聽周團總這番話，就猜到是爲湘陰人越境舞龍燈的事。余八叔是個生性直爽，不會做作的人，當即回了一揖，答道：「湘陰人欺負我們長沙人的話，不就是爲那舞龍燈的事嗎？」

周團總道：「怎麼不是呢？你余八叔既是知道，爲甚麼也不出頭替我們長沙人爭回這一口氣呢？」

余八叔邀衆紳士到裏面客房坐定，說道：「這種事在諸位老先生以爲可氣，以爲是欺壓我們長沙人。但是在我看來，祇覺得湘陰人的體面丟盡了，並且是自尋煩惱！最好還是給他們一個不理！」

周團總道：「他們在我長沙境內耀武揚威，如入無人之地，他們的面子十足，我們沒一個人敢出頭，怎麼倒說湘陰人的體面丟盡了呢？」

余八叔笑道：「湘陰人歷年比賽不過長沙人，於今請一個山東人來獻醜，還自以爲得意，不是笑煞人的事嗎？我們長沙人若與他們比賽過，比不上他們，還可以說我們長沙無人；於今我們並不曾與他們比賽，他們借山東人的武藝來耀武揚威，湘陰人還有甚麼面子？我有親戚住在湘陰，昨日到我家來說：趙五於今不肯走了！說趙老闆當日聘請他的時候，並不曾說明舞龍燈舞到何時爲止；因當日應許給他酬勞的錢，他才肯下鄉舞龍珠。此刻他舞得正高興，不肯就此罷休！

「如果便要從此不舞了，除卻有本領賽過他的人，將他打敗，就得給他一千兩銀子的酬勞！若不然，便得長久舞下去，等到油燭酒菜錢積滿了一千兩銀子，方肯罷手！湘陰人因畏懼

草鞋。五打走。我們何苦替湘陰人做這難題目呢？」不理他，看湘陰人拿著這個趙五如何發落？現在的湘陰人，巴不得我們長沙有人出頭，能將趙趙五凶惡，簡直沒有方法對付，所以元宵節已經過了，今日還是鑼鼓喧闐的舞龍燈。我們索性

眾紳士聽了，都拍手笑道：「痛快！痛快！既是如此情形，果然以索性不理會爲好！我們倒要睜著眼睛，看湘陰人怎生下台？」眾紳士談笑了一會，各自作辭歸家去了。余八叔依舊打草鞋。

不到一刻兒工夫，忽有一個年約五十來歲，農人模樣的人，在大門外與余家的長工說話。余八叔聽來人說要會余八叔，便出來問：會余八叔有甚麼事？來人現出很匆忙的神氣，說道：「我有要緊事來會余八叔。他此刻在家麼？」

余八叔問道：「你是從那裏來的？你認識余八叔麼？」

來人打量了余八叔兩眼，答道：「我是從湘陰來的。祇聞余八叔的名，並沒有見過面。」

余家長工即指著余八叔，笑道：「你要會余八叔，這就是余八叔。」

來人見余八叔的身體這們瘦小文弱，聽了長工的話，似乎很吃驚的說道：「你就是余八叔嗎？」一旋說旋一揖到地，接著說道：「久仰大名！平日不來親近，今日有事奉求才來，甚是慚愧！兄弟姓劉，名金萬。劉三元便是我先父。」

余八叔知道劉三元是湘陰最有名的拳師，劉金萬的武藝也不弱，並且兩父子的人品都極正直，最喜扶危救困，替人打不平。長沙、湘陰兩縣的人多很欽仰。余八叔在小孩時代，就曾屢次聽得人說。出門二十年回來，方知道劉三元已死；劉金萬在家安分種田，不肯拿武藝教人。長沙、湘陰兩縣的拳師，多有仗著本身武藝，得人幾串錢，就幫人打架的，劉金萬卻不肯幫人打這種無名架！

照例：拳師所住的地方，周圍十數里之內，不許外來的拳師設場教拳；要在這地方教拳，就得先把本地的拳師打敗。若不然，無論有如何的交情，也是不行的！劉金萬便不然；不但不阻攔外來的拳師設場，並自家讓出房屋來，聽憑姓張的或姓李的拳師教徒弟。

尋常拳師談論起武藝來，除了自家所習的武藝而外，無論對何種武藝，多是不稱許的；不加以詆毀，就是極客氣的了！惟有劉金萬決無此等習氣，並最喜替後進的人揄揚稱道。因此劉金萬在長沙、湘陰兩縣之中，沒有曾生嫌隙、曾鬧意見的人。他既是平生不詆毀旁人，旁人也就沒有詆毀他的。余八叔早知道劉金萬爲人如此，這時見面也不由得生出欽敬之心！當即讓到家中，分賓主坐定。

劉金萬先開口，說道：「我原籍雖是湘陰縣人，然湘陰人的顏面，已被我那地方幾個糊塗蛋丟盡了！我今日到這裏來，實不好意思答應是湘陰人了！我自從先父棄世之後，近十年來在家中種田度日；就是本地方的一切事情，也都不聞不問。今年新年裏頭，忽聽得有人說：平日經營地方公事的一班人，特地從湘陰縣聘來一個姓趙的山東人。善使一對斗大的八角流星，在舞龍燈的時候，將一對流星用紅綢子包了，當龍珠舞起來，必然非常好看！舞到長沙去，料想長沙人斷沒有能比得上的！說的人雖一團的高興，但我聽了也沒拿著當一回事！

「過不了幾日，果見舞龍燈的前面，有一個彪形大漢，雙手使一對紅綢包裹的東西，忽上忽下，忽左忽右的使得呼呼風響。我看著不覺吃了一驚，暗想：這廝好大的氣力！不論旁的武藝，就看使這們大的一對流星，本領也就可觀了！既練成了這般一身本領，何以肯到鄉下來幹這種無聊的玩意呢？我原打算上前和這廝細談一番的，祇是細看他生著一臉橫肉，兩眼紅筋密佈，形像凶惡得使人可怕；逆料他決不是一個安分的人，還是不與他交談的好！因這們一轉念，便沒上前去理會他。

「想不到昨日忽有幾個經管地方公事的人，到寒舍來對我說，原來這趙五是一個極凶狠、不講道理的痞徒，因欺我們湘陰沒人能制服他，此刻非給他一千兩銀子的酬勞，他不肯回山東去。要請我出頭將趙五打走。我說：既請了人家來，他不是本地方人，自然得酬謝他的銀子，怎好把人家打走呢？並且我已多年不練武藝了，便是有十個我這樣的人，也不是趙五的對手！趙五是你們請得來的，還是由你們送他些盤纏，用好言敷衍他去。尋常的地方事，我尚且不過問，這種事我怎麼肯出頭呢？那幾個人見我一口回絕，祇得去了。

「不料昨夜又是那幾個人跑到寒舍來，各人都顯著十分懊喪的神氣，對我說：趙五簡直恃強不講理，酒菜略不當意，就把桌子一掀，將桌上的杯盤碗碟打個粉碎。說他本來有要緊的勾當，在去年臘月應到河南去的。因這裏定要聘請他下鄉舞龍珠，他祇得將緊要的事擱著，爲的是想得這裏的酬勞。

「於今他替湘陰人爭回多年失去的面子，使長沙人不敢舞龍燈，這功勞還不大嗎？一千兩銀子還不應謝嗎？不拿出一千兩銀子來，這龍燈便不能停舞；那怕就延下去，舞到端陽節也說不定！我們都是各有職業的人，新年裏頭才可以玩耍；新年既過，誰能祇管陪著他玩呢？我們說盡了好話求他，他咬定要一千兩銀子，一厘也不能短少！他說：若沒有銀子，就得有人能打得過他，他方肯走！

「我昨夜聽了這種情形，心裏也不免有些氣忿，不由得責備了那些管公事的人一番。暗想：一千兩銀子的事小。趙五這廝是山東人，於今到南方來如此橫行無忌，若聽憑他敲詐去一千兩銀子，將來傳到北方去，眞不好聽！但是我自料準非趙五的對手，與其出頭反被他打敗，倒不如不多事的好！然則就聽憑他橫行下去不成？左思右想，忽想到你余八叔身上來了！

「這回的事，本是我湘陰人無禮才鬧出來的，不過此時卻不能再分長沙、湘陰的界限了！

事後我可以教他們管地方公事的人，到長沙這邊來陪禮；而對付趙五這廝，不得不求你余八叔出頭！這是替南方人爭面子的事，無論如何，求你不要推託！」說畢，起身又是一揖到地。

余八叔連忙還揖，答道：「你果然是一個不管閒事的人，我也是除了做我自己田裏的工夫而外，甚麼事不聞不問的。你來要我出頭管這種事，我又如何敢答應呢？我不是多久不練武藝了嗎？趙五我也曾見過的，我覺得他的能耐，比我高強多了！我就遵命出頭，多半被他打敗，那時不是我自討沒趣嗎？」

劉金萬笑道：「這是那裏的話！我雖是今日初次前來拜訪，然你余八叔的威名，我早已如雷貫耳！我知道你余八叔是無住禪師的高足，無住禪師的能耐，雖不是我這種淺學之輩，得窺其高深，但先父在日，曾見過無住禪師，並曾跪在禪師跟前求道；禪師說與先父無緣，衹在獅子巖裏，傳授了幾句吐納的口訣。當時並承禪師開示道：『你雖得了這口訣，然此生恐怕得不著受用，不過也是來世的根基！』

「先父回家便對我說：『無住禪師是當今的活羅漢，可惜我緣分太淺，不能朝夕侍奉他老人家！若能相從三五年，便是不得道，論武藝也可以無敵於天下！』先父的話如此。你余八叔相從禪師二十年，武藝能瞞得過我嗎？」

余八叔笑道：「原來尊大人也曾得我師父傳授口訣，怪道你知道來找我！既是如此，我衹得勉強去試一試！如果敵不過趙五這廝，再想別法對付也使得！他們今日不是還在長沙境內玩龍燈嗎？」

劉金萬點頭道：「這是我昨夜對他們管公事人說的，教他們祇管答應趙五，看他要舞到甚麼時候，便舞到甚麼時候！一千兩銀子，一時是取辦不出的，所以今日依舊舞龍燈。」

余八叔道：「那麼，我就和你一道兒迎上去罷。」劉金萬欣然起身，問余八叔隨身帶了甚麼兵器？

余八叔笑道：「我師父不曾傳授我一樣兵器，就有兵器也不會用，於今且去看看情形再說！如果因沒有兵器弄不過他，祇好另行設法。」二人走出了余家大屋。

劉金萬道：「你在這裏略待一會。等我去那山坡，爬上那株大樹，聽聽鑼鼓響到了甚麼地方，迎上去才不至相左！」余八叔點頭應允。

不知余八叔究和趙五遇見與否？有不有一場大廝殺？且待第一一〇回再說。

第一一〇回　株樹鋪余八折狂徒　冷泉島鏡清創異教

話說：劉金萬急急跑上山坡，在樹顛上細聽了一回，辨明了鑼鼓的方向，跑回來笑道：「來得很湊巧！鑼鼓雖在山那邊響，然似乎越響越近，大概舞到株樹鋪鎮上。我們到株樹鋪去等他來便了！」於是二人向株樹鋪進發。

株樹鋪是長沙鄉裏一個鄉鎮，鎮上居家的、做各種買賣的，共有二三百戶人家，是由長沙通湘陰的要道上一個大鎮。元宵既經過去，本不是舞龍燈的時候；但是舞的既破例來舞，鄉下人無不喜看熱鬧，也就成群結隊的，跟著看舞。越是看的人多，趙五的流星越舞得起勁。揀大戶人家進去，舞罷即硬索酒食或油燭錢。

鄉下人畏事的多，這裏人多勢大，加以趙五凶惡非常，動輒舞起雙流星，將人家的桌椅器皿搗破，人敢上前，他就打人，因此無人敢拂逆他的意思。這日，是這般強討硬索，也得了二三十串油燭錢，趙五不由得十分得意！打算到株樹鋪午餐，不愁鎮上的人家不盛筵款待。

趙五舞著流星在前開道，路上行人，嚇得紛紛向兩旁躲閃，惟恐被流星碰著！已將近到株樹鋪了，忽見一個身材瘦小的人，走在趙五前面，相離不過五六尺遠近；一步一步很從容的向前走，背對著趙五，好像不覺得背後有龍燈來了的神氣。趙五的前面，那容人這們大搖大擺！即厲聲喝道：「滾開些！」這喝聲雖然很大，但那人似乎沒聽得，睬也不睬，腳步益發慢了！趙五疑心是個聾子，更放開了喉嚨，喝道：「還不滾開嗎？」那人仍舊沒聽見的樣子。

趙五再也忍耐不住了，一抖右手的流星，向那人背上打去。趙五也存了一點兒怕打死人的心思，因見那人相離不過五六尺，便祇放出五六尺的鐵鍊；安排這一流星，恰好將那人打得撲地一跤，並不重傷。誰知這流星發去，鐵鍊短發了半寸，還沒沾著那人的背，那人好像毫不察覺。趙五祇得又抖左手的流星發去，這回長放了一尺多，以為斷沒有再不著的道理了；想不到流星剛要打到那人背上的時候，那人忽彎腰咳了一聲嗽，流星又相差半寸，不曾打到那人背上。

趙五見兩流星都沒打著，不覺咬牙恨道：「有這們湊巧的事嗎？你若是來試我手段的，請你看我這一下！」說罷，舉兩流星同時打去，祇見那人被打得身體往下蹲。趙五心裏一喜，正待收回流星，不覺大驚失色，脫口叫了一聲：哎呀！原來兩條流星鐵鍊，已被那人用指頭夾斷了！再看那人一手按住一個流星，蹲在地下哈哈大笑。

趙五看鐵鍊斷處，和用鋼剪夾斷的一般齊截！自知不是那人的對手，收了鐵鍊，走到那人前面，拱手說道：「確是好漢！請教姓名！」

那人也起身拱手道：「余同德行八。地方人都稱我余八叔。唐突了老哥，望老哥原諒！」趙五羞慚滿面的，答道：「豈敢，豈敢！求人原諒的話，不是好漢口裏說出來的！我們十年後再見，少陪了！」說畢，捧了兩個流星，頭也不回的去了。

那些舞龍燈的湘陰人，因不知道余八叔是劉金萬請求出來的，以爲是長沙人請來的好手，安排與湘陰人作對的。凡是舞龍的人，也都懂得些兒武藝，照例動手相打起來，各抽龍節的木把手當兵器。當時雖見趙五走了，然都恐怕長沙人乘趙五走了之後，來打他們舞龍燈的人；不約而同的將木把手抽在手中，連同敲鑼鼓的一字排開站了，準備廝打的模樣。

劉金萬這時已從鎮上跑出來，看了這情形，連忙揮手，說道：「你們眞是些不識好歹的人！我們湘陰人在這幾天之內，被趙五這東西欺壓得簡直連氣也不能吐了，全縣的人忍氣吞聲，一籌莫展；我好容易才把這位余八叔求出來，輕輕巧巧的將這東西趕跑了，你們不感謝余八叔倒也罷了，還準備廝打嗎？你們也太不自量了！」劉金萬這們一說，那些人方偃旗息鼓的，拖著龍燈跑了。從此湘陰的龍燈，遇了長沙的龍燈就迴避，再也不比賽了，這是後話。

且說：當時舞龍燈的跑後，株樹鋪鎮上的人，見余八叔有這們高強的本領，替長沙人爭回很大的面子，心裏都很快活！大家圍住余八叔和劉金萬，到鎮上喝酒慶賀。余、劉兩人不便固辭，衹得同到鎮上周保正家。周保正立時將辦了預備接龍燈的筵席，開出來給款待余、劉二人，並邀了管地方公事的一班紳商做陪。

余八叔在席，對劉金萬說道：「趙五這廝的本領，實在不弱，但不知道他爲甚麼到我們鄉下來，這們橫行

招人怨恨？他說十年後和我再見的話，我倒得留他的神才好！」

劉金萬道：「幾年後再見的話，不過是被人打敗了的，照例說著遮遮羞罷了！他是山東

人，不見得為報這一點兒羞辱之怨，就回家專練十年武藝，又巴巴的到湖南來報仇。就是眞有這們一回事，你余八叔難道還懼怯他嗎？」

余八叔搖頭道：「在旁人或者不過說著遮遮羞，趙五說的倒是一句眞話！因為平常被人打敗了的教師，多是說三年後再見，從來少有說到十年後的。趙五因自知要報這仇，非下十年苦工夫，沒有把握，所以說出十年後再見的話來。他若說三年後再見，我就能斷定他是說著遮羞的了；便是他三年後果然再來，我也不把他看在眼裏！於今，我所著慮的，就慮他是李成化的徒弟；若眞是李成化的徒弟，我更不能不當心！」

劉金萬問道：「李成化是誰？我怎麼不曾聽得江湖上人提過這名字？」

余八叔道：「李成化不是在江湖上混的人，江湖上人怎得知道？非是我余八叔說句誇口的話，凡是在江湖上出了名的人，本領就大也有限；眞有大本領的人物，決不會在江湖上有聲名！李成化是山東玄帝觀的一個老道，他的本領，不但我等不是對手，並不能窺測高深到了甚麼地方！」

劉金萬問道：「李成化既沒有世俗的聲名，你如何知道他有那們大的本領呢？你曾會過他麼？」

余八叔點頭道：「我自然是會過他，才得知道。說到會李成化的事，倒是非常有趣！今天的酒喝得很痛快，不妨拿來作談助。於今說起來，已在十年前了。那年我師父因山東遭旱荒，特地辦了些糧食，帶我到山東去放賑。我師父表面上是一個遊方和尚，到處化緣充飢，實在無一年不放幾回賑。不過他老人家放賑是暗的，從來沒人知道罷了！」

劉金萬問道：「暗中放賑，是乘人家不知道的時候，悄悄的將錢米送到人家裏嗎？」

余八叔搖頭道：「不是這般的。暗中送錢米給人家的事，我師父雖有做過，但是因爲這種舉動，究竟太驚世駭俗了，每每弄得一地方的人，都相驚是狐仙幫助人；也有說是出了義盜，劫富濟貧的，反害得那地方的官府，派捕探查訪，四處騷擾。我師父才知道那辦法不妥，改了由本地的大叢林或大寺觀出面，託名某施主放賑結緣，我師父自己不出名，所以外邊無人知道。「那年到山東濰縣，託崇福寺的道因方丈放賑。我和師父都住在崇福寺裏。寺裏有八九十個和尚，一切放賑的事務，都由那些和尚經手。我師父本來靜坐的時候居多，我那時也無事可做。雖是師父規定了我每日得練若干時的武藝，衹因在崇福寺的和尚太多，而來寺裏領賑米的災民，又從早至晚，絡繹不絕，白天簡直沒有地方給我練武藝；衹好趁夜間明月之下，獨自到寺外樹林中練習。

「練了一會，正擇一塊白石坐下來休息。微風吹來，忽覺有一種如響箭破空的聲音，送入耳裏；細聽那聲音，彷彿就在林外不遠。雖一時辨不出那聲音從甚麼東西發出來的，然細心體會，覺得是有人在高處舞弄很長大的兵器一般。心想：這就奇了！難道在這深夜之中，除了我之外，還有趁明月練武藝的人嗎？這種奇怪的聲音，既送入了我耳裏，不由我不查出一個究竟來。遂起身步出林外，跟著聲音找去，才知道這聲音並不在近處。

「借著月色朝發聲的方向看去，祇見東南方一座小山之上，有一所廟宇形像的房屋，周圍都是青蔥樹木。那奇怪的聲音，還一陣一陣的從那房屋裏面發出來。我一時興起，也不問那房屋是何人居住的，提起精神來，一口氣跑上了那小山。走近房屋的大門一看，原來果是一所廟宇：大門上懸掛著白石黑字的大匾額，乃是『玄帝觀』三個大字。大門緊閉，從門縫裏向內張望，不見有燈火，再聽那怪聲也沒有了。

「卻聽得觀裏有十分細碎的腳步聲。那種腳步之聲，無論甚麼人聽了也得詫異！因爲平常人的腳步聲，決沒有輕細到那般模樣的！從門縫裏張望不出甚麼形跡，祇得縱身上了牌樓。喜得我不敢魯莽，輕輕的伏在簷邊向觀裏一看，祇嚇得我險些兒叫出哎呀來了！這夜的月色，本來分外光明，照得神殿前面一方縱橫四五丈的石坪。石坪之中，有一個道人，正在練拳。你說：那道人的身體有多少高大？」

劉金萬聽到這裏，忽見余八叔問他，即隨口答道：「有七八尺高嗎？」

余八叔搖頭笑道：「還不到一尺高。但是雖小得和初出世的小孩一樣，頷下卻有一部鬍

鬚，神氣也像是很蒼老的。小小的一件玄色道袍，兩袖和下襬都用繩紮縛起來。明月之下，可以看得非常仔細。我當時料想這必是一個妖怪，那裏敢高聲出氣呢？兩眼不轉睛的，看他所練的是甚麼拳？看不到幾下，便看出這妖怪的拳法，神妙驚人！

「約莫練過十多手，更顯得奇怪了，那妖怪的身體，已不似初見時那般小了，約有一尺五六寸高，道袍也跟著長大了些。又看了十多手，那身體又長大幾寸了，越練越長大，一會兒就與尋常人的身體無異了！他還不停歇，身體也不住的放大；轉眼之間，已高到一丈以外，眞是頭如巴斗，腰大十圍！

「我的膽量，自信也非甚小，然看了這種怪物，不由我不害怕，祇是又捨不得不看，就此走開。心裏惟恐被這怪物察覺，暗想：他萬一知道有我在這裏偷窺，存心與我爲難起來，我自問決敵不過他！不料事有湊巧，伏在我身下的瓦，忽然被壓破了一片，咯喳響了一聲。有這一聲響，不好了！

怪物登時停了拳，舉頭向房上望來。幸虧他望的不是我伏的這方，我趁這機會，抽身便跑，連頭也不敢回的逃下了小山。聽背後沒有追趕的聲音，方敢回頭望山上，沒有動靜，回到崇福寺睡了。

「次日將夜間所見的情形告知師父。我師父似乎吃驚的樣子，說道：『好險，好險！那老道是李成化呢！修眞之士都稱他爲魔王。你敢去偷窺他嗎？他是殺人不眨眼的！』

「我聽了，也吃驚問道：『李成化既是修道的人，怎麼不戒殺呢？弟子其所以害怕逃跑，乃因爲不知道他是人，以爲他是個妖怪，所以身體能大小隨心變化。若知道他是個人，並且是修道的，我也不至害怕逃跑了！』

「我師父說道：『你若不害怕逃跑，他倒不至因偷窺了他，便動怒將你殺死；就爲你逃跑得可疑。他如果動念殺你，是易如反掌的事，你便能飛也逃不脫！他昨夜不殺你，你要知道他不是因追趕你不上；他必然已知道你是我帶來的徒弟，所以聽憑你安然下山。李成化練會了烏鴉陣，他若是想拿你，也用不著追趕，祇須默念咒語，就可以使你立時眼前漆黑，昏然不辨東西南北！因爲他修道而不戒殺，其行爲舉動，也多與尋常修道的相反，所以一般修眞之士呼他爲魔王。』

「我又問道：『師父認識他麼？』

「我師父道：『我不但認識他，並認識他的師父。他師父更是一個大魔王，可怕之至！』

「我聽了這話，好生歡喜，連忙問道：『他還有師父在嗎？他師父是誰？在甚麼地方？』

「我師父道：『他師父道號鏡清，在今之世，當推他爲外道的魁首。他住在與人世隔絕的冷泉島，自稱長春教主。冷泉島在東海之中，雖非人跡所不能到的荒島，然從來到那島上去的，除卻修眞之士，去那島上採藥，便是尋覔珠寶的大商人，冒險去一二次。因爲那海水之中，時常有如山一般大小的冰塊，奔流而至；與海水一樣顏色，遠望不能見，直到切近才看見時，船已來不及躲閃。一撞在冰塊上，不問如何堅實的船，也必登時粉碎！船上的人落到水裏，在別處可以泅水逃命的；在這海裏，無不即時凍死！因此去冷泉島尋寶的商人，十有九不得回來；若能安然從冷泉島回來的，必成巨富。

「『那冷泉島縱橫不過百里地，島中樹木參天，鳥獸繁殖，丈多高的珊瑚樹，隨處多有。修眞之士到那島上採藥的，多是旋去旋回，少有在島中停留的。因爲島中的鳥獸，比我們陸地的鳥獸高大若干倍，凶悍異常。有一種鷲鳥，大的身重千多斤，就是最小的也有七八百斤，時常與島中的野獸相鬥。一二百斤的虎豹，每每被鷲鳥用兩爪一把抓住頸項皮，雙翅一撲，便將虎豹提上了天空；猛然朝巖石上摜下來，把虎豹摜得骨斷筋折，他才從容飛下，啄食其肉。獸中也有極凶惡的。書上有「如虎添翼」的話，讀書的無不以爲是一句比譬的話；誰知那島上就有生翅的虎，並且是四個翅膀，飛行十分迅速。不過那種四翅虎，在初生數年的時候，飛行和鳥類一般；數年以後，便漸漸飛不動了。何以數年後就飛不動呢？因爲身體太肥大的緣故。

「『在那種孤島之中，一切鳥獸謀食都不甚容易；惟有四翅虎，飛走都迅如疾風。不論甚麼鳥獸，不落他的眼便罷；一落到他眼裏，就成爲他口中的食了！他的食量又大，食飽了就擇地而睡。他所睡之處，常在上邊有樹枝，四周有柴草的地方。飛鳥要侵害他，必驚響樹枝；走獸要侵害他，必踏響柴草。他既被響聲驚覺，鳥獸都非他的敵手，不僅吃不著他，每每倒被他吃了！

「『但是終日飽食安睡，無所事事，於是心廣體胖，身體一日一日的加重！那四個翅膀的力量，因睡得太多，反一日一日的減少，就是四條腿也漸漸的軟弱無力了！到了這種時候，就輪到這些鳥獸來吃他了！他的身體壯大，不是幾隻鳥獸所能吃得完的；一隻四翅虎，常被衆鳥獸啄咬十天半月才死。去冷泉島搜寶的商人，必帶火藥、鳥槍，然僅能將四翅虎驚走，不容易打死！

「『長春教主因貪愛冷泉島的風水好，帶了二十個徒弟來到島中，建造一所長春宮。用法術將所有鳥獸，盡驅到島北，畫立界線，鳥獸不能到島南來。鳥獸之肉，便是他們的食物。他於今男女門徒，各有五十人，都是童男、童女。當他收女門徒的的時候，遍請三山五嶽修道之人，到冷泉島觀禮，我也是被請的一個。當日約了與呂宣良同上冷泉島去。在未動身之前，復遇了幾個女道友，也是受了長春教主邀請，安排前去觀禮的，於是相約一同御風渡海。

「『我們各自心裏猜度，不知道鏡清道人收女徒弟，有些甚麼禮節？雖則憑空猜度不出來，然都逆料鏡清道人以教主自居，由他創立長春教，平日的一舉一動，皆存心留作教下門徒的模範。這番收受女徒弟，多至五十人，不但在他長春教下爲創舉，就是儒、釋、道三教之中，也少有這種前例；並且鏡清道人平時舉動無不奇離，這番不待說必比平時更奇離的了！

「『果不出我等所料，我們到了冷泉島，衹見他教下的五十個男徒弟，身穿一般的綠色道袍，頭戴綠色的

道冠，各人雙手捧一白玉如意。相離約五六丈遠近，即對立二人，從海邊直到長春宮，和候補官員站班伺候上司一樣。我們看了知道是迎候賓客的，也覺得這種舉動，不是尋常修眞之士所

應有的了。

「『走近長春宮大門，祇見門以內直達內殿有七重廳堂，盡是十五歲以上、二十歲以下的姑娘們。也是身穿綠色道袍，頭戴綠色道冠，與男徒弟一般裝束。也是分左右排班對立，不過每人相離祇有四五尺遠近，各自合掌當胸，沒有捧玉如意罷了。我與呂道兄到的時候，釋、道兩教的人，已到了不少。鏡清道人一一殷勤陪款。所請的賓客都到齊了，排班迎候的男、女徒弟，才分兩邊魚貫而入內殿。

「『這時鏡清道人換了一身極莊嚴華美的道袍，也是手秉如意，率領衆女弟子到殿後一所大廣場之中。來觀禮的道侶，約有五六十人，由長春教下的男徒弟，引到廣場，各就已經陳設的座位坐下。男、女、僧、道，都有分別。我看廣場之中，一字平行的豎著五十個木樁：每樁約有二尺來高，相離也約二尺來遠。木樁上邊是削尖了的，每一個木樁兩旁，安放泥磚兩塊。在座的賓客，看了這種布置，沒一人能猜出這些尖木樁有何用處。五十個女弟子，依著木樁的位置，也是一字排開的立著，好像一一靜候號令的樣子。

「『鏡清道人巍然端坐在一座高台上，顯著一種十分莊嚴的神氣。高聲對台下的女弟子，說道：「你們小心聽著：凡入我教下的人，不問男女，須具有三種資格，缺一便不能列我門牆。那三種資格呢？第一是不怕死：你們要知道世間使人欽仰的大事業、大人物，都是因不怕死三字做成功的；甚而至於連自己的性命都不顧了，一心一力的以赴各人所期，我可斷定沒有不能成功的事業！你們將來成仙了道，就全在不怕死三字上努力。你們自問果能不怕死麼？」這一句話問出，下邊嬌滴滴的聲音齊答道：「能！」鏡清道人點頭道：「我倒要試試你們！」』」

不知鏡清道人如何試法？且待第一一一回再說。

第一一一回　試三事群賓齊咋舌　食仙桃豎子亦通靈

話說：劉金萬聽余八叔說到這裏，覺得津津有味，忍不住忙問道：「鏡清道人究竟怎樣試這班女弟子呢？」

余八叔笑道：「你別著急，讓我慢慢說下去。老實對你說，我當時聽我師父說這段事情時，我也覺得十分有趣，很欲一知其下文呢！

「那時我師父又續說道：鏡清道人說了我倒要試試你們一句話後，便又舉起眼來，好像對著廣場中那些木樁望了一望的樣子，然後接著說道：『不怕死三個字，祇輕飄飄的一句話，原是人人會說的。可是到了緊要的關頭，能不能實踐這句話，卻要瞧這人的定力如何了！定力如果不堅，那是一到此時，就會退縮下來，弄得求死不成，反要遭人恥笑；這人的一生，也就完了！

「『我如今欲於倉卒間，試你們究竟怕死不怕死，確不是件容易的事情；所好的，我已把試驗的器具預備好了！你們瞧，在你們每人面前，不是都植著這們一根木樁麼？現在，我以一、二、三為口號；喊一字時，你們都得走上前去，用兩足分踏在木樁旁那兩塊磚石上；喊二字，齊把身子俯了下去；等到我三字一出口，大家須把頸項湊向木樁的上邊，越湊得下，湊得緊，越顯得出不怕死的精神！

「『可是木樁的上邊，是削得很尖的；當你們死命的把頸項湊上去，說不定要刺破你們的咽喉，傷害你們的性命！不過倘能如此而死，你們不怕死的精神是顯了，你們的靈魂也一定很是安逸呢！我現在再問一聲：你們也願試一下麼？』這話說後，下邊又是一陣嚦嚦鶯聲，齊道一聲願。

「我見了這種情形，倒起了一種感想，以為不怕死果然是絕好的一種精神，能建大事業，成大人物在此；能成仙了道，得證善果也在此；不過這種精神，要在偶然無意中顯露出，方是可貴。像這樣的當著大衆試驗起來，未免出自勉強，有點不近人情了！再瞧瞧衆道友時，似乎也與我有同一的感想，祗是大衆的眼光，仍一眼不霎的，望著廣場中，急欲瞧他一個究竟。

「這時鏡清道人已喊了聲一，下邊一班女弟子，果然齊趨木樁之前，在兩塊磚上分站著了；鏡清道人便又喊了一聲二，衆女弟子齊把身軀俯了下去；於是鏡清道人又很嚴肅的，振著喉嚨喊道：三！這眞是最吃緊的時候了！我和一班道友，更是眼眈眈的望著他們，暗忖流血慘事，就要現在目前了！這般尖的木樁，刺入了咽喉中，人是血肉之軀，怎能受得住？正不知內中有幾個人，要立刻化為異物呢！

「這班女弟子，卻眞是勇敢得很！一聽這聲號令，竟甚麼都不顧了，一點不躊躇的，把頸項向木樁緊湊上去；直至木樁直貫咽喉而過，把個尖兒露在外面，卻寂靜異常，連一聲呻吟之聲都沒有！這一來，眞使我們驚駭極了！有幾位道友，心腸仁慈一點的，竟禁不住低喊起來，以爲咽喉已成對穿，這班女弟子的性命，一定是不能保的了！

「誰知正在此時，卻又見鏡清道人很莊嚴的一笑，朗聲說道：『你們這班人很是不錯！不怕死的精神，總算已是顯出來了！現在且把身子仰起來罷。』說也奇怪，衆女弟子一聽此語，眞的將身仰起，好似十分輕便；那些木樁，也一點不留難的，從頸項中脫卸出來了。再瞧瞧他們的咽喉，不但沒有一點血跡，連創口也不露見一個！這時他們雖沒有瞧見自己的形狀，也沒有用手去撫摸一下；然而他們依然是好好的，也沒有感受到一點痛苦。這是他們自己當然知道的，所以不由自主的，露出一種驚駭之色，似乎有點不自信的樣子！

「祇是我到了此時，卻恍然大悟了！這定是當那緊要的時候，鏡清道人曾暗暗施了一種甚麼法術，所以能化險爲夷，化危爲安；否則這班女弟子也是尋常血肉之軀，並沒有甚麼道力，怎能禁得起這木樁的貫刺咽喉呢？

「卻又聽得鏡清道人朗聲說道：『你們不要驚駭，這是沒有別的緣故，完全是神靈在暗中呵護呢！從此你們可以知道，能夠不怕死，倒可於死中求生；一怕死，那死神反就跟著你，準死不得活了！現在第一種資格，你們總算已經有了，便要講到第二種資格，那就是不怕痛！你們自問也能辦得到麼？』下邊又是石破天驚的，齊喊一聲能。

「鏡清道人又續著說道：『講到不怕痛，比起不怕死的精神來，果然不及多了，不過死的時間是絕短的，痛的時間是較長的。一般視死如歸的，祇要一死便了，更受不到別的甚麼痛苦；至於創痛加到身上，那非待創平痛止，不能脫去痛苦，似乎比死的況味還要難受了！所以講到實在，不怕死還是容易，不怕痛反比較的有點爲難咧！在我們一般學道的，任何痛苦必須都能受得，方有成功之望；故這不怕痛三字，更是一個很重要的問題。現在你們既然都答稱能夠辦到的，我倒又要試試你們咧！』說到這裏，又回向一班男徒弟立的地方，說道：『你們快把剛才預備好的那架火爐抬了來。』即有四個男徒弟，一齊噭的應了聲，趨向內屋。不到一刻工夫，便把一架大火爐抬了出來，放在廣場之中。

「只見有幾十柄像烙鐵一般的東西，深深的埋在火中燒著，衹留一個柄在外面。鏡清道人便又向那班女弟子說道：『現在我便要試驗你們一下了，仍聽我的口令行事。我第一聲令下，你們須得捲起衣袖，將臂高高露出，齊趨火爐之前；第二聲令下，各持烙鐵一柄在手，回歸原位；等到我第三聲令出，就得將這烙鐵，各向自己臂上烙去。一不許有畏縮之狀，二不許有懼怯之色，三不許有呻吟之聲。須待我命你們將烙鐵取去，方算了事，這才顯得出你們那種不怕痛的精神了！』

「我當時聽了這話，覺得這又是一種殘忍的行為；在義理上講來，總嫌有點詭而不正咧！再瞧瞧那班女弟子時，臉上卻露著坦然自若的樣子，好像甚麼痛苦都不怕，一點不以為意似的。等到鏡清道人二聲令下，他們各人早持著一個烙鐵在手，由爐邊又重新回到原位了。那烙鐵燒得紅如炙炭一般，一烙上去，怕不皮焦骨炙，連旁邊瞧的人，也見了有點寒心；然而那鏡清道人忍心得很，竟一點不猶豫的，又喊了一聲三。

「這班女弟子，便不顧死活，忙把烙鐵向臂上烙去。你想，臂肉是生得何等的嫩，這烙鐵又是燒得何等的熱；兩下一觸，早把玉雪似的臂兒，炙成焦炭一般！這時憑他們怎樣的勇敢，也有些受不住，臉色都痛得由紅轉白；然也衹是咬緊牙關，勉強忍耐住，決不聞有些微呻吟之聲，更不見有一個人敢擅自將這烙鐵移去的！這時不但我們暗讚這班女弟子的勇敢，連鏡清道人瞧了這種情狀，似乎也很爲滿意了，也便發了一聲口令，終止了這幕慘劇；然烙鐵觸處，早已有了一個不可消滅的焦印，永遠留在各人的玉臂上了。

「鏡清道人便又很高興的說道：『你們果是不錯，這第二種資格，也可以算是有了，現在便要講到那第三種資格。你們道那第三種資格是甚麼？那便是不怕羞！』這話一說，倒使一班女弟子一齊呆了起來，頓時露出一種驚疑之色，不比以前二次聽他吩咐的時候，那樣的神色自若了。

「鏡清道人由這臉色上，似乎也已知道了他們的意思，便又說道：『你們不用驚疑！講到這個羞字，實不可一概而論，其間也有分別。譬如：做了甚麼不道德的事情，或是虛生一世，一點正事也沒有幹，這原是可羞的；至於尋常女子所以爲怕羞的事情，其實是一點不足羞的！你們如果也脫不了這種舊習慣，那是大足爲學道時一個大障礙了，所以我要把你們試一下呢！你道怎樣的試法？便是我一聲令下，你們須當著大衆，脫去衣服，把上身裸著咧！』衆女弟子一聽這話，臉上更覺有點不自在了。

「鏡清道人早已窺見，不等他們有甚麼答語，便又正色說道：『人的身體，受之父母，原是清清白白的，有甚麼不可當著大衆袒裸的道理？如果存著怕羞的意思，那他們的存心，倒反不可問了！我們一班學道的，更不能有下這怕羞的心思。因爲一學了道，甚麼困苦都得受的；

萬一到了沒有衣服、裸著身子的時候，如果只一味的怕羞，不向前途努力，那還有成功的希望麼？所以我把不怕羞列爲第三種資格。你們如願列我門牆的，總得有下不怕羞的工夫。如今也願試一下麼？』衆女弟子被他這們一說，果然說得頑石點頭，一個個把成見消除了，又是一陣嚦嚦鶯聲，齊答道：『願！』

「可是這一來不打緊，我們這班在旁觀禮的，倒覺得有些侷促不安了！暗忖：一班妙齡女子，當著這許多人，上身脫得赤裸裸的，這是成何體統？在鏡清道人，縱然不算是甚麼羞恥的事情；在他們自己，也不算是甚麼羞恥的事情，然而教我們怎能瞧得入眼咧？正在十分爲難之際，鏡清道人卻早已發了一聲令，那班女弟子便解去衣鈕，寬去衣衫，預備將那清白之軀，呈露在人前了。

「我和一班道友，那忍去瞧視他們？正想將頭別了開去，不料在這間不容髮之際，忽見鏡清道人將手一揮，一聲大喝，天地立時變色，原是白日杲杲，忽然變成長夜漫漫，伸手不辨五指了！便又聽得鏡清道人在黑暗中朗聲說道：『好極，好極！你們總算把不怕羞的精神，也顯露出來了！不過在這許多貴賓之前，如果眞是赤身露體的，未免太不恭敬了；所以我在緊要的當兒，特地略略施了一點法術，把日光遮蔽了去。現在你們趕快仍把衣服穿上罷！』這話說後，只聽見衆女弟子嗷的應了聲。

「不到多時，又聽得鏡清道人一聲的喝，天地立時開朗，依然白日杲杲；那班女弟子，仍是衣冠楚楚的，立在廣場中咧！於是鏡清道人含笑說道：『如今你們三種資格已全，可以列得我的門牆了，不過我教中尚有三戒，也最絕重要的！第一是戒犯上，第二是戒犯淫，第三是戒貪得。你們此後須謹謹遵守，不可背越！』衆女弟子又是唯唯應命，遂行了拜師大禮。至此，這收女弟子的煌煌大典禮，總算是告成了；三山五嶽前來觀禮的道友，也就紛紛辭歸。從此我對於這鏡清道人，覺得他是可怕之至，眞可算得是當世一個大魔王咧！」

余八叔說到這裏，略停一停，方又道：「這都是我師父當時對我說的。我聽了以後，也覺得他非常的可怕；更想到李成化既是他的徒弟，定也是一個了不得的人物！上一夜我去偷窺他練拳，幸虧他沒有和我認眞，否則眞要不堪設想呢！」

劉金萬聽了，又問道：「但是這鏡清道人怎麼到這冷泉島去的？又怎樣把這些鳥獸驅逐了去？你師父也曾對你說過麼？」

余八叔說道：「這倒是和我說過的。不過事情說來很長，一時間萬萬講不完。你如果愛聽時，可以到我舍間來，我總得一樁樁的講給你聽呢！」

劉金萬一瞧酒席已是吃殘，時候也已不早，這席話果然講得太長一些，再也不便講下去了；就也把頭點點，即同余八叔，別了周保正及陪席的一班紳商，各自分頭回家，不在話下。

至於劉金萬後來究竟曾否去到余八叔家中，詢問鏡清道人種種的軼事，我們且不去管他。不過，鏡清道人在這部書中，也可算得是個了不得的人物，總得把他的歷史敘上一敘。

且說：鏡清道人本姓沈，小名牛兒，生長在山東濰縣金雀村中。自幼不識不知，愚蠢異常。到了十四歲，還是一點人事都不知道。家中人皆不喜他，因此也不教他讀書，也不教他做甚麼事，衹教他驅了一頭牛，天天到野外去放牧。這明是厭棄他，不要他在家裏的意思，他倒很是高興！

有一天，還不到晌午時分，腹中忽覺飢餓起來。但是瞧瞧曬在地下的日影子，似乎還沒有到吃飯的時候；明知回家去也是沒得飯吃的，說得不好，或者還要受家中人一頓臭罵，便想先摘幾枚野果來充充飢。

抬頭望處，忽見南面一棵桃樹上，結了有幾枚碩大的桃子，紅豔豔的，煞是可愛，倒不覺暗吃一驚。心想：這桃子怎麼結得如此之快？這棵桃樹，我昨天還尙向他望上一望的，連一個小小的毛桃子都沒有；想不到一夜之間，就有這些又紅又大的桃子生出來了！但他素來是瞢瞢騰騰的，凡事不求甚解；加之這時腹中飢得可憐，只望採些果實來充充飢，所以對於這桃實速成的問題，也不暇去研究。不管三七二十一，即爬上那棵桃樹上去，把上面結的三枚桃子，一齊採摘下來，食在肚中了；衹覺入口之際，汁多味美，甜香非凡，較之尋常吃的桃子，眞有天淵之別咧！

可是這三枚桃子吃下肚去不打緊，卻把他完全改了樣子了。他素來是十分愚蠢的，如今卻變成聰明了；素來是一字不識的，如今卻能寫能誦了！然而也有一樁不如意處：從前是每天除了吃飯睡覺之外，就是牽了一頭牛到野外去放，渾渾噩噩，覺得很是舒服；現在卻不然了，心中覺得非常悶損，像有件甚麼事情沒有得到解決似的，但又不能說出究竟是件甚麼事；因之雖仍是照常去放牛，祇是懨懨悶坐，也無心去照顧那牛。誰知有一天，卻輕輕易易的，把他這個問題解決了！

祇聽耳畔好像有個人喚著他的名兒，向他說道：「牛兒，你不要氣悶！你的心事，我都知道。你不是看破塵緣，想從個名師，修仙學道麼？那我就是你的師父，不久你就可到我那裏去，從我學習大道呢！」

這時的牛兒，已不比未吃桃實前的牛兒了，早已有下仙根。一聽得這幾句話，居然立時解

悟！知道被他一語道破的，他自己所憂愁悶損，以爲未能解決的，確便是這修仙學道的問題。當下連忙跪了下來，恭恭敬敬的叩了三個頭，方說道：「弟子已蒙收錄，實是出自鴻恩！不過弟子該死之至，尚沒有知道師父的法號，還請明示！」

祇聽得空中哈哈一片笑聲道：「你要問我法號麼？我便是東漢時的薊子訓，道號銅鼎眞人。遁跡在這西面的白鳳山上，也有幾千年了。這裏的這棵大桃樹，是我手植的，雖比不上西池王母那邊的蟠桃樹，然而也是仙種，須五百年一結實。我也就定下一個規律，也是每閱五百年收一次徒弟；並以桃實爲標準，誰吃了我這桃實，誰就是我的徒弟！昨天結成的那三枚桃實，偏偏沒有被別人吃得，卻被你吃了去；這是你的緣法已至，和我合有師徒之分咧！」

牛兒恭聽了這番訓諭，忙又說道：「師父既是如是說，那麼，快求師父度我去罷！我是急於學習大道，在這塵世中，一刻工夫都不耐居住呢！」

銅鼎眞人又在空中說道：「你不要性急！我既收了你做徒弟，終要度你去的，不過現在尚非其時。你從今天起，且正著心，誠著意，每天不住的向這頭牛拜著，但不可被人瞧見；拜得這牛通了靈性，自會馱起了你，送到我住的所在呢！」說完這話，又說了一聲：「我去也！」空中即寂然無聲了。

牛兒謹識於心。從這天起，窺著無人的時候，便正心誠意，很虔誠的向這牛拜著，並把遇仙一節事隱祕著，不向別人說起。可是這樣的拜了不少時候，這頭牛依然是蠢然的一頭牛，只會吃草拉屎，一點沒有甚麼通靈的表示。倒害得他發急起來，向著這牛泣道：「牛啊，牛啊！我這樣天天的向你拜著，你怎樣仍舊一點靈性都沒有，不肯馱我到師父那裏去呢？難道師父的說話是騙我的麼？還是嫌我不虔誠呢？如果再是如此下去，死的日子也快要到了，還有求道的希望麼？」

說也奇怪！這頭牛一聽這話，竟抬起頭來，向他望上一望，口作人言道：「哦！你要我馱你到你師父那裏去麼？那你何不早說，我又不是你肚裏的蛔蟲，怎麼會知道呢？怪不得你天天向我求拜，原來爲的此事，我倒正在有些疑惑不解咧！」

牛兒聽這牛居然會說起話來，自然十分歡喜，便又說道：「牛啊，牛啊！你居然通靈了！如今閒話少說，快馱我到師父那裏去罷！」這頭牛將頭點點，便把身子俯了下來；牛兒即跨上牛背，喊道：「走罷！」這牛就展開四蹄，騰雲駕霧一般，向前面飛快的跑去了。一會兒，奔上了一座山崗，穿林越坡，直向山巔馳去。

也不知走了多少道路，經了多少時間，這牛因爲走得太快了，忽的蹄兒向前一蹶，一個倒栽蔥，將牛兒跌下地來；幸喜沒有跌傷，身上並不覺痛。略一定神，舉目瞧時，和他相依爲命，馱他來到此處的那頭牛，早已跑得不知去向了，他自己卻臥在一座峭壁之前。

這峭壁險峻異常，高插雲表，而上面童童然的，一點樹木都沒有，望之更覺森然可畏！他不免暗忖道：「我師父究竟住在那裏呢？這峭壁上望去一所房屋也沒有，一定是不對的！大概還在這峭壁的後面罷？」他因立起身來，沿著峭壁走去。

將近邊緣的時候，忽聽得一派繁碎的聲音，從壁後發出來，不覺暗喜道：「對了，對了！我師父一定就住在這附近了！這大概是他老人家彈琴的聲音罷！」等得他飛快的轉到壁後，祇舉眼一望時，不免又大大失望！原來祇是一道飛泉，在那裏淙淙響著，那有甚麼人彈琴呢？

再向峭壁上下望去，也和前面一樣，不見有一所房屋。於是他又廢然踅了回來，對著這座峭壁呆望。心想：這蠢牛眞誤事！竟把我馱到這荒山中來！如今來得去不得，怎麼是好呢？不過瞧我師父那樣子，也和神仙差不多，難道會不知道我到這裏來麼？

一念未已，忽聽銀鐘般的一派聲音，在山谷中響動道：「牛兒！你來了麼？好！你不用疑處，我在這裏呢！」牛兒一聽，知是師父銅鼎眞人對他說話，不覺十分歡喜！連忙跪下，叩頭道：「不錯！弟子來了！如今請師父快現法身，領弟子到洞府中去罷！」

只聽銅鼎眞人笑著，說道：「我也沒有甚麼洞府，就住在這峭壁中，向來不喜人家入內的，也不喜和人見面。你旣來到此處，就在外面住著。我且賜你一個道號，喚作鏡清；牛兒這個小名，以後可捐去不必再用了。並賜你神經一卷，讓你朝夕練習，以爲入道之初步。」鏡清細辨他這聲音，果是從峭壁中發出來的；但用眼光細細瞧去，卻不見壁上有一線的裂隙，倒猜不出他師父是怎樣出入的？

正在這個時候，忽聽砉然一聲，便見那峭壁間裂開了一條小縫，就有一卷書擲了出來。跟著又是一聲響，那峭壁仍密闔如故了！隨聞銅鼎眞人說道：「你且照著這册書中所載的，先習練起來罷。俟你全能領悟時，我自會再以他種道術授你的！」鏡清叩頭謝了恩，然後去拾起了此書。只見上面署著幾個古篆道「神經第一卷」。翻開書來一看，前面載著些辟穀導氣的方法，後面乃是講的幾種防身拳術，中間變化很繁。從此鏡清便在這荒山中，安心住了下來，朝夕把這兩件事來習練。

久而久之，果然能辟穀卻食，而於這些拳術的變化，也居然十解八九。當他練習的時候，銅鼎眞人雖未曾露過一次面，然而好像在旁監視著似的；一等到鏡清已能將這第一卷書完全領悟，便又聽得他二次發言，又把神經第二卷相授了。這第二卷書中所載的，卻是些降龍伏虎、役鬼驅神的方法，也是學道的一種看家本領。跟著又是第三卷，乃是講用了甚麼法術，可以呼風喚雨；用了甚麼法術，可以倒海移山。到第四卷，是講到奇門遁甲諸般變化了，倒也不是件容易的事情！跟著就講到飛劍殺人之方，吐氣殪敵之法；這算是第五卷了。一口劍，要練得倏長倏短，吐納自如；一股氣，要練得倏遠倏近，神化無方，實在很是煩難，非下苦功不可！再練上去，是第六卷，便研究到如何駕雲御風，如何燒鼎鍊丹。學道者到了這步工夫，差不多已成了半個神仙！可是練習的方法，到此已略略有些改變了，從前是注重在這動的方面，現在卻注重在這靜的方面。

因此在這第七卷中，便講到養性修心、脫胎換骨上面去，是完全在靜字上用工夫的。然而遇著鏡清，卻是喜動不喜靜的；這第七卷的工夫，剛剛只學到一半，就生起厭心來，沒有先前這們的勤敏了。暗想道：「這荒山中，雖沒有甚麼時歷，不知我來到這裏，究已過了多少年？然而時候總已是很悠久的了！如再這樣下去，學到何日爲止呢？而且就我現在已學得的這幾種本領講，就是走到外面去，自問也很足對付一切了！」

誰知，這銅鼎眞人最是通靈不過的，他剛想到這裏，早被他老人家知道了！即聽得在峭壁中發出聲音來道：「唉！我原望你循序而進，學成正果的，不料你忽然起了這種念頭，這明明是緣法已盡！照我的規律講起來，再也不能留你在這裏了；不過替你想來，實是可惜得很！你如果再能安心學上去，上界眞仙雖不敢望，一個地仙，總可以穩穩做得到的！不是比這們半途而廢，祇會些小巧法術的，強得多了麼！」

鏡清聽了，倒又有些後悔起來了，忙跪下哀求道：「這是弟子一時的妄念，不好算數的！現在已知懊悔，總安心學習上去，不聞大道不止就是了！請師父可憐我，大發慈悲之心，仍留我在這裏罷！」

銅鼎眞人笑道：「這話說得太容易了！須知我們學道的，最重的是緣法，最忌的是勉強！你剛才已生下厭倦之心，被我這番話一說，方又後悔起來，情願仍在此安心學習，這已是出自勉強的了！就是我仍允許留你在此，也一定不能再學到甚麼的，所以還是請你趕快下山罷！不過話又說回來了，想不到我收了幾次徒弟，最初都是十分高興的；一學到了這步工夫，便都厭倦起來，總弄得一個半途而廢！這眞可歎之至，很足使我灰心呢！」

說到這裏，忽然一陣風起，把放在鏡清面前的那神經第七卷，向空中吹了起來；跟著這峭壁上起了小小的一個裂隙，把來收了進去了。便又聽銅鼎眞人接著說道：「現在你也不必留戀，趕快就下山去罷。不過我這裏又有個規律，凡是跟我學道的弟子，如有半途而廢，須要把他驅逐下山，不許片刻逗留！你得仔細提防著，這種驅逐的方法，說不定很是暴烈的咧！」

鏡清聽他師父說得如此決裂，知道是不能再留的了，忙又說道：「弟子實是該死，不應忽起妄念！師父要把弟子驅逐，也在情理之中，弟子一點不有怨恨的！不過自蒙收列門牆以來，祇時時聞到訓誨，從沒有拜見過尊顏，私心常引為缺恨！現在師弟們快要分別了，如能許見一面，弟子雖死無憾！」

銅鼎眞人道：「這話倒在情理之中！等到你下得山去，我自和你相見便了！」

一言未了，忽聞一聲狂吼，即從峭壁後躥出一頭斑斕大虎，直向他跪的地方撲來。他一見，就知道這虎是師父派來驅逐他的，在理不便和虎抵抗！忙立起身來，向著山下便走。誰知他連讓了三次，這虎竟向他連撲了三次，仍一點不肯放鬆！不免暗想道：「這如何是好？莫非師父有意要試試我的本領麼？」當下忙回轉身來，口中念動伏虎咒語；又戟指指著那虎，喝道一聲：咄！

說也奇怪！這猛烈無比的一頭虎，被他這們一喝，立時蹲伏在地，變成一塊頑石了！他正自十分高興，忽覺異腥撲鼻，又有一件東西，倏的飛到他的背後，把他身體纏著了！他忙回頭一看，不免大吃一驚！原來一個毛毿毿的龍頭正對著他，把口張得很大，似乎要把他吞了下去咧！

他這時也不暇顧念甚麼了，忙又念動降龍咒語；跟著又是一聲大喝，並把身子用力的一抖動。這一抖動不打緊，早把那龍摔得不知去向！卻在前面橫見一道大海，濤聲澎湃，聽去很足生怖！他暗想：這道海是在這一瞬間發現的；而他當日來的時候，也未瞧見有此海！大概又是師父弄的神通，來試我的本領罷！他想到這裏，即向四下一望，便在地上拾起了一塊小小的泥土，向著海中一撒，喝道一聲：水退！立時間，水果平了，泥果漲了，又成了一塊平地，鏡清便又安然走了過去。

可是還沒有走到十多步，突的有件黑魆魆的東西飛了來，成了一座小山，又把他的去路堵住了！他見了，倒不覺暗自好笑道：「你能教這小山飛來，難道我不能教這小山飛去麼？」隨即施展法術起來。衹見他用手輕輕一指，這座山又是齊根而起，呼呼的幾聲，飛去得無影無蹤了！

可是，當他再向前進時，忽又見一群青面獠牙的惡鬼，怪聲四起，把他圍了攏來。暗想：這倒有點不易對付。還是用飛劍掃除他們罷！即從口中把飛劍吐出，向四周掃射過去。不到一刻工夫，早把這群惡鬼殺得東倒西跌；衹餘下一個大鬼，好似這群鬼中的領袖似的，窺個空，向上一躍，即有兩個翅膀，從他身旁伸了出來，逃向空中去了。

鏡清這時已殺得有些興起，那肯放他逃走？也就駕雲而起，追在後面。一壁逃，一壁走，也不知經過了多少時候，看看快要追及了，忽又從旁邊閃出四個人來，都生得身長巨丈，腰大十圍；一般拿著長大的兵器，惡狠狠的凝著他，攔住他的去路，不是四尊凶神是甚麼呢？

鏡清藝高人膽大，倒一點沒有畏懼之心，忙凝一凝神，對著他們口一張動，即有一股紫氣直射出去。這股紫氣好不厲害，一射到這四尊凶神身上，早使他們滅卻銳氣，減卻威風，一個個立腳不穩，在雲端中跌下去了！惹得鏡清哈哈大笑，也就降下雲頭；到得平地一瞧，卻已到了山下。

正在這個時候，忽聽有人在後面喚著他的名兒。忙回頭一瞧時，只見山腳下，立著一個巨人，大與山等，高與山齊，恰恰把這山峰遮著了；正笑嘻嘻的望著他，好像要和他說話的樣子，倒又把他嚇了一大跳。

不知這個巨人是誰？且待第一一二回再說。

第一一二回　工調笑名師戲高徒　顯神通酒狂驚惡霸

話說：鏡清回頭看時，只見山腳下立著一個巨人，大與山等，高與山齊；含笑向他望著，一時猜不出他是鬼是怪，倒不覺吃了一驚！正在這驚疑不定的當兒，卻聽那巨人含笑說道：「鏡清，鏡清！你眞愚騃得很！怎連師父都不認識麼？但是這也怪不得你，你雖從我學道這多年，卻從來沒有和我見過一面呢！」

鏡清這才知道這巨人就是他師父銅鼎眞人的化身，慌忙跪下行禮道：「恕弟子愚昧！沒有拜見師父尊顏的時候，一心想和師父見一見；如今見了面，卻又不認識了！祗可惜弟子緣淺之至，剛一瞻拜師顏，爲了種種因緣，又不得不立刻和師父分手了；還請師父訓誨數語，以便銘鐫在心，隨時得所遵循！」

銅鼎眞人道：「你要我對你訓誨幾句麼？這是不必待你請求，我也頗有這番意思的。否則，從沒有見過面的師弟，就是永遠不見一面，倒也不著跡象，今天又何必定要見這一見，不是有點近於蛇足麼？如今你且聽著：你在我門中學道，雖是半途而廢，沒有得到正果，但祗就你所學得的這些本領而論，已是大有可觀；除了一般成仙得道者之外，在這塵世之中，也就找不到幾個人可以和你抗手的了！可是如此一來，將來你的一切行動，就更要十分出之愼重，一點兒戲不得！

「倘能走到善的一條路上去，果然可以打倒世間一切的妖魔鬼怪，做一個衛道的功臣；萬一弄得不好，竟走到惡的一條路上去，那世間一切的妖魔鬼怪，就要乘此機會，陽以歸附爲名，陰行蠱惑之實，把你當作他們的一個傀儡，你就不由自主的會成了旁門左道中一個首領。換一句話說，也就是吾道中的一個罪人了！而且善與惡雖是立於對等的地位，然而爲惡的機緣，每比爲善的來得多；爲惡的誘引力，每比爲善的來得強。倘不是主意十分堅決的人，就會誤入歧途中。所以我望你對於這件事，以後更宜刻刻在意，一點錯誤不得！

「倘使到了那時，萬一你眞的入了歧途中，做起一班妖魔鬼怪的領袖來了，這在我固然有方法可以處分你、懲治你；只要我把主意一決定，略施一點法力，你就會登時失了靈性，你所學得的種種本領，就立刻歸於無用了！不過我在最近的五百年中，祇收了你一個徒弟，你在我門下學道，也經過了不少的年數，並不是怎樣容易的；因此，非至萬分無奈的時候，決不肯下這最後的一步棋子。而我在這和你將要分手的時候，這樣的向你千叮囑、萬囑咐，深恐你誤入歧途，也就是這種意思啊！」

鏡清忙道：「這個請師父放心，我總拿定主意，不負師門期望便了！倘若口是心非，以後仍舊誤入歧途，任憑師父如何懲治，決無怨尤！」

銅鼎眞人道：「如此甚善！你就向這軟紅十丈中奮鬥去罷！」說完，衣袖一拂，倏忽間形像都杳，化作輕煙一縷，吹向山中去了。鏡清又恭恭敬敬的，向空中叩了三個頭，方始立起身來，辨認來時舊路，向金雀村中行去。

誰知，到得村中，卻不勝滄海桑田之感了！父、母、兄、嫂，都已去世，由姪輩撐持門戶。因爲暌隔了有五十年之久，而姪輩中，又有一大半，還是在他上山後出世的，故見面後彼此都不相識。至於村中一班的人，更是後生小子居多，沒有一個能認識他的！好在鏡清學道多年，塵緣已淡，倒一點不以爲意，也就不在村中逗留，逕向縣城行去。

可是關於他的將來，究竟應該如何進行？卻已成了一個亟待解決的問題。他不禁暗想道：「我對於學道一事，雖已半途而廢，成仙證道，此生是沒有甚麼希望的了；但是究已被我學會了不少本領，難道我從此就隱遯下來，把這一身本領一齊都埋沒了麼？這未免辜負了我多年學道的苦心了！然欲這身本領不至埋沒，除了開場授徒，實在沒有第二個好辦法！」於是，他就在濰縣租賃了一所屋子，掛了塊教授武藝的牌子，開始授起徒來。

山東本是一個尙武的地方，素來武士出產得很多，一班少年都喜歡練幾手拳腳的。聽得他開場授徒，自然有人前來請業，倒也收了不少門弟子。但是這個風聲傳出去不打緊，卻惱怒了一個人；這人不是別人，便是那老道李成化。暗想：在這濰縣周圍百里之內，誰不知道我李成化的威名？隱隱中這濰縣差不多已成了我的管轄區域。凡是江湖上人要在這濰縣賣藝的，總得來拜見我，掛上一個號。好大膽的這個不知何方來的野道，竟一聲招呼也不向我打，便在這裏開場授徒了！這不是太瞧不起我麼？當下，氣憤憤的，帶了一把刀，就一個人前去踹場。

但是還沒有和鏡清見得面，早被鏡清的一班門弟子瞧見了；他平日的威名，大家早都知道的，今天見他怒氣勃勃，帶刀而來，更把他的來意瞧科了幾分，忙去報與鏡清知道。

鏡清笑道：「他修他的道，我授我的徒，河水不犯井水，大家各不相關；他有甚麼理由，可以這們其勢洶洶的來找我呢？你們去對他說，我不在家就完了！」弟子們果然依言出去向李成化擋駕，李成化沒法可想，也只得咆哮一場而去。

但是這祇能把他緩著一時，那裏就能打消他踹場的這個意思？所以接著他又去了兩趟，鏡清卻總是回覆他個不在家。到了第四次，李成化可再也不能忍耐了，就當場大吼一聲道：「咄！好沒用的漢子！你難道能躲著一世不出來麼？你既然沒有甚麼本領，就不應該開場授徒！既然是開得場、授得徒，便自認是有本領的了，就應得出來和我見個高下！「如今你兩條路都不走，只是老躲著在裏面，這有甚麼用？哼，哼！老實說，今天你如出

來和我見個高下，或是打個招呼；萬事俱休！否則惹得我性起，定要把你這鳥場打得一個落花流水，休要怪我太不客氣！」說時，聲色俱厲，顯出就要動武的樣子。

慌得鏡清的一班門弟子，一面設法穩住了他，一面忙去報知鏡清。鏡清卻很不當作一回事，哈哈大笑道：「這廝倒也好性子，今天才眞的發起脾氣來了！那醜媳婦總得見公婆面的，也祇好出去和他見一見，不能再推託甚麼了！也罷！你們且去對他說，我就要出來了，教他準備著罷！」

等得鏡清走到外邊廳上，卻已運用玄功，搖身一變，變作了一個長不滿三尺的侏儒。那時不但他的一班門弟子瞧了，覺得十分驚詫；就是那李成化，也暗地不住稱奇：怎麼這開場授徒的拳教師，竟是這們的一個侏儒？這眞是萬萬想不到的！但是這也可算得是一樁新聞，人家以前爲甚麼不傳給我聽呢？

當下，他卻又向著鏡清一陣大笑道：「我道你這炎炎赫赫的大教師，總是怎樣一個三頭六臂的人物，決不是尋常人所能比擬的，萬不料竟是這們一個矮倭瓜！這眞使我失望極了！」

鏡清微笑道：「我也祇借著授徒，騙口飯吃吃罷了！這種炎炎赫赫的頭銜實在出自你的獎借，我是萬萬不敢受的；不過爲了我生得短，竟使你失望起來，這未免太有點對不住你了！還是趕快讓我把身子長出些來罷！」

一壁說著，一壁跳了幾跳，果然立刻長出了幾寸來。這一來，可眞把一班在旁瞧看的人，驚駭住了；尤其是身在局中的李成化，竟嚇得他呆呆的向鏡清瞧著，一句話也不能說！

鏡清卻又笑著說道：「你呆呆的望著我做甚麼？莫非還嫌我太短，仍使你覺得有點失望麼？那我不妨再長出幾寸來！」隨說隨跳，隨又長出幾寸。這樣的經過了好幾次，居然比李成化的身度還要來得高了。

鏡清卻又做出一種絕滑稽的樣子，笑嘻嘻的說道：「呀！不對，不對！我又做了椿冒失的事情了！這生得太短，固然足以使你失望；而太長了，恐怕也要引起你的不滿意的！還得和你一樣長短才對呢！」說著，跳了過去，和李成化一並肩，隨又向下略一蹲，果然短了幾寸，同李成化一樣的長短了。

這時李成化卻已由驚詫而變爲惱怒，厲聲說道：「這算不得甚麼，不過是一種妖法罷了！別人或者被你嚇得退，我李成化是決不會爲了這區區的妖法就嚇退的！如果眞是漢子，還是大

家比一下眞實的本領，不要再弄這丟人的妖法罷！」剛剛把話說完，便抽出一柄鋼刀，劈頭劈腦的向鏡清揮了來。

鏡清一邊閃躲著，一邊仍笑嘻嘻的說道：「你這人也太不客氣了！怎麼連姓名都沒有通報，就無因無由的，向人家揮起刀來呢？」

李成化大吼一聲道：「你別再油嘴滑舌了！我是李成化，外間誰不知道！老實對你說，我今天是特地來找著你的；照形勢瞧起來，你是無論如何，不能躲避的了。眞是漢子，快與我來走上幾合！」

鏡清笑道：「原來你是要和我比武的麼？好，好，好！那你何不早說？不過眞要比武，也得彼此訂定一個辦法。如今還沒有得到對方的同意，你冷不防的就是這們一刀，所謂英雄好漢的舉動，恐怕不是如此的罷？」

李成化被他這們的一詰問，倒也自己覺得有點冒失了，忙道：「你既然肯和我比武，事情就好辦了！如今閒話少說，你要怎樣比，我依你怎樣比便是！不過你不能再在這辦法上，做出種種留難的舉動來！」

鏡清道：「這是決不會的！祇有一樁，我的年歲雖然還說不上一個老字，然比你總大了許多了！如要和你們這種少年人走上幾合，腿力恐怕有些不對，恕我不能奉命！現在我卻有個變通辦法：不如儘你向我砍上三刀，你能把我砍傷，就算是你贏了；如果不能把我砍傷，就算是你輸了！萬一你竟能把我砍倒，不是更合了你的意思麼？不知你對於這種辦法，也贊成不贊成？」

李成化聽了，暗想道：「這廝倒好大膽，竟肯讓我砍上三刀！難道他又有甚麼妖法麼？不過我不信他竟有這許多的妖法，倒要試上一試！自問我這柄刀，能削鐵如泥，最是鋒利無比的；祇要他不施展出甚麼妖法來，怕不一刀，就把他的身子劈成兩半，還待我斫上三刀麼？」當下大聲說道：「好，好，好！我就砍你三刀！不過這是你自己定的辦法，想來就是我萬一的一個手重，當場把你砍死，也只能說是你自己情願送死，萬萬不能怨我的呢！」

鏡清又笑道：「那個會怨你！你有甚麼本領，儘管施展出來便了！」

於是，李成化略略定一定神，覷準了鏡清的胸膛，就是很有力的一刀。滿以爲：這一刀下來，縱不能就把他當場搠死，重傷是一定免不了的了！誰知刀還沒到，眼簾前忽的一陣黑，手中的刀就有點握不住，向右偏了許多；因此祇在鏡清的衣上，輕輕劃了一下，並沒有傷得毫髮！這時李成化倒有點不自信起來了：莫非因為我一心要把他一下砍死，力量用得過猛；同時又因為心情太憤激一些，連腦中的血都衝動了，以致眼前黑了下來，所以刀都握不住了麼？如果真是如此，那都是我自己不好，怨不得別人的！這第二刀，我須得變更一下方法才對！當下，他竭力把自己鎮靜著，不使有一點心慌意亂，然後覷準了鏡清的胸膛，又是不偏不倚的一刀！煞是奇怪！當他舉刀的時候，刀是指得準準的，心是鎮得定定的，萬不料在剛近胸膛的時候，眼前又一陣的烏黑，刀鋒便偏向旁邊了，依然是一個毫髮無傷！

這一來，可把李成化氣得非同小可，立時又大吼起來道：「這可算不得數！大概又是你在那裏施展妖法了！否則，我的刀子剛近你的胸前，為甚麼好端端的，眼前就是一陣烏黑呢？」

鏡清道：「這明明是你自己不中用，不能把我刺中罷了！怎麼好無憑無據的，揑造出妖法二字，輕輕諉過於我呢？如今你三刀中已砍了二刀，賸下的這一刀，如果再砍不中我，可就要算是你輸了！」說完，哈哈大笑。

李成化道：「不，不！這可算不得數，須得再把方法改變一下！如果你肯解去衣服，把胸膛袒露著，坦然再聽我砍上三刀，不施展一點甚麼妖法，那就對了！那時我如再砍不中你，不但當場認輸，還得立刻拜你為師！」

鏡清道：「好，好！這有何難！我今天總一切聽你吩咐就是了！」一壁說著，一壁即解去衣服，把胸膛袒露著，坦然的說道：「請你將刀砍下來罷！這是你最後的一個機會，須得加意從事，再也不可輕易讓他失去呢！」

李成化也不打話，對準了鏡清袒著的胸膛，接連著一刀不放鬆的，就是很結實的三刀。但是，說也奇怪！這三刀砍下去，不但沒有把鏡清穿胸洞腹，而且砍著的地方，連一些傷痕都沒有！再瞧瞧那柄刀時，反折了幾個口，已是不能再用的了。這一下子，可真把李成化驚駭得不可名狀！暗想：我這三刀砍下去，確是斫得結結實實的，並沒有一刀落了空，怎麼依舊沒有傷得他的毫髮呢？這可有點奇怪了！看來他的內功也練得很好，所以能挨得上這很結實的刀子，倒不見得全恃妖法的呢！

正在他這們想的時候，又聽得鏡清一陣的哈哈大笑，向他說道：「如今你又有何說？你的刀子，不是一刀刀都砍在我的身上麼？然而我卻一點兒傷都沒有！這明明是你砍得不合法，太不濟事罷了，難道還能說是我施展甚麼妖法麼？」

李成化到了這個時候，可再也沒有甚麼話可說了。一張鍋底也似的黑臉，漲得同豬肝一般的紅，慌忙把刀丟在一旁，跪下說道：「恕弟子有眼不識泰山，同師父糾纏了這半天！如今也無別話可講，就請師父收了我這徒弟罷，我總赤膽忠心的，跟著師父一輩子，不敢違拗一點便了！」

鏡清這時卻把剛才那種嘻皮笑臉的神氣完全收起，一壁忙把他扶住，一壁正色說道：「你眞要拜我爲師麼？那妖法兩字，當然是不必說，已由你自動的否認了。不過我所會的本領也多得很，像你已是這般年紀，不見得還能一樁樁都學了去。你究竟想學我那幾樁本領呢？」

李成化道：「別的本領，弟子還想慢一步再學。現在弟子所最最拜服而羨慕的，就是能將身子倏長倏短，及在霎時間能使敵人眼簾前起了一片烏黑。師父能先將這兩手教給我麼？至於鋼刀砍在身上，可以運股氣抵住，不使受一點兒傷；這恐怕是一種絕高深的內功，不是一時所能學得會的罷？」

鏡清笑道：「原來你看中了我的這兩手工夫了！不過這兩手工夫，一名孩兒功，一名烏鴉陣。你不要小覷他，倒也不是短時間中所能學得會的！你既然願從我學習，我總悉心教授你；大概能用上五六年的苦功，也就不難學會的了！」

李成化聽得鏡清已肯收他爲徒，並肯把這兩手工夫教給他，當下十分歡喜，忙又恭恭敬敬的磕了幾個頭，行了拜師大禮。從此，便在鏡清門下，潛心學習起來了。可是，這一來不打緊，更把鏡清的聲名傳播得絕遠，竟是遐邇皆知：不但是在這濰縣周圍的百里以內，就是在幾百里、幾千里外，也有負笈遠來，從他學藝的。鏡清又來者不拒，一律收錄，竟成了一位廣大教主了。

祇是一椿，人數一多，不免良莠不齊，就有許多地痞無賴，混進了他的門中。這班人從前沒有甚麼本領，已是無惡不作；如今投在他的門下，學會了幾種武藝，更是如虎添翼，益發肆無忌憚的了！所以在地面上，很出了幾椿案子，總不出奸盜淫邪的範圍。

就中有個鄭福祥，綽號小霸王，更是人人所指目的，也可算是這一群惡徒中的一個領袖。以前所出的這幾椿案子，差不多沒有一椿案子是和他沒分的！這一天，他同了幾個和他同惡相濟的壞朋友，到大街小巷去逛逛。在一頂轎子中，瞧見了一位姑娘，年紀約莫十八九歲，生得十分美貌。雖祇是驚鴻一瞥，霎眼間，這乘轎子已如飛的抬了走了，然已把這個小霸王，瞧得目瞪口哆，神飛魄越，露出失張落智的樣子。

一個同伴喚小扇子張三手的，早把這副神情瞧在眼中，就把肩膊略略一聳，笑著說道：「鄭兄眞好眼力！莫非在這一霎眼間，已把這小雌兒看上了麼？」

鄭福祥聽了這話，驚喜交集的說道：「難道你也瞧見了他麼？你說他的小模樣兒，究竟長得好不好？」

張三丰又諂笑道：「我並不是今天第一次瞧見他，他的俏模樣兒，已在我眼睛中好似打上一個圖樣了！他的眉峰生得怎樣的秀？他的眼兒生得怎樣的媚？我是統統知道，畫都畫得出來呢！」

鄭福祥很高興的說道：「如此說來，他是甚麼人家的女兒？住在甚麼地方？你大概也都知道了。」

張三丰道：「這個不消說得！」說到這裏，忽又向路旁望了一望，裝出一種嘻皮涎臉的樣子，說道：「鄭兄，這裏已是三雅園了，我們且上去喝杯酒，歇歇力罷。在吃酒的中間，我可以一樁樁的告訴你。如此，你這頓酒，也不能算是白請我吃的啊！」說了這話，又把肩兒連聳幾聳。

鄭福祥笑著打了他一下道：「你這人眞嘴饞之至，借了這點色情，又要敲起我的竹槓來了！好，好，好！我就做上一個東道，也算不了甚麼一回事！」隨即招呼了衆人，一窩蜂的走上了三雅園酒樓，自有熟識的夥計們招呼不迭。

這時還沒有到上市的時候，一個酒樓上，冷清清的並無半個酒客。他們便在雅座中坐下，要酒要菜，鬧上一陣，方始靜了下來。鄭福祥忙又回到本題，向張三手催著問道：「這小雌兒究竟是甚麼人家的女兒？又住在甚麼地方呢？」

張三手滿滿的呷了一口酒，方回答道：「他便是張鄉紳的女兒，住在東街上那所大屋中。鄭兄，我可有一句話：這比不得甚麼閒花野草，看來倒是不易上手的呢！」

鄭福祥陡的把桌子一拍道：「咄！這是甚麼話！無論那個姑娘，凡是被我姓鄭的看中的，差不多已好像入了我的掌握中了，那會有不易上手的？」

那班狐群狗黨，見他發了脾氣，忙也附和著說道：「不錯啊，不錯！這是決沒有不上手的！我們預先替鄭兄賀一杯罷！大家來一杯啊！」

誰知等得衆喧略止，忽聽外面散座中，也有一個人拍著桌子，大聲說道：「不錯啊，不錯！來一杯啊！」倒把衆人嚇了一跳！鄭福祥正靠門坐著，忙立了起來，一手掀起門帘，同時便有幾個人和他一齊探出頭去，向著外面一望。

只見散座中，不知在甚麼時候，已來了一個三十多歲的男子，獨個兒據著一張桌子，朝南坐著，衣衫很不整齊，而且又敝舊、又汙穢，一瞧就知是個酒鬼。當衆人向他望的時候，又見他舉起酒杯，將杯中酒一飲而盡，嘖嘖的稱歎道：「不錯啊，不錯！這眞是上等紹興女貞酒，再來一杯啊！」說著，又拿起酒壺，自己斟酒了。衆人見此情景，才知上了這酒鬼的當，不覺

一齊失笑，重行歸座。

卻又聽那張三手說道：「剛才確是我失言了！鄭兄的本領誰不知道，姑娘既被鄭兄看中的，好像已是鄭兄的人了，當然不會有弄不上手的！不過想用甚麼方法去弄他到手，也能對我們說一說麼？」

座中一個黨徒，不等到鄭福祥回答甚麼，就先獻一下殷勤道：「這種方法容易得很！最普通的，先遣一個人前去說親，然後再打發一頂轎子去，把他接了來；如果接不成，老實不客氣的，便出之於搶！那鄭兄要怎樣的受用，便可怎樣的受用了！從前我們處置那田家的小雌兒，不是就用這個法子麼！」

鄭福祥先向說話的這人瞪了一眼，然後哈哈大笑道：「人家都說你是個沒有心眼的粗漢，我倒還不大相信；如今你竟要自己承認這句話，獻起這種其笨無比的計策來了！小扇子剛才曾說，這雌兒是張鄉紳的女兒，你難道沒有聽得麼？你想，張鄉紳是縣中何等聲勢赫赫的人家，豈是那田家所可相提並論的？那遣人前去提親，當然沒有甚麼效果；弄得不好，或者還要被他們攆了出來！至於說親不成，便即出之於搶，果然是我們常弄的一種玩意兒；但這張家，房屋既是深邃，門禁又是森嚴，試問我們從何處搶起呢？你的這條計策，不是完全不適用麼？」

這話一說，衆人也大笑起來，頓時羞得那人滿臉通紅，只得訕訕的說道：「這條計策既不可行，那麼，你可有別的妙策沒有？」

鄭福祥微笑道：「計策是有一條，妙卻說不到的。因爲照我想來，這張家的房屋雖是十分深邃，門禁又是十分森嚴，我們要去搶親，當然是辦不到，但也不過指日間而言罷了！倘然換了夜間，情形就不同了！而且仗著我這身飛簷走壁的輕身本領，難道不能跑到這雌兒的臥室中，一遂我的大欲麼？」說著，從兩個眼睛中，露出一種很可怕的凶光來。

張三手聽到這裏，卻不由自主的大聲問道：「哦！哦！原來你想實行採花麼？」接著，又拉長了調兒，吟道：「有花堪折直須折，莫待無花空折枝！鄭兄，鄭兄！這個主意確是不錯啊！」

誰知在這當兒，只聽散座中那個酒鬼，也在那裏長吟道：「有花堪折直須折，莫待無花空折枝！哈，哈，哈！這個主意確是不錯啊！」

便有一個黨徒，立起身來，向著門帘外一望，笑得一路打跌的回歸原座，向衆人報告道：

「這酒鬼大概是已吃得有點醺醺了！眞是有趣得很！他竟在外面陳設的盆景上，摘下一朶花來，也文傷傷的吟著這兩句詩句呢！」

可是，鄭福祥聽了，卻把兩眼圓睜，露出十分動怒的樣子，喝道：「甚麼有趣，無非有意和俺老子搗亂罷了！俺定要出去揪住了他，嘔出他那滿肚子的黃湯，打得他連半個屁都不敢放！」說完，氣沖沖的立起身來，就要衝出房去。

張三丰忙一把拉住了他，含笑勸道：「天下最不可理喻的，就是一班醉漢，你何必和這醉漢一般見識呢？老實說，像他這種無名小卒，就是把他殺了，也算不了甚麼一回事！但是人家傳說出去，倒疑心你器量很小，連酒鬼都不能放過門，定要較量一下；不是於你這小霸王的聲望，反有些兒損害麼？」

鄭福祥一聽這話，略略覺得氣平，重又坐了下來。但仍在桌子上，重重的拍了一巴掌，大聲說道：「外面的酒鬼聽著：這一次俺老子總算饒了你，你如再敢糾纏不清，俺老子定不放你下此樓！」

說也奇怪！這話一說，這醉漢好像是聽得了十分懼怕似的，果然悄無聲息了，倒惹得衆人又好笑起來！張三丰便又回顧上文，笑著說道：「你這條計策果然來得妙！像你這身本領，這手工夫，怕不馬到成功！不過有一件事要問你：這雌兒住在那間屋中，你究竟已經知道了沒有？如果沒有知道，那可有些麻煩！因爲這並不是甚麼冠冕堂皇的事，你總不能到一間間屋子中去搜索的啊！」

這一問，可眞把這小霸王問住了！爽然道：「這倒沒有知道，果然是進行上的一個大障礙！但是不要緊，只要略略費上一點工夫，不難訪探明白的！」

張三丰倒又噗哧一笑道：「不必訪探了，只要問我張三丰，我沒有不知道的；否則，我也不敢擾你這頓東道啊！」

鄭福祥大喜道：「你能知道更好，省得我去探訪了。快些替我說罷！」

張三丰道：「你且記著：他家共有五進屋子，這雌兒住在第三進屋子的樓上；就在東首靠邊的那一間，外面還有走馬迴廊。你要走進他的繡房中去，倒也不是甚麼煩難的事情。」鄭福祥當然把這話記在心上。不多一刻，也就散了席。當他們走出三雅園的時候，這酒鬼卻已不在散座中，想來已是先走的了。鄭福祥便別了衆人，獨自回家。

誰知，還沒有走得多少路，忽有個人從一條小弄中踅了出來，遮在他的面前，笑嘻嘻的向他說道：「朋友！你的氣色很是不佳，凡事須得自家留意啊！」當他說話的時候，一股很濃的酒氣，直衝入了鄭福祥的鼻觀中。

鄭福祥不由得暗喚幾聲晦氣，在這今天一天之中，怎麼走來走去，都是碰著一班酒鬼啊？一壁忙的向著那人一瞧，卻不道不是別人，仍是剛才在酒店中向他連連搗亂的那個酒鬼！這一來，可眞把他的無名火提得八丈高了！也就不管三七二十一，舉起手來，就向他很有力的一拳！可是，這酒鬼雖已醉得這般地步，身體卻矯健得很，還沒有等得拳頭打到，早已一跳身，躲了開去。卻又笑嘻嘻的，向他說道：「我說的確是好話，你千萬不要辜負我的一番美意啊！俗語說得好：海闊任魚躍，天空聽鳥飛！你總要記取著這兩句話，不要做那不必做、不該做的事情！」

鄭福祥見一下沒有打著那酒鬼，已是氣得了不得；再見了這副神情，更是惱怒到了萬分，那裏再能聽他說下去？早又舉起拳頭，向他打了過來。這酒鬼倒也防到有這一下的，所以把話說完，不等得拳頭打到，即已拔足便跑了。鄭福祥一時起了火，恨不得立刻把這酒鬼打死，怎肯放他逃走？自然也就追了下來。

但是這酒鬼生就一雙飛毛腿，走得飛也似的快，不到幾段路，已是走得無影無蹤的了！鄭福祥弄得沒法可想，只好把這酒鬼頓足痛罵幾聲，然後悵悵然的回得家去。而爲了這酒鬼幾次三番的糾纏，弄得他意興索然，對於採花這件事，倒想暫時不進行的了。

無如，睡到床上，剛一閉眼，又見那嬝嬝婷婷的張家小雌兒，彷彿已立在他的面前了；惹得他欲火大起，再也按捺不住！一翻身坐了起來，咬牙切齒的說道：「這酒鬼算得甚麼！他難道能阻礙我的好事麼?我今天非去採花不可!」即穿了一身夜行衣裝,出了家門,直向東街行去。

一路上倒不有甚麼意外,一會兒,已到了那張鄉紳的大屋之前。剛剛躍上牆頭,忽於月明之下,見有一件東西,飛也似的向他打來。暗叫一聲:不好!

不知這向他打來的是一件甚麼東西?且待第一一三回再說。

第一一三回　遊戲三昧草鞋作鋼鏢　玩世不恭酒杯充武器

話說：鄭福祥剛剛跳上張家的牆頭，忽於月光之下，見有一件東西，飛也似的向他打來，不覺吃了一驚！但他接鏢打鏢，素來也是練得很有點兒工夫的，所以一點不放在心上。不慌不忙間，就把來接在手中。也不必用眼去細瞧，祇在他手中略略地一揣，早已知道祇是毛茸茸的一隻破草鞋，並不是甚麼暗器，倒不禁失笑起來：莫非有甚麼頑童偶然窺破了我的行藏，向我小小兒開上一個玩笑麼？

當時因為情熱萬分，急於要去採花，又仗著自己本領大，不懼怕甚麼人；所以祇向牆外望上一望，見一個人影兒也沒有，也就不當作一回事，仍舊跳進牆去。其實，他沒有細想一想，草鞋是何等輕的一件東西，要向這們高的牆頭上擲了來，倒也不是件容易的事情，豈是尋常的頑童所能做得到的？

他到了牆內，腳踏實地之後，祇見凡百事物，都入了沉寂的狀態中；隸屬在這一所大屋子內的一切生物，似乎已一齊停了動作，入了睡鄉了。因此，他的膽子更加大了起來；記著小扇子所說的話，逕到了第三進屋前。果然，樓前有走馬迴廊環繞著，他就很容易的走上了這迴廊中；又很容易的，走到了東面靠邊的一室，開了進去了。

一到了這室中，頓覺和外面好似另換了一個天地！那種種精美的陳設，一一的射入眼簾，使他這們粗暴的一個人，也不知不覺的發生了一種美感，可不必說起了！尤其使他神魂飛越的，覺得有一股似蘭非蘭、似麝非麝，很清幽的香氣，從一張繡床上發出來，一陣陣的襲入他的鼻觀；這可不言而喻，他所欲得而甘心的那個目的物，就在這張床上啊！

他這時一切都不顧了，更不暇細細賞玩室中的陳設，三腳兩步，到了床前，很粗暴的就把帳子一掀！帳中臥著一個美人兒，錦衾斜覆著半身，卻把兩隻又白又嫩的臂兒露在外邊，連酥胸也隱約可見。一張貼在枕上的睡臉，正側向著床外，香息沉沉，嬌態可掬；不是日間所見的那個小雌兒，又是甚麼人呢？

他是解不得甚麼溫存的，即俯下身去，把這姑娘的肩兒，重重的搖上幾搖，喝道：「醒來，醒來！」可憐張家的這位小姑娘，正在香夢沉酣之際，那裏料得到有這種事發生！被鄭福祥推了幾推之後，即嚶嚀一聲，欠伸而醒；等到張開眼來一看，卻見一個很粗莽的男子，立在床前，向著自己獰笑，顯而易見的，是懷著一種不好的意思。這時眞把他的魂靈兒都嚇掉了！想要叫喊時，那裏由得他作主？鄭福祥早已伸出蒲扇一般粗大的一隻手，向他嘴上掀去，一壁又要跨上床來了！

正在這間不容髮之際，忽聽有人在樓前迴廊中，打著一片哈哈，說道：「好個賊子！竟想採花來了！但是有俺老子在此監視著你，由不得你享樂受用呢！如今我們酒鬼、色鬼，共來見一個高下罷！」

這幾句話，一入鄭福祥的耳中，頓時把他色迷迷的好夢驚醒！知道定又是那酒鬼來打攪，今天這局好事，再也沒有希望的了！由此瞧來，剛才那隻破草鞋，一定也是這酒鬼飛來的呢！不過好夢雖已驚醒，此身卻似入籠之鳥，已被困在這樓中，須急籌脫險之計才是！可是前面這迴廊中，已有那酒鬼守著，想要打從原路逃出，是做不到的了，還是從後面走罷！

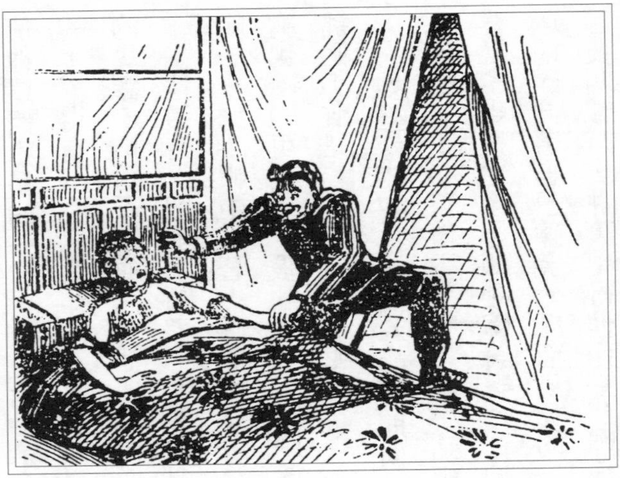

鄭福祥一邊把主意打定，一邊即離了床前，走向門邊。開了房門出去，卻是一個小小的走道，走道的北端，又是兩扇門，外面便是走馬迴廊。鄭福祥決不躊躇的，即把門開了，走上後面迴廊中。側耳向下一聆，一點聲息都沒有，不覺暗暗歡喜：這酒鬼到底是個糊塗蟲，老是守在前面的迴廊中，卻不道我已在後面逃了去！弄得不好，驚醒了這屋中的人，倒把他捉住了當歹人辦，這才是大大的一個笑話呢！當下，他即想跳了下去。

誰知還沒有跳得，忽又聽那酒鬼在下面打著哈哈道：「不要跳！我已瞧見你了！好小子！你欺我是個酒糊塗，不打我守著的地方走，卻從我沒有防備的地方逃！誰知我雖終日的和酒打交道，卻也是個鬼靈精，特在這裏恭候你了！」

這種如諷似嘲的說話，鄭福祥那裏聽得入耳？恨得他咬牙切齒，暗地連罵上幾十聲：可殺的酒鬼！一壁卻又變換了先前的計畫，一縱身，反跳上了屋面；預備趁那酒鬼一個沒有留心的時候，就從那個地方跳了下去。可是，那酒鬼眞是一個鬼靈精，本領著實非凡！鄭福祥剛偷偷的跑到東，他就在東邊喊了起來；剛偷偷的跑到西，他又在西邊喊了起來，簡直不給他一個跳下地來的機會！而且給他這一鬧，張家這位小姑娘，雖還驚嚇得癱化在被窩中，不敢走起身來；張家的人卻已知道出了岔子，一屋子的人都已驚得起床，亂嘈嘈的起了一片聲音，眼見得就要來捉人了，更無跳下屋來的機會！

這一急，眞把他急得非同小可！也就顧不得甚麼了，偷偷溜到一個比較人家不甚注意的屋角上，悄無聲息的跳了下去。但是當他剛剛跳到地上，早已被人捉住了一隻腳；這個捉住他腳的人，不言而喻，就是那個酒鬼！

果然就聽得那酒鬼的聲音，在那裏哈哈大笑道：「我早已吩咐你，教你不要跳下屋來；如今你不肯聽我的說話，果然被我捉住了！看你還有甚麼話說！」這時鄭福祥眞是又羞又愧，又氣又急，把這酒鬼恨得牙癢癢的！而正因這羞啊、愧啊、氣啊、急啊，交集在一起，一時間不知從甚麼地方，竟生出了一股蠻力來；衹輕輕的將身一扭，已從酒鬼手中掙脫了那隻腳，飛也似的，拔起腳來就跑！

那酒鬼倒又在後面笑道：「你這小子，倒眞也了不得！我剛剛覺得口渴，拿起酒葫蘆來潤一潤喉嚨，你就乘我這小小疏忽的時候，掙脫了身子便跑了！但是，你不要得意，我比你跑得快，總要被我捉得的！」說著，眞的追了下來。

而在這追下來的時候，更發現了一件奇怪的事情。只聽得呼呼的一片響，好似起了一陣大風，向鄭福祥的腦後吹了來；跟著又有雨點一般的東西，直打他的頭部和頸部。這些雨點和尋常的雨點大不相同，比冰雹還要堅實。厲害的說一句，簡直和鐵豆沒有兩樣，並且是熱淋淋的，不是冷冰冰的！一經他打到的地方，立時皮膚上一陣熱辣辣的，覺得痛不可當！

但是這時，鄭福祥逃命要緊，也不暇去研究這打來的究竟是些甚麼東西，祇知道定又是那酒鬼弄的神通罷了！好容易已逃到了牆邊，剛剛躍上牆頭，那酒鬼卻已相距不遠；瑟的將手一揚，把一件東西打了來。這一次並不是破草鞋了，卻是酒杯大小的一件東西，不偏不倚的，正打在鄭福祥的小腿上，深深嵌進肉內去！立時一陣劇痛，鄭福祥便一個倒栽蔥，跌到了牆外去！

跟著，那酒鬼也跳出牆來了，立在他的前面，笑嘻嘻的說道：「今天有我陪著你鬼混上一陣，總算也不寂寞，你大概不至再想念那位小姑娘罷！此後你如再起了採花的雅興時，不妨再通知我一聲，我總可陪伴你走一遭。自問我雖是個酒鬼，倒也並不是甚麼俗物，很可做得你這風流小霸王的侍衛大臣啊！」鄭福祥恨得無法可想，祇仰起頭來，狠狠的向他瞪了幾眼！

那酒鬼卻又走了過來，把他從地上扶起，一壁說道：「你這小霸王也眞獃，簡直是個獃霸王！這小小的一隻酒杯也挨不起，就賴在這地上不肯起來了！難道眞要那張家的人把你捉送官中去，成就一個風流美名麼？罷罷罷！我總算和你是好朋友，既然不辭辛苦的陪了你來，還得把你送了回去咧！」說完，又是一陣大笑。即不由鄭福祥作得一分主，挽著他的臂兒，飛也似的向前走去。鄭福祥腿上雖是十分作痛，口中連聲叫苦，他兀是置之不理！

一會兒，到了鄭福祥所住的那條巷前，方把鄭福祥放了下來。又說道：「這裏已離你的家門不遠，你自己回去罷！我恕不再送了！我今晚能和你鬼混上這一夜，大概也是有點前緣的！你想來急於要知道我這酒鬼究竟是甚麼人，那你不妨去問你的大師兄李成化，他一定可以對你詳細說明的；並且我還要煩你寄語一聲：我和你那大師兄，大家尙有一件事情沒有了清，我如今特爲了清此事而來，請他準備著罷！」隨邊向他點頭作別，邊身上拿出一個酒葫蘆來，把口對著葫蘆，嘓嘟嘓嘟的呷著，管自揚長而去。

鄭福祥很頹喪的，從地上掙扎而起，踅入自己家中。先把打在小腿上的那件東西一瞧，的確是隻酒杯，杯口又薄又鋒利，所以打在腿上，就深深的嵌了進去。鄭福祥忍著痛，把他取了下來，血淋淋的弄得滿腿皆是，也就取了些金創藥敷上，又拿布來裹好。再對鏡瞧看頭上、頸上時，上面都起了一顆顆的熱泡，好像被沸水燙傷似的。並有一件奇怪的事情：當他驗看的時候，覺得有一股酒氣，直衝他的鼻觀；起初倒有點莫名其妙，後來細細一想，方才恍然大悟！

大概這些熱辣辣像雨點一般的東西，並不是甚麼鐵豆，也不是甚麼沸水，卻祇是些熱酒，由那酒鬼口中噴射出來呢！不過這們沸熱的酒，居然能把來含在口中，又能把那酒點練得同鐵豆一般的堅實，可以用來打人，這不是沒有本領的人所能做得到的。那酒鬼的工夫迥異尋常，也就可想而知了！鄭福祥當下在頸部、頭部，也敷上了些藥；足足在家中躺了兩天，方才略略復原，減了些兒痛苦。

那班狐群狗黨，卻多已得了消息，紛紛前來慰問他；但一談論到那酒鬼，卻沒有一個人知道他的來歷。當下小扇子就說道：「他既說大師兄能知道他的底細，想來不是騙人的話，我們不如就去問大師兄去！而且他又說此來要和大師兄了清一件事，不知究竟是甚麼事，我們也應得知道一點呢！」

李成化這時已在玄帝觀中當老道。大衆同了鄭福祥，遂一窠蜂的到了玄帝觀中。和李成化見面之後，鄭福祥便問道：「有一個不知姓名的酒鬼，雖然打著北方的說話，但是並不十分純粹。他自說是和大師兄認識的，不知大師兄究竟也知道他不知道他？」

李成化道：「哦！你問的是他麼？我怎麼不知道他！他在三天前還來了一封信，說在此三天之中，要來登門拜訪，大概他不久也就要來了。但是你怎麼又會認識他的？」

鄭福祥經這一問，臉上不覺立時紅了起來，然又無法可以隱瞞；只得很忸怩的，把那夜的事情，從實說上一說。

李成化聽了，笑道：「那你這天晚上眞不値得！這種酒豆、這種酒杯鏢，都是很夠你受的！不過他這個人，也太會做耍了！怎麼整整十年沒有見面，這種會開玩笑的老脾氣，還是一點沒有改變呢？」

說著，再把鄭福祥腿上的傷痕，瞧上一瞧，又笑道：「他總算還是十分優待你的，他奉敬你的那隻酒杯，衹是最小的一隻！你要知道，他這種酒杯式的鋼鏢，一套共有十隻，一隻大似一隻。如果請出最大的那一隻來，要和飯碗差不多，那你更要受不住咧！而且他對你所噴的酒豆，也是很隨意的，並不要加你以重創；否則，他衹要略略加點功勁，噴得又大又密，那你怕不要立時痛得暈倒在地麼？」

鄭福祥道：「大師兄這話說得很對！他那晚如果眞要置我於死地，那是無論何時都是可以的；我就有一百條的性命，今天恐也不能活著了！不過他究竟是甚麼人？又要和大師兄了清一件甚麼事？大師兄也能對我們說知麼？」

不知李成化聽了這個問句，是如何的回答？且待第一一四回再說。

第一一四回　管閒事逐娼示薄懲　了宿盟打賭決新機

話說：李成化聽了這個問句，便說道：「這些事說來話長！橫豎今天閒著無事，我就講給你們聽罷。他是生長在江南的，究竟是那一府？卻不知道。自號江南酒俠。生平最喜歡的，除了武藝之外，就是這杯中物；差不多無一時，無一刻，不是沉浸在酒中，簡直沒有清醒之時。可是，他有一種天生的異稟，是別人所萬萬及不來的，越是酒吃得多、吃得醉，心中越是明白，越能把他所有的本領盡量施展出來；並且他又生來是游俠傳中的人物，常在醉中做出許多仗義疏財、行俠使氣的事情來！

「可是，在這嗜酒和尚俠兩樁事情的上頭，便把他祖傳下來很富厚的一份家產，弄得淨光大吉，一無所有了！他卻毫不在意，便離了他的家鄉，流轉在江湖間。當我和他認識時，他正在我的家鄉湖南常德流浪著。

「我曾問過他，你究竟姓甚麼？喚甚麼？教你武藝的師父，又是甚麼人？他笑著回答道：『我是沒有姓名的。起初我原也和你一般，既有姓，又有名，一提起來，很足使人肅然起敬的。不過自從我把一份家產揮霍完結，變成赤貧以後，已沒有人注意我的姓名；就是我自己，也覺得這種姓名，不過表示我是某家的後代罷了！現在我既乘興所至，把祖產揮霍一個光，這明明已和我的祖宗沒有甚麼關係了，那我又何必提名道姓，徒玷死去祖宗的台？所以，索性把這姓名取消了。你以後如爲便於呼喚起見，只要稱我是江南酒俠就是了！

「『至於師父，我是絕對沒有的，因爲我的確沒有從過一個師父；現在會的這點小小的武藝，都是我自己悟會出來、練習出來的。說得奇怪一點，也可以說是由酒中得來的！所以那造酒的杜康、偷酒的畢卓，以及古今來其他許多喜歡吃酒的人，都可稱得是我的師父呢！』」

小扇子聽他說到這裏，忍不住笑著儳言道：「這個人倒眞有趣！俠不俠，我還沒有深知他的爲人，雖不敢下一定評；但是酒狂二字，總可當之而無愧的了！不過他說要和大師兄了清一件事，究竟是件甚麼事情呢？」

李成化道：「你不要性急，我總慢慢兒告訴你就是了。我在十年之前，也和這位鄭家師弟一樣，最是好色不過的。縣中有個土娼，名喚金鳳，要算全縣中最美麗的一個女子。我一見之後，就把他愛上了！我又生成一種大老官的脾氣，凡是被我愛上的女子，決不許他人染指！

「但這金鳳是個土娼，本操著迎新送舊的生涯，人人可以玩得的，那裏可禁止他人不去染指呢？然而大爺有的是錢，俗語說得好：錢能通神；有了錢，甚麼事辦不到？因此，我每月出了很重的一筆代價，把他包了下來；他也親口答允我，從此不再接他人，差不多成了我的一個臨時外室了。

「但那江南酒俠聽得了這件事，卻大大的不以爲然，就對我說道：『像你這們的嗜色如命，一味的在女色上用工夫，我從前已很不贊成；至於你現在做的這件事，更是無謂之至了！』我便問他：『你這話怎麼講？』

「他道：『你出了這筆重的代價，把他包了下來，在你心中，不是以爲在這一個時期中，他總守著你一個人，不敢再有貳心了麼？但是事實上那裏辦得到？試想：他素來吃的是一碗甚麼飯？又是怎樣性格的一種人？如果遇見了比你更有錢，或是比你的相貌生得好的，怕不又要瞞著了你，背地裏愛上了那人麼？我們生在這個世上，待人接物，雖不可過於精明，教人稱上一聲刻薄鬼，自己良心上也有些過不去；但是出冤錢，張開眼睛做冤大頭，倒也有些犯不著呢！』

「我那時完全被那金鳳迷住了，自己已作不得一分主，那裏肯相信他的話？當下聽了之後，就嗤的一聲笑道：『你的話說得不錯，慮得也很有點兒對；但是這不過指一般普通妓女而言，金鳳卻不是這等人！你沒有深知金鳳的爲人，請你不必替我多慮！』

「他當時自然很不高興，悻悻的說道：『你不相信我的話，一定要做冤大頭，那也只得由你！不過我敢斷然的說，你將來自己一定要後悔的！』

「過了一陣，他又走來看我，劈空的就向我說上一句道：『咳！你如今眞做上冤大頭了，難道還沒有知道麼？』我還疑心他是戲言，仍舊不大相信，便正色說道：『你這話從何而來？如果一點憑據也沒有，只是一句空言，那是任你怎般的說，我總是不能相信的呢！』

「他說：『我並不是空言！這裏有個孔三喜，是江湖班中的一個花旦，生得一張俊俏的臉龐。你大概就是不認識他，總也有點知道的。如今你那愛人，就和這孔三喜攪上了；只要你不在那裏，孔三喜就溜了進去，做上你很好的一個替工了！這還算不得一個憑據麼？我勸你還是早點覺悟罷！』

「我聽他這們說，心中雖然也有點兒疑惑，但是這孔三喜雖是一個江湖班中的花旦，爲人很是規矩，平日在外並無不端的行爲；而且又是和我相識的，想來決沒有這種膽量。遂又一笑，問道：『莫非是你親眼瞧見的麼？還是聽人這般說？』

「他囁嚅道：『這祇是聽人說的。我一聽得了這句話，就來找你了！不過照我想來，這是不必去細研究的。外面既有了這種話，你就慧劍一揮，把情絲斬斷就完了！』

「我笑道：『並不是親眼目睹，祇憑著人家一句話，那裏可以相信得！我怎樣輕輕的就把情絲斬斷呢？老實對你說罷，孔三喜確曾到金鳳那裏去坐過，不過還是那天我領他去的。外間人不明白內容，就這們的謠言紛起了，請你不要輕信罷！我敢說，別人或者還敢剪我的靴子，至於這孔三喜，他並不曾吃過豹子心肝，決沒有這種膽量呢！』

「他歎道：『你這人眞是執迷不悟！我倒自悔多言了。』跟著，又忿忿的說道：『你且瞧著，我總要把他調查個水落石出！等到得了眞憑實據，我自會代你處置，也不用你費心了！』我祇笑了一笑，不和他多說下去，他也就走了。

「過了幾天，我正在一家酒肆中飲酒，他忽又走了來。先取了一隻大杯子，滿滿斟上一杯酒，拿來一飲而盡，然後笑嘻嘻的，向我說道：『我自己先浮一大白，你也應得陪我浮一大白，因爲我已替你做下一件很痛快的事情了！』我茫然問道：『你替我做下了甚麼事？』他道：『我已調查明白，你那愛人金鳳，確和那孔三喜攪在一起，像火一般的熱。所以我今天就到金鳳那裏去，向他說上一番恫嚇的說話，馬上把他攆走了！』

「這種出人意外，突然發生的事情，在他口中說來，雖是平淡異常，不當他是怎麼一回事；然在我聽了，卻不覺嚇了一大跳！暗想：我今天早上從金鳳那裏走出來，這小妮子不是還靠在樓窗口，含笑送著我，並柔聲關照我，教我晚上早點回去麼？我滿以爲吃罷了這頓酒，又可乘著酒興前去，和他曲意溫存上一回了；不料這廝眞會多事，也不和我商量一下，竟生生的把他攆走了！這是何等的令人可恨啊！想到這裏，覺得又氣惱，又憤怒，把他恨得咬牙切齒的，也就不暇細細思索，伸起手來，向他就是一下耳光！

「這一下耳光，可就出了岔子了！他馬上跳了起來，指著我說道：『這算甚麼！我的替你把這狐狸精攆了去，原是一片好意，眞心顧著朋友。並且你和我就不是朋友，只要我眼見著一個無恥的女子，對男子這般的負情，我眼中也是瞧不過，一定要把他來攆走的！如今我替你做了這件事，你不感謝我也就罷了；反伸出手來，向我就是一下耳光，這不是太侮辱我了麼？我爲著保全體面起見，今天非和你決鬥一下，分一個你勝我負不可！』

「我那時也正在氣惱的當兒，那裏肯退讓一點，便道：『你要決鬥，我就和你決鬥便了！在甚麼時候，在甚麼地點，請你吩咐下來，我是決不逃避的！』誰知正在這紛擾的當兒，我的家中忽然差了個人來，說是我的母親喘病復發，卒然間睡倒下來，病勢很是沉重，教我趕快回去。這樣一來，這決鬥的事當然就擱了下來。不幸在這第二天的下午，我母親就死了。

「他得了消息，倒仍舊前來弔奠，向我唁問一番之後，又說到決鬥的問題上去道：『這件事情，昨天雖暫時的擱了下來，然而無論如何，是不可不舉行的！不過現在老伯母死了，你正在守制中，這個卻有些兒不便。我想等你終喪之後，我們再來了清這件事！在這些時間中，我卻還要到別處去走走。到了那時，我再登門領教罷！』我當時也贊成他的話，大家就分別了。

「祇是我沒有等得終喪，爲了種種的關係，忽然動了出家的念頭，因此就離了本鄉；而決鬥的這個約，也就至今沒有履行。他大概是去找過我的，所說的要和我了清一件事，定也就是這件事情了！」

鄭福祥笑道：「看不出他，十年前立下的一個約，至今還要巴巴的找著你，捉住你來履行；做事倒也認眞之至，和尋常的那些酒糊塗有些不同咧！」

正在談論的當兒，忽見一個小道童，慌慌張張的奔進來，稟告道：「現在外面來了一個人，渾身酒氣薰人，好似吃醉了的，口口聲聲的說要會見師父。不知師父也見他不見他？」

李成化聽了，向衆人一笑道：「定是他來了！你們且在後面避一避，我就在這裏會見他罷。」一邊便吩咐小道童把他請了進來。

不一會，那江南酒俠已走了進來。和李成化見面了，便說道：「啊呀！在這幾年之中，我找得你好苦，如今總算被我找著了！我們定下決鬥的那個約，你打算怎麼呢？」

李成化道：「我沒有一點成見。你如果眞要履行，我當然奉陪，不敢逃避；就是你要把來取消，我也決不反對。」

江南酒俠聽到末後的這兩句話，臉色陡的變了起來，厲聲道：「這是甚麼話！取消是萬萬不可以的！照我這十年來的經驗說來，見解上雖已大大的有了變遷，和從前好似兩個人，覺得我當日所幹的那樁事，未免是少年好事！而娼妓本來最是無情的，要和他們如此認眞，更是無謂之至了！但是你打我的那下耳光，卻明明是打在我的臉龐上，也明明是當面給我一種羞辱；這不是因著過了十年八年，會隨時代而有上甚麼變遷的！我如果不有一種表示，而把決鬥的約也取消了，不是自己明白承認，甘心受你這種羞辱麼？這請你易地而處的替我想一想，如何可以辦得到呢？所以今天除了請你履行前約，和我決鬥之外，沒有別的話可以說！」

李成化道：「好，好！我和你決鬥就是了，馬上就在這裏舉行也使得！不過你擬用怎麼的方法來決鬥？請你不妨告訴我。」

江南酒俠道：「你肯答允踐約，這是好極了！祇是照著普通的方法，大家拳對拳、腳對腳，這樣的狠打起來，也未免太乏味了！讓我未將辦法說出以前，先對你說上一個故事，你道好不好？」

李成化聽他說了這話，不禁笑起來道：「你這個人眞是奇怪！起先沒有知道我在那裏，倒巴巴的要找著我，和我決鬥一下；現在已把我找著了，我也答允你履行舊約了，你倒又從容不迫，和我講起故事來了！這究竟是甚麼意思呢？」

江南酒俠道：「你不要詫怪！我這故事也不是白講給你聽的，仍和決鬥的事情有關係。請你聽我說下去罷。在這山東省的德州府中，有個姓馬的劣紳，曾做過戶部尙書。因事卸官回家，在鄉無惡不作，大家送他一個徽號，叫作：馬天王。有一天，他聽得人家說起，同府的周茂哉秀才家中，有隻祖傳下來的玉杯；考起他的歷史來，還是周、秦以上之物，實是一件希世之珍！

「他是素來有骨董癖的，家中貯藏得也很富。聽了這話，不覺心中一動，暗想：講到玉這一類的東西，他家中所貯藏的，也不能算不富了，但都是屬於秦、漢以後的；秦、漢以前的古玉，卻祇有一二件。如能把這玉杯弄了來，加入他的貯藏品中，不是可以大大的生色麼？因此，他就差了個門客，到周秀才那邊去，說明欲向他購取這隻玉杯；就是代價高些，他也情願出。不料這個周秀才，偏偏又是個書獃子，死也不肯賣去這隻玉杯。

「他老老實實的對這差去的門客說：『這是我祖傳下來的東西，傳到我的手中，已有三代了。如果由我賣了去，我就成了個周氏門中的不肖子，將來有何面目見先人於地下？所以就是窮死、餓死，也不願意把這玉杯賣去的！何況現在還有一口苦飯吃，沒有到這個地步；請你們快斷了這個念頭，別和我再談這件事情罷！』這些戇直的話，這位門客回去以後，一五一十的拿來對他主人說了。這位馬天王素來是說怎樣就要怎樣的，那裏聽得入耳？當然的動怒起來了！」

李成化聽他說到這裏，笑道：「像這般相類的故事，我從前已聽見過一樁，好像還是前朝的老故事呢！那馬天王動怒以後，不是就要想個法子，把這周秀才陷害麼？」

江南酒俠道：「你不要打岔，也不要管他是老故事不是老故事，總之，主點不在這個上頭！我只把這件事情向你約略說上一說，而我們決鬥的方法，卻就在這上面產生出來了。不錯！馬天王動怒以後，果然就要想法子去陷害這周秀才。好在山東巡撫就是他的門生，德州知府又是他的故吏，要陷害一個小小的秀才，眞不費吹灰之力。

「不久，便買通了一個江洋大盜，硬把周秀才咬上一口，說他是個大窩家。這本是只有輸沒有贏一面的官司，那裏容得周秀才有辯白的機會？草草審了幾堂之後，革了秀才不算，還得了查抄和充配雲南的兩個處分；沒有把腦袋送卻，還算不幸中之大幸咧！而當查抄的時候，這隻玉杯當然一抄就得；祇小小的玩了一個手法，就到了馬天王家中去了。如今周秀才已遠配雲南，他的妻子也驚悸而亡，祇有一個十五歲的孩子留下，撫養在外家。我卻爲了這孩子，陡然的把我這顆心打動了！」

李成化道：「這話怎講？」

江南酒俠道：「我這次路過德州的時候，在一個地方，偶然遇見了這個孩子。他口口聲聲的，說要到雲南去省父；又說：雲南是瘴癘之鄉，他父親是個文弱書生，那裏能在那邊久居？還想叩閽上書，請把他父親赦了回來呢！但他的說話雖是很壯，這些事究不是他小孩子所能做得的，我因此很想幫助他一下了。」

李成化道：「你想怎樣的幫助他？而且和我們決鬥這件事情，又有甚麼關係呢？」

江南酒俠道：「你不用忙，讓我對你說。我現在想把這玉杯，從馬天王那裏盜了來，去獻與朝中的某親王。某親王手握重權，又是最最嗜愛骨董的；有了這玉杯獻上去，自然肯替我們幫忙，就不難平反這樁冤獄，把周秀才赦回來了！」

李成化道：「哦！我如今明白你的意思了！你不是要我和你分頭去盜這隻玉杯麼？這種決鬥的方法，倒也很是新鮮的！」

江南酒俠道：「你倒也十分聰明，居然被你猜著了！不過你也不要把這事看得十分兒戲，這種決鬥的方法，雖是十分有趣，卻也是十分危險的！能把杯子盜得，果然說是勝了；倘然失敗下來，那連帶的就有生命之憂咧！你究竟也願採取這種方法，和我比賽一下麼？」

不知李成化如何回答？且待第一一五回再說。

第一一五回　見本色雅士戲村姑　探奇珍群雄窺高閣

話說：李成化聽了江南酒俠約他去到德州，賭盜馬天王家中玉杯的話，便慨然說道：「我雖不能和你一般，稱上一個俠字，但是義俠之心，卻是生來就有的。像你現在替我講的這樁事，不給我知道便罷；知道了，便不是你來約我，我也要出來打一下抱不平的！何況決鬥的這個約，我們早已定了下來；沒有得到雙方的同意以前，彼此不容翻悔的！如今你把決鬥改為打賭，把一樁絕無趣的事情，變為絕有趣的事情，我又有甚麼不情願呢！」

江南酒俠也喜笑的說道：「你能贊成這個辦法，那是好極了！現在且讓我把去盜杯時的細節目對你說。這馬天王家中的房屋很大，附帶還有花園。又在花園中，起了一座捏雲閣；所有的骨董，都貯藏在裏面。因為在周茂哉手中奪來的那隻玉杯，在他的許多貯藏品中，要算得最可寶貴的一件東西，便把他來貯藏在最上一層的第五層閣上，還藏在一隻木匣中，上面裝有機關。如果不知道他所裝的機關的內容的，只要誤去觸上一觸，機關下面所綴的許多小鈴，就要鈴鈴鈴的響了起來；下面看守的人，馬上就會知道，當然就要走上閣來捉人了！」

李成化道：「那麼，我們前去盜杯的時候，要怎麼辦才可使得鈴聲不響呢？」

江南酒俠道：「這個我倒已打探明白。只要未開木盒之前先把通至下面的消息機關剪斷，下面就不會知道了。如今我們姑以一月爲期，誰能盜得這玉杯，就算誰得了勝利！至於盜杯不成，反而喪失了性命，或是受了重傷，自在失利之例；衹能自怪命運不佳，不能怨尤他人的了！」

李成化道：「這個辦法很好！一個月後，我們再在此會面罷。便是萬一有個不幸，我竟因此事喪失了性命，我的師弟兄輩也很多，你到這裏來，也不患沒人招待呢！」當下說到這裏，江南酒俠便起身告別。

李成化送了他回來，一班師弟兄又出來相見，都怪李成化太傻，怎麼會答允下這個打賭的辦法？李成化大笑道：「我何嘗傻？你們才傻呢！老實對你們說罷，這隻玉杯，聞名已久，也是我所最最喜歡的，但是要去盜時，還恐我自己的力量不夠！如今合他打賭去盜，我自己能夠盜來，果然最好；萬一我自己盜不來，卻被他盜了去，他是個酒醉子，我難道不能使點小小手法，轉從他的手中盜來麼？如此，無論是誰盜來，不是都可穩穩的歸我所有麼？如今你們也明白我的意思不明白我的意思？」一衆師弟兄，這才沒有話說，也就各散。如今且把李成化這一邊暫行按下。

再說：江南酒俠自和李成化訂定打賭辦法後，第二天便向德州進發。到了晌午時分，他的酒癮又發。恰恰到了一個市鎮，便在鎮上一家客店中打尖，叫店家燙了半斤高粱來。他坐的那張桌子，恰恰對著客店門外；一面賞著野景，一面把酒飲著，心中好不得趣！

誰知正在這個當兒，忽然走來一個窮漢，身上雖穿著一件長袍，卻是七穿八洞，顯得十分襤褸。剛剛走近江南酒俠所坐的桌子前，即長揖說道：「小生適有陳蔡之厄，請閣下願念斯文一脈，略贈幾錠銀子，俾得回歸故里，不至流落異鄉，則此恩此德，沒齒不忘矣！」

江南酒俠聽了，暗想：此人好不識趣！向人求借盤纏，一開口就是幾錠銀子，天下那裏有這等便宜的事情？但見他酸得可憐，倒也不忍向他直斥，祇溫顏說道：「你所向我請求的事情，倒也是很正當的；祇我自己也是一個窮鬼，那裏有多餘的銀子可以資助你呢？」

忽聽那窮漢哈哈笑道：「你倒也很直爽，竟自認是個窮鬼！但是照我所知道的，你昨天雖還是個窮鬼，今天卻不見得怎樣窮了！祇歎我沒有本領，不能學你這般的方法向人家去借錢，今天依舊是個窮鬼，所以不得不求你分潤我一些了！」

這幾句話，句句話中有刺，暗暗刺中了酒俠的心病，不禁想道：「這窮漢的這番話，說得好不奇怪！難道我昨天做的那番事，自以爲人不知，鬼不覺，卻被他瞧了去麼？」

不料，在他思忖的當兒，那窮漢卻已跳到他的面前，又伸手在他的錢囊上一拍，笑嘻嘻的說道：「這裏面不是有許多銀子麼？橫豎是儻來之物，分幾錠給我，又有何妨！」

江南酒俠見這窮漢竟敢這般放肆，向他動手動腳，倒也有些動怒起來；即向之怒目而視，並厲聲道：「休得如此放肆！就算我這銀子，是用一種方法向人家借來的，自也有我的本領！如今你又憑著甚麼本領，要向我分潤呢？」

窮漢神色自若，一點不屈的說道：「你的本領是武功，我的本領是文才。我最大的一樁本領，便是能百問百答。你也要當面試上一試麼？」

江南酒俠道：「哦！好大的口氣！你竟能百問百答麼？」說到這裏，又想上一想，接著說道：「也罷！且讓我把你當面考上一考。孔門七十二賢，雲台二十八將，這是大家都知道的。究竟是那幾個人，你也能一一說出姓名來麼？」

窮漢笑道：「你這問題，雖似乎出得有點囚，但受考的幸虧是我，正歡迎這種難試題，可以藉此把我的才學顯出來，倒一點不會受窘呢！」當下，即滔滔汩汩的，把七十二賢、二十八將的姓氏，一個個背了出來。

江南酒俠起初聽了，倒也很像震驚似的，但一轉念間，又哈哈大笑起來道：「我上了你的當了！我這問題，原是從一本筆記上看下來的，難保你不也看過這本筆記！那祇要記性好一點的，就可把這些姓名完全記著，自能背答如流了。這又有甚麼希罕呢？」

窮漢道：「話不是如此說！就算我是從筆記上看下來的，但總看過這本筆記，這也就算得是我的一種本領；否則，不就生生的被你考住，要交白卷了麼？而且題目明明是你出的，就算是出得太容易了，這個過處也在你，而不在我啊！」

江南酒俠道：「不，不！這個無論如何不好算數的！再來一個罷！」說著，便向店外一望。祇見有一群蝙蝠，繞著柳陰而飛；幾個十三四歲的村童，拿著竹竿戲打他，嘻嘻哈哈，鬧成一片。不覺拍案，說道：「有了，有了！這個蝙蝠的典故，是很僻的；如今不管他是故實，還是詩句，你也能舉說幾則出來麼？如果說得不錯，准一則酬銀一錠；倘然你能滔滔汩汩的說下去，就是把我囊中的銀子完全贈給你，也是心甘情願的！」

窮漢道：「好！你能如此慷慨，我當然要把我的才學顯出來了！你且聽著：元微之詩道：

『眞珠簾斷蝙蝠飛。』」江南酒俠屈指數道：「一。」

便又聽那窮漢道：「秦淮海詩道：『戲看蝙蝠撲紅蕉。』這又是一隻蝙蝠。」江南酒俠便又道：「二。」

那窮漢卻笑了起來道：「你要記數，記在心上便了；像這般一、二、三的數記起來，徒然擾亂了我的心思！莫非你捨不得銀子，故意要把我的心思擾亂，讓我好少說幾條？還是不相信我，怕我錯了你的帳咧？」

這麼一說，說得江南酒俠也笑了起來。那窮漢卻又說下去道：「黃九煙詩道：『怪道身如乾蝙蝠。』又朱竹垞風懷詩道：『風微翻蝙蝠。』又洞仙歌詞道：『錯認是新涼，拂簷蝙蝠。』」一跟著，又把爾雅、說文、神異祕經及烏台詩案中關於蝙蝠的典實說了幾條，忽的又停住了不說下去。

江南酒俠笑道：「莫非已是江郎才盡麼？怎麼不說下去了？」

那窮漢道：「並非才盡，祇是你不可惜你那銀子，我倒替你有些可惜起來了！你試計算一下看，我所說的，不是已有上十條了麼？這十錠銀子，在我取之不傷於廉；在你揮了去，也沒有甚麼大損失。如果再超越此數，那就有點說不過去了！」

江南酒俠聽他這般說，倒又笑了起來道：「你這人倒是很知足的，而且也很有趣！立談之間，便把我的十錠銀子取了去；還輕描淡寫的，說上一句取之不傷於廉呢！」說完，便從錢囊中取出十錠銀子給了他。

那窮漢把來揣在懷中後，即長揖爲謝，又道上一聲：「後會有期！」于于然去了。江南酒俠被他這麼一打岔，也無心再飲酒，打過了尖，便又上道趕路。

傍晚時分，到了一個大市集，卻比晌午打尖的那個所在，熱鬧得多了。江南酒俠便向鎮上的一家大客店投了去。走進門時，衹見掌櫃的是一個婦人，年紀約有二十多歲，滿臉塗脂抹粉，打扮得十分妖嬈。一見他走進門來，即撐起一雙媚眼，向他很動人的一笑；一壁又媚聲媚氣的，說道：「客官是單身，還是有同伴跟在後面？我們這裏的正屋正還空著呢！房兒既是寬大，床兒

又是清潔，包你住了進去，覺得十分舒服！」

江南酒俠笑答道：「我祇是單身一人，並沒有甚麼同伴；正屋太大了用不著，還是住個廂

房罷。」

那店婦道：「祇是單身一個人，住廂房也好。夥計們，快把這位客官領到西廂房，須要好生伺候！」說著，又向江南酒俠瞟上一眼，接著，又是迷迷的一笑。

江南酒俠倒被他弄得莫名其妙！暗想：我這個酒鬼，相貌既不能稱得漂亮，衣裝也很是平常，素來是沒有甚麼人注意的。如今這個婆娘，爲甚麼這般垂青於我，擠眉弄眼的，向我賣弄風騷？莫非他已知道了我的底細，也像那窮漢一般，看中了我那腰包中的銀子麼？

他正在思忖的當兒，早有一個夥計走了過來，把他領到內進去。見是三間正屋，兩間廂房，倒也很成體統。再到西廂房一看，地方雖是狹窄一點，卻也收拾得十分乾淨。江南酒俠向那夥計點點頭，表示贊成的意思，便住了下來。那夥計自去張羅茶水，不在話下。

不一會兒，又見那店婦換了一件半新不舊的衣服，一扭一扭的走了進來。到了西廂房的門首，便立停了足，向門內一探首，浪聲浪氣的問道：「客官，你一個人在房內，不嫌寂寞麼？也容我進來談談天麼？」

江南酒俠聽了，答允他既不好，拒絕他又不好，正在沒作理會處，誰知那店婦早又將身一扭，走進房來。偏偏地方又窄，除了一張桌子外，祇放得一張床，他就一屁股在床上坐下。擁著笑迷迷的一張臉，向江南酒俠問道：「客官，你也喜歡談天麼？我是最愛閒談的，每每遇著生意清閒的時候，就進來和一般客官們東拉拉，西扯扯。有幾位客官，爲了我的談鋒好，竟會留了下來，一天天的延捱著，不肯就走呢！你道奇怪不奇怪？……」說到這裏，又是扭頸一笑。

江南酒俠本是很隨便的一個人，見他倒浪得有趣，雖不要和他眞的怎樣，但是談談說說，也可聊破客中寂寞。便也笑著問道：「老闆娘，你那掌櫃呢？怎麼我進店來的時候，沒有瞧見他？」

那店婦道：「再休要提起他！這死鬼也忒煞沒有良心，竟老早的撇下了我，鑽入黃土堆中去了！你想，我年紀輕輕的，今年才衹有二十八歲，教我怎能耐受得這種況味呢？」

江南酒俠道：「那麼，你怎樣辦呢？」

那店婦又扭頸一笑道：「這有怎麼辦！也只得打熬著苦，硬著心腸做寡婦罷了！衹是日子一久，面子上雖仍做著寡婦，暗中卻有法子可想了！我的所以要開這所客店，也就是這個意思啊！」

說到這裏，又向江南酒俠瞟上一眼，格格的笑著說下去道：「我一開了這所客店，便有你們這班客官，源源不絕的送上門來，可以解得我的許多寂寞了！」

江南酒俠見他越說越不成話，而且又漸漸的說到自己身上來，不禁有些毛骨悚然！倒懊悔不該和他搭訕，起先就該向他下逐客令的。便正色說道：「老闆娘，你不要誤會了！我這個人，除了愛酒之外，別的東西一點也不愛的呢！」

那店婦卻仍嘻嘻的笑道：「哦！客官，原來你是愛酒的！那更容易商量了！如今的一班少年，愛酒之外，又那一個不再愛上酒的下面一個字呢！好，好！你愛喝甚麼酒？讓我親自替你燙去！」這麼一來，眞使江南酒俠緊蹙雙眉，弄得無法可想。

不料，正在這個緊要的當兒，卻如飛將軍從天而下，忽然來了一個救星了。祇聽得一個大漢，粗著喉嚨，在院子中叫喊道：「你們的正屋，不是都空著在那邊麼？怎麼不許你大爺住宿？難道狗眼看人低，估量你大爺出不起錢麼？」接著，又有店中夥計呼斥他的聲音。

那店婦一聽見外面這許多聲音，這才暫時止了邪心，不再和江南酒俠糾纏。一壁立起身來，向外就走，一壁咕嚕著道：「不知又是那裏來的痞棍，要向這裏尋事！讓老娘好好懲治他一下，方知老娘的手段！」

江南酒俠忙也立起身來向著外面一張，不覺低低喊了一聲：奇怪！原來，這在院子中大聲說著話的，不是別人，就是方才在打尖的所在，向他乞錢的那個窮漢！

這時那店婦卻早已到了院子中，祇見他舉起兩個眼睛，在那窮漢身上略略一打量，好似已瞧見了他身上的根根窮骨，滿臉都顯著不高興，就指著罵道：「我們的正屋，確是空著在那裏！但是你自己也不向鏡子中照一照，像你這樣的人，也配住我們的正屋麼？」

那窮漢聽了這種侮辱他的話，似乎也有些受不住；立刻把臉一板，就要發作起來！但抬頭一瞧，見和他說話的，是一個十分妖嬈的婦女，卻又顏色轉和，反嘻皮涎臉的說道：「說話的原來是大嫂！那事情就容易講了！我且問你：你這間正屋，不是只要納足了錢就可以住，別的沒有甚麼限制麼？」

那店婦道：「口中清楚一點！誰要你喚甚麼大嫂不大嫂？不錯！這間正屋，祇要誰有錢，誰就可以住，別的沒有甚麼限制！你如今要住這間正屋，祇要把錢繳出來就是了；別說一間，就是三間正屋都給你一人住，也沒有甚麼不可以！」

那窮漢冷笑道：「你肯要錢，事情就好辦了！你且瞧上一瞧，這是甚麼？」說著，便取出一錠銀子，在那

店婦眼前一晃。跟著，又把那十錠銀子都取出，隨取隨向院中拋了去，接著說道：「你們瞧，大爺有的是銀子！你們且把來收拾去！老實說，今天不但住定了你們的屋子，並連你們的人都

睡定了！」說罷，哈哈大笑，大踏步逕入正屋。這裏店婦、夥計，都嚇得目瞪口哆，把舌子伸出了半截。一壁把地上的銀子掇起，一壁跟入屋去。

祇見那窮漢一到屋中，昂起頭來，向屋中四下望上一望，便嘖嘖的稱歎道：「好清潔的三間屋子！除了大爺，沒有人能住得！也便是大爺除非不住店，住起店來，總得有這幾間屋子，才夠支配呢！如今，且把右首這一間作我臥室；中間這一間，作爲宴飲之所；快去配一桌正席來。左首那一間，讓他空著罷。倘有人來探訪大爺的，就領他到那邊坐地。」

當他說的時候，他說一句，二人便應一句，恭順得了不得！那店婦更不住撐起媚眼來瞟著他。這一來，更把那窮漢樂得不知所云，一味傻笑道：「大嫂子，你這一雙水汪汪的眼睛，長得眞不錯！你祇這們的向大爺一瞟，已勾得你大爺魂靈兒都飛去了！」說著，又順手在他的臉上一拂。

那店婦一半兒巧笑，一半兒嬌嗔道：「別這們的動手動腳呀！教人家瞧見了，怪不好意思的！」一壁又呼叱那夥計道：「你老站在這裏則甚？還不趕快預備茶水去。我也要出去替這位大爺端整酒席咧！」這一句話，把呆站在一旁的夥計提醒，連忙走了出去。那店婦便也一扭一扭的，跟在後面走出。

這些情形，這些說話，江南酒俠雖沒有完全瞧見或是聽見；但是他那廂房，和正屋距離得很近，至少總有一部分是瞧見或是聽見的。暗想：這窮漢倒也十分有趣！向人家討了錢來，卻是這樣的揮霍去！我倒還要瞧瞧他下面的花樣呢！

一會兒，天已斷黑。由夥計送了一壺酒，幾盤菜，和一桶飯來；再替他點上一枝蠟燭，就轉身走了出去。江南酒俠是素來愛喝酒的，這一壺酒，怎夠他吃呢？篩不上幾杯，早就完了，便敲著筷子喚夥計。但那夥計老不見來！瞧瞧正屋中時，倒是燈火輝煌，熱鬧非凡；那店婦和夥計，都在那裏殷勤張羅咧！不覺有些動怒起來，想：我和他同是住店的客人，怎麼待遇上顯然有上這樣一個分別呢？

可是正要發作時，忽又轉念想到：這個萬萬使不得！如果一鬧起來，定要把那窮漢驚動。倘是別人也就罷了，偏偏這窮漢，又在今天曾向自己索過錢；相見之下，彼此何以為情呢？萬一這窮漢倒坦然不以為意，竟要拉著我去同席，那麼，去的好呢？還是不去的好呢？不更是一件萬分為難的事情麼？想到這裏，頓時又把這番意思打消。一賭氣，不吃酒了！草草吃了兩碗飯，就算完事。

但這時正屋中仍喧譁得了不得，倒把他的好奇心勾起，便躡足走到院中，想要瞧瞧他們的光景。等得走到中間那間正屋前，從窗隙中站定向屋內一窺時，祇見那窮漢很有氣派的朝南坐著；面前一張桌子上，羅列著許多食品。那夥計，不知已於甚麼時候走了；祇餘下店婦一人，立在當地，向那窮漢呆望著。

窮漢呷了一口酒，忽的低哦道：「有酒無花，如此良夜何？」哦了這兩句後，又向店婦一望，問道：「大嫂，你們這裏也有甚麼花姑娘麼？可去喚一個來，陪你大爺飲酒。」

那店婦笑道：「這裏祇是一個小市鎭，那裏有甚麼花姑娘！還是請你大爺免了罷！」

窮漢把桌子一拍道：「這個怎麼可免！大爺素來飲酒，就最喜歡這個調調兒的！」說到這裏，又向店婦渾身上下一望，忽的笑逐顏開的，說道：「你們這個鎭上，既然沒有花姑娘，也是沒法的事。也罷！不如就請你大嫂權且代上一代，好好兒坐在這裏，陪我飲上幾杯酒，也是一樣的！」

店婦聽了，扭頸一笑道：「這個如何使得？在我承你大爺錯愛，偶爾幹上這們一回事，原沒有甚麼要緊；但一旦被人家傳說出去，名聲很不好聽呢！」

那窮漢又把桌子一拍道：「甚麼名聲不名聲？好聽不好聽？你肯答允便罷！否則，大爺就要著惱了，請你便把那十錠銀子全數還了我！」

那店婦一聽要教他把十錠銀子全數歸還，倒顯著十分爲難了。那窮漢卻乘此時機，走下座位來，把那店婦的手一拉道：「小心肝兒，別裝腔作勢了，隨你大爺來罷！」即把他拉到了原來的座位前。

那店婦並不十分推拒，在他將要坐下去的時候，乘勢就向他懷中一跌，嬌聲嬌氣的，笑著說道：「我的爺！你怎麼如此粗魯呀，這們的不顧人家死活的！」

那窮漢就緊緊地將他向懷中一摟，一壁在他兩頰上嗅個不住，一壁笑說道：「小心肝兒，別向你大爺作嬌嗔了！快快好生地服侍你大爺，口對口的，將酒哺給你大爺，飲上一回罷！這個調調兒，大爺生平最最愛玩的！」

那店婦倒眞是一個行家，聽了這話，雖也把身子微微一扭，口中還說著：別這樣作弄人！這個勾當怪羞人答答的！但同時依舊紅著一張臉，將酒含上一口，哺在那窮漢口中了。這一來，眞把那窮漢樂得甚麼似的！舐嘴咂舌的，把那口酒吞了下去，又嘖嘖的稱歎道：「這口酒不但好香，還有些甜津津的味兒呢！」引得那店婦笑聲格格，伸起手來打他的後頸。

江南酒俠在窗外瞧到這裏，也覺得實在有些瞧不上眼，不免暗地連連罵上幾聲：該死！但一時倒又不忍就走，很願再瞧瞧以下還有些甚麼新鮮的戲文。

便又聽那窮漢說道：「這樣的飲酒，有趣固是有趣，但還嫌寂寞一些！小心肝兒，你也會唱小曲麼？且唱幾支出來，給你大爺聽聽！」

店婦道：「唱是會唱的，祇是唱得不大好！如果唱起來不中聽，還得請大爺包涵些！」隨又微微一笑，即低聲哼了起來。

那窮漢一面敲著筷子作節奏，在一旁和著；一面聽那店婦唱不到幾句，又教哺口酒給他吃，似乎是樂極了！不到一刻工夫，早已深入醉鄉，便停杯不飲道：「時候已是不早，我們還是睡覺罷。」

那店婦笑道：「那麼，請大爺放我起來，我也要到前面去睡了。」

那窮漢哈哈大笑道：「別再假惺惺了！到了這個時候，誰還肯放你走？還是老老實實的，服侍你大爺睡上一晚罷！」說罷，即把那店婦抱了起來，向著西屋中直走，引得那店婦一路的格格笑聲不絕。

江南酒俠便也偷偷的跟到西屋的窗下，仍在窗隙中偷張著。祇見那窮漢把那店婦抱到了西屋中，即在一張床上一放，替他解起衣服來。那店婦一壁掙扎著，一壁含羞說道：「這算甚麼？就是要幹這種事，也得把燈熄了去；當著燈火之下，不是怪羞人答答的麼？」

那窮漢笑道：「暗中摸索，有何趣味？那是大爺所最最不喜歡的！你別和大爺執拗罷！」隨說隨把那店婦上上下下的衣服一齊剝下，竟不由他作得一分主。

到了後來，那店婦被剝得精赤條條，一絲不掛，把他一身白而且肥的肉一齊露出來了！自己也覺得有些難爲情，忙向床裏一鑽。那窮漢卻也會作怪，忽的哈哈大笑，便也把自己外面的衣服脫去，向床上一躺，取條被緊緊裹住，立刻呼呼地睡了去！

那店婦見他躺下以後，並沒有甚麼動靜，倒也有些疑惑起來。忙仰起身來一望，見他竟是這個模樣，並已鼾聲大起，睡了去了，不覺罵上一聲道：「你這廝雷聲大，雨點小，眞是在那裏活見鬼！老娘倒上了你的一個大當了！」說完這話，又略略想上一想，便伸足去勾動他所蓋的那條被。一會兒，已把被窩勾開，全個身子睡了進去；即爬起身來，想在那窮漢的身上一覆。

誰知那窮漢眞也妙得很，不待他覆上身去，又是一個翻身，面著裏床了。這一來，眞把那店婦氣極了！一張臉兒紅紅的，復從被中爬了出來，啐道：「誰眞希罕和你幹這樁事！你既高不起興來，睡得如死豬一般，老娘也樂得安安逸逸的睡上一晚！難道明天還怕你找帳不成？」便也取了別一條被，在那窮漢的足後睡下。

江南酒俠到了這個時候，知道已沒有甚麼戲文可看，便也回到自己的屋中，卻暗自想道：「這窮漢倒眞有點兒希奇古怪！瞧他飲酒的時候，這般的向那店婦調笑，好像是一個十分好色的；但是到了眞要實行的當兒，卻又一無動靜，呼呼的睡去了。這豈又是一般好色之徒所能做得到的？倒眞有柳下惠那種坐懷不亂的工夫！就這一點瞧來，已知其決非尋常人！而況再參以剛才乞錢那樁事，一乞得錢來，即於頃刻間揮霍一個淨盡，明明又是一種遊戲舉動，更足見其名士風流了！這種人，倒不可失之交臂，定要探出他究竟是何等人物？並與他交識一場方對！」想罷，也就睡了。

第二天起身，想要到帳房中算了帳就走。剛剛走到院子中，恰值那店婦蓬著頭，從正屋中走出來。一見江南酒俠，臉上不禁微微一紅，祇得搭訕問道：「客官，你起得好早呀！怎麼不多睡一會兒？」

江南酒俠笑道：「我冷清清的一個人，多睡在床上也乏趣。像你大嫂，陪著那位大爺，兩口子多麼親熱，正該多睡一會，怎麼也很早的就起來了？」

這一說，說得那店婦滿臉通紅，連耳根子都紅了起來，啐道：「別嚼舌了！你說的是那位客人麼？那廝昨晚醉了，硬要攬著人！可是一到床上，就鼾聲大起，睡得和死豬一般，直到五更方醒。一醒，卻又忙忙的起身走了，眞是好笑煞人！」

江南酒俠聽到這裏，倒也忍俊不禁，脫口說道：「如此說來，倒便宜了你，樂得安安逸逸的睡上一晚！」店婦聞言，臉上又是一紅，向他瞪了一眼。

江南酒俠卻又笑著問道：「我還有句話要問你：那廝走的時候，沒有向你找帳麼？」這一問不打緊，更把那店婦羞得抬不起頭，格格的笑著走出去。江南酒俠便也走到外邊，將帳算清，即行就道。

一路曉行晚宿，不多時，早已到了德州，便在一家客店中住下。當夥計前來照料茶水的時候，江南酒俠想要探聽得一些情形，便閒閒的和他搭話道：「你們這座府城眞好大呀！濟南府雖是一個省城，恐怕也祇有這麼一點模樣！」

夥計笑著回答道：「這是你老太褒獎了！那怎能比得濟南府？那邊到底還多上一個撫台！不過如和本省其他的府城比起來，那我們這德州，也可算得一個的了！」

江南酒俠道：「城池既如此之大，那富家巨室一定是很多的！究竟是那幾家呀？」

夥計道：「有名的人家，固然很多；但是最最有名的，總要算那東城的馬家。他家的大人，是曾經做過戶部尙書的。祇要提起了馬天王三個字，在這山東地面上，恐怕不知道他的也很少。客官，你也聽得人家說起過麼？」

江南酒俠故作沉吟道：「馬天王麼？這個我以前倒從沒有聽見過。他的聲名既如是之大，想來平日待人，定是十分和善的？」

那夥計冷笑一聲道：「他如果待人和善，也沒有這們的聲名了！」他說到這裏，又走近一步，把聲音放低一些，說道：「對你客官說了罷！這馬天王，實是我們德州城中第一個惡霸！這幾年來，也不知有多少人遭了他的殘害！就是最近，有一位客官，也是寄寓在這裏的，曾向我探聽那馬天王家中的事跡很詳，並且對於那馬天王十分憤恨，好像和他有下甚麼冤仇似的。後來有一晚，這個客官從店中走出，從此就沒有回來。照我想來，定是報仇不成，反遭了那馬天王的毒手了！但是又有那個敢去問他要人呢？不但沒有人敢去問他要人，並連這樁事都不敢說起呢！」

江南酒俠正要問他詳情，卻見有一個人，向門內一探頭，喚道：「小二子，快來幫我幹一樁事，別又在那裏嚼舌頭了！」那夥計噭應一聲，便也退了出去。江南酒俠只索罷休。

第二天，便先到東城，在馬天王住屋的四周，相度了一番情形。到了晚上，已是夜深人靜了，便又換了一身夜行衣，偷偷出了客店，再來到馬天王的屋前，就從牆上跳了進去。幸喜這時剛剛起過三更，他在屋中四處走走，並不遇見甚麼巡邏的人；一會兒，到了一座高閣之前，大概就是這挹雲閣了。

正立著探望的時候，忽覺有人在他肩上拍了一下，低低的說道：「你這人好大的膽，竟敢走向這龍潭虎穴中來！」倒把江南酒俠嚇了一跳！

欲知這拍肩的是甚麼人？且待第一一六回再說。

第一一六回　展鋼手高樓困好漢　揮寶劍小舍劫更夫

話說：江南酒俠正在掲雲閣外，徘徊觀望之際，忽覺有人在他肩上拍了一下，並低聲對他說道：「你這人好大的膽，竟敢走向這龍潭虎穴中來！」

江南酒俠不免吃了一驚！回首望時，卻是神祕得很，連人影子都沒有一個，不覺更加詫異道：「好快的身手！怎麼剛聽見他在說話，一會兒便不見了！這到底是甚麼人？莫非李成化那廝也來了麼？」

但是轉念一想，忽又覺得不對，李成化是湖南口音中夾些山東白，這個人卻是一口河南中州白，顯見得兩下有些不同。而且李成化的武藝也很平常，不會有這般矯健的身手呢！想到這裏，忽然意有所觸，恍然大悟道：「哦！是了！莫非就是在打尖的地方向我乞錢，在住宿的地方向店婦調笑，那個遊戲三昧的窮漢？他不也是一口中州白麼？不過，不管他是那個窮漢，不是那個窮漢，總之，他是沒有甚麼惡意的。如果他有下惡意，當在我肩上拍上一下的時候，早可設法把我拿下，還能聽我自由自在的遊行麼？」至是，他又膽壯起來，便向閣中走進。

兩扇閣門，卻洞洞的關著，既不鎖鍵，也無守衛之人。祇是裏邊黑黝黝的，一點不能瞧見甚麼。江南酒俠這時也不去管他，即將火扇取出，把來一揚，照見裏邊很是空曠，沒有一些陳設，也沒有甚麼櫥櫃之屬放在那邊。不免也覺得有些詫異，莫非誤聽人言，這裏祇是一所空閣罷？

後來忽然憬悟道：「大概因這第一層是出入要道，所以不把重要東西放在裏邊。到了第二層閣上，一定有所發現了！」一壁想著，一壁尋得扶梯的所在，又向二層樓上走了上去。在火扇所揚出的火光下，果然見有幾口大櫥，一併的排列著；這裏邊所藏的，不言而喻的，都是些奇珍異寶了。

江南酒俠也不暇去細看他，又依著扶梯走上了三層閣。忽在一個轉角的地方，瞧見了一團黑黝黝的東西；忙走近去，用著火扇一照，不禁噗嗤一聲，笑了起來。原來，並不是甚麼東西，乃是兩個更夫，被綑縛在一起，口中也被破布絮著咧。江南酒俠這才知道在他之前，已有人走進這閣中來了，無怪兩扇閣門洞洞的關著，連一個守衛的影子都不見呢！不過這先到這閣中來的，到底是甚麼人？可又成了一個問題了。第一使他疑心到的，當然就是那個窮漢；因爲這窮漢也到了這裏，並在這裏欲有所圖謀，先前已經可以證實，沒有甚麼疑問的了！祇有一樁不解的事情：這窮漢走入這個閣中，和他相距也祇一霎眼的工夫，並可稱得是前後腳；怎麼把門打開，把更夫綑起，他一點也不瞧見，一點也不聽見聲息呢？難道那人竟有上一種神妙莫測的本領，做到這種事情，可以不費甚麼手腳麼？

而且，還有一個很大的疑點：當他站在閣門前瞧望著，那窮漢在他肩上拍上一下的時候，這兩扇門似乎早已洞啓著在那裏了；如此看來，先到這閣中來的，似乎又不是那窮漢，而爲別一人了！然而，一夕之中，竟有三個人，懷著同樣目的，要到這裏來行竊珍寶，這不但是樁奇怪的事情，而且很足引起他的興趣咧！他最後的一個著想，卻決定了這個人大概就是李成化罷！如果眞是李成化，那他自己眞是慚愧得很，竟被李成化著了先鞭了，他不是已處於失敗的地位麼？

在他沉思之際，卻已把第三層閣中的情形，瞧了一個明白：也和二層閣中一般，一排的放列了幾口大櫥。當然的，這內中貯藏的，都是些珍寶了。便又匆匆的到了第四層閣上。他在這個時候，耳邊忽聽得一種聲響，似乎是從第五層閣上發出來的。

暗想：李成化大概已在上面動手了！既是這們熟門熟路，又沒有一個守衛在上面，看來一定可以得手的罷？他一想到這裏，似乎自己真已到了失敗的地步了，心中覺得十分懊喪，也就不暇細看第四層閣中的情形，又匆匆到了第五層。這座閣是仿照著寶塔的形式建造的，一層小似一層；到了第五層上，祇賸方方的一小間了。

江南酒俠走到閣外時，祇見那閣門虛掩著，顯見裏面有人在那裏工作咧！忙立住了足，把門推開了幾寸，偷偷向內一張，卻很是使他出於意外的！下面的幾層閣中，當他走上來的時候，都是黑黝黝的不見一點燈火；獨在這層閣中，卻有一盞很大的玻璃燈，和那佛像前所供的那些燈一般的，高高懸掛在上面。

就這燈光之下，瞧見一個軀幹魁梧的漢子，立在一口小櫥之前，俯著身子，有所工作，似乎全神都傾注在上面。而就這背影瞧來，不是李成化，又是甚麼人呢？

江南酒俠看到這裏，不覺暗喊一聲：啊呀！這一遭我竟失敗在李成化那廝的手中了！這真是意想不到的事！眼見他馬上就要把櫥門打開，輕輕易易的就可把玉杯取了去；我難道可以攔住他，把這玉杯搶了過來麼？不過，這也怪我自己不好，我太是輕信人言了！我如果知道這裏防守得如此之鬆，玉杯可以唾手而得，我又何必和他賭上這個東道呢？

誰知正在江南酒俠暗喊啊呀之際，那個漢子卻似殺豬一般，大聲喊起來了，這更是江南酒俠所不防的！也就拋去一切思潮，把門一推，走了進去。那時那個漢子，也已聽得有人推門進來，忙止了呼喊之聲，回過頭來一瞧，卻又使江南酒俠怔住了！原來，這個漢子生得眉清目秀，祇有二十多歲的光景，並不是那李成化。

然而，江南酒俠這時對於這漢子究是懷著何種目的而來的一個問題，已是無暇推究了！因爲，同時又發現了一樁駭人的事情，已瞧見那漢子的一隻右手，被櫥旁伸拿出一隻鋼鐵的手，把他緊緊的握著，無怪剛才要大聲呼喊起來咧！這時江南酒俠惟一的心願，也是他惟一的責任，就是趕快須得把這漢子救下；如果等到馬家的人聞訊到來，那就大費手腳了！

至於這個漢子是誰？現在可以不必問他，總之，他既在夤夜之間，到這挹雲閣中來盜寶，一定是不贊成馬天王的爲人的，並和馬天王是處於反對的地位呢！但是用甚麼方法去救他，倒又成了一個問題。還是用寶刀去把這鋼鐵的手斬斷呢？還是再想別種妥善的方法呢？而且這櫥上除了這鋼手之外，還不知有不有別的機關？寶刀斫上去，更不知要發生不發生甚麼變化？這也都應得於事前考慮一下啊！

可是，他還沒有把方法想定，卻早聽得呀的一聲，有個人推開窗子，跳進來了。一到閣中，就笑嘻嘻的說道：「你們這兩個人，眞是一對獃子。一個自己的手被機關擒拿著了，卻不想解救的方法，只是一味的喊叫；一個看見人家被困，只是呆住在旁邊瞧熱鬧，也不替人家想想方法。難道你們二人，專等馬天王派遣武士到來，把你們擒拿了去麼？你們須要知道，這鋼手的機關，裝置得很是巧妙，只要有人誤觸機關，鋼手便會伸拿出來，把那人的手捉著；下面同時也得了消息，馬上就有人前來察看情形了！」

當那人說話的時候，江南酒俠早已把他瞧得清清楚楚，果然就是在打尖的地方向自己乞錢的那個窮漢！那麼剛才在挹雲閣前，向自己肩上拍上一下的，更可證實是他了。

那窮漢說了這番話後，隨又一點不遲延的，走到了那少年之前；即從腰旁解下一柄寶刀，對著少年笑說道：「我這柄刀，雖稱不得是甚麼寶刀，但也能削鐵如泥，犀利非常。讓我就替你把這隻鋼手削了去罷！」說著，衹把刀尖輕輕在鋼手上一削，這鋼手立刻中分為二，失了約束的能力；少年的那隻手，便又重得自由了。

少年喜不自勝，方欲向他致謝，那窮漢忙止著他道：「現在不是稱謝的時候！不如乘他們大隊人馬沒有到來之前，我們就悄悄的溜走了罷！」說完這話，就把少年的手一拉，齊從剛才進來的那扇窗中鑽了出去。

在剛要上屋之前，那窮漢卻又把個頭伸了進來，向著呆站在室中的江南酒俠，說道：「朋友，你不要癡心妄想了，看來這隻玉杯，今天是萬萬不能到手的了！不如過幾天再來罷。現在他們的大隊人馬快到，你還是跟我們一塊兒走罷！」

這話一說，方把江南酒俠提醒，倒也自己覺得有些好笑起來！暗想：我眞獃了！他們的大隊人馬快到，我還呆呆的立在這裏則甚？難道眞是束手待斃不成？並且我向來行事，雖不十分精明，也不十分顢頇；但照今天的這樁事瞧來，實是顢頇極了！如果老是這樣的下去，怕不要失敗在李成化的手中麼？想到這裏，忙把精神振作一下，也就走到窗口，跟著他們二人，一齊上了屋面。

卻見那窮漢，用手指著下面，向他們低聲說道：「你們且瞧，他們不是已帶了大隊人馬到來麼？」江南酒俠忙向下面一瞧時，果見一隊武士，約有四五十人，正在蜂擁而來。前鋒早已到了挹雲閣外。旁邊還有幾個達官裝束的，好像是押著隊伍同行，大概是他們的首領罷？

江南酒俠看了之後，忽又哈哈大笑道：「我道他們的大隊人馬中，總有幾個三頭六臂，十分了不得的人物；不料祇是這幾個毛蟲，那還懼怕他們甚麼？就是他們全體到來，祇拿我一個人對付他們，恐怕也都綽綽有餘裕咧！」

那窮漢道：「以貌取人，失之子羽。你倒不要小覷了他們！而且他們也不是存心要和我們為難，實是平日受了主人豢養之恩，現在既然出了岔子了，他們少不得要替主人出點力，來擺擺樣子！我們得饒人處且饒人，何必與他們一般見識呢？朋友，我們還是不要給他們瞧見，靜悄悄的走了罷！」

江南酒俠卻不贊成這句話，怏怏的說道：「你們要走，儘管各自請便。俺還得在這裏和他們玩上一下呢！」說著即在屋面上，高聲喊起來道：「你們這班瞎眼的死囚！你們以為借著機關的力量，已可把我擒拿著，預備到閣上去拿人麼！但是我為你們省力起見，已把這機關弄毀，並從閣中走了出來，特地在這屋面上恭候著你們咧！」下面一聽這話，登時很喧譁的一陣喊。

一個挺著大肚子的肥人，好像是這一群武士中的首領，也立刻向大衆吩咐道：「伙伴們，你們快分幾個人上屋去，把這漢子擒住了，別放他逃走！停會稟知主人，重重有賞！」但是他的話剛說完，早有一件重甸甸的東西，從屋上打了下來，不偏不倚的，恰恰打在這個大肚子上；祇喊得啊呀一聲，已倒在地上成一團。

衆人見了這種情形，當然立刻大亂起來。卻又聽得江南酒俠在屋面上，哈哈大笑道：「你這廝眞沒用！俺祇敬得你一杯酒，你已是受不住，倒在地上了。早知如此，俺倒不該對你行這種很重的敬禮呢！也罷！俺現在顧惜著你們，就改上一個花樣，祇普遍的請你們嘗些酒豆的風味罷！」這話剛完，即有像冰雹似的一陣東西，落英繽紛的從上面飛了下來。

一時打在臉上，臉上立刻起泡；打在衣上，衣上立刻對穿！說他是固體呢？卻熱辣辣的好似沸水；說他是液體呢？卻又硬錚錚的有同鉛彈！害得一般素來沒有嘗過這種酒豆的風味的，還疑心他是施的妖法，不免一齊驚喊起來；有幾個尤其膽怯的，竟遠遠的躲避開去了！

江南酒俠瞧在眼中，更覺十分得意，越發把這酒豆不住的噴著。並且他還有一樁絕技，他把這酒豆噴出去，咫尺之間，十丈之內，是把來看得一個樣子的；祇在運氣的時候，有上緩急高下的不同罷了！所以這時大衆雖遠遠的逃避開去，他卻連身子都不動一動，祇把口中的那股氣運得加緊一些，依然噴得一個淋漓盡致，沒有人能逃出他的射線之外！

這一來，更把大衆驚得不知所云了！幾個乖巧一些並和閣門距離得相近的，也就不管三七二十一，趕忙躲入閣中；祇苦了幾個蠢漢和著那些距離閣門太遠的，一時竟沒有地方可躲，祇好把身子伏在地上，權將背部作盾了！

江南酒俠到了這個地步，也覺得自己玩得太夠了，又是一陣哈哈大笑道：「好一班不中用的毛賊！連幾點大一點的酒點子都受不住，倒要出來替人家保鏢護院了！你們自己雖不覺得羞愧，我倒替你們羞愧欲死呢！哈哈！俺老子今晚也和你們玩得太夠了，如今且再留下一隻酒杯，給你們做個紀念品罷！俺老子去也！」

說罷，又有一隻重甸甸的酒杯，從屋上打了下來；却是湊巧得很，恰恰又打在那肥人的大肚子上，和剛才的那隻酒杯配成了一對。這時屋上便起了一陣很輕很急的腳步聲，顯見得江南酒俠已是走了。

不知這江南酒俠究竟眞的走了與否？且待第一一七回再說。

第一一七回　出奇兵酒俠初建績　盜寶器窮奴再立功

話說：大衆見江南酒俠已走，這才放下了一百個心立刻從地上爬起。那些躲入閣中的，得了這個消息，也立刻走了出來。但是大衆抬起眼來，向屋上一瞧時，那裏還有江南酒俠的一些影蹤，早已走得不知去向的了！當時那個大肚子，也早從地上走起，眉峰一蹙，肚子一捧，裝作十分能忍痛的樣子，便又很威武的向大衆發一聲令，分頭追趕賊人。這時的大衆，也都恢復了以前雄赳赳、氣昂昂的樣子，一聽首領令下，立刻又耀武揚威的，向園中搜尋去了。

其實，江南酒俠的蹤跡，這時還在這馬氏園中，並未走得不知去向呢！當他說了一聲我去也之後，便眞的想走了，忽又想起：那窮漢和那少年，現在不知還在屋上不在？剛才正一心的對付著下面這班人，玩弄著下面這班人，倒把他們忘記了！

誰知他舉起眼來，向屋上四下一瞧，那裏還有他們的蹤影？不覺暗暗好笑：我道他們二人都是甚麼頂天立地的好漢，原來也都是銀樣鑞槍頭，眼瞧著我和敵人交戰，竟不從旁幫一下忙，拋棄了我，管他們自己逃走了！這也算得是丈夫的舉動麼？也罷！我旣不是和他們同來的，讓他們這班怯條子逃走也好，不逃走也好，我總走我自己的就是了！主意想定，便在屋面上施展輕身工夫，飛也似的向前走去。

轉瞬間，已躍過了幾個屋面，到了靠著北首牆根一所偏屋上了。暗想：在這屋上望出去，已可望見牆外就是官道；顯見衹要跳出這道牆，就可到得外面了。我不如就打這裏出去罷，免得他們又驚神驚鬼，鬧個不了咧！一面想，一面即將身子一縱，輕輕躍至地上，正擬向牆邊走去。

誰知，在這微風中，忽然送過來了一陣聲音，正是兩個人在那裏問答著。立刻又引起了他的注意，使他不由自主的立住了。衹聽得一個破竹喉嚨的，在那裏問道：「剛才很響亮的一種鈴聲，你也聽得了麼？大概又是捉到了甚麼刺客了！」

一個聲音蒼老一些的，立刻回答道：「怎麼沒聽見？我倒還以為你正打著盹，沒有聽見呢！但是你可又弄錯了，這並不是捉到了甚麼刺客，實是有人要到挹雲閣中去盜寶，誤觸在機關上被抓住了！這種鈴聲，就是很顯明、很簡單的一種報告啊！」

破竹喉嚨的道：「到底是你的資格老，比我多知道一些！如此說來，我們這裏倒少了一注生意了。我還以為又有甚麼刺客送來咧！」

聲音蒼老一些的，笑道：「這個倒又不然！這地方，不見得定是囚禁甚麼刺客的。或者上頭見我們看守得很是嚴密，十分信託我們；拿到的就不是刺客，為慎重起見，也得拿來交給我們咧！」

破竹喉嚨的又道：「但是目下在我們這裏的那一個，不是聽說是個刺客麼？我祇望這次送來的，也和他一般的懂得人情世故，那我們就又有油水可沾了！」

江南酒俠聽到這裏，心中不覺一動！暗想：昨天小二說起的那個失蹤的寓客，不要就囚在這裏麼？倘然這個猜想不錯，那眞是巧極了！橫豎今晚要盜這隻玉杯，已是失卻機會了，不如就乘便把這人救了出來！這雖算不得是甚麼義俠的舉動，但失之東隅，收之桑榆，倒也可聊以解嘲呢！

江南酒俠把這主意一想定，即悄悄的走了過去。這兩個值夜的，正在談得十分起勁，竟一點也不聽見；加之更棚面前掛的那盞燈，光力很是薄弱，照不到多們遠。所以等到江南酒俠走近更棚面前，他們方才瞧見；要想叫喊時，卻見江南酒俠執著一柄明晃晃的寶刀，指著他們道：「禁聲！如果不知趣的，俺老子就一刀一個，把你們馬上送回老家去！」

這兩個値夜的，當然也是十分惜命的，聽了江南酒俠這番說話，口中那裏還敢哼一哼？卻又聽江南酒俠對著他們，吩咐道：「快把你們身上的帶子解下來，並把旁邊這座屋子所有的鑰匙交給我。」這二人要保全自家的性命，當然又乖乖的服從了。

江南酒俠先將鑰匙向袋中一塞，隨拿帶子將他們綑縛起來，隨手又割下兩塊衣襟，絮著了二人的口。就把二人在更棚中一放，然後笑嘻嘻的說道：「實在抱歉得很，暫時只得委屈你們在這裏睡一下子！不過不久定有人來解放你們的。我可要失陪了！」即將更棚門帶上，向著旁邊這所屋子走去。

好得這所屋子的鑰匙，已被他一齊取了來了，便一點不費手腳的，打開了幾重門，到了樓上的一間室中。

這間室中的陳設，很是簡單，祇有一張桌子、一張床。而在這張床上，卻睡著一個三十多歲的漢子；形容十分憔悴，手足都被關著，顯見得行動不能自由。這就是這間室中的主人，也就是這間室中的囚人了。他最初聽見有人開門進來，依舊躺著不動，露出一種漠不關心的樣子。等到江南酒俠已經走入室中，方始抬起眼來一瞧，忽然見是一個素不相識的，並不是在他意料中的那兩個値夜人，這倒覺得有些驚異了！

連忙靠床坐起，瞪起兩個眼睛，向著江南酒俠問道：「你是甚麼人？你是甚麼人？」

江南酒俠十分誠懇的，回答道：「你別驚恐！我不是你仇家差來的人，也不是要來害你的。說得好一點，我此來或者還和你十分有益的呢！」

那漢子立刻又驚喜起來道：「如此說來，你一定是來救我的！或者是毛家表兄請你來的罷？但是我又遇著一個不可解的問題了：我被囚在這裏，當時一個人也不知道，又有誰把消息透露出去？難道你們是從客店裏打聽得來的麼？」

江南酒俠微笑道：「你別管我是誰派來的，至於你所懷疑的這個問題，我也一時回答不了！不過我有一句話可以很明白的回答你，我確是來救你出險的！請你不要躭延時候，趕快同我就走罷！」

那漢子聽了這句話，不由自主的，向那關著他的兩手和兩足的鐐銬望上一望，苦著臉說道：「我當然很想和你馬上就走。但是有這些東西帶在身上，一步也難走得，總得先把這東西解除了才好呢！」

江南酒俠不覺噗哧一笑道：「眞是該死！我倒把這個忘懷了！但是你不要著急，這些東西算不得甚麼，祇要我把寶刀一揮，怕不如摧枯拉朽一般麼？」說著，即將寶刀取出；祇隨手的揮上幾揮，即將那漢子身上的所有鐐銬，一齊斬得乾乾淨淨，無一留存。

那漢子見此身已恢復了自由，喜得要跪了下來道：「幸蒙恩公搭救，又得恢復自由！但是恩公高姓大名，還請明示，以便銘之心版，永矢不忘！」

江南酒俠聽了這話，一壁不覺把眉兒深深打上一個結，一壁忙把那漢子拉著道：「別酸溜溜的鬧這個玩意兒了！現在閣下雖已恢復了身體的自由，但尚未出得囚居，並不是細細談心之時！我們如今且趕快走出了此間，到我寄寓的客店中再談罷。」那漢子這才不再說甚麼，同了江南酒俠，一齊出了那所屋子，又一齊從牆上躍出，向客店中行去。

到得那所客店的後面牆邊，江南酒俠忽立定了足，對那漢子說道：「免得引起人家注意，我們就打這裏進去罷。」

那漢子就晨光熹微中，向四下熟視了一番，忽然咦的一聲，低喊起來道：「這不是永安客店的後牆麼？原來恩公也住在這家客店中。那是巧極了！」

江南酒俠微笑無語，即同了他躍入牆去，一逕走入自家的臥房中，並對那漢子說道：「你的那間房，大概已被人家住去了，不如暫在我這裏登一下子。等得把應付那夥計的說話商酌定，然後再行出面，似乎來得妥當一些！」那漢子點頭應是，即在房中坐下。江南酒俠也把夜行衣裝換去。

不料，半晌工夫還不到，忽然走來了一個人，在外面叩著房門。江南酒俠聽了，忙向那漢子一努嘴，教他在床後暫行躲避一下，一面即裝著好夢初醒的樣子，懶洋洋的問道：「是誰？這麼早就來叩門了！」

卻聽見那小二子在房門外，回答道：「是我。我本不願意來驚擾你客官的好夢，祇因有個客人，在這大清老早，就來拜訪你客官，並硬逼著我馬上通報，所以只得來告稟一聲了！客官，你主張見他呢？還是不見他？」

江南酒俠聽說這麼一個大清老早，就有人前來拜訪他，不免覺得有些詫異，忙問道：「他姓甚麼？你也向他問過麼？」

小二子道：「這是問過的。他說姓毛。但是他同時又向我說，單向你客官說上他的一個姓，是不中用的；祇要向客官說，在這兩個鐘頭之前，你們還在一個地方會過面，那就可明白他是甚麼人了！」這話一說，不是明明說這不速之客，就是那個窮漢麼？

江南酒俠不禁脫口說道：「咦！是他來了麼？那就請他進來罷。」

那小二子去不多久，卻引了兩個人進來。江南酒俠忙向他們一瞧時，一個果然是那窮漢，一個卻就是在挹雲閣中觸著機關的那個少年。

江南酒俠當著小二子的面，免不得含笑和他們招呼一下；等到小二子走出房去，腳聲已遠，陡的臉色一變，向他們發話道：「你們二人眞夠朋友！當他們大隊人馬來的時候，竟把我一個人拋棄在屋面，管你們自己走了！現在事情已過，還要你們來獻甚麼殷勤呢？」

那少年一聽這話，臉色也立刻變了許多，似乎想要反唇相稽。獨那窮漢，卻一點不以爲意，依舊笑嘻嘻的，說道：「我們這一次到這裏來，並不是要向你獻甚麼殷勤；至於不夠朋友四個字，更是談不到，因爲我們彼此連姓名都不知道，那裏談得到朋友的關係呢！」

江南酒俠最初被這話一矇，倒不覺呆上一呆，半晌方說道：「話不是這般說！我們彼此雖連姓名都不知道，但照剛才在屋面上的那一刹那講起來，實已有上同舟共難之誼，比尋常的甚麼友誼都要高上一層！你們在良心上、在正誼上，似乎都要和我合作到底，萬萬不可把我單獨的拋棄在屋面上啊！至於我爲了你們的拋棄，究竟受了危險沒有？那倒又是一個問題了！」

好一番義正詞嚴的說話，害得那個少年，起初也是變了臉色，此刻倒又覺得抱愧起來！獨有那個窮漢，依舊不改常度，又一笑說道：「你這話才說得一點不錯咧！我剛才實是和你說得玩的！不過我們的把你拋棄在屋面上，一則，也是知道你足以對付這些鼠輩而有餘；二則，我們又可乘此時機，放心大膽的去幹別的事情了！」

這末一句話，很足引起江南酒俠的注意，忙很殷切的問道：「你們是這們一個主意麼？那是好極了！但是你們究竟去幹了沒有？幹的又是樁甚麼事情？」

那窮漢目光灼灼的，回答道：「當然是去幹了！你要知道我們幹的是樁甚麼事情，祇要把我們的這件成績品瞧上一瞧，就可明白了！」說到這裏，即從懷中取出一隻錦匣，笑嘻嘻的，把來放在江南酒俠的面前。

江南酒俠這時對於這匣中所藏的東西，也約略有些猜想到，所以不暇再問甚麼，連忙把那錦匣打了開來。等得匣中物和他的視線相接觸時，他這顆心，不禁撲撲的跳了起來！原來，他的猜想果然不錯，藏在這錦匣中的，是一隻高可八寸，徑可四寸，古色斑斕，價值連城的玉杯！不就是被馬天王從周茂哉手中巧取豪奪而去，他和李成化打賭著要去盜取的那隻玉杯，又是甚麼呢？

他這時驚喜交集，心中眞是亂極了！忙把心神定了一定，方又問道：「你究竟用上怎樣一種神妙不測的手段，在這短時間中，竟又反敗爲勝，會把這玉杯盜了來呢？」

那窮漢道：「我的手段，說出來也是尋常之至，一點算不上神妙不測。當在屋面上的時候，我見你硬要和他們做耍，知道你一個人已足把這班飯桶對付著，他們暫時不會到閣中來的了！忽然一個奇想：我何不乘此時機，二次再上閣去，就把這玉杯盜到手，省得再來一次？這不是來得事半功倍麼？因把我們這位朋友的手一拉，他也馬上會意，便又一齊從先前的那扇窗中爬了進去，重到了那間小閣中。

「那時他們這班人，都注意在你的身上，一個人都沒有瞧見呢！我是從前聽人說起過，深知道這大櫥上機關的內容的；並知他的厲害，全在五隻鋼手上。所以，設法把臏下的四隻鋼手也一齊斬了去。於是，就很容易的把這櫥門打開，這玉杯便入了我的掌握中了！現在這玉杯做何區處？一聽你們二人的尊便，我不過問，因爲我到那馬氏園中去，目的並不在此杯啊！」

江南酒俠一聽此話，倒又露著錯愕之色，要想問個明白時，又不知從何處問起方好！那窮漢便又笑著，說道：「一切事情，祗有我胸中最是雪亮，讓我來簡單說上一說罷。不過在未說之前，總得把我們這幾個人，先行介紹一下；否則，眞是一樁大笑話呢！你是有名的江南酒俠，素來沒有姓名的。他是陶順凡，便是周茂哉那個孤子的朋友，實是一個血性的男子。至於在下，便是神偷毛錦桃，你們以前大概總聽得人家說起賤名罷？」當下大家不免又客套了幾句。

毛錦桃便又說下去道：「籠統的說起來，我們三人的注目點，固都在這馬氏園中，然而分開了說，你們都爲這周氏父子起見，目標全在這隻玉杯上；至於我，卻和你們不同，我是完全爲著救我表弟姚百剛而來！……」

他的話尚未說完，突然有一個人從床後走了出來，含著驚喜的聲音，呼道：「表兄，表兄！請你放心！你的表弟姚百剛，已被這位恩公救回來了！」這一著，卻是這遊戲三昧的毛錦桃所沒有料到的，不覺老大的一愣！同時，又聽得颼颼的幾聲風響，好似窗戶從外打開了。

江南酒俠忙回頭一看時，不覺狂喊起來道：「玉杯！玉杯！」

不知江南酒俠爲何狂喊著玉杯？是否又有人來把這玉杯盜去？且待第一一八回再說。

第一一八回　追玉杯受猴兒耍弄　返趙璧歎孺子神奇

話說：颼颼的幾聲風響，那扇窗忽從外面打了開來。江南酒俠忙回頭一看時，不覺狂喊起來道：「玉杯，玉杯！」這玉杯的兩個字，好似具有絕大的力量；祇從江南酒俠口中一吐出，立時使一室的人，不由自主的都向置放玉杯的這張桌上望著。剛才明明見江南酒俠拿來玩弄一回之後，依舊貯放在錦匣中，即順手放在桌上的，誰知現在果已連這錦匣都杳無蹤跡了！

就中要算毛錦桃最是心細，雖在霎時間出了這們一個大岔子，仍舊聲色不動；也不說甚麼言語，即一縱身，躍上了窗口；又一攀身，到了屋面上。舉起眼來，向四下一望，卻不見有甚麼人；祇在東向屋面上，離開他所站處約有十多碼的地方，見有一團毛茸茸的東西，伏著在那裏。再一細看時，卻是兩頭猴子並伏在一處；內中一頭猴子的口中，啣著一件燦爛爛的東西，不是中間貯有玉杯的那隻錦匣，又是甚麼呢？

這時毛錦桃不覺暗想道：「本來我正在這裏詫異，這個賊的手腳，怎麼如此敏捷，僅一霎眼的工夫，颼颼的起了一陣風，就把這玉杯攫了去？誰知竟是這兩個畜生幹的勾當，那就沒有

甚麼希奇了！不過這兩個畜生也是奇怪得很，既然已把這玉杯盜去，就該立刻逃逸，爲甚麼還蹲伏在這屋面上？難道是一種誘敵之計，要把我誘了去，再和我玩弄一下子麼？如果眞是如此，那也可笑極了！我毛錦桃在山東道上，也馳騁了好多年；對於任何武藝高強的人，都是不怕，豈反怕了你這兩個小小的畜類？」他想到這裏，不覺有些好笑起來，一壁即向這兩頭猴子蹲伏的地方走去。

　　那猴子見他走來，卻一點也不畏懼，依舊蹲伏著在那裏。等到他走近身旁，方始躥了起來；卻一頭向東，一頭向西，並不望著一個方向走。這一來，可把毛錦桃窘住了！這兩頭猴子之中，不知是那一頭帶著那藏有玉杯的錦匣的？他究竟應該追趕那頭猴子，方才不至有誤呢？好在他的眼光尚還銳利，在一瞥之間，早已瞧出啣著燦爛爛的錦匣的那頭猴子，是向著東面跑去的。他便立刻捨了西面那一頭，向著東面那頭追趕上去。可是猴子跑得快，人跑得慢，一時那裏追趕得上？好容易，才見那猴子的氣力有些不濟，漸漸落後下來；他不禁大喜過望，那裏還敢怠慢？即加足了足力，又向前追趕上去，果然快被他追到了！

但是猴子仍是頑強得很，見他快要追近，即把那隻錦匣在屋面上一放，自己卻回轉身軀，猛力地向毛錦桃身上撲了來。幸而毛錦桃很是眼明手快，一見他向自己身上撲了來，忙把身軀向旁一閃，即躲了開去。猴子見自己撲了一個空，不免有些發怒；祇一轉身間，又很迅速地撲了過來。毛錦桃當然又一閃身躲過了，於是，人與猴便在屋上戰了起來。到底人是練過工夫的，猴子是沒有練過工夫的。十多個回合以後，猴子便有些抵擋不住，只好一溜煙跑了。毛錦桃見猴子雖是跑了，那錦匣卻依舊留在屋面上，自己此來的目的，總算已經達到；也就不再去追趕那猴子，提了那隻錦匣，欣欣然的走回永安客店。

只見陶順凡和著姚百剛，仍舊還在那間房中，卻不見了江南酒俠。陶、姚二人見他提了錦匣回來，便很高興的向他問道：「你已把這錦匣找回來了麼？」毛錦桃把頭點點，也露著很高興的樣子，隨把那隻錦匣向桌上一放。

陶順凡忽透著精靈的樣子，走了過來道：「這錦匣放在這張桌上，恐怕有些不妥當，不要再被他們偷了去！不如把他藏了起來罷！」說著，便把那錦匣從桌上拿起。他祇剛剛拿得在手中，忽又喊了起來道：「不對，不對！分量怎麼如此之輕？莫非在這錦匣之中，沒有甚麼玉杯藏著麼？」

這一喊不打緊，卻把毛錦桃提醒，立時駭了一大跳！慌忙三腳二步，走了過來；也不打話，即從陶順凡手中把錦匣奪過，立刻打了開來。祇向匣內一張時，即狂喊一聲，把錦匣擲在地上。良久良久，方歎著說道：「這兩隻潑猴眞可惡！我這們很精細的一個人，今日也上了他們的大當了！」

二人忙向他問故，他方把在屋面上和猴子格鬥的事說了一遍。又歎道：「這兩隻潑猴眞是狡獪之至！特地拿這錦匣混亂我的耳目，卻讓打西面逃跑的那隻猴子，拿著那隻玉杯，很從容的逃了去！這種聲東擊西的方法，眞是巧妙到了極頂了！」

正在說著，卻見江南酒俠從外面走了進來。毛錦桃便向他問道：「你剛才往那裏去的？我上屋去追那賊人，已遭了失敗回來。你也知道麼？」

江南酒俠道：「我統統都知道。不過你也是很精明的一個人，想不到竟會上了那潑猴的當！但是你不要著急，你雖沒有把這玉杯追回，祇奪回了這隻錦匣，我卻已探得了這玉杯的下落了！」

毛錦桃一聽這句話，歡喜得跳了起來道：「怎麼說？你已探得了玉杯的下落麼？到底是甚麼人盜去的？」

江南酒俠向椅子中一坐，方說道：「這不是三言兩語所能說得完的，待我慢慢的對你說。我自從見你上了屋面，許久沒有下來，生怕你打敗在賊人手中，頗有些放心不下，因也走上屋面一望。恰見你正向一頭猴子朝著東面趕了去，方知來這裏盜取玉杯的，乃是猴子，並不是人！可是一瞥眼之間，又見另一頭猴子，向著另一方向跑。

「心中倒不覺又是瑟的一動，暗想來此盜取玉杯的，既共有兩頭猴子，你怎麼知道這玉杯一定藏在東面那頭猴子的身上，而不在西面那頭猴子的身上，卻向著東面那頭追了去？萬一有個失錯，不是要遭失敗麼？橫豎東面那頭，已有你去追趕，我就去追趕西面那頭罷。就算是我白起勁，也不過白趕一趟，於大局總是有百利而無一害啊！主意打定，便向著那頭猴子追了上去。

「這猴子卻也妙得很！自以為已沒有人去追他，態度十分從容，並不走得怎樣快。而我在無意之中又發現了一件事，更使我的主意比前益發堅決，不肯不去追他了！你道是件甚麼事？原來，在這猴子的項下，還掛上一個棕色的袋；恰恰和這猴子的皮毛，是一樣的顏色，沒有一點分別。在他蹲伏的時候，人家一定瞧不出；不過當他跑走起來，這個袋不住地在項下搖盪，不免教人瞧出破綻來了！

「然而猴子項下，爲甚麼要掛這個袋呢？這是祇要略略加以猜想，便可得到一個很明白的答覆；除了要把甚麼東西藏在這個袋中，還有旁的甚麼用意呢？更很明瞭的說一句，這隻盜去的玉杯，大概就藏在這個袋中了！」

毛錦桃聽到這裏，不覺又跳跳躍躍的，顯著恍然大悟的樣子道：「不錯，不錯！這玉杯一定就藏在這個袋中！我的眼光自問是很不錯的，但是當我瞧見他的時候，他正蹲伏著在那裏，所以不能瞧見他項下的這個口袋呢！但是你旣已追了上去，爲甚麼不能把這玉杯奪回來，依然是一雙空手？難道也像我一樣，又失敗在那猴子的手中麼？」

江南酒俠道：「你不要慌，讓我慢慢的說下去。我還沒有追得一段路，已被那潑猴覺察了，馬上就把步子加快，不像先前這般從容不迫。我雖是練習過輕身術的，縱跳工夫自問不後於人，竟也追他不上。不到多久時候，已相隔有數丈遠了；一會兒，又見他從一個屋角邊跳了下去。等得我也趕到那邊，跳下屋去四下尋覓時，那裏還有甚麼猴子的蹤跡？眼見得他已逃跑得不知去向了！」

毛錦桃道：「如此說來，你已完全失敗了。怎麼你又說已探得了玉杯的下落呢？」

江南酒俠道：「你別一再的打岔！聽我說下去，你就可以明白了！當時我雖迷失了猴子的蹤跡，心中很是失望；但我一個轉念間，忽然想到：這猴子旣左也不下跳，右也不下跳，卻從這裏跳了下來，顯見得他的主人翁就住在這條街上的附近。那我祇要細心的尋覓，決不會尋不到他的蹤跡的！而且這中間還有一個限制，因爲照我的理想猜測起來，這件事頗像是某人所幹；而這某人並不是德州本地人，卻是從別處來的，那他所住的地方，一定不出於客店這一個範圍中了。

「我把這個方針一打定，就從這條線索上找尋去，不消片刻工夫，果然被我找見一家大客店，就在這條街上；而且照某人的那種身分，是很宜於居住這種客店的。因此我便走進店去，詢問掌櫃。一問之下，果然有像我口中對他所說的這麼一個旅客。並有一事，更可證明他是一點沒有纏錯的；便是據他說起，這旅客還帶著兩頭猴子。這不是益說益對，若合符節了麼？不過不幸之至，這旅客已在我走進客店的略前一步，算清房錢，動身走了！」

江南酒俠說到這裏，略略停了一停，陶順凡忽問道：「那麼，你所疑心的這個人，究竟是甚麼人呢？」

江南酒俠微笑道：「這是不消問的。除了那個不要臉的李成化，還有甚麼人會幹這種事？至於那兩頭猴子，卻並不屬他所有，乃是從他師父鏡清道人那裏借來的。鏡清道人工夫十分了得，對於馴服猴子，尤具有一種特別本領咧！不過我和他打賭盜杯，係以從挹雲閣中盜來爲準；如今他這般的取巧，實在不能算數的！」

毛錦桃當他說的時候，很是用心傾聽。這時好像想得了甚麼事，忽然搖手說道：「不對，不對！你莫非又上了那掌櫃的當？當你去查問的時候，這李成化或者還沒有動身呢！」

江南酒俠聽了這話，不覺一怔，一壁問道：「這話怎講？你爲甚麼要發此疑問？」

毛錦桃道：「這是很顯明的一樁事！那李成化既然要走，一定要帶著這兩頭猴子同走，決不願把任何一頭猴子拋棄在這裏的。然以時間計算起來，當你到他客店中的時候，帶著玉杯的那頭猴子，果然早已回店了；但我所追趕的那頭猴子，和他住的地方，適是背道而馳，一定還來不及趕回。那他怎肯在這頭猴子未回店之前，就動身先走呢？這你不是顯然的上了那個掌櫃一個大當麼？」

江南酒俠聽他把話講完，略略想了一想，不覺直跳起來道：「不錯！我眞是上了那掌櫃的一個大當了！幸虧時間尚隔得不久，李成化那廝或者還在那裏不曾走；讓我且再趕去瞧瞧，並和那掌櫃算帳去！」

那姚百剛這時正靠近窗口立著，偶向外面街上一望，不覺喊了起來道：「這騎在馬上的大漢，不是也帶著兩頭猴子麼？莫非就是李成化那廝？你們快來瞧上一瞧！」說完，避向旁邊一站。

江南酒俠卻早已三腳兩步，奔到窗口了；祇向外面街上一望，即見他戟指罵道：「好個奸賊！果然這時方得動身！但是無論你怎樣的狡獪，不料鬼使神差的，恰恰又會被我瞧見！我現在再也不讓你逃走了！」說著，即想向下邊一跳。

毛錦桃忙一把將他拉住道：「你眞是個傻子！他乘馬，你步行，難道能把他趕上麼？如果眞要追趕他的，也得找匹好馬追上去，那就不患趕不上他了！而且我們四人，最好一齊追了去，方才不覺勢孤呢！」江南酒俠一聽這話不錯，也就把頭點點，表示贊成。當下即去賃了四匹好馬，立刻上道趕去。

但是趕了一程，依舊不見李成化的一個影子。江南酒俠不覺有些焦躁起來道：「莫非我們又上了他的當，他並不打從這條道路行走麼？」

毛錦桃忙向他安慰道：「你不要著急！我對於這山東省內的道路，最是熟悉不過的！他不回濰縣則已，如果回濰縣去，那是除了這條路外，就沒有別的路可走了！」

江南酒俠方略露喜色，說道：「如此，我們仍從這條路趕去。我決得定他是回濰縣去的。」大家又馬不停蹄，向前趕了一程。

果見前面道上，隱隱露一黑點。陶順凡首先瞧得，就用鞭向前面一指道：「這前面不是有一黑點，飛速的向前移動麼？這定是李成化那廝無疑！我們快快向前趕去，不要被他逃走了！」

大衆聽了，忙也凝神向前一望，忽又聽毛錦桃直喊起來道：「不錯！這定是李成化無疑！連他帶的那兩頭猴子，都已被我瞧得清清楚楚咧！」於是大衆的精神，更比前來得興奮；拿這黑點作惟一的目標，向著他飛也似的趕去。

一會兒，果然已相距得不甚遠了。江南酒俠便在馬上，大聲呼道：「成化兄！爲何走得這般的急？請你略停一停馬蹄，在道旁等待我們一下。我們是知道你已盜得了玉杯，特地前來向你賀喜的啊！」

李成化一聽在後面說話的，是江南酒俠的聲音，知道事情不妙，一定是前來向他索取這隻玉杯的，那裏肯停馬而待？反又連連加上幾鞭，飛也似的向前走去。

江南酒俠見了，倒又大笑起來道：「老李！你倒也乖巧得很，怕和我們說話！但是在這形勢之下，有如甕中捉鱉，再也不讓你逃到那裏去的了！」一壁也就加上幾鞭。

這時形勢眞是緊張極了！騎在前面馬上的人，已可聽得後面的蹄聲，李成化不免有些著急起來，一個沒有留心，馬的前蹄忽向前一蹶，竟把他和兩個猴子一齊掀翻在地上！在這當兒，江南酒俠一行人，早已趕到他的身旁了。

江南酒俠祇笑嘻嘻的，向他說道：「我們本是前來向你賀喜的，你怎麼不肯領受我們的意思，仍是這樣急急的趕道？反使你跌上了這麼一大跤，我們心上很是不安呢！大概還不曾受傷罷？」

李成化這時已站立起來，一壁拍著身上的灰，一壁白瞪著兩個眼睛，望著江南酒俠道：「別這般鬼話連篇了！你們難道眞是來向我賀喜的麼？賀禮又在那裏？」

江南酒俠聽了這話，即笑嘻嘻的，把那錦匣從懷中掏了出來道：「你雖已把這玉杯取了去，但錦匣仍未到手，未免是美中不足！如今我索性再把這錦匣送了給你，這不是絕好的一份賀禮麼？」

李成化的臉皮倒也來得十分老，竟笑嘻嘻的，把這錦匣接了來，一壁說道：「我正因這兩頭猴子使了個李代桃僵計，把這錦匣丟失在外面，心中覺得十分可惜！如今竟由你送了來，那眞是錦上添花了，怎還不能算是一份厚禮呢？多謝，多謝！」說到這裏，略停一停，又從懷中取出一件東西來。衆人爭向那件東西瞧望時，卻就是那隻玉杯。便又繼續聽他說道：「單獨獨的祇是這一隻玉杯，未免覺得有些不雅觀；如今把這錦匣配上去，那才成個款式了！這不得不感謝你的厚賜啊！」當他說時，早把這隻玉杯，鄭重其事的，放進錦匣中去了。

他這番話，純以遊戲出之，說得又寫意、又漂亮！可是江南酒俠聽在耳中，卻有些著惱起來了！暗想：我的把錦匣送給他，完全是在調侃他，那裏眞有甚麼慶賀他的意思？這是三尺童子都能知道的！不料他眞是個老奸巨猾，竟會將計就計，當作一回事幹起來了，這怎不令人惱恨啊！

當下便把臉一板，厲聲說道：「你不要這般發昏！我實是向你索取這隻玉杯來的！你難道一點風色也不瞧出麼？」

李成化仍冷冷的說道：「你要向我索取這隻玉杯麼？這是從那裏說起？我是曾和你訂過打賭之約的，誰盜得了這玉杯，就是誰得了勝！如今這玉杯既已入了我的手，當然是我得了勝！那裏還容你出來說話，那裏還容你向我索取這隻玉杯呢？」

江南酒俠一聽這話，更是十分動怒，又厲聲說道：「咄！這是甚麼話！當時我和你訂的約，是以打從挹雲閣中盜得這隻玉杯爲準的！不料你竟如此取巧，自己並不去挹雲閣中走上一遭，卻在我們得手以後，乘我們一個不備，半路上把這玉杯刼了去。這難道算得是正當的舉動麼？」

李成化不等他說完，即洶洶然的說道：「你既不承認他是正當的舉動，那你究竟想要怎樣呢？」

江南酒俠嗤的一聲冷笑道：「有甚麼怎樣不怎樣！你既做出這種不正當的舉動，我自有相當的方法對付你！現在我祇要把你圍住，將這玉杯刼了回來，不是一切都完了麼？想來你總也是死而無怨的罷？」說著，就把腰間的寶刀拔出，亮了起來。同時，同來的三個人，也把兵器亮出。

這一來，李成化見不是路，也就軟化下來，忙和顏悅色的說道：「且請住手！有話可以細講，不必就此動武！」

江南酒俠仍氣吽吽的，說道：「我沒有別的話，我祇問你索還這隻玉杯！你如果有甚麼話，儘管說出來便了！」

李成化聽了這句話，立時放下了幾分心事，忙陪笑說道：「我在半路上使弄了一點小計，把這玉杯盜了來，果然不能說是十分正當。但現在你們四個人，圍困住了我一個人，想要把這玉杯刼了去，恐怕也算不得是英雄好漢的舉動罷？」

江南酒俠一聽這話，倒又不覺怔住了，半晌方道：「那麼，你以為該怎樣呢？總之，你應當有個辦法給我，我是決不肯空手而回的！」

李成化道：「辦法我已想好了一個，不知你也贊成不贊成？你且聽著：現在你們也不必和我動武，且讓我把這玉杯帶回瀰縣去。等得我到了玄帝觀中，然後限你們在三天中把這玉杯盜去。三天中如能得手，當然是你們得了勝利；否則，這玉杯就歸我所有，你們再也不能有甚麼話說了！」

江南酒俠同了他的三個同伴，這時早把兵器收起，聽了，沉吟道：「照此說來，你逸我勞，所處的地位顯然有些不平等，可不能算是公平的辦法！」

李成化笑道：「世間原沒有眞正公平的辦法的！不過照我想來，這實是解決糾紛的惟一方法！因為你現在就是仗了人多勢衆，把這玉杯奪了回去，我雖暫時處於失敗的地位，心中卻有所不甘，一定要糾集許多人來，再和你見一個高下的！惟有依從了我這個條件，卻可圖個一勞永逸。祇要你能在三天中得了手，這玉杯便歸了你，我連一個屁也不敢多放呢！」

江南酒俠一想這話，倒也說得很是動聽，而且是藝高人膽大，對於這個玩意兒，倒很願嘗試一下！自問生平闖關東，走關西，甚麼龍潭虎穴中都曾去過，這一遭不見得定是失敗的！當下便連聲答允道：「好，好！我們就照此辦！請你上馬罷。」

李成化便上了馬，一壁把錦匣揣在腰間，又把兩頭猴子也弄上了馬背，即向前馳去。江南酒俠一行四人，好似保鏢一般，也跟在後邊，風一般的簇擁而去了。到了濰縣之後，李成化自回玄帝觀。江南酒俠等便找客店住下。這也不在話下。

再說：大家因爲風塵勞頓，休息了一天後，便是打賭盜杯的第一天了。日間當然是不便動手的，到了二更時分，江南酒俠結束停當，方始獨自一人，前往玄帝觀中。到得那邊屋上，探著身子向下一望時，祇見下面那間偏院中，點得燈火輝煌，如同白晝。那老道李成化，卻坐在一張桌前，正自引杯獨酌。面前放著一隻錦匣，不是貯放玉杯的那隻錦匣，又是甚麼呢？

江南酒俠瞧在眼中，倒暗暗好笑道：「這牛鼻子道人倒也有趣得很！他以爲這般的把這玉杯看守著，我一定沒有下手的機會了！但這漫漫長夜，難道沒有個打盹的時候？祇要他兩眼一閉，略一打盹，這玉杯不就成爲我囊中之物麼？我還是悄悄的在屋上守著罷！」

不料足足守了一個更次，那李成化精神竟是十分健旺，連眼睛都不霎一霎，似乎也知道江南酒俠早已到來匿在那裏了。江南酒俠這時倒不免有些焦躁起來，暗想：現在已是三更時分了，如果再不下手，不是馬上就要東方發白麼？這第一天不免就白白的犧牲了！他一想到這裏，也就不管三七二十一，想從屋上跳了下來。誰知他還沒有跳得，他的一團黑影，早被守在下面的那兩頭猴子瞧得，即亂躥亂跳的，要向他躥過來。

這一來，倒又嚇得他不敢向下跳了！因爲照這形勢瞧去，祇要他一跳到地上，那兩頭猴子一定就要奔過來，和他糾纏個不清的，不免就有聲音發出來。那李成化便立刻有了戒備，那裏還盜得成甚麼杯子呢？可是這兩頭猴子狡獪得很，竟是很有耐心的守著在下面。他如果靜伏在屋上不向下跳，他們也蹲在下邊，動都不曾一動；祇要他一有跳下屋來的形勢，他們也立刻露著戒備的樣子，不使他有一點機會可得！

如是的又足足相持了一個更次，江南酒俠可再也忍耐不住了，便輕如猿猱，疾如鷹隼，向院中直躥下來。可是那兩頭猴子，怎肯輕易捨去他？祇等他的身軀剛著地，早已跳到他的身旁，把他圍住。於是一人兩猴，便很猛烈的鬥了起來。

鬥了一陣，忽聽李成化在屋中呼道：「酒俠兄，你祇是一個人，他們卻是兩頭猴子。以一敵二，未免鬥得太辛苦了！你是素來喜歡喝酒的，不如到這屋中來，陪我喝上一杯酒罷！橫豎今天剛是第一天，尚有兩天工夫，足夠你來下手咧！」

江南酒俠一聽這話，暗罵一聲：牛鼻子道人好刁鑽！竟說出這番寫意話來！但我也是參透遊戲三昧的一個人，你既請得我喝酒，我難道倒老不起這臉皮麼？也罷！我正覺得有些神疲口渴，不免就來擾上你幾杯！一壁想著，一壁便回答道：「既承盛情相招，當然是卻之不恭的！而且不瞞你說，我口中也覺得奇渴，正想拿酒來潤上一潤呢！」說完這話，便停止了格鬥，舉步向前。

那兩頭猴子彷彿懂得人的說話似的，也就避向兩旁，不來阻止，讓他走進房去。江南酒俠便和李成化歡然的吃了一陣子酒，方始告別。臨走的時候，卻笑嘻嘻的，向李成化說道：「明天你還得加意防範！我頗想在明天一舉成功，不耐煩再等到第三天呢！」李成化祇以一笑爲報。

到了第二天晚上，江南酒俠一等二更敲過，便又前往盜杯。到得玄帝觀偏院屋上時，不須他仔細向下探望，祇一瞧在月光下蕩漾的兩個黑影子，便知這兩頭猴子又已守在下面了。但是他早已胸有成竹，準備下對付的方法，所以他故意把頭向下面一探。那兩頭猴子一見他的影子，果然就在下邊亂跳亂躍起來。他卻不慌不忙，窺準了那兩頭猴子的喉際，颼颼的就是兩枝袖箭；可憐這兩頭猴子，來不及啼上一聲，就飲箭倒在地下了！

江南酒俠乘此機會，便悄悄的跳了下去。正躡手躡腳走到偏院窗外時，忽覺颼颼的一陣風，直向腦後而來。江南酒俠知道事情不妙，忙很迅速的將頸項一偏，身軀向旁一閃。這一來，後面斫來的那柄刀，便撲了一個空；害得執刀的那個人，也向前直衝幾步，幾乎要跌上一跤！江南酒俠卻更不怠慢，忙挺著手中那柄刀，要向那人後面斫上去。

不料在這間不容髮之際，耳邊廂陡然間聞得一聲大喝，又有一個人從斜刺裏衝過來；一展手中的兵器，把他那口刀架住。同時，衝向前面的那個人，已把步子立定，又回過身來，前來助戰了。於是三個人便在院子中打了起來。

江南酒俠的武藝，雖是不同尋常；然自己衹是一個人，敵方究是兩個人，衆寡終嫌不敵！而且這兩個人的武藝，倒也不是十分平凡的，所以打來打去，衹是打得一個平手，並不能分甚麼勝負。

不料，李成化卻又在屋中，高呼道：「酒俠兄！我的兩個師弟，武藝雖都及不上你，但也不是怎樣平凡的；現在你以一個人戰他們兩個人，未免比昨天更是辛苦了！不如再到我這裏喝上杯酒，休息一下罷！好在明天方到限期，儘可做最後的努力呢！」

江南酒俠一瞧形勢，知道今天又是無能爲力的了，不免暗暗想道：「也罷！他既又來邀我，我今天就再去擾他一頓老酒罷！」當下便答允下來。一壁即停止廝打，同了李成化的兩個師弟，走入屋中，又和李成化吃起酒來。江南酒俠對於今天這頓酒，似乎比著昨天更是高興了；祇見他一杯杯的把酒倒下肚去，直吃得酩酊大醉，方始踉蹌別去。

李成化瞧著這種情形，不覺對了他的兩個師弟，笑著說道：「甚麼叫作酒俠，簡直是個酒鬼！祇要有酒下肚，便連天大的事都可忘記了！」

說了一會，便遣兩個師弟前去歸寢，並道：「今天他已醉得這般模樣，諒來再也不能幹得甚麼事，我們儘可高枕而臥。明天卻是一個最吃緊的日子，大家須得上緊戒備啊！」等那二人去後，他自己也呵欠連連，露著想睡的樣子，便在床上睡了下來。卻爲謹愼起見，異想天開的，把那錦匣藏在褲中，免得人家乘他睡覺的時候，把這錦匣盜了去！

可是，當他正是睡得十分酣甜之際，果然有一個人，把他的房門輕輕撬開，悄悄的走了進來，前來盜取這隻錦匣了！這個人並非別人，就是江南酒俠！他剛才的吃得酩酊大醉，原是故意假裝出來，使李成化等不再來防備他的，不料李成化果輕輕易易的中計了！而且李成化把這錦匣藏在褲中，他似乎已在外邊偷偷瞧得了。

所以他一入室中，並不去尋覓這錦匣的所在；即取了一盆水，躡手躡腳的走到李成化的床前。把帳子揭開以後，即一小掬水，一小掬水，慢慢的把來澆在李成化的褲上。一會兒，褲子已溼了一大塊，李成化在睡夢中，當然覺得有些不受用的；然而睡得十分酣甜，一時竟不易醒來！祇略略轉側一下，不知不覺的，自己把這褲子解了下去；而在這解褲之頃，這隻十分寶貴的錦匣，早已到了江南酒俠的手中了！便人不知，鬼不覺的，仍舊走了出來。

到得客店中，他的三個同伴，正在靜待好音。一見他已得手，自是十分歡喜，慌忙圍了攏來。打開錦匣檢看時，不料中間祇藏著一塊磚瓦，那裏有甚麼玉杯？方知又上了李成化的當了！

正在又懊喪、又錯愕之際，忽有一個少年奔進房來，立在房中，朗聲說道：「你們不要憂慮，這玉杯已被我取了來呢！」

不知這少年究是何許人？且待第一一九回再說。

第一一九回　失杯得杯如許根由　驚美拒美無限情節

話說：江南酒俠等四個人，正在懊喪之際，忽有一個少年，奔進房來，朗聲說道：「你們不要憂慮，這玉杯已被我取了來呢！」這好似飛將軍從天而下，實是出於他們所不防的，不覺都把視線，一齊注射著他。

同時，卻又聽得陶順凡突然的喊了起來道：「小茂！你怎麼也來了？並且這隻玉杯，怎麼已神不知鬼不覺的，入了你的手？這更是我作夢也不曾想到的啊！」回頭又想替那少年向衆人介紹。

江南酒俠卻早已笑著說道：「我是不用你介紹的，我和他前兒已見過面了。」祇有一樁令人駭詫的事情：我們相隔僅有幾個月，不料他又長大了許多；劈面看去，竟是一個英英露爽的少年，誰還當他是個十五歲的孩子呢！」這時毛錦桃、姚百剛，也都已知道他便是周茂哉的兒子。大家便有互相招呼了一番。

江南酒俠卻又向他問道：「這隻玉杯，李成化藏放得很是嚴密；我接連費了兩夜工夫，還上了他一個大當，祇盜得一隻空匣回來。怎麼你一點手腳也不費，就把這隻玉杯取來呢？」

周小茂苦笑著，回答道：「一點手腳也不費，這句話倒也是不能說的！不過事情總算得湊巧之至，而且一半還是僥倖；否則，成功得決沒有這般容易！這大概也是老天可憐我那父親，不願他老死於荒遠之區罷！」

陶順凡道：「廢話不要多說了！你究竟怎樣把這玉杯弄到手的呢？」

周小茂道：「這完全不是人的意料所能及的，祇能歸之於天意罷了！那天，我因為和你已有好多時不見面了，生怕你為了我的事情，或者已發生了甚麼岔子，所以想去瞧瞧你。後來更把這番意思向我舅舅稟明，我舅舅居然也答允下來。我便乘了一匹馬，獨自一個人上道了。

「不料行至中途，偶向前面一望，見也有四騎馬，向前急的行著；內有一個人的後影看去很像是你，我便想向你高喚一聲。可是還沒有開得口，又見在你們的面前，還有一騎馬匆匆的行著；照情狀瞧去，似乎他在前面逃走，你們在後面追趕一般。因此我又不敢冒昧開口，倒要瞧瞧你們到底玩的是一種甚麼把戲？而我自己，也不期然而然的，加起鞭來了。

「果然不到一會兒，見你們一行人中，有人向前面那人喚叫著；再一會兒，又見那人驚得跌下馬來，你們一行人，便蜂一般的簇擁上去。我乘此機會，便偷偷趕入在你們旁邊的一帶樹林中，竊聽你們的說話。」

毛錦桃聽到這裏，倒又喊起來道：「咦！原來是這麼一回事！怪不得當時我瞧見樹林有些歘歘顫動，還疑心是我自己眼花撩亂，或是神經過敏，卻不道眞有人藏在樹林中呢！」

周小茂道：「如此說來，那更是僥倖極了！倘然你在那時再稍加注意一些，走進樹林中去搜上一搜，我自然被你一搜便得。以後的事情，也就一樁不會實現了！對你們說罷，我在林中竊聽上一會以後，你們雙方問答的說話，完全都聽在我的耳中；而正在這個時候，我的心中也忽的一動！

「暗想：李成化既是這們狡獪不過的一個人，那他如今答允你們前去盜杯，表面上雖好像舉動很是慷慨，其實祇是一種緩兵之計，那裏有甚麼誠意！不要說你們和他勞逸不同，攻守異勢，三天內不見得能夠得手；就是僥倖能夠得手，萬一他又暗地掉上一個槍花，不是又要失敗在他手中麼？因此我很想前去臥底，暗暗留心他的舉動，替你們做上一個耳目。

「當我剛把這個主意打定，你們也已談判妥貼，大家依舊向前趕路，我便又悄悄的跟在後面了。等得到了濰縣，我便假裝是尋親不遇，流落他鄉的一個難民，在玄帝觀前哀哀哭泣著。這不過希冀於萬一，不料竟會輕輕易易的，使他墮入我的計中咧！」

江南酒俠僥言道：「這倒的確是件奇事！像李成化這們狡獪的一個人，當然是十分精細的。對於一個來歷不明的人，怎麼也不細細盤問一下，就會把他收留下來呢？」

周小茂道：「這在當時，我也很當作是件奇事，並暗暗向自己稱慶，竟會遇到這種良機；事後，方知不然！這並不算得是甚麼奇事，更算不得是甚麼良機，因為李成化生性是最愛收徒弟的；凡是流落在他鄉的人，祇要能夠遇見著他，沒有一個會不受他的垂青呢！」

江南酒俠笑道：「如此說來，他可算得是個廣大教主了！」

周小茂也笑道：「這個名稱，他倒是當之而無愧的！當他把我收為弟子以後，表面上還算信任，然而總因我是新列門牆，仍不免處處防範。我也窺見了他的隱衷，更是小心翼翼，祇好暗地窺探了。不料機會之來，竟有出人意料之外的！

「就在第一天入觀的晚上，已是午夜時分了，忽見他悄悄的走到大殿上去。我知道事情有異，也就偷偷跟隨在後面。到了大殿之上，在那佛前黯澹的燈光下，果然見他拿出一件東西，放在佛龕下面，並自言自語道：『這個地方，要算最是妥密沒有了，任何人都猜想不到的！你們有本領的，儘管前來施展本領，然終不免徒勞往返罷了！』說完這話以後，臉上又微微露著笑容。

「照這形狀和言語瞧去，他藏放在這佛龕之下的，不是那玉杯，又是甚麼呢？等他歸寢以後，我又悄悄前去一探，果然一點不錯！本想即挾之而遁，但一則尚沒有知道你們的寓處，二則還要瞧瞧你們盜杯的情形，覺得遁走尚非其時；因此仍把玉杯留在原處，也管自就寢了。」

陶順凡忽問道：「那麼，這隻玉杯，如今你究竟到手了沒有呢？」

周小茂笑道：「你不要性急！我既來到這裏，當然是已到手了。後來二次盜杯的情形，我都瞧在眼中。那時我恨不得告訴酒俠老叔一聲：玉杯便在佛龕下邊，祇要到那邊去一搜便是，又何必枉費這種氣力呢？然而我竟得不到這種談話的機會，也只索罷了！

「到了剛才，酒俠老叔已把這空匣盜去，我知道事機緊迫，李成化不久就要去瞧視那隻玉杯的；不如乘他未起身之前，就取了這隻玉杯逃走罷！好得我在酒俠老叔和李成化飲酒的當兒，已聽得他談起了你們的寓處，不怕找不到你們呢！」

陶順凡忽又問道：「但是還有一件奇怪的事情。這李成化也是十分精細的人，今晚爲何睡得這般熟，酒俠把他藏在褌中的空匣盜來，你又偷偷從他觀中盜了玉杯逃出，他竟一點也不知道呢？」

周小茂還沒回答，江南酒俠忽笑了起來道：「這在我瞧來，倒一點也算不得甚麼奇怪，祇不過是我放的蒙汗藥所發生的一種功效罷了！老實說，我雖是一個著名的酒鬼，然而蒙衆人謬讚，還在酒字下，安上一個俠字。在何時應飲酒？和何人宜對飲？心中總還有點分寸。如果不是要設法把這蒙汗藥暗放在李成化的酒杯中，像他這種語言無味、面目可憎的人，我決不高興和他連飲上三夜的酒呢！」這麼一說，大家方恍然大悟，不覺都笑了起來。

卻又見周小茂正容斂色，突的向大衆下跪道：「小子現有一件事奉求諸公！照諸公這般忠肝俠膽瞧來，想來一定能夠答允的！小子特在此一拜！」這一來，倒驚得大衆一齊避席。

江南酒俠忙把他扶了起來道：「周公子有話儘管請說！無論有怎樣重大的囑咐，我們是赴湯蹈火，在所不辭的！公子又何必行此大禮呢？」

周小茂方又說道：「如今在小子一方，就有兩件事，應該同時並行的。一，是赴雲南省視老父；倘然能得請於大吏，小子情願代父服軍役。二，是上京師去，把這玉杯獻之某親王，求他替老父昭雪冤獄。然而既到雲南省得親，上京獻杯的一樁事，就有些分身不得，在勢不能不煩之諸位了！這還不應得受我一拜麼？」

江南酒俠道：「好說，好說！上京獻杯，當然是我們責任上應做的事；公子就不委託我們，我們也要向公子請求的！祇是雲南去此，迢迢萬里，又是瘴癘之鄉。公子雖長成得很快，終究祇是一個十五歲的童子，隻身如何去得？依我說，不如由我們四人中，分出二人來，陪伴公子前往，事情較爲穩妥呢！」

周小茂道：「老叔的盛意，固是十分可感，不過雲南雖遠，在我看來，也和咫尺差不多！何況，我僅單身一人，又沒有多少行李；中途就遇草寇，也決不會對我生心，又何必多此一舉？倒是玉杯價值連城，覬覦者衆，途中難免不發生甚麼意外；還是多去幾人，小心保護爲妙！」衆人又向他百端勸說，周小茂僅諉以來日再談，大家也即就寢。

誰知到了次日，大家皆已起身，獨獨不見了周小茂。瞧瞧他所睡的床上，也是空空如也；方知他已乘人不備，獨自走了！大衆不勝歎息。仍是江南酒俠出的主張：上京獻杯的事，託之毛錦桃和姚百剛；他和陶順凡二人，向往雲南的一條路上，追蹤上去，跟在周小茂的後邊，暗盡保護之責。大衆對於這個主張，當然一致贊成，隨即出了客店，互相分手。不在話下。

卻說：周小茂偷偷出了客店以後，即問清了道路，徒步向前趕路。雖明知雲南相去有萬里之遙，決非短時間所能走到，中間尚不知須經過多少磨難？然而省親情切，無論甚麼都不在心上；祇知走一步，便和老父近一步，終有和老父見面的一日，所以中心熙熙，神志一點也不懈怠！一天，他正默想著見了老父，天倫團聚後的一種快樂，忽有一騎馬，從他身邊馳過；不覺把他的思潮突的打斷，並使他不由自主的抬起頭來一望。祇見坐在馬上的，是一個十七八歲的少女，身段輕倩非凡，面貌更是十分美麗，也正回過頭來，向他盈盈凝望著。

一和他打個照面，這少女好似觸了電一般，這騎馬也就放緩下來，竟和步行的速率差不多。於是一個乘馬，一個步行，便結了個長途的伴侶，互相並行起來。這少女卻眞也妙得很！在這行走的時候，又時時的舉起一雙妙目來，向周小茂臉上凝望著。然而也祇是癡癡的凝望罷了，終爲一種少女的嬌羞所襲，雖神意間似乎想要和周小茂談話，卻到底沒有談得一句話。

可是在周小茂一方，經他這們的一來，不免已大有戒心了！暗想：我從前曾屢屢聽人說起，在這北幾省的道上，常有一種以色餌人的女盜，勾致孤身行客；祇要小小的一個不留神，就會墮入他的彀中，那麼小則喪財，大則喪身，事情就不堪設想了！我雖然沒有多少行李，身邊也沒有甚麼財物；然而他這麼的注意著我，終究不是好事，還得加意防備才是！最好能避去了他，不和他同道行走，方是萬全之策呢！

可是這少女是乘馬的，自己祇憑著一雙足步行，又有甚麼方法可以避去啊？不過這少女和他並行了一程，依舊沒有甚麼表示，似乎對他並不懷甚麼惡意；他的所有理想，完全是出於過慮的！而他的已開未開的情竇，爲這少女的溶溶妙目炫惑得一稍久，更不免有些發張起來；神情間，顯然的有些心旌搖搖了。

然而他究是何等純孝、又是何等有大志的人！一個轉念間，他的老父如何憔悴呻吟於雲南戍所之中，又現了一幅幻象出來，立時使他神志一清；甚麼窈窕的少女，甚麼溶溶的妙目，一切都不在他的心中！

更咬了咬牙根，自己呼著自己的名兒，私自愓勵道：「小茂，小茂！你不要爲美色所惑啊！你只要稍一不愼，就會墮入陷阬，立刻奇禍臨身，便永無和你老父見面的日子了！」小茂想到這裏，又飛速的向前走了幾步，似乎要避去這少女的樣子。

這少女也似乎知道他的用意，微微向他一笑，也即策馬而前。大家這樣的相纏了好多時，不覺已是落日啣山了。少女方向這輪落日望上一望，又回頭向小茂一笑，然後策馬馳去。小茂頓覺放心了許多，以爲自己已脫離了危地了。

一會兒，到了一個小小村莊之中，已是暮色蒼茫，頗想找個地方下宿。正在思忖之際，忽有一個老漢迎面走來，含笑向他說道：「相公莫非要找宿處麼？但這小村中是沒有客店的，祇老漢的蝸居中還算清潔，或者可供相公下榻。相公也願跟隨我來麼？」小茂見他臉上滿含慈祥之氣，知道並非歹人，也就點頭表示贊成，跟著他一同走去。

沒有行得一箭路，已到了那老漢的屋中。入門便是小小一個花園，穿過花徑，卻是一間絕大的廳事，氣象很是堂皇。廳後還有許多洞房曲室，看去很是繁複曲折，完全是富家的氣派。小茂昏昏然置身其中，倒不覺有些詫異起來。暗想：我起初瞧這老漢，裝束很是樸素，估量也祇不過是一個老農；如今進了屋中，瞧見了這種夥頤沉沉之狀，方知他是一個富翁。這眞叫作以貌取人，失之子羽呢！

此時那老漢卻早把他肅入廳後一間書室中，殷勤請他坐下，然後笑嘻嘻的，向他說道：「老漢是拙於詞令的，不足伴相公清談。相公且在此小坐片頃，讓老漢去請幾個妙人兒來也！」小茂聽了此話，倒有些莫名其妙，也祇好枯坐室中，賞玩那些精美的陳設以消悶。

不到一會兒，祇聽得室外起了一片很輕盈的笑語聲；跟著又是一陣香風，送進了兩個人來。小茂忙定睛一瞧時，卻是環肥燕瘦，身段不同的兩個女子。更使他十分吃驚的，這燕瘦的，便是今天和他廝混了半天，騎在馬上的那個少女。那環肥的，年紀似乎比較的大一些，約有二十一二歲光景；相貌雖也一般的長得美麗，但是冶蕩非凡。而那水汪汪的一雙秋波，顧盼起來，饒有蕩意，更是足以撩人了。

小茂瞧在眼中，不覺暗暗叫苦道：「糟了，糟了！我今日竟墮在魔窟中了！這明明是那馬上的少女，看中了我，特地設下了這個陷阱，叫那老漢騙我進來的！加之他不但是一個人，還有一個幫手；而這個幫手，比他更是來得冶蕩，我那裏還能逃出他們的掌握之中呢？那我要到雲南去省親，不是已成爲夢想麼？但我那白髮飄蕭的老父，或者還正眼巴巴的望我前去呢！」

他正想到這裏，那環肥的，早已鶯聲嚦嚦的說道：「嘉賓遠來，有失迎迓，實是抱歉之至！現在且請在此間小住數天，讓我們一盡東道之誼呢！」說完，又舉起媚眼，向小茂瞟上幾瞟，並嫣然的一笑。一壁展詢他的籍貫姓氏。小茂祇得依實奉告，並說明省親心切，當萬不能在此耽延。

這話一說，那燕瘦的依舊一言不發，祇向他睨上一眼。那環肥的，卻又笑著說道：「這是公子的一片孝心，我們怎敢再把公子強留？不過今天已是入夜，並不是趕程的時候；何妨屈留一下，且盡一夕之歡呢？」說完，又回顧那燕瘦的道：「翠妹，你且出去吩咐一下，教他們趕快把酒席送來，我們就在此飲宴。」燕瘦的嗷應一聲，就姍姍的出去了。

環肥的便又和小茂閒談起來，便說起：他們姓王，怙恃早失，衹有姊妹二人，形影相依，寄居在這紅葉村中。他自己名碧娥，年方二十一歲。妹子名翠娟，年衹一十有八。至於那個老漢，並非他們的親屬，不過一個紀綱之僕罷了。小茂衹唯唯的在旁靜聽著，不敢和他多兜搭。

碧娥卻又接著笑說道：「但在這荒村之中，家內僅有幾個女子、一個老僕，而沒有甚麼壯男，難免不被歹人覬覦，終究不是一件事情！所以我很願替我妹子，物色一個如意郎君。萬一爲求事情便利起見，姊妹二人共事一人，效學英皇故事，我們也是情願的啊！」說到這裏，又向小茂嫣然一笑，小茂倒覺得有些毛骨悚然了。

一會兒，已把酒席排好，翠娟也已回進室來。碧娥便肅小茂入席，他自己和翠娟分坐左右作陪。小茂雖口飫珍羞，飽餐秀色，在表面上瞧起來，似乎享足豔福；然他的這顆心，卻似十五個吊桶，七上八下的升降個不定！

暗想：照事勢瞧來，竟是越逼越緊了！他竟把效學英皇的這些話，也一點不怕羞的說出，可見已胸有成見！萬一弄得不好，他竟對我強迫起來，這如何是好呢？不是要把我一身坑送在這裏？而再要和我老父見面，不是也永遠沒有這個日子麼？他這們的一想，更加如坐針氈了；

祇是目觀鼻，鼻觀心，一眼也不旁瞬，顯著十分恐懼的神氣。

碧娥瞧在眼中，倒又笑起來道：「想不到你小小的年紀，竟是這般道學面孔。但是我們也是好好人家，並不是誘人入阱的妓女，你爲甚麼這般的怕懼我們呢？我勸你還是放下些心，隨隨便便的飲啖罷！」說著，又將身子靠近一下，舉起自己手中的一隻杯子，做出硬欲勸飲的樣子。這一來，可更把周小茂急壞了，忙道：「不要如此，我自己會飲呢！」

碧娥便又格格的憨笑道：「好！那麼，你自己舉起酒杯來飲；否則，我眞要不客氣，實行灌酒給你吃了！」小茂弄得沒法可想，只好將酒杯舉起，攢眉一飲而盡。

可是作怪得很！小茂在這杯酒未飲以前，神志十分清明，祇有一個遠戍雲南的老父在他心頭。眼前雖放著這們一雙如花似玉的妙人兒，他不但不有甚麼留戀，還把他們當作蛇蝎一般！這一杯酒一入肚，卻大大不然了！他那時刻不忘的老父，印象已漸趨漸淡；終至於模糊一片，暫時把來擱置一邊。而對於這一雙少女，卻十分熱戀起來了！

暗想：我的年紀，雖祇有十五歲；然而發育得早，已成了一個壯男。這種男女愛慕之情，當然是免不了的！現在既有兩個美貌女郎，對我十分鍾情，甘心委身事我，我怎可辜負他們的美意呢？同時並覺得美貌的女郎，實是一般男子無上的安慰品；倘然有人甘把現成的豔福抛卻，不將他們來安慰自己一下，這眞是一個大大的獃子了！

這們一想，這雙姊妹花，在他眼中瞧來，更覺比前來得美麗，竟如天仙化人一般；而在行動之間，也就不知不覺的，有些放浪起來！十分乖覺的碧娥，那裏有瞧不出的道理？當然更是眉花眼笑的，在旁殷勤勸飲。

祇有翠娟，依舊默坐一旁，並且雙蛾緊蹙，好似有下甚麼心事一般。碧娥向他瞧了一眼，又笑嘻嘻的說道：「翠妹，嘉賓在座，你爲甚麼這般模樣？莫非嫌悶飲乏歡麼？那我們何不離座而起，對舞一回寶劍，這或者也是娛賓之一道。」

翠娟聽了，忙說：使得！雙娥倒又漸漸展開了。隨即相將離座而起。早有小婢將劍送來。二姝即掣劍在手，立了一個門戶，相將對舞起來。他們對於劍術一道，似乎很有點兒工夫的。在初舞的時候，舞勢尚是十分紆徐，還能分得出這是碧娥的劍，這是翠娟的劍。舞到後來，急如飄風驟雨，竟把兩股劍氣，團成了一道寒光，再也分辨不清了！

這一來，眞把個周小茂眩得眼花撩亂；而心中也一半兒是忻喜，一半兒是驚惶。忻喜的：這一雙姊妹花，不但是貌豔於花，神清如水，還具上這驚人的絕藝。如今竟肯雙雙垂青於己，這眞可稱得希有的奇遇了！驚惶的：自己究竟有下甚麼本領？對於這一雙文武兼全的姊妹花，將來如何對付得下呢？

好容易，二姝齊說一聲：獻醜！各把劍勢收住。但仍神完氣足，略不嬌喘一喘，更把小茂佩服得五體投地！卻又聽碧娥笑著說道：「你瞧怎樣？沒有甚麼批評麼？」

小茂道：「我對於武藝，完全是個門外漢，那裏懂得甚麼好歹！不過像你們二位剛才的舞劍，就是門外漢看了，也能知道劍藝確已登峰造極；除了連說幾個好字之外，還有甚麼旁的話可說呢！」

碧娥道：「能博得你說上一個好字，那我們的劍術就是不好，也要說好了！但除了說好之外，你總還應賀上我們一杯啊！」說著，又笑盈盈的走到他的身旁，捧起一杯酒來，送到嘴邊。

這時的小茂，已和先前換了一個樣子，祇覺旨酒美色，都可以陶醉他的心靈，而使他得到無上的快樂；因此竟情情願願的，把嘴湊了上去，一飲而盡。可是這酒不比尋常，是特地製來蠱惑一般男子的，何況小茂平日，又是涓滴不飲的一個人，那裏禁得起這酒力的發作？不到一刻工夫，頭腦間早已覺得天翻地覆，竟暈倒在席上了。

等到醒了過來，不知已隔了多少時候，卻見此身已不在酒席上，而偃臥在錦茵繡褥之間。更有一股似蘭非蘭、似麝非麝的香氣，直襲他的鼻觀；使他不由自主的，將睡眼揉上一揉，向身畔一望，則見赫然臥著一人！再就這燁燁的燭光下，細細一辨那人的面目，不是那嬌媚絕倫、肥如阿環的碧娥，又是甚麼人呢？

這時碧娥已把衫裙卸去，僅御著一件粉紅色的袒服，窄窄貼身，連豐滿的酥胸，幾乎隱約可見，越顯得妖冶動人了，正在一旁靜伺著他。一見他揉眼相看，即含笑問道：「你醒了麼？像這樣的好睡，連推都推不醒你，我還疑心你是醉死了呢！」說到這裏，又是嫣然一笑，而兩頰上，也不由得紅暈起來。

小茂瞧在眼中，更覺十分動心了；但是說也奇怪，心中雖是十分愛慕，口中竟如噤住了一般，一句話也不能說，祇怔怔的癡望著碧娥。碧娥倒又笑起來道：「你癡望著我則甚？難道我們見面了這半天，你還不能認識我麼？」

這一問，才把小茂急得迸出一句話來道：「我不是不認識你。祇詫異著我自己，爲何醉得這般模樣，竟一點也不知道，就會和你睡在一起？」

碧娥道：「這沒有甚麼詫異，也儘可不必詫異的。我和你難道不能睡在一起麼？」說到這裏，兩頰上又瑟的一紅，更把個頭偎得緊些近些，小語道：「祇要你肯答應我說的話，和我結爲夫婦，那就可一生一世，睡在一起了。」

小茂被碧娥把這玉頰一偎，心中早已撲撲的跳了起來，何堪這如蘭的香氣，如珠的蜜語，再吹入他的耳中；更把他的這顆心，亂得不知所云，那裏還有甚麼勇氣，否認碧娥的這番話？碧娥是何等厲害的人物，一見小茂祇如醉如癡的望著自己，沒有一句甚麼話說，知道他已對著自己十分醉心，凡是自己所說的話，他沒有不默認的了！便又裝出一種靦靦覥覥的樣子，繼續說道：「既是如此，今晚我們就在一起睡罷。到了明天，再把婚禮補行，也還不遲。」不料小茂仍如木偶一般，一點沒有甚麼意見表示。

碧娥倒又轉喜爲憂道：「怎麼你竟這般的癡獃，連話都不能說了？但是照我想來，你已長成了如許，關於男女風情的事，當然已很明瞭，決不至癡獃到這般呢！」一壁說著，一壁便在他身上撫摸起來。

小茂祇覺得這隻軟綿綿的手，一撫摸到他的身上，好似有一股電氣傳度過去，即酥軟得、痲木得不可名狀，完全失去了抵抗的能力，祇好聽他所爲！

誰知，正在這間不容髮之際，忽聽得訇訇的幾聲響，接著又是幾聲貓叫。原來，有一隻貓跳上桌去，一不小心，竟把桌上供的一個膽瓶打碎了。這一打碎不打緊，卻頓時把小茂的酒力駭退，綺夢驚醒；好似有一個金甲神，在他耳畔，大聲疾呼道：「小茂，小茂！醒來，醒來！這是甚麼時候，省視你的老父要緊，營救你的老父要緊，怎可沉迷在溫柔鄉中？倘若再不醒來，我可要將銅鎚擊你了！」

這眞如閃電一般的快，在他的眼中，立刻不知道甚麼叫作美色；在他的鼻中，立刻不知道甚麼叫作芳香；在他的耳中，立刻不知道甚麼叫作媚語。即把偎傍身旁，那個蕩冶無比的碧娥推在一邊，並厲聲叱道：「好一個不知羞恥的淫婢！竟想來蠱惑我了！這在你，本不知甚麼喚作貞操，甚麼喚作名節，當然是一無所恤！但我如果眞是受了你的蠱惑，竟把遠戍雲南的老父，忘記在九霄雲外，不是成了個名教中的罪人麼？咄！你再躺在這裏則甚？還不快快滾出床去！」

碧娥聽了，神色一點不變，祇格格的笑道：「別這們和我鬧得玩了！如果膽子小一點的，嚇都要被你嚇死呢！」

小茂正色說道：「誰和你鬧得玩？也好！你既不肯起來，就讓我起來罷！」說著，就要爬出床來的樣子。

碧娥這才知道他又變了意，並不是戲言了，也就氣得把朱顏一變，冷笑道：「別這般的做作了！我也不是沒有見過男子的，誰眞希罕你這銀樣鑞槍頭的男子？不過我有一言奉告：你旣來到此間，如果不肯眞心誠意的服從我，今生今世，休想再出此門！」說完這話，就陡的從床上爬起，披上衣服，向門走去。到了門邊，又回身說道：「你且三思！別要後悔！」

小茂祇惡狠狠的望著他，沒有一句回答，他方才絕了望，砰的一聲，將門闔上，管自走了。

小茂倒又陡起一念：莫非此身已入囚籠之中麼？那是欲逃出此門，大概很是不易的了！忙也從床上跳了起來，走至門邊試上一試。果然這門關得緊緊的，似乎外面已下了鎖了！不覺長歎一聲，回到床上坐下。而種種思潮，也就觸緒紛來，深悔當時不該背了衆人，私自逃走；如果聽了他們的說話，幾個人結伴同行，也就不會遭到這種事情了！

再不然，既在路上遇見了這個形狀奇詭的少女，就應得處處防範；對於這個老漢的奸謀，當然可以洞燭到，也便不會出這個岔子！如今大錯鑄成，弄成這個局面，竟被人家囚在這斗室中了，這還有甚麼法子可想呢？眼見得他的寶貴的生命，竟要生生的葬送在此間了；而一念及他的老父，還在雲南戍所中受盡折磨，自己不知還能見上一面不能，更覺肝腸寸斷，不禁淚如雨下！

他這樣枯坐了好多時，忽聽門上又起了一種微聲，似乎有人要打開了鎖進來。暗想：這除了那個淫婢，還有甚麼人呢？大概他還不能忘情於我，又想了別的方法來蠱惑我罷？但是我的主意已決，無論他怎樣的對付我，我總不爲所惑，萬萬不肯順從他的！橫一橫心，最多不過一死罷了！

在他想的時候，門外的那人，早已把門打開；在燈光隱約中，照見了如雲的鬢髮，顯見他的所料不謬，進門來的果然是碧娥了。他就立時將目閉上，顯出一種不耐煩的樣子。那人卻早已把門闔好，走至他的床邊了。

小茂不待他開得口，即厲聲叱道：「速去，速去！無論你怎樣的花言巧語，我總是不會相信的！」

卻聽進來的那人，嬌滴滴的，低聲說道：「你不要錯認了人，我不是碧娥啊！」小茂這才將眼張開，細細向他一瞧，果然不是碧娥，卻是那罪魁禍首的翠娟！
不知翠娟來此，存著好意？還是存著歹意？且待第一二〇回再說。

第一二〇回　寶釵相贈紅粉多情　木棍橫飛金剛怒目

話說：周小茂被困斗室，正在無可爲計的時候，忽又見房門開啓，自外面走進一個鬢髮如雲的女子來，不覺大吃一驚！以爲定是碧娥想得了甚麼好方法，又前來向他糾纏了，便將雙目一閉，不再去理睬他。不料，那女子走至床前，卻向他嬌滴滴的說道：「你不要錯認了人，我不是碧娥啊！」這才又使他睜開眼來一看，卻是那脈脈含情的翠娟。

這倒又使他駭詫起來了。這翠娟對於自己，雖然似乎很是有情，然而在途中、在席上，始終未交一語；而且常有一種憎厭他姊姊舉動輕浮的表示，流露於不知不覺之間，顯見得他是一個端莊穩重的女子，而又是羞人答答的。那麼，在這三更半夜，爲甚麼一點嫌疑也不避，又到我這裏來呢？難道也是禁不住情欲的衝動，和他姊姊一樣，又要來和我糾纏不清啊？想到這裏，不覺又有些毛髮悚然起來！決定無論如何，自己總是立定心志，依舊給他一個不瞅不睬。

誰知翠娟早又開口，說道：「你不要這般的疑慮呀！你要知道，事機已經是十分急迫，便是你要疑慮，也容不得你疑慮來啊！」

這話一說，頓時駭得小茂把成見拋去，忙向他改容問道：「究竟是怎樣的一回事？難道我除了被囚斗室之外，還要遭到甚麼意外的危險麼？」

翠娟嗤的一聲冷笑道：「這還用問！這早已成爲不可掩的事實了！我姊姊是著名的金粉夜叉，無論那個男子，祇要一墮入他的網羅中，沒有一個能夠倖脫的，你難道還不知道麼？老實說，他如今既已看中了你，那就是你的厄運到了。無論你順從他，或是不順從他，結果總不免於一死，祇爲一種時間問題罷了，這難道還講不上危險二字麼？」

這話一說，小茂更是十分吃驚！兩顆圓滾滾的眼淚，急得如珍珠一串的直滾而下。忙懇求似的，說道：「那麼怎樣？你也有救我的方法麼？」

翠娟歎道：「我如果不想來救你，也不深夜冒著嫌疑，來到這裏了！並且你的陷落在這裏，一半也可說是我的罪過。因爲我剛才從外面跨馬回來，倘然不說出有你這麼一個人，何致使我姊姊生心，遣派老蒼頭前來誘騙你呢？」說到這裏，他的兩個頰上，不覺也和烘霞一般，瑟的紅了起來。

小茂聽說是來救他的，不免又生了幾分希望，便露著殷切之色，望著翠娟說道：「你既是前來救我的，請你趕快想個方法，把我救了出去罷！我的一身原不足惜，就是死了，也不要緊；祇是我的父親還在雲南戍所之中，眼巴巴的盼我前去營救。我若一死，一切都成絕望了！

在這一點關係上，或者可以引起你的注意麼？」

翠娟道：「尊大人遠戍雲南，處境十分悽慘，你又是一個孝子，這些我早都知道了。老實說，我如果不瞧在這幾層關係上，就算你的陷落在這裏，我實是罪魁禍首，我也不高興冒著這種大嫌疑和這種大危險呢！不過在救你出險以前，我須將一切方法向你說明，免得臨事倉皇，反爲不妙。好在我的姊姊，睡興素來是很濃的；今天更比往日不同，料他此時一定睡得很熟，不到天明以前，決計不會就醒來咧！」

小茂道：「那麼，是怎樣的一種方法呢？」

翠娟道：「你且聽著：我們廄中有匹青驄馬，實是一騎駿馬；雖不能如俗語所說的，日行千里，夜行八百，然而相差得也就有限了。現在我就去盜了來，讓你騎了逃走。不過有幾樁事情，你須得牢記在心：第一，我的姊姊是會飛刀的，百里之內，取人首級，有如探囊取物！所以你在路上的時候，千萬不可有一刻的逗留，總以能速逾這百里的範圍爲第一目的！第二，我姊姊除了飛刀之外，又擅長百練飛索；相隔四五丈外，要把一個人擒過馬來，是不算甚麼一回事的！所以你在向前疾馳的時候，如果聽得有人在後喚你，千萬不可停馬，更不可回過頭來；如果一停馬，或是一回過頭來，那就要老大的上他一個當了！這兩樁事，你都能記得麼？」

小茂道：「謝你關照，我總記在心上就是了！如今時候已是不早，我們趕快去把馬盜來，讓我立刻逃走罷！」說完，早把衣服穿著整齊，即同了翠娟，雙雙走出臥室。

一會兒，已到了馬廄之前。衹見那匹青驄馬，高駿非凡，果是神品！一見有人走到身前，即四足騰踔，顯著不受羈絆的樣子。翠娟見了，忙走了過去，在他身上撫了幾撫。說也奇怪！這青驄馬好像認識人似的，經他撫摸之後，便又十分安靜，馴服下來。

在這時候，小茂倒又想起一樁事來了，忙對翠娟說道：「不對，不對！這番我蒙了你的救援，雖是倖得脫離虎口，然而是甚麼人放我出去？這騎馬又是甚麼人盜給我騎的？你的姊姊衹要一查究，就可立刻查究出來，決不會再疑心到第二人。這一來，不是要把你累及麼？這我在良心上，怎麼對得住你呢？」

翠娟聽了，苦著臉說道：「這是無可避免的！然而還不要緊，我和他終究是嫡嫡親親的姊妹；他見我把你放走了，心中雖是恨我，實際上到底還不能把我怎樣呢！不過你既問到我這句話，足見你對於我是十分關心的，倒又引起了我的一重心事；明知是不應該對你說的話，卻也要向你說上一說了。

「我姊姊平素對我，雖是十分和平，並沒有甚麼虐待的地方，但是他的性情及行為，終和我格格不相入；卻又時時有下一個暗示，要設法引誘我同他走到一條路上去。這實是一樁十分難堪的事情！像他今天對你的這番舉動，就可算得一個很顯明的例子了！

「所以，在我心中，總希望能早離開這裏一天好一天，早離開這裏一刻好一刻；如果再停留下去，萬一在把握不定的時候，偶然一個失足，也和我姊姊同化起來，豈不是大糟而特糟麼？可是我孤零零的一個弱女子，一旦離開了這裏，又能走到那裏去呢？這可不能不望之於你了！等你把尊大人那方的事料理清楚以後，不知道也能可憐我，把我救出這個火坑麼？」翠娟說到這裏，露出一種泫然欲涕的樣子。

小茂即慨然說道：「這是不必小姐吩咐得的！小姐今日把我救出此間，實是恩同再造，刻骨難忘！我衹要把私事料理一清，就要設法來救小姐的，小姐耐心等候著就是了！如負所言，有如此月！」說著，即伸出一個指頭，向天空一輪殘月指了去。

翠娟道：「公子言重了！衹要公子肯把這番話記在心上，我就感恩不淺了！時候已是不早，請公子啓程罷。」小茂把頭點點，也就牽了那青驄馬，出了馬廄，循著甬道，向後園門走去。翠娟一路在後相送，一會兒，已出了後園門。

剛剛走得幾步，忽又聽翠娟把他喚住。隨又見翠娟盈盈走上前來，從懷中摸出一個小紙包遞交與他，一壁笑著說道：「我眞的鬧得昏了，幾乎把要緊的事都忘記了！這裏有赤金幾錠，是我歷年儲積下來的；如今請你不要見笑，暫時把來收下，聊充一路上的費用罷！中間還有金釵一柄，是我日常插帶之物，現在拿了來贈給你，似乎嫌輕褻一點、冒昧一點；但我們今天這番遇合，不同尋常，無論將來能再見面，或不能再見面，總得有上一種紀念品。而這柄金釵，實可代替得我的；將來你一見了此釵，就同見了我的人一般，所以也要請你收下咧！」

當他說的時候，似乎很是光明正大，不涉及一些尋常兒女子的私情。而他的把金釵贈與小茂，更與尋常才子佳人的私贈表記，微微有些不同。然在他玉頰之上，也不自覺的，隱隱有些紅暈起來了。

可是，他這一贈金贈釵不打緊，卻把個小茂爲難起來，覺得「卻之不恭，受之有愧」八個字，正不啻爲他今日而說！所以躊躇了好一會，也只有受了下來，又說了幾句感謝的話。同時，小茂又私自想道：「他是救我的人，我對於他的這番恩意，在理就應得有點表示！如今我尚沒有甚麼表示，他倒又向我贈起旅費和紀念品來；我如果再不作投瓊之報，在情理上未免太說不過去了麼？」

他一想到這裏，就向自己身上去掏摸；無意之間，卻在腰間摸得了一塊佩玉，不覺暗暗歡喜道：「好了，好了！我就把這塊玉還贈他罷！爾以釵來，我以玉往，倒也是銖兩悉稱咧！」隨即將這佩玉解下，恭恭敬敬的，遞與翠娟道：「你旣贈得我紀念品，在理，我是不能不報的！這塊佩玉，雖算不得甚麼；然而我佩在身畔，也有上近十年了。如果不以我這番舉動爲輕褻，就請你收了罷！」

翠娟至是，倒又覺得有些羞人答答了；然在勢不能不收此玉，只得靦顏受下。小茂卻就在這個時候，說上一聲：珍重！狂揮一鞭，向前疾馳而去。翠娟直目送他至不見了影子，方始闔上園門，趦歸寢室。不在話下。

且說：小茂別了翠娟，向前馳去。轉瞬間，早已出了紅葉村，行入坦平的官道中。他一心衹記著翠娟叮囑的說話，馬不停蹄的向前走著，不敢稍稍停留一下。有時偶然抬起頭來，瞧見照在樹枝上的月光，被風簌簌吹動，有如碎金一般；還以爲是眞有甚麼飛劍飛到了，把他駭得心膽俱裂，更比以前跑得加快一些。

他這樣的向前跑去，看看已是破曉時分了。暗忖：自己對於道路雖不十分熟悉，這一陣子的狂跑，不知已跑了多少路？然而無論如何，總在百里以外了，所以這顆心也就放下了許多！

誰知還隔不上多少時候，忽聽有人在後面喚道：「呔！小子！快些住馬！俺有話同你說呢！」小茂一聽有人喚他，早嚇得魂不附體了！也不暇辨明這喚他的是男子還是女子，更不敢向後面看上一眼，衹是縱馬疾馳。

然而後面的這個人，似乎也是有馬騎著的；儘你跑得怎樣的快，他仍在後面追躡著，並不住的嚷叫道：「快些停馬，快些停馬！如果再不停馬，我可要對不住了！」小茂卻總記著翠娟叮囑的那兩句話，那裏敢把馬停止一停呢？這一來，可把後面的那個人著惱了！一時起了牛性，竟不暇顧及一切，陡的把手一起，就把手中的一根木棍子，使勁的向著小茂擲了來！這事眞也湊巧！木棍落處，也不前也不後，恰恰落在小茂的馬前。小茂當時雖然吃了一驚，心中卻反比以前定了許多。因爲他起初見有一件東西飛了來，以爲不是飛刀，定是飛索，自己十九沒有性命了！誰知等得定睛一看，卻是一條木棍；方知這在後面追躡著、嚷叫著的，並不是碧娥，而爲另一個人，完全是自己誤會了！

他這樣的一想，倒又起了一種好奇之心，想要瞧瞧這來者究是甚麼人？爲甚麼向著自己這樣的嚷叫？莫非也是出於一種誤會麼？因此就把馬一勒，停在道旁。再回過頭去，向著來的這條道路上瞧望時，即見有個黑大漢，騎著一匹高頭駿馬，口中還不住的嚷叫著，正向著自己而來。一會兒，兩馬已差不多並在一起了，那個黑大漢卻祇忒稜稜的鼓著一雙眼珠，向著小茂渾身上下不住的打量著，並無一句話說。小茂卻眞被他瞧得有些不耐煩了，反忍不住向他問道：「你是甚麼人？我和你素不相識，你爲何這樣的向我喊叫？」

這話一說，倒好像把那黑大漢提醒了甚麼似的，立刻兩眼一瞪，厲聲說道：「好小子！你倒會花言巧語的！我的妹子被你拐到那裏去了？快快還我的妹子來！」

小茂一聽這沒頭沒腦的話，眞是又好氣又好笑，忙說道：「朋友，你不要認錯人！我和你素不相識，更不知你姓甚名誰，那裏會拐起你的妹子來？」

黑大漢最初倒也被這句話折服了，一時不再說甚麼話。跟著兩個眼珠向上一轉，像又想得了甚麼新鮮意思，立刻又大喝一聲道：「呔！小子！不要一味的花言巧語了！我喚泥金剛薛小三，你難道還不知道麼？我的妹子蕙芳，是昨日晚上逃走的。我得了這個消息，就騎了馬，循著這條官道尋了來。一路上連一個鬼的影子都不見，祇見著你這小子；這不是你拐去的，還有甚麼人？呔！小子！不要多說了！快快把我妹子還來，萬事全休；否則，我可要對不住你了！」

他說到這裏，便舉手作勢，似乎要舉起棍來，向他劈頭打下的樣子。方又覺到手中並不有拿甚麼，那條木棍，早在他惱怒的時候，擲了過來了。這一鬧，可鬧得他手足無措，窘不可言；那張黑炭也似的臉，也立刻漲紅起來，變成紫醬色了。

小茂瞧在眼中，也忍不住笑將起來道：「你要舉棍打我麼？可惜你的那條木棍，還睡在那邊地上呢！」說著，用手向那木棍墜落的地方一指。

泥金剛薛小三不管他是怎樣的一個渾人，這種情形到底是受不住的！不免又忸怩上一陣，方才走下馬來，把那棍子拾取在手，復又上了馬，向小茂說道：「如今不管我的妹子究竟是你騙去的，還不是你騙去的，路上既然祇有你一個，並無別人，我總得向你要人！你就是還不出人來，至少也得陪我走上一遭，把我妹子尋得，方能許你脫身事外！」

小茂笑道：「這是甚麼話！你的妹子如果眞是我騙去的，當然責成我還出人來；如今旣不是我騙去的，我當得置身事外。你怎麼可強迫著我，陪伴了你前去找人呢？我這個人難道如此的空閒，竟無一點私事在身麼？」

泥金剛道：「這些話我都不知道！我只有兩句話可以對你說：你肯乖乖的隨我同行，那是最好的事；否則，我就把你送官，看你能得便宜不能得便宜？如今你祇要想一想，你這麼一個白面書生，究竟也能和我這黑大漢抵抗一下麼？究竟也能逃出我的手掌麼？」他說完這話，又乾笑上幾聲，似乎很得意的樣子。

小茂知道他是個渾人，不能和他理喩的，如今旣然入了他的手掌，祇好依了他的說話行事，慢慢的再想脫身的方法了。便蹙著雙眉，說道：「旣然如此，我就陪你同去找尋也得！不過你的妹子，究竟怎樣被人騙去的？總得對我說上一說。」

泥金剛忽現著驚詫的神氣道：「如此說來，我的妹子的確不是你騙去的，那我倒錯怪你了！也好！我就對你說個明白罷！我的妹子喚作四妹，素來倒很是幽嫻貞靜的，簡直可以說得不出閨門一步。不料昨天晚上，我正起來小溲，忽見他的房門洞啓著，還以爲遭了賊竊了！誰知走到他的房內一看，他已杳無蹤跡；四處查看，也無一點影蹤，反發現廄內失了一匹好馬，方知他是有意逃走的！所以我也就騎了馬，連夜追尋下來了。」

小茂聽完以後，沉吟道：「這倒的確是一件奇怪的事情！怎麼半夜三更，好好的就會把一個人丟了呢？但是我要問你，在最近的時期內，也有甚麼男子到你們家中來麼？並且你又怎麼決得定，他是被人家騙去的呢？」

這話一說，好像把泥金剛陡然提醒了似的，不禁現著恍然大悟的神氣道：「不錯！是有這們一個男子到我們家中來過的！但是他們在這短時間內，竟會彼此目成，這是我萬萬想不到的！如今想來，的確有些可疑了！就是那男子的突然逃走，當初很目爲是件神祕的事情，現在也就不成問題，定是我妹子把他放走的了！」

小茂道：「究竟是怎麼一回事？我倒被你說得有些糊塗起來了！」

泥金剛聽了，也笑道：「這的確是我的不好！這們沒頭沒腦的說著，怎麼使你聽得明白呢？對你說罷，我們薛家，和這東村陸家，差不多可算得是世仇。隔不上幾年，總要械鬥上一次的。上一次的械鬥，他們輸了，被我們捉了他們那邊的一個人來。這人名喚陸有順，是一個美貌的少年，就暫時寄在我家囚禁著。想不到我的妹子竟會看中了他，暗地和他有上私情了！」

小茂聽了這番話，不覺暗暗好笑：天下事竟無獨有偶，這眞可算得我和翠娟那番事情的一個影子了！所不同的，翠娟至今還在他姊姊掌握之中，沒有逃出樊籠呢！我眞是個男子的，將來定須把他從黑暗的家庭中救出，方才於心無愧！他一壁這們想著，一壁把頭點上幾點，不禁脫口說道：「不錯！這一定是那陸有順把他帶了走的。如今要找尋你的妹子，衹須往東村走上一遭便了！可是這東村離開這裏，究竟有多少路呢？」

泥金剛把手向前一指道：「不遠，不遠！就在這東北角上，大約衹有五六十里路。衹要從縣城中橫穿而過，馬上就可到得那邊了。」

小茂道：「如此說來，就請你一人前去找尋罷，我可不能奉陪了！」

泥金剛見小茂不肯陪他同去，倒又顯著一種著急的樣子，忙道：「這可不能！請你可憐我是一個渾人，見了人，除了動手之外，一句話都說不來的。非得你和我同去，和他們好好的辦上一番交涉不可呢！」

小茂聽他說得著實可憐，倒又不免心軟下去；而且照情勢瞧去，如果堅執著不肯和他同去，也是有些做不到的，便道：「好，好！我就陪你走上一遭。衹是我自己的正事，卻為了你躭擱下來了！」泥金剛這才面有喜色，便和小茂並鞍前進。

約莫走了十多里路，忽又見泥金剛顯著一種愁眉苦臉的樣子，口中亂嚷起來道：「不對，不對！我的妹子眞害透了我，我再也趕不動路了！」小茂倒不免吃了一驚，忙問他：為甚麼這般模樣？又為甚麼不能向前趕路了？

泥金剛這才在肚子上一摸，說道：「老實說，我實在對不住我的這個肚子了！像這般的腹中空空如也，怎能教我趕得動路呢？」

小茂聽了這話，倒不禁笑了起來。忙用手在額上一搭，儘著目力向前望去，便向泥金剛說道：「你不要著急！前面就有一個市集，我們且上那裏去打尖罷。」

泥金剛一聽前面就有地方可以打尖，倒又歡喜起來，忙打起精神，縱馬向前趕去。不一會，已進了那市集，便在一家飯鋪前停了騎，相將入內打尖。

這泥金剛眞也妙得很！剛一坐定，就嚷著喚夥計：「快去拿一百個饝饝，一大腿肥豬肉來，塡塡我的肚子。你瞧，我的肚子，不是已餓得癟了起來麼？」他把這話一說，不但一個飯鋪子的人都笑得噴飯，連那夥計也掌不住笑了！他倒又正色說道：「這有甚麼可笑！你們到這裏來，那一個不是來塡肚子的？爲何單單笑我這句話呢？」

在他說的時候，夥計早已把熱騰騰的一盤饝饝、香噴噴的一腿肥肉送了來。他見了，不禁立刻眉開眼笑起來，也不向小茂讓一聲，就抓了饝饝，折了腿肉，祇是向口中亂塞著。

不一刻，早祇剩了一隻空盤，和一柎肉骨了。方見他把肚子摸上一摸，嘖嘖的說道：「好，好！如今總算對得住我這肚子了！找尋我的妹子要緊，我們趕快上路罷！」說完，即把小茂一拉，向著外面就走。

那夥計起初見了他這種樣子，一時瞧不透他是甚麼路數，倒瞧得有些發呆！後來見他拉了小茂，逕向外走，方記得還沒有會帳咧！倒不免著急起來，忙一路追了出來。到了店門口，才把二人追著，即把泥金剛一把拉著道：「大爺，你大概吃得忘了，連帳都沒有會給我們呢！」

泥金剛一聽這話，便兩眼一睜，向他發話道：「怎麼說，吃了東西還要會帳的麼？」一壁說，一壁又把袖子一摔，就把那夥計的手摔了去，想就乘此脫身。

那夥計一瞧這種情形，估定他是要吃白食的了，那裏再肯退讓？便又走上一步，攔住他道：「吃了東西，當然要會帳的，這又何須說得！請你乾脆一些，快到櫃上把帳會下罷！不要這麼的支吾了！」

泥金剛仍乾笑道：「吃了東西要會帳，這是一句甚麼話？我出世以來從沒聽見過！請你免說了罷！」這時櫃上也已知道了這件事，立刻走出了幾個人，把他們二人圍了起來。

內中一個人十分眼快，早已瞧見了他們繫在外面的兩匹馬，便笑著說道：「不打緊！他們雖吃了我們的白食，卻還有兩匹馬在這裏。他們如果真的不肯會帳，我們不妨就把這兩匹馬扣留下來，大概總還抵得過這一筆帳罷！」

這話一說不打緊，卻把這個渾人也真的說得有些著急了，忙喊道：「不要如此！我們大家商量商量罷！這兩匹馬，你們無論如何，是不可把來扣留的！我的妹子不見了，我和這位夥伴，還要騎著這馬去找尋他呢！如今我倒有一個絕好的方法，大可抵得這一頓的大嚼，不知你們也肯答允不肯答允？不過這是最後的一個方法了，你們如果再不答允，也就沒有其他辦法；因爲我出來匆匆，實在沒有帶得一個錢呢！」

櫃上的人聽他說有一個絕好的辦法，也就不和他爲難，祇催著他快把這個辦法說出來，不要多支吾了。

泥金剛便微微一笑，向著衆人說道：「你們瞧！我這身上的一身肉，不是生得很肥麼？如今甘心情願，給你們打上一頓，不敢回上一下手！老實說，你們也祇給我白嚼了一頓；如今你們把我打上一頓，不但可消消你們心頭的氣，兩下總可扯一個直了，不是再公平沒有麼？你們大概總可依照我這個辦法罷？」

他說完了這番話，也不等人許可，就向攔街一睡，嚷道：「快來打，快來打！讓我們消了這筆帳，也好去辦正經的事情咧！」衆人見了他這種獃樣子，不禁哄然大笑。

那掌櫃的卻把臉一板，厲聲罵道：「潑賊！不要假裝癡獃了！誰希罕打你這臭皮肉一頓？快些起來，把帳會清；否則，我們沒有別的話說，祇有把你們這兩匹馬扣留住了！」

這泥金剛雖是一個渾人，卻也瞧得出人家的臉色。一見這掌櫃的聲口不對，知道事情棘手，決非一打所能了事；然而身邊實在沒有一個錢，這可怎麼辦呢？一時不免發了獃性，竟在地上號咷大哭起來。

這一哭，倒把小茂警醒了，自己不覺暗暗好笑：我是和他一起來的，也可算得是個局中人；怎可袖手旁觀，也同衆人一般，儘自瞧著他的這種獃樣子呢？想到這裏，便向身邊一摸，幸喜還有幾錠碎銀子。即取了出來，付給那掌櫃的，才算解了這個圍。隨喚起了睡在地上的泥金剛，一同上了馬，又向前趕路了。

在途中的時候，泥金剛卻還向他埋怨道：「你這個人眞是獃子！有了銀子，儘可自己放在身上，何必付給他們？老實說，像剛才的那件事，最多讓我這身粗皮肉，給他們打上一頓罷了！他們難道眞能把我們這兩匹馬扣留著麼？」小茂聽了，又好氣又好笑，也不和他再多說。一會兒，又走了十多里路，泥金剛忽又嚷起來道：「不對，不對！我的妹子眞害透了我，我再也不能向前趕路了！」說著，又把他的肚子捧著。

小茂見了，忙向他問道：「莫非你又覺得餓了麼？但是這一會子，請你忍耐一些罷！我身上的碎銀子早已用完，不能再替你會帳了！」

泥金剛聽了，把頭連搖幾搖道：「不是，不是！我並不是腹飢，實是肚子痛得要死，很想去大便一下呢！」

小茂笑道：「這個問題很易解決！這些林子中，那一處不好大解？你儘管前去方便好了！」

泥金剛卻仍呆呆的望著他道：「衹有一樁事情，我很是放心不下！當我到林子中去的時候，倘你竟乘機逃走了，不是又孤零零的，賸下了我一個人麼？」

小茂道：「你放心！我既答允了你同去，決計不會逃走的！」那渾人這才沒有話說，把馬繫在樹上，管自入林而去。

小茂正在林外等待的時候，忽又見一騎馬匆匆從對面馳了來。比及近身，忽向小茂這騎青驄馬望一望，突然停了蹄，兩眼凝注著小茂，問道：「我要問你：這騎馬你怎樣到手的？莫非是你從紅葉村中盜來的麼？」

不知這問話的是甚麼人？且待第一二一回再說。

第一二一回　渾人偏有渾主意　戇大忽生戇心腸

話說：泥金剛走入林中大解去後，忽又有一騎馬，從對面馳了來；比及近身，忽向小茂的這騎青驄馬望上一望，突然停了蹄，兩眼凝注著小茂問道：「我要問你：這騎馬你怎樣到手的？莫非是你從紅葉村中盜來的麼？」

小茂最初經他這們一問，倒大大吃了一驚，還以爲是碧娥派來的人；否則，這馬上的人定和碧娥相識的。繼而轉念一想，又立刻覺到：這個猜測是錯了！因爲碧娥是會武藝的，如果發現了他的逃走，而不肯輕於放走他的，一定要自己追了來，決不肯假手於他人。聽說北道上的歹人多得很，恫嚇騙詐，無所不至；這馬上人大概也是這一流人物罷？倒不要上了他的當！想到這裏，膽又壯了起來，即向那人回答道：「這是我自己的馬，要你來問甚麼？甚麼紅葉村、綠葉村，我一概都不理會！」

那馬上人聽了，嗤的一聲冷笑道：「看你不出，小小的年紀，竟是這般的嘴硬！莫非是一個積賊罷？好！你今天遇著我，可就是你倒楣的日子到了！」

小茂怒氣沖沖的說道：「你別赤口枉舌的誣衊人！誰是積賊？誰又親眼見我做過賊來？請你還是走你的路，少說幾句罷！」

那馬上人這時再也耐不住了，將眼一睜，大喝一聲道：「咄！好一個沒有眼色的囚徒！你當我是甚麼人？老實對你說一聲，我是這裏的做公的，我儘有權可以盤問得你們這班囚徒！」

小茂一聽這話，倒也有些著慌起來，但仍倔強著說道：「甚麼囚徒不囚徒，請你講得清楚一些！而且任你是做公的，可是我並不犯法，你又把我怎樣！」說著，將馬一帶，意欲向前馳去。

但這做公的，是何等眼明手快的；不等小茂馳行得一步，即掏出一個繩圈一般的東西，向小茂身上一套。說也奇怪！這個繩圈是做得十分活絡的，一套到人的身上，衹消將那打結的地方一收，就把那人的身體緊緊的縛住，再也脫身不得了！

聽說，這種繩圈，名叫「活絡索」；不但是做公人馬上的利器，也是那班剪徑者的無上法寶。當時那做公人，把小茂縛住以後，即一面像牽弄猴兒似的，牽了小茂向前直馳；一面笑嘻嘻的說道：「好！不要多講了，還是乖乖的跟了我，到縣中走一遭罷！」小茂這時身不由主，又恐一度抗拒，反要跌下馬來，也只得跟了他向前馳去。按下慢提。

再說：那泥金剛大解以後，從林中走了出來，忽然不見了小茂的人和馬，心中不禁大怒，頓足罵道：「好一個不講信用的小子！既已答允了俺，陪伴著俺同去，怎麼乘俺解個溲兒的當兒，又一個人溜走了？俺如果再捉住了他，一定把他斬屍萬段，誓不甘休！」罵了一會，也就上馬。偶向前面一望，祇見在這官道上，隱隱露見兩個黑影；這不是兩騎馬在前馳行，又是甚麼呢？

他不禁又罵上一聲道：「好一個無信的小子！原來被他的同伴拉了去了！但俺一定要追上去向他問個明白的；他就逃入龍王廟，俺一定要追進水晶宮！」

這渾小子一時上了氣，竟甚麼也不管，連找尋妹子的正事，都抛在九霄雲外了；狂揮一鞭，向前馳去。可是他雖連連揮鞭，不顧命的向前跑著，自以為是快極了；不道前面那兩騎馬，也同他一般的快，竟是望塵莫及。害得這渾小子，祇是在馬上連聲急嚷，兩手亂揮，沒有甚麼法子可想。

好容易，總算進了縣城了，因為街道狹窄，行人擁擠，這兩騎馬也就緩了下來。但是他為行人所阻，也是欲速不得，因之，他這兩手更是揮得厲害，聲音更是嚷得響亮；累得一街上的人都笑，還當他是個瘋子。

一會兒，見那兩騎馬已在前面停了下來，他不禁大喜欲狂道：「原來你們也有停止馬蹄的日子，如今看你們再逃到那裏去！」他這時也不管撞傷人，或是鬧出人命官司，祇是催著那馬，向人叢中馳了去。

可是當他到得那邊，那兩騎馬上的人早已下馬，並向一座巍峨的廣廈中走入，兩騎馬早有人牽去了。他見了倒又有些著急起來，忙一壁下馬，一壁大喝一聲道：「咄！你們二人且住步！你們想逃到那裏去，俺老子已追了來了！」

那做公的牽著小茂，正向裏邊走去，忽聽有人在門外大聲喝著，不免一齊回過首來。那做公的還沒有說話，泥金剛卻一眼瞧見小茂攔腰繫著的這個活絡索了；雖還不知道究竟是怎麼一回事，卻已明白小茂的逃走，並不是出於自願。便又咦的一聲，喊起來道：「怎麼？原來你是被這人劫了來的，俺還疑心你是私自逃走呢！咄！你是那裏來的惡漢，竟膽敢把俺的朋友劫了來！如今俺老子已經趕到，誓不與你甘休，還不趕快把他放了！」說著，一個箭步，便向裏邊躥了進去。

那做公的雖還測不定他是甚麼人物，然而那裏由得他如此放肆！便一聲大喝道：「咄！休得撒野！你也知道這是甚麼地方，豈容得你亂走一步來！」同時，裏邊又有幾個穿青色長衣的人，也向他這們吆喝著。

泥金剛卻仍是摸不著頭腦，祇冷笑道：「嘿，嘿！你們還以為俺參不透這種行徑麼？難道這不是強盜窠，還是甚麼好地方！」

這話一說，不但是先前那個做公的，凡是立在門邊的那幾個青衣人，一齊怒形於色，嚷了起來道：「反了，反了！這是那裏來的大膽狗男子，竟敢含血噴人，把知縣衙門當作強盜窠來！」

泥金剛這時倒也吃上一驚，暗想：這從那裏說起，這裏竟是知縣衙門！怪不得有如此的大氣派！但他究竟是個渾人，依舊一點也不畏懼，大聲說道：「就算是知縣衙門，又待怎樣！難道可以憑空把一個人劫了來麼？」

那做公的這時倒也瞧出他是個渾人了，聲氣比前和平了許多，好像故意和他做耍似的，笑嘻嘻說道：「就算是我憑空把他弄了來的，你又待怎麼樣？」

泥金剛氣憤憤的說道：「這還待問！當然要憑著俺這兩個拳頭，把他搶了回來！」說著，把個拳頭，在空中一揮，似欲實行攔劫的舉動。

那做公的卻又把臂一格，將臉一沉，說道：「我勸你不要再發昏了！他是一個盜馬賊，你難道不知道？你如今竟欲把他搶了回去，莫非也是他的同黨麼？」

這時小茂也向他喊道：「朋友！休要如此！這是我的事，與你不相干的，請你還是幹你自己的正事去罷！」

泥金剛道：「那麼，他說你是盜馬賊，這句話究竟對不對呢？」

小茂道：「這是完全不對的。不過請你儘管放心，我自有洗刷我自己的方法。你還是去找尋你的妹子要緊，免得為了我誤了正事！」

泥金剛道：「不，這不是如此說法的。俺最初既承你的情，肯陪伴著俺，同去找尋俺的妹子，這在你是何等的有義氣！如今你出了岔子了，俺倒拋了你不相顧，反自去幹自己的事情，這不是一種無義的舉動麼？如果被天下人知道了，不是都要說俺泥金剛是個無義的男子麼？」說著，又搶前一步，似欲向那做公的用武了。

這時這班做公的，再也容不得他如此撒野了；即一聲喊，一齊圍了攏來，都道：「看他這種窮凶極惡的樣子，諒來定是這盜馬賊的同黨，不如一併把他拿下了！」

可笑這渾人到此地步，倒又突然的想出一個渾主意來了，暗自想道：「俺如果被他們一併拿下，這於俺的朋友，是一點沒有甚麼益處的；還不如暫時忍一口氣，走了罷。然後再窺探得俺那朋友囚拘的地方，乘夜去把他劫了出來。諒來在這小小的鳥縣中，那牢門不見得是怎樣堅固的；憑俺這點氣力，還有上幾手工夫，一定可以得手。這不是一個絕妙的方法麼？」

主意想定，便把兩手一拱，向眾做公的說道：「對不住得很！這是俺一時太魯莽了，還請諸位海涵，放俺走了罷！老實說，俺和他祇是一個萍水相逢的朋友，犯不著管他這種閒事呢！」

眾做公的見了他這種前倨後恭的樣子，益信他是個渾人，不禁都笑了起來道：「原來也是這樣不中用的一個膿包！好，好！我們譬如把一個烏龜放了生，就讓你走了罷！」泥金剛一聽這話，也不再說一句話，便好似逃一般的，拔足就跑，害得衆做公的不禁又都大笑起來。

泥金剛一到外面，卻又住了足，牽了自己的馬，悄悄的走入附近的一家酒樓中，將馬交與店家後，便登樓飲起酒來。他的座位，恰恰當著窗口，所以對於街上的一切，竟是一目了然。一會兒，祇聽得街上起了一片人聲；忙偷偷向下一瞧時，祇見小茂脚鐐手銬的，又被那做公的從衙門中牽了出來了。

同時，街上人也紛紛的議論道：「這是一個盜馬賊，已被縣官判決，現在送去收監的。你瞧，後面牽著的那匹青色馬，不就是他的賊贓麼？咳！看不出這般小小的年紀，相貌也生得很不錯，竟會做起賊來了！這眞叫作知人知面不知心啊！」

泥金剛等待人聲稍遠，方始走下樓來，托言是出去小溲的；好在他有一匹馬，交在櫃上，決不怕他逃走，所以也沒有人去攔阻他。他到得街上，略將步兒加速，也就恰恰混入這一叢人群中，倒沒人在疑心他是來做探子的。這監獄距離縣衙門也不遠，不到一刻，早就走到了。

在將小茂帶入監中，大衆亂鬨鬨的伸頭瞧看之時，他卻把這監獄的形勢，細細相度了一番。覺得果然不出他的預料，這監獄也簡陋得很，牆壁並不十分高峻，祇能拘押幾個尋常的囚犯；倘捉到了甚麼江洋大盜，也送到這裏來，那恐怕就有越獄的事情發生咧！

這時獄卒早把小茂收入監中。大衆見目的物已失去，沒有甚麼可看了，也就四下分散。泥金剛爲免人家生疑起見，忙也跟著他們同走，不敢在獄門前多停留一步。回到了那家酒樓中，泥金剛卻又得了一個主意，覺得這馬帶在身邊，既是惹目，又是不便，不如把他貨去了罷。當下請出了掌櫃的，向他說了無數好話，總算做成了這注交易，並把酒帳算清了。出了酒樓之後，也不敢在街上多徘徊，就找了一家客店住下，專待晚上動手。

好容易，挨到黃昏時分了，大家吃了晚飯，各自就睡，店中已靜悄悄的沒有一點聲息。但是泥金剛仍靜靜的等候著，不敢就出店去；直待二更已過，方始整整衣襟，從店後的短垣邊跳了出去，朝著那監獄所在的方向進行。

不一刻，經過一座神廟，泥金剛又突然的發生了一種迷信的觀念了，暗想：這監獄看去雖不十分堅固，要走進去並不是件難事，但是我終究祇是一個人，獄內卻有許多獄卒。如果我進去的時候，一個不留神，事情竟然鬧穿，那倒有些衆寡不敵咧！不如求求神靈，默加佑護罷！當下，即在路旁跪了下來，恭恭敬敬的磕了三個頭；又默默的禱告了一番，方始起身復行。這在他這們的叩頭禱告，雖不能說是無聊的舉動，但也不過向自己作上一種安慰，藉以壯壯膽力罷了，並不眞的希望就有神靈來暗助的。

誰知當他到得獄門前一瞧時，使他驚得甚麼似的，方更信神靈是的確有的，神靈的靈通與威力，眞是不可思議的；而他剛才所磕的三個頭，和一番默默的禱告之詞，尤其是不枉費的了！原來這獄門竟不待他撬啓得，已洞直的開啓著，好像是特地開了迎接他進去似的！這不是神靈佑護他，特地暗顯神通，又是甚麼呢？

可是轉念一想，又疑心這是獄卒們的一種詭計，特地誘他進去的。不過，他的要來刧獄，除了他自己之外，可說是沒有一個人知道；那獄卒們不是未卜先知，又怎會知道呢？想到這裏，復又爲之釋然，即大著膽走了進去。

等他到得裏面，更是十分吃驚了；祇見在這黯淡的燈光之下，照見七八個獄卒，都是手足被縛，橫七豎八地睡在地上。不禁暗自想道：「神靈眞有本領啊！他竟不要我費上一點力，替我代行動手了！」他當下也不去理會這班獄卒，便急匆匆地向前走去。

可是又發生了一樁困難問題，便是：小茂究竟被囚在那間囚室中，他是一點也不知道啊！然而這個困難問題，不必要費上他幾度的忖慮，不久便又很容易的解決了。

因爲，當他正在思慮的時候，偶向前面一望，忽又瞧見有一間囚室的門，似乎洞啓著在那裏。不覺靈機一動，暗道：「神靈既已暗加佑護，替我開啓得獄門，綑縛得獄卒；難道反在這個問題上，把我難上一難，要我自己去解決麼？這是不消說的，決計不會有這們一回事的！那前面洞啓著的這間囚室，一定便是小茂所居的這間囚室，可以說是毫無疑義的了！」

他一想到這裏，便三腳兩步的，趕到那間囚室之前：果然沒有瞧錯，的確是洞啓著在那裏。再向室內走去，借著門外那盞燈所發出的光力，已足瞧見一切：裏邊直挺挺的站著一個囚犯，不是小茂又是甚麼人呢？

他這時眞喜極了！然而待他細向小茂周身上下一瞧之下，不覺又微微的有些失望起來。原來，這神靈竟小小的和他開上一個玩笑，各事都不必由他費一分心、一分力，完全替他解決了；獨有小茂身上的腳鐐手銬，卻依舊留著，沒有把來除去咧！可是他這時也不暇顧及這一層，暗想：這是一點不要緊的，倘然小茂帶了這個東西在身上，不便行走，由我馱著他出去便了；反正獄門是洞啓著，不必越壁爬牆，一點可不費力咧。

等得一到外面，或是用刀，或是用剉，定可把這鐐銬斬了去，那就不成甚麼問題了。因此他祇向小茂問道：「誰替你打開這獄室門的，你也瞧見麼？莫非是甚麼神靈麼？」

小茂聽了，把頭連點幾點道：「大概是神靈罷！剛才我正睡得很熟，忽被一種聲音所驚醒；連忙睜開眼來，祇見房門已經打開，一個紅臉的不知是神是鬼的人，立在我的面前，並向著我微笑。我正想和他說話時，他忽側耳似向外邊聽了一聽，復向門邊走去，霎眼間即已不見。不到多久，便又見你走進來了。照如今瞧來，有紅臉人定是一位神靈，莫非是關聖顯靈罷？」

泥金剛道：「這倒說來有點對的。如今且別去管他，讓我就把你馱了出去罷，也不枉神靈的一番佑護呢！」

說畢，不等小茂回話，即把小茂向身上一馱，走出獄室。還沒有走完這條甬道，這渾人忽又嚷起來道：「朋友！不對，不對！你且走下身來，我可一步也不能行走了！」

小茂倒給他駭了一大跳，忙向他問：「到底爲了甚麼緣故，你一時間又不能行走了？」

他聽了這句問話，並不立刻回答，先把小茂放下地來，然後彎著腰，皺著眉，說道：「並不爲別的事，實因我內急得很，要想小溲了。讓我先幹了這樁事再講罷！」

這話一說，倒使小茂暫時忘記了現在所處的境地，不禁啞然失笑道：「你的事眞多得緊，一會兒大便，一會兒又要小溲了！難道不能稍忍須臾，到了外面再講麼？」

泥金剛更把身子彎得下一些，眉兒皺得緊一些，說道：「這是甚麼事，那裏可以忍耐得的！你在這裏略等一會罷，我去去就來的。」就回身向甬道的盡頭處走去。

才走得幾步，忽又回過頭來，向小茂說道：「這一回你千萬別再走開了！上一回你祇走動了一下，就鬧出這許多事情來了！」

小茂倒又笑起來道：「上一回並不是我自己要走，乃是人家逼著我走的；如今我當然等候在這裏，還會走到那裏去？你放心的去罷！」

不料小茂雖是這般說，然而泥金剛的這幾句話，卻並不是出自過慮，幾乎要成爲語讖了。原來，當泥金剛小溲既畢，回到甬道中的時候，果然失了小茂的蹤跡了！

不知小茂究竟走到了那裏去？且待第一二二回再說。

第一二二回　裝神靈大念消災咒　求師父險嘗閉門羹

話說：泥金剛小溲既罷，回到甬道中，忽然失了小茂的蹤跡；當時見了這種情形，驚訝雖是驚訝，卻還不當作怎麼一回事，以為小茂或者恐被人家瞧見，又走回先前的囚室中去咧。於是他也趕到那間囚室中，可是不要說尋不見小茂的人了，連小茂的影子都不見一個。然他的渾主意，卻偏偏比別人來得多，又疑心是小茂故意和他鬧著玩咧！便又叫著小茂的名字，在這小小的一間室中，四下找尋起來；為求周到起見，幾乎連榻縫中都要張看一下。

這樣的找尋了半天，依舊不有一點影蹤，他這才有些著急起來了，便把兩足一跺，說道：「朋友，這是甚麼時候，豈是和人家鬧得玩的？你如果再躲著不出來，我不但要咒罵你，並連你的祖宗三代，都要咒罵到了！」

在他的意中，以為小茂一定不讓他咒罵自己和自己的祖宗的；如果眞是故意躲著，和他鬧著玩的，如今他這們的一說，一定要忙不迭的走了出來咧！誰知，他的希望竟是成空，儘是由他這們虛聲恫嚇著，連小茂的影子都不見有一個出來呢！於是，他方知道事情有些重大，形勢有些緊張起來了。

正在這個當兒，忽又靈機一動，想到了一樁事，不覺跺足說道：「我眞是一個獃子！現放著這班人在這裏，我何不拷問拷問他們？在他們的口中，或者不難得到一點消息咧！」他的所謂這班人，所謂他們，當然是指著被神靈綑縛著的一群獄卒了。

當下主意想定，立刻走了出去。總算第一個被他瞧見的那個獄卒，不知交了甚麼壞運；他一眼瞧見之後，連忙走上前去，便不問情由的，俯下身來，先把那獄卒結結實實的打了幾下耳光，然後問道：「你可瞧見那個犯人麼？他究竟是同著何人走的？並是走往何處去的？快些替我說來！」

那個獄卒聽了，祇眼睜睜的望著他，並不回答一句話。這一來，更加使他動怒了，不免又是重重的幾下耳光，一壁罵道：「俺老子和你說話，你怎麼一句話也不回答？莫非是瞧俺老子不起麼？好，好！俺老子如今已起了火了，定要打得你開了口！」

可是，儘他這們的罵著打著，這獄卒依舊是一個不言不語，祇把嘴微微呶動著。這把嘴一呶動，倒又使他恍然大悟了；原來是口中絮著東西，怪不得這小子開不得口來呢！不免暗笑自己粗心。便又說道：「你口中既絮著東西，俺也不來強迫你說話了；不過這個犯人，究竟已經出走，還是沒有出走，你總該有點知道的。你不妨點點頭，或是搖搖頭，用來表示一下罷。」

那獄卒一聽這話，便把頭連連搖著。泥金剛一見他搖頭，以爲他是表示不知道，忽又動怒道：「怎麼說，他出走不出走，你竟沒有知道麼？」那獄卒卻也作怪，依舊把頭搖著。這一來，泥金剛更大大的有些不高興起來了，便厲聲說道：「你這們連連的把頭搖著，莫非是說我那朋友沒有出走，仍在這裏麼？那麼，他現在又在那裏呢？好，好！我如今就向你要人；如果交不出人來，誓不和你甘休！」說完這話，又舉起粗大的拳頭，在那獄卒的渾身上下，重重的打上許多下。

正在這糾纏不清的當兒，忽在相距不遠的地方，傳來了一種極清朗的聲音道：「薛小三聽著：這件事完全與他們不涉，你不要再和他們廝纏罷。他們今晚失去了獄卒之尊，這們的被人綑縛著，已是怪可憐的呢！」

這幾句話，卻又把他立時提醒了，暗想：如今在說話的，定是那位神靈；祇怪我一時粗心，倒把他老人家忘記了！大概是怪我沒有身離險地，就撇下了我那朋友，管自前去小溲，做事太無誠心了；所以把我那朋友攝了去，小小示警於我呢！也罷，我如今就跪下來求求他罷！說不定他立刻又會把我那朋友送了回來呢！

想到這裏，他也顧不得甚麼了，立刻跪在地上，喃喃的禱告起來，無非一派悔罪求恕的說話。可是說也奇怪，這神靈竟是靈驗無比的；當他沒有禱告得許多時，頭還俯向地上沒有抬起來，陡覺有一件重甸甸的東西，向他身上一壓，好像有一個人馱在背上了。

接著，便聽得和先前一樣的那種清朗的聲音，又在後面發了出來道：「薛小三聽著：如今你的朋友，已馱在你的背上了，趕快向獄門外走去。我神一面佑護你們，一面替你們在前引導便了！」說完這話，祇見一個黑影一晃，那神靈就展動著偉大的身軀，向前疾馳而去。泥金剛一見，便身不由主的立了起來，飛也似的追躡在後。這樣的出了獄門，經了大街，又相率縋城而下，頃刻間已到郊外。那神靈行走如飛，倒累得泥金剛出了一身臭汗。

正在氣喘如牛的當兒，忽聞那神靈止步說道：「如今我們總算已經出了重圍，就在這裏休息一下罷！」

泥金剛巴不得有這一句話，忙停了步，把小茂放了下來，卻又向那神靈請問道：「不知大神是何神號？乞即示下，讓小子等以後可製位供奉！」

那神靈聽了這話，忽哈哈大笑道：「你以爲我眞是神靈麼？那你未免差若毫釐，謬以千里了！」

泥金剛道：「既不是神靈，那恩公又是甚麼人，也請明白詔示！」

那人又哈哈大笑道：「你不認識我麼？我的道號喚作笑道人，因爲知道周小茂是孝子，特地前來保護他的。至於喬裝作這般模樣，不過使獄卒們疑神疑鬼，認不出我的眞面目罷了！」

停了一會，又顧著泥金剛，帶笑地說道：「你這小子雖嫌傻了一點，但是爲著朋友，卻能實心實意，煞是令人可愛的！有了這一點基礎，將來無論學習甚麼，不怕不成大器。不過你現在還有自己妹子的事情沒有了，須趕快去料理著；等到了清以後，可來到華山上面，那時我自會會著你，倒很想把你收做一個徒弟呢！」

好一個傻小子，居然福至心靈，一聽這話，立時口稱一聲：「師父在上，弟子有禮！」爬下身去，恭恭敬敬的，叩了三個頭。可是立起身來，還顧著小茂，露出戀戀不捨的樣子，似乎不肯就去幹他自己的私事。

笑道人卻早已瞧出了他的心事，又笑上一聲道：「傻小子，別這般的戀戀不捨了！你們將來自有會合之期，現在你且去幹你自己的私事；祇要向著東南方行去，自會和你的妹子會見。至於他這裏，不但有我在暗中隨時保護，並有兩位俠士隨後即到，可以結伴同行；這一路去，大約可以安抵雲南，不至再有甚麼危險發生罷。」這傻子這才沒有話說，和笑道人、周小茂，互訂後約而別。

這邊周小茂既有笑道人保護著，雲南指日可到，他的事情也就暫時告一段落，不必再枝枝節節的寫下去。可是在上文中，曾說到趙五被余八叔挫敗以後，即偃旗息鼓而去，祇是在臨去的時候，還對余八叔說上一句「十年後再見」的話；後來因爲由趙五敘述到他的師父李成化，復由李成化敘述到長春道人身上，一個大岔岔了開去，竟寫了好幾萬字的閒文，對於此事卻始終沒有一個交代。在下也自知這枝筆太散漫了，現在且收轉筆鋒，再從這裏寫下去罷。

且說：趙五在余八叔手中，跌了這們一個大筋斗，既折了自己的威風，又斷了生財之道，心中當然是十分不甘心的，所以在當場就說了一句「十年後再見」的話。在他的心中想來，他的本領並不算怎樣的低弱，余八叔現在雖是比他高強，居然把他挫敗了；但他如能再下十年的苦功，一定可反把余八叔打敗，復了此仇呢！

可是他方離開了這個場所，向前走了幾步，卻又有些躊躇起來，不禁暗自想道：「就算是我肯下這十年的苦功，但是不得名師指點，這十年的工夫也是白費的，恐怕依舊是無濟於事呢！那玄帝觀的老道李成化，雖是我的師父，並有不少的驚人的本領；但我們師生之間，感情並不見佳。那一次分手的時候，現象更是惡劣，差不多像被他攆了出來的。如今我鎩羽歸去，他能把我留在觀中，已是萬幸了；如果再要求他傳授高深的本領，不見得能夠做到罷！」但是忖了一會，丟了這條現成的門路不走，卻再要去訪求名師，未免是個傻角了！

而且無論雙方的感情是怎樣的惡劣，師生究竟是師生；一旦聽得自己的徒弟忽的被人打敗，這在任何人都要跳了起來的，下面就自然要連帶的討論到復仇的問題。在這上頭，說不定反可改變了師父平日的心理，得到他的憐憫呢！他這們的一想，膽子也就大了起來，立刻離了湖南，向著山東濰縣進發。

不一日，已到了玄帝觀前。卻也作怪，李成化好像是預知他要到來，並知他是十分狼狽而歸的，早在觀門之前，貼上一張示諭似的東西道：「凡不肖門徒，在外行爲不端，辱及師門者，可弗在此逗留；即進謁亦拒不相見。此諭！」

趙五雖是一個粗人，也曾讀過幾年書，這張手諭上的幾個字是識得的。看了之後，不覺爲之氣沮，暗道：「壞了，壞了！這張手諭，不是明明爲我而發的麼？早知如此，我倒不該有此一行了！」

既而又轉念一想道：「不對，不對！這恐怕祇是我的一種過慮罷！我在湖南所幹的那樁事，在長沙、湘陰一帶，雖是鬧得人人皆知了；然這裏離開湖南究竟很遠，那裏會傳播過來？師父又那裏會知道呢？而且這張手諭，看是口氣十分嚴厲，其實也是普通得很，爲一般門徒說法，不見得是專爲我一人而發罷？」他一想到這裏，膽氣又爲之一壯，也就不管三七二十一，向觀門內走了進去。

剛剛走得沒有幾步，即有一個道童模樣的人，從裏面走了出來，攔住了他，大聲斥道：「你是甚麼樣人？膽敢不得觀主的許可，擅自走進觀來！咄！還不止步，還不替我趕快滾出去麼？」

趙五聽了這話，忙向那道童一瞧時，卻早已認識出他就是師弟了凡，便道：「嘿！了凡師弟，你怎麼連我都認識不出，竟用這般的聲口來對付了！」

這話一說，了凡這才又向他的臉上仔細一瞧，卻仍淡淡的說道：「哦！原來是師兄回來了！怪不得師父這幾天曾吩咐我，說是如遇師兄來時，不必與他通報，並不准在觀內逗留片刻；他大概是預料到你日內定要到來的呢！」

趙五料不到師父竟會預先有這們一番的吩咐，不覺大吃一驚道：「師父眞是這般的吩咐你麼？」

了凡惱聲道：「不是他這般吩咐，難道還是我揑造出來的麼？而且爲了此事，觀門外還貼上一道手諭，你難道也沒有瞧見麼？」這一來，可把這事加倍的證實了。

可是，路遠迢迢的來到此間，竟連師父的一面都不能見，就立刻退出觀去，這是無論如何不能甘心的！所以他祇得像懇求似的，又向了凡說道：「這恐怕是他老人家一時的誤會！祇要我能和他見上一面，很詳細的說上一說，一定可以解釋明白的；如今請你可憐我，替我進去通報一聲罷。」

了凡連連搖頭道：「這可不能！師父的脾氣，你是知道的；他既這般的吩咐我，這還有甚麼話說！我就有天大的膽，也不敢替你通報。不立時攆你出觀，容你在這裏逗留片刻，已算是我們師兄弟的一番情分了！」

正在這個當兒，又聽得師父李成化在裏面，怒聲說道：「了凡！你在外面和甚麼人說著話？如有那些不相干的人，硬要走進觀來，你祇要把他攆出觀去就是了，又何必和他多說呢！」了凡聽師父已在發怒，忙向趙五連連搖手，一壁即走了進去。

趙五這時倒已橫了一個心，暗道：「既來之，則安之；無論他們怎麼的驅逐我，我是一定不走的了！倘能再和師父見上一面，就是教我死也甘心！」

當下在門內地上坐了下來，表示一種不走的決心，但是依舊沒有人來瞅睬他；就是那些李成化的門徒，在觀門內出出進進，內中還有幾個是和他相識的，也連正眼都不向他瞧一瞧，似乎沒有他這個人坐在地上似的。這明明是受著師父之教了！還虧了凡時常偷偷的拿出些食物來給他吃，方始能使他堅持下去。

這樣的已過了三天。當他在十分失望的時候，也屢次想要拂袖而去，不必再等著在這裏了，心想：難道除了李成化之外，便沒有別的名師可從麼？不過轉念一想：我那師父本是十分古怪的一個人，今次這般的見待，或者是故意試試我的忍耐工夫的；否則，他如果真的不要和我見面，那見我到來，把我攆了出去就完了，又怎會仍許我在這裏逗留呢？所以我如果一個小不忍，竟然拂袖而去，不免反墮在他的計中了！而且外面有本領的人雖是很多，然有幾個眞能及得上我的師父的？我如欲實踐十年後復仇的這句話，非得苦苦的纏著他，要他再傳授我一些本領不可呢！

這天的下午，他又聽得李成化在裏邊說話，並且似乎就在那院子中，和他距離得很近的。他這時也顧不得甚麼了，立刻立起身來，向裏邊奔了進去。祇見師父果然立在院中，和著一個門徒談著天；一見他奔進院來，馬上把頭搖上幾搖，露著十分厭惡的樣子。待要躲避時，趙五卻早已趕上一步，抱著他的腿，跪了下來，祇氣得李成化連連跺足道：「這算甚麼，這算甚麼！」一然躲避著不要見他的一種意思，顯然已在這時取消了！

趙五乘此機會，便向他哀聲懇求道：「請師父可憐我，容我盡情一說；等到說完之後，師父就是馬上賜我一死，我也是心甘情願的！」

不知李成化聽了這話怎樣說？且待第一二三回再說。

第一二三回　示真傳孺子可教　馳詭辯相人何為

話說：李成化聽了趙五的話，眉峰緊緊蹙在一起，又把足一跺道：「你還有甚麼好事對我說？而且這種事又何必定要對我說呢！」

趙五倒有些詫異起來道：「難道我在湖南所幹的種種不肖之事，師父已經統統知道了麼？」

李成化冷笑了一聲道：「若要人不知，除非己莫爲！像你這種的門徒，實在把我的台都坍盡了！還有甚麼面目回來見我呢？」

趙五道：「弟子在湖南所幹的事，實在太嫌荒唐一點，自知是罪該萬死的，聽憑師父怎樣的發落就是了。不過姓余的這廝，本來是與他沒有甚麼相干的，憑空出來攪這場子，未免太目中無人了！而且他明明知道我是拜在師父的門下，他這出來一攪場，不僅是要掃我的臉，恐怕還有意要和師父爲難呢！

「所以我在當場就說了一句『十年後再見』的話，這並不是要師父代我出場，祇求師父把精深的工夫傳授給我。我的天資雖是十分魯鈍，然能有上十年苦苦的練習，並有師父從旁指導，怕不能有上一個譜子；到那時自然就復了仇，師父的面子也就連帶的爭了過來了！」

李成化聽完了這番話，又大斥一聲道：「咄！你不要花言巧語了！這完全是你自己招出來的是非，和我又有甚麼相干呢！至於面子不面子，那更不必說起了！我如今正在後悔，當初不該收你這個徒弟，以致惹出這場煩惱；你倒再要來哀求我，更傳授你一些精深的工夫，這未免太不知風雲氣色了！」說著，氣吼吼的，把趙五捧著他那一條腿的兩隻手抖了去，露出欲退入後邊的樣子。

趙五倒也是很知趣的，知道師父正在盛怒之下，不便再行苦求，便又轉了口風道：「師父既是不屑教授，弟子也就不敢再求。不過弟子已是無家可歸的了，可否容弟子在這觀內住下？祇要能得師父的允准，就是教弟子斫柴、挑水、煮飯、燒鍋，也是一點不怨的！」

李成化聽了，兀自沉吟未語，半晌，方笑嘻嘻的說道：「哦！你竟願幹這些粗事麼？那我這裏恰恰正少這們一個人，就讓你去幹了罷。不過你擔任了這個事情後，如果不能耐勞，又要偷起懶來，那我可不能答允你的！何去何從，你還是現在仔細地想一下罷！」

趙五忙一迭連聲的回答道：「我情願在此作勞，決不敢偷一些子的懶！此後不幸如有這種事實發生，聽憑師父怎樣懲辦就是了！」從此趙五便在玄帝觀中，打起雜役來。

這種事情看去很是平常，很是容易，但是幹起來麻煩得很，幾乎一天到晚，都是幹著這些事，得不到一點閒工夫。趙五倒又有些後悔起來了，不覺暗自想道：「這是何苦值得！可笑我不去練習武藝，倒在這裏打起雜來，這又能熬練出甚麼本領來呢？而且十年的光陰，說來雖是十分悠久，其實也是很迅速的；倘都是這般悠悠的過了去，那還能復得甚麼仇？不是太不合算了麼？去，去，去！不要再在這裏丟人了！」因此把那身汙穢的衣服脫了去，換上一身來時的衣裝，想要離開這裏走了。

恰恰被一個同伴瞧見，便笑著說道：「趙師兄，你要走了麼？這也好！本來我說的，像這種粗事，祇配是我們這班沒用的人幹的；你趙師兄是很有本領的人，何苦硬要混在這裏，還要受盡師父的白眼呢！」

正說到這裏，又有一個同伴踅了來，早聽明了他們二人的這一番話，也便笑著儳言道：「趙師兄，你眞的耐不住勞苦要走麼？那師父的眼光眞可以，他在你起始幹這件事的時候，就對我們說起道：『你們瞧著罷，他現在雖說得這般的稀鬆平常，但不到幾個月工夫，定又要熬不起苦，嚷著不幹了！像這般沒有恆心、不能耐勞的人，還能練甚麼武藝？更能說甚麼報仇不報仇呢？』他老人家說完之後，又是一陣大笑。如今你竟眞的一走，不是被他料著了麼？」

這一說，倒又使趙五怔住了，暗想：「不錯啊！我今天倘然眞的一走，不是明明顯出我一點勞苦都不能耐得麼？而且照他們所傳述的這番話瞧來，師父的教我來幹這些事，莫非有意試試我能夠耐勞不能耐勞？那我一走，不是更前功盡棄麼？」於是毅然把這身乾淨的衣服脫了去，又換上了那身汙穢的衣服，死心塌地的去操作，從此再也不說一個去字了。

如是的又過了三個月。一天晚上，他因為日間操作甚勞，所以睡得十分的熟；誰知正在他酣睡的當兒，忽有兩件東西不知從甚麼地方飛了來，恰恰插在他所睡的地板上，錚錚然發出一種銳利的聲音，立時使他驚醒過來。急忙揉揉睡眼一瞧時，不覺又大吃一驚；原來，兩柄亮晶晶的短劍，很平直的分插在他頭頸所置的地方的兩旁，其間相去不可以寸呢！

不禁暗自沉思道：「這是一種甚麼玩意呢？如再這兩柄短劍飛了來，是懷有惡意的，那決不會故意弄這狡獪的伎倆，使人與劍相距僅以分寸的，早在睡夢中送了性命了！如此說來，這兩柄劍定是人家很善意的贈給我的，不過不願教我知道是誰何所贈罷了！」

他正想到這裏，突然的有一個新奇的思想，射入他的腦中道：「嘿！這莫不是我師父弄的狡獪麼？他的飛劍，素來是為大家所稱道，可稱一時獨步的；如今他把這對短劍慨然賜給我，大概是示意於我，教我從他學習飛劍罷？」當下不敢怠慢，即戰戰兢兢的，把這雙短劍，從地板上拔了起來。然後對著天空，恭恭敬敬的磕了三個頭，算是向他師父表示感謝的意思。隨又將那短劍，很珍祕的藏起來了。

可是到了第二天，李成化對他並沒有甚麼特別的表示，更不提起短劍的事。趙五自然也不敢憑空提起，祗是心中因此卻又有些忐忑不安。暗想：這對短劍既不是師父賜給我的，那究竟是從甚麼地方飛了來，又是甚麼人鬧的玩意兒呢？而且把這短劍給我，究竟還是善意呢？還是惡意呢？我眞有些莫名其妙了！他苦苦的思索了半天，依舊得不到一個較爲滿意的答案，也只索罷了。

誰知這天晚上，他又遇見了一件奇事；但是這個悶葫蘆，卻因此被他打破了。原來，當他正在酣睡的當兒，忽又颼颼的起了一種像風聲的聲響，立時把他驚醒過來。他在這睡魔尚未完全驅走的中間，不覺模模糊糊的，暗自思忖道：「莫非又有甚麼飛劍飛來麼？如果眞是如此，那倒著實有些奇怪了！」等到睜開眼來，才知並不是這麼一回事。

祇見外面庭中，罩滿一庭明月；而在這明月之下，卻有一個人在舞動一雙短劍。兩點寒光，不住的在那颼颼的風聲中透出，直向大樹的杈枒上射去；那些杈枒搖搖欲動，幾乎像要被他斫了下來呢！再向那人仔細一瞧時，高高的軀幹，長長的臉兒，不是他的師父李成化，又是甚麼人？

於是，他在驚駭之餘，同時又恍然大悟了：這可對了！這一定是師父要把飛劍授我，卻又礙著許多同門，不便這們彰明較著的教授，所以先把短劍賜給我，隨又將劍舞給我看，好教我暗中跟他學習呢！當下便連大氣也不敢出，偷偷伸出了頭，向他的師父凝神望著。

誰知他師父這時又變了方法了，祇見把劍放在前面，跟著運上一股氣，向那劍上吹去，便把那對短劍先後吸入口中，隨又吐了出來；這樣的一吐一吸，練得十分純熟。趙五看了，知道這是練飛劍的入手方法，便牢牢把來記著。心中卻是十分得意，知道劍術一旦學成，大仇就指日可復了！

不一會，李成化已把一回劍練完，仍不和他搭談，管自悄悄就寢；趙五也就走起身來，取出雙劍，照著他所記得的解數，跟著在庭中練上一回。起初很是困難，練了好久工夫，方始略得門徑。

從此，李成化每逢月明之夕，便在庭中練劍，暗中以精妙的劍術傳授趙五。趙五總是跟著悉心練習，居然進步得很速；久而久之，竟練得能把這短劍縮成一二寸了。可是從此之後，就不大再有進步；他雖是日日勤加練習，這短劍依舊總是這般長，不能再縮短一分一毫。

趙五心中不免有些煩悶，暗想：如果再照這樣下去，天天不能得到一點進步，這劍術又何日能成咧！既而又自己向自己寬解道：這飛劍在各種武藝中，本是最難學的一件東西；儘有費了一輩子的工夫，沒有把他練得成的。如今我練劍還不到十年，已有上這一點成績，也頗足自慰的了，還要起甚麼奢望呢！而且我這飛劍，雖還沒有學成，但余八叔那廝，恐怕已不是我的敵手；我要取他的首級，眞易如探囊取物咧！當下反覺十分得意。

轉瞬之間，已是十年到來。趙五那裏肯忘記了復仇這件事，便皇皇然前去向他師父辭行，說要踐取前言，前往湖南，找尋他那仇人了。李成化起初很誠意的勸阻他，後來見他意志很是堅決，只索罷了。卻向他說道：「這十年來，我眞十分的委屈了你了！今日你旣然要前往報仇，我得略盡地主之誼，大大的替你餞一下子行！」

當下即召集了一班門徒，替趙五開了一個餞行大會。這班同門，在這十年中，見趙五受盡了師父的白眼，祇是做些下役所應做的工作，早把他當作一個不足齒的人；如今忽見師父改變了素來的態度，竟替他設了這們一個盛會，不免十分詫異，都要前來瞧瞧，究竟是怎麼一回事？

祇見李成化指著趙五，當著大衆笑說道：「他的工夫，在這十年中，總算已大有進步了！但是你們可知道，他能有今日的進步，究竟得力在那兩個字？」他們祇知道趙五在這十年中，儘幹著牛馬般的苦工，那裏知道他已得有絕大的進步，所以聽了很是駭異。跟著再聽師父問到他的得力究在那兩個字，更是瞠目不知所對了！

李成化便又笑著說道：「他的得力，就在忍耐兩個字！你們須要知道，一個人要得到精深的工夫，決不是粗心暴氣所能做得到的！而他此次再到這裏來習藝，目的尤在復仇，更非有下堅忍工夫不可。

「然他素來是目空一切的，堅忍二字，與他好似風馬牛之不相及；在他再來這觀中的時候，雖因驟然受了一個大蹉跌，又志切復仇，意氣已比從前斂抑了好多，但這不過一時的現象，決計不能持久的。倘然不到幾時，再把從前那種心高氣傲的脾氣復了過來，那不但練不得精深的工夫，又那裏復得了仇呢？

「所以我在他來觀的時候，便十分的折辱他，幾乎不把他當人看待；後來又把種種勞役給他幹，他居然能拿逆來順受的態度忍受著，一點沒有怨色，我才知他是可教的了！因暗中把飛劍傳授了他，這才得到有今日的這點進步呢！」

衆門徒聽了，方知師父已把飛劍傳授給他了，不免一半兒露著豔羨之色，一半兒又懷著妒忌之心。老奸巨猾的李成化，早已瞧了出來，便又說道：「你們不要妒忌他，我是一點沒有私心的；祇要誰能有上堅忍的工夫，我便把平生的絕藝傳授了給誰，並不限於他一人呢！」說到這裏，忽又長歎起來。

衆門徒忙向他問道：「師父說得好好的，爲何又長歎起來？莫非以爲我們這班人，一個都不能有上趙師兄這樣的堅忍之心，一個也得不到師父的眞傳麼？」

李成化把頭搖上一搖道：「不是的。我的所以長歎，歎他雖有上堅忍之心，卻因復仇之心，比習藝之心重了一點，究竟不能堅忍到底，竟拋棄了他學習得尚未大成的飛劍，前去幹他的復仇事業了！這一抛荒下來，無論他的仇是報得成，或是報不成，在學藝上一定受上了一個絕大的停頓，不能再有進步了！這不是很可歎息的一樁事情麼？」

這話一說，趙五忙向他謝道：「這個要請師父原諒我的！『十年後再見』的這句話，我既在受了挫敗之後，當場向余八叔那廝說過，萬萬是不可自食其言的；倘使自食其言，不但坍盡了我自己的台，恐連師父的面子上也不大好看呢！所以我此次無論有上怎樣的犧牲，都是不暇顧及的了！不過我還要向師父請問一聲，像我現在所有的這點工夫，不知也足與那余八叔較量一下麼？」

李成化沉吟道：「這很難說！像你這十年來的苦苦練習，不但是我所授你的劍術，就是各種工夫，也由你天天自己練習著，都是十分進步了，那余八叔當然不是你的敵手；但在這十年之中，又安知余八叔不也在練習著，不也在飛速的進步呢？」

這話一說，趙五不禁露著爽然若失的神氣。李成化忙又說道：「這個你倒不必聽了氣沮的！你能自己報得此仇，果然最好；就是不能報仇，萬一竟又失敗了，還有我們這班人在這裏，一定也要替你設法報仇呢！」

趙五聽了，忙立起身來，向李成化下拜道：「有了師父這一句話，好似得了一重保障，弟子更可放心去報仇了！」當下無話。

過了幾日，趙五便拜別了師父和同門，向湖南進發，曉行夜宿，不止一日。有一天，正要到一個地方去打尖，忽見市上一塊空地上，圍成了一個人圈子；並有喧鬧之聲，從這人圈子中發了出來。趙五知道一定是出了甚麼事情了，忙三腳兩步走向前去，擠入了人圈中。

祇見空地上設著一個小攤，上面掛著一塊招牌，乃是「賽半仙神相」五個大字。五七個稍長大漢，一律都是短衣密鈕，並把帽子歪在腦袋的一邊；窮凶極惡的，圍在那相攤的四周，大著喉嚨，向那攤上的相士發話。有幾個更是其勢洶洶的，似乎就要動手了！那相士卻是一個老者，約有五十多歲的年紀；受了這班人的騷擾與威逼，雖是露著觳觫的樣子，但是神態卻還鎮定。

祇聽內中有一個大漢，又向那相士惡狠狠的說道：「好一個不懂江湖規矩的老東西！你既要在這裏設得相攤，也不打聽打聽，在這當地還有上我這們一個立地太歲，怎麼一點孝敬也不有，一聲招呼也不打，就敢擅自設下這個相攤呢？」

相士道：「這個我一概不知。我是一個苦老頭子，祇仗賣相餬口，那裏還有甚麼餘錢可以孝敬人家呢？」

這話一說，那個漢子早已牛吼的一聲，叫起來道：「咄！好一個利口的老兒！竟敢自以爲是，不向你太爺服罪麼？好！兄弟們！快與我把這攤打了！」一聲令下，他的一班小弟兄，立刻揎袖攘臂，就要打了起來。

這一來，趙五可有些看不入眼了，忙一分衆人，走了過去道：「諸位大漢，你們也忒小題大作了！他衹是一個苦老頭子，就是有得罪了你們的地方，大家也有話好說，何必這般的認眞呢？」

這干大漢，素來是在這市上橫行慣的，那裏容得人家和他們細細評理；而且又見趙五衹是一個孤身過客，狀貌也並不怎麼驚人出衆，更不把他放在心上。所以聽了他這番話後，那爲首的衹很輕薄的向他睨上一眼，跟著便冷笑上一聲道：「好一個有臉子的！也不自己向鏡子中照上一照，便要出來替人家捧腰了！哼！像這樣的張三也出來替人家捧腰，李四也出來替人家捧腰，我們在這地方，還能有飯可吃麼？」

這幾句話不打緊，卻也把趙五激惱起來了，正要發作的當兒，不料偏有一個不識趣的大漢，已送了一拳過來。這拳剛剛送到他的面前，立刻被他抓在手中，好似抓著了一隻雞，便用勁的向地上一摔，直摔得那人狂喊起來。跟著又有兩個人上去，也被趙五打倒在地上。那爲首的至是方知不是路數，倒也識趣得很，便皇皇然領了那班弟兄退了出去。

到了數步之外，方又回身向趙五說道：「你不要這般猖狂！你如果眞是好漢的，與我立在這裏不要走，讓我稟明兄長後，再來和你算帳罷！」說完，領了一班人匆匆而去。閒人也就一哄而散。

那相士方才過來，向趙五稱謝道：「今天不是恩公仗義出來相助，小老兒這條性命，恐怕就要送在他們的手中了！」

趙五道：「好說，好說！這班人十分可惡，我在旁邊見了，實在有些看不入眼，方出來打上這個抱不平的，又何必向我稱謝呢！不過相士，你不是掛著『神相賽半仙』的招牌麼？既然稱得賽半仙，當能未卜先知，怎麼自己目下就有這場災殃，反而不能知道呢？」說著，哈哈笑了起來。

賽半仙也乾笑道：「這就叫作明於謀人而昧於謀己了！大概我們一班相士，都有上這們一個毛病罷！祇有一樁，恩公須要恕我直言；因爲照尊相看來，在這一月之中，恐怕就有一場大禍臨身。我是受過大恩的，不得不向恩公說上一聲呢！」

趙五聽了這話，心下不免一動，忙問道：「究竟是怎樣的一場大禍呢？也有避免的方法麼？」

賽半仙道：「這裏不是說話之所。加之剛才出了這們一個岔子，小老兒在這裏已做不得生意了；讓我收拾好了這攤子，同到小寓中去一談罷。」趙五點頭無語。

當下即等著賽半仙把攤子收拾好，一同來到賽半仙所住的客寓中。坐定以後，又把房門關上了，賽半仙突然對著趙五，正色說道：「恩公不是要去報仇麼？而且這仇結下，不是已有十年之久麼？但是照恩公的印堂上，帶著這樣的暗滯之色，不但報不得此仇，恐連性命都有些不保呢！」

趙五暗想：「我的要去報仇，並沒有招牌掛出，他怎會知道？而且還知道是十年的深仇，眞不愧爲神相了！那他所說的性命不保一句話，恐怕倒有幾分可信咧！」心下不免有些吃驚，因又向他問出一番話來。

欲知他所問的是怎麼一番話？且待第一二四回再說。

（待續）

新書預告——繼《江湖奇俠傳》後，平江不肖生另一經典著作

《近代俠義英雄傳》全書八四回，陸續出版，敬請期待！

本書內容所述，時間大抵是以晚清光緒二十四年（西元一八九八年）「戊戌六君子」殉難之際為座標，上下各推十年左右，個別人物事跡則延伸至民國初年；無不實有其事、實有其人，既可說是「清末游俠列傳」，亦可視為「近代武俠傳記文學」，與其他武俠小說之出自向壁虛構、空中樓閣者不同，自然親切有味。

我國拳家派別至為紛歧，就是隸身武術界中的也不一定清楚；本書娓娓道來，如數家珍，足以長人見識。如霍元甲在上海擺擂台，轟動一時，在本書中有十分詳細的描寫，筆歌墨舞間令人如在其中。其中寫外國大力士之大言不慚，令人為之憤慨，及至寫霍元甲力制西人，大振國威，又令人為之稱快；如此絕妙的對照文字，實為難能可貴。

本書結構謹嚴，自始至終從容綿密、絲毫不亂，猶有舊日說部之遺風。作者文字波翻雲湧，酣暢淋漓，誠所謂「快如并州剪，爽若哀家梨」。雖為小說家言，卻以現實社會為對象，其描寫細微處，直如鑄鼎象物，千奇百怪，無所遁形。

廣　告　回　函
北區郵政管理局登記證 北 台 字 6 8 7 5 號
免　貼　郵　票

100 台北市中正區重慶南路1段99號

世界書局股份有限公司 收

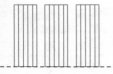

100

台北市
重慶南路一段九十九號六樓

世界書局股份有限公司　收

廣告回函
北區郵政管理局登記證
北台字6875號
免貼郵票

姓名：
地址：
電話：

世界書局股份有限公司 §讀者意見卡§

為了解讀者對本公司出版品的意見，以提供更好的閱讀品質與讀者服務，請您詳填本卡，寄回世界書局（免貼郵票），我們將不定期提供最新出版訊息及各項優惠。

書名：＿＿＿＿＿＿＿ 購買地點：＿＿＿＿＿ 購買日期：＿＿＿＿＿

姓名：＿＿＿＿＿＿＿ 性別：□男 □女

出生日期：西元＿＿年＿＿月＿＿日 身分證字號：＿＿＿＿＿＿

電話：(H)＿＿＿＿＿＿＿ (O)＿＿＿＿＿＿＿ 傳眞：＿＿＿＿＿＿

行動電話：＿＿＿＿＿＿＿ E-mail：＿＿＿＿＿＿＿＿＿

聯絡地址：□□□＿＿＿＿＿＿＿＿＿＿＿＿＿＿＿＿＿＿

學歷：□國中 □高中職 □專科 □大學 □研究所以上

職業：□學生 □教師 □公務員 □軍警 □製造業 □金融業 □銷售業 □資訊業 □大衆傳播 □自由業 □服務業 □其他＿＿＿＿＿

閱讀偏好：□文學類 □史學類 □哲學類 □科學類 □藝術類 □傳記類 □語文類 □財經類 □政治類 □休閒類 □其他＿＿＿＿

您從何處得知本書：□逛書店 □報紙廣告 □報章雜誌介紹 □廣播 □電視節目 □DM、廣告信函 □親友介紹 □書訊＿＿＿＿ □其他＿＿＿＿＿＿＿

您對本書的意見：內容 □很好 □好 □普通 □不好

封面 □很好 □好 □普通 □不好

價格 □很好 □好 □普通 □不好

您是否曾買過世界書局出版品：□是，書名＿＿＿＿＿＿＿＿ □否

您對本公司的建議、期望：

國家圖書館出版品預行編目資料

新版足本江湖奇俠傳　一六〇回／平江不肖生 撰.
--初版.--臺北市：
世界，2003[民 92]
冊；公分.--(俠義經典系列)
ISBN 957-06-0248-1(第 4 冊:平裝)

857.44　　92004507

俠義經典系列

新版足本

江湖奇俠傳

肆

717-2627

著　者／平江不肖生
發行人／閻　初
發行者／世界書局
登記證／行政院新聞局局版臺業字第〇九三一號
地　址／臺北市重慶南路一段九十九號
電　話／(〇二)二三三一一〇一八三
傳　真／(〇二)二三三一七九六三
網　址／www.worldbook.com.tw
郵撥帳號／〇〇〇五八四三七　世界書局
出版日期／二〇〇三年五月初版一刷
定　價／三六〇元